그너의 몸과   타인들의
파티

그녀의 몸과 타인들의 파티

Her Body
and
Other Parties

카먼 마리아 마차도 소설

엄일녀 옮김

문학동네

나의 할아버지

레이날도 필라르 마차도 고린에게

내게 처음으로 이야기를 들려주신 분, 지금도 내가 가장 좋아하는 분

quien me contó mis primeros cuentos, y sigue siendo mi favorito

그리고

밸에게

돌아서니

그대가 있었다

내 몸은 귀신 들린
집이고 나는 그 안에서 길을 잃었다.
문 하나 없지만 칼이 여러 개
그리고 유리창이 백 개.
—재키 저메인

신이 남자로 괴물을 만들어냈을 때
여자는 살상 무기로 만들었어야 했어.
—엘리자베스 휴어

차 례

예쁜이수술

(이 글을 소리 내어 읽는다면 다음과 같은 목소리로 읽는다.

나: 어린 나는 주변에서 흔히 들을 수 있는 높은 음역의 목소리. 성인이 된 나도 마찬가지.

나중에 나의 배우자가 되는 남자애: 운좋은 남자의 씩씩한 목소리.

나의 아버지: 풍부하게 울리는 다정한 목소리. 여러분의 아버지처럼 혹은 여러분이 아버지 삼고 싶은 아저씨처럼.

나의 아들: 어린 아들은 살짝 혀짤배기소리를 내는 유순한 목소리. 성인이 된 아들은 남편과 비슷한 목소리.

그 외 여자들: 나의 목소리와 호환 가능.)

처음부터 난, 그애보다 내가 먼저 그애를 탐낼 줄 알고 있어요. 보통 그렇게 되는 건 아니지만, 내가 그렇게 하려고 한다는 거예요. 나는 부모님과 함께 이웃집 파티에 갑니다. 열일곱 살 때죠. 그 집 부엌에서 내 또래인 그 집 딸과 화이트와인 반잔을 마시는데, 우리 아버지는 끝까지 몰라요. 이 모든 게 갓 그린 유화처럼 보드랍고 아련하네요.

그 남자애는 내 쪽을 보고 있지 않아요. 춤추러 가기 위해 멋 내어 차려입은 일용직 노동자처럼 그애의 목과 등 근육은 버튼 다운 셔츠가 터져나갈 듯 팽팽하게 긴장되어 있고, 그걸 본 나는 슬쩍 가서 부딪칩니다. 그렇다고 내게 그애 말고 다른 선택지가 없다는 뜻은 아니에요. 나는 예쁘거든요. 입매도 근사하고. 원피스 위로 봉긋 솟은 가슴은 천진해 보이기도 하고 좀 놀아본 것처럼 보이기도 하죠. 나는 번듯한 집안의 번듯한 자제입니다. 하지만 그애는 남자애들이 사내가 될 때 그렇듯 좀 거칠고 우락부락하게 생겼고, 나는 그게 탐나요. 그애가 나랑 같은 것을 원할 수도 있을 것 같고요.

연인에게 극도로 비도덕적인 행위를 요구한 여자애에 대한 얘기를 들은 적이 있어요. 남자는 그 일을 여자의 가족에게 알렸고, 여자의 부모는 딸을 요양원에 넣어버렸죠. 그 여자애가 어떤 변태적 쾌락을 추구했는지는 모르지만, 나도 그래봤으면 하는 마음이 굴뚝같아요. 간절히 원한다는 이유만으로 사람을 유폐시킬 만큼 황홀한 것은 대체 무엇일까요?

남자애가 나를 알아챕니다. 어쩔 줄 몰라하는 게 귀여워요. 그애가 내게 인사하더니 이름을 묻네요.

나는 늘 내 삶의 중요한 순간을 스스로 선택하고 싶었고, 지금이 내가 선택한 순간입니다.

뒤쪽 베란다에서 나는 그애에게 키스해요. 그애도 내 키스에 응합니다. 처음엔 조심스럽게, 그러나 이내 격렬하게, 혀로 내입을 약간 벌리고 들어오기까지 해서 나는 까무러칠 것 같아요. 내 생각엔 그애도 마찬가지인 것 같고요. 캄캄한 내 방 침대에 누워 있을 때면 나는 낡고 무거운 퀼트 이불을 덮고 오만 상상을 다 하지만, 이런 건 전혀 상상 밖이어서 그만 신음을 흘리고 말아요. 입술을 떼고 물러난 그애도 깜짝 놀란 듯합니다. 잠시 이리저리 헤매던 그애의 눈길이 내 목에 머뭅니다.

"그건 뭐야?" 그애가 물어요.

"아, 이거?" 나는 목 뒤쪽의 끈을 살짝 만집니다. "그냥 내 리본." 내 손가락이 매끈한 초록빛 띠를 따라 반 바퀴를 주욱 돌아 앞쪽에 단단히 묶인 나비매듭까지 와요. 남자애가 손을 뻗고, 나는 그 손을 잡아 홱 뿌리칩니다.

"만지면 안 돼." 내가 말해요. "넌 손대면 안 돼."

집안으로 들어가기 전, 그애가 내게 다시 만날 수 있을지 물어요. 나는 다시 보면 좋겠다고 말합니다. 그날 밤 잠들기 전에 나는 그애를 다시 떠올려요. 내 입술을 비집고 들어오던 그애의 혀. 내 손가락이 내 몸을 어루만지고, 거기에 있는 그애를, 온통 단단한 근육질로 나를 기쁘게 해주고 싶어서 안달난 그애를 상상하고, 나는 우리가 결혼할 것임을 알아요.

우리는 해요. 그러니까, 할 거라는 거죠. 우선 그는 나를 자기 차에 태우고 어둠을 달려 사람들이 접근하기 어려운 늪지대 호수로 갑니다. 그는 내게 입을 맞추고 내 젖가슴을 움켜쥐어요. 그의 손가락 밑에서 내 젖꼭지가 빳빳해져요.

그가 하기 전까지 나는 정말로 할 거라는 걸 몰라요. 그는 단단하고 뜨겁고 메마르고 빵냄새가 나고, 그가 나를 뚫을 때 나는 망망대해에서 길을 잃은 사람처럼 그에게 달라붙어 울부짖습니다. 그의 몸이 내 몸을 쫓아다니며 밀어넣고, 넣다가, 막판 직전에 빠져나가 내 피에 젖어 번들거리는 것으로 끝납니다. 나는 그 리듬에, 그의 욕구가 구체화된 감각에, 그 방출의 명확함에 매혹되고 흥분돼요. 그러고 나서 그는 좌석에 꺼지듯 털썩 앉습니다. 내 귀에 호수에서 나는 소리가 들려오는군요. 아비*와 귀뚜라미 울음소리, 그리고 밴조를 뜯는 듯한 소리. 물가에서 불어오는 바람에 몸이 차가워져요.

이제 나는 어떻게 해야 할지 모르겠어요. 가랑이 사이에서 뛰는 내 심장이 느껴지네요. 아프지만, 좋을 수도 있었겠다는 생각

---

* 북반구에 주로 분포하며 물고기를 잡아먹고 사는 몸집이 큰 물새.

이 들어요. 나는 손으로 내 몸을 더듬고, 어딘가 머나먼 곳에서 쾌락의 선율이 감지됩니다. 그의 숨소리가 잠잠해지고, 나는 그가 나를 물끄러미 바라보고 있음을 깨달아요. 차창으로 비쳐 드는 달빛 아래 내 피부가 은은히 빛납니다. 나를 응시하는 그를 보면서, 놓칠 뻔한 풍선 줄의 끝자락이 손끝에 닿을락 말락 걸리듯 그 쾌락을 붙잡을 수 있음을 직감합니다. 나는 줄을 잡아당겨 신음하며 감각의 물마루를 느릿느릿 차분히 타넘고, 그러는 내내 혀를 깨물고 있습니다.

"난 더 하고 싶은데." 그는 말하지만, 뭔가 하려고 몸을 일으키지는 않네요. 그는 창밖을 내다보고, 나도 그 시선을 따라갑니다. 저 어둠 속에선 뭐가 튀어나와도 이상하지 않아, 나는 생각해요. 갈고리손 살인마. 영원히 같은 여행을 반복하는 히치하이커 유령. 거울 속에 잠들어 있다가 아이들의 주문에 깨어나 소환되는 늙은 여인. 누구나 아는 이야기, 즉 다들 잘 모르면서 떠들어대지만 아무도 믿지 않는 이야기죠.

그의 시선이 물가를 떠돌다 다시 내게 돌아옵니다.

"그 리본에 대해 듣고 싶어." 그가 말해요.

"할 얘기 없는데. 이건 내 리본이야."

"만져봐도 돼?"

"안 돼."

"만져보고 싶어." 그의 손가락이 슬몃 까딱거리고, 나는 다리를 오므리고 좀더 똑바로 앉습니다.

"안 돼."

호수에서 뭔가가 온몸을 비틀며 힘껏 물 밖으로 나왔다가 첨벙 다시 들어가요. 그는 소리 나는 곳으로 고개를 돌립니다.

"물고기네." 그가 말해요.

"언젠가 나중에, 저 호수와 저기 사는 생물들에 대해 너한테 얘기해줄게." 내가 말합니다.

그는 나를 보며 싱긋 웃고는 턱을 문지릅니다. 내 피가 그의 턱에 조금 묻었지만 그는 눈치채지 못하고, 나도 아무 말 하지 않지요.

"그럼 좋지." 그가 말합니다.

"집에 데려다줘." 나는 그에게 말하고, 그는 신사답게 나를 집에 데려다줍니다.

그날 밤 나는 몸을 씻습니다. 가랑이 사이의 부드러운 비누 거품은 녹슨 쇠의 냄새와 색깔을 띠지만, 나는 그 어느 때보다 새로워진 기분이에요.

부모님은 그를 매우 좋아합니다. 참 괜찮은 청년이야, 라고 말씀하시죠. 멋진 남자가 되겠어. 부모님은 그에게 직업과 취미와 가족에 대해 묻습니다. 그는 우리 아버지의 손을 굳게 잡고 악수를 나누고, 어머니가 소녀처럼 소리를 지르며 얼굴을 붉히도록 아첨하는군요. 그는 일주일에 두 번, 때론 세 번씩 우리집에 와요. 어머니가 저녁식사에 그를 초대하고, 식사를 하는 동안 나는 그의 다릿살을 손톱으로 지그시 눌러요. 다 녹은 아이스크림 그 릇을 비운 뒤 나는 그와 둘이 오솔길을 산책하고 오겠다고 말합니다. 우리는 다정하게 손을 잡고 밤을 가르며 집에서 우리가 안 보일 때까지 걸어요. 나는 나무 사이로 그를 끌고 가고, 자그마한 공터를 발견하고선 몸을 요리조리 놀려 팬티스타킹을 벗고, 두 손과 무릎으로 바닥을 짚고 나를 그에게 들이밀죠.

나는 나 같은 여자애들에 관한 온갖 이야기를 들었고, 그런 이야기가 좀더 만들어진다 해도 겁나지 않아요. 허리띠의 금속 버클이 열리는 소리와 바지가 바닥에 풀썩 떨어지는 소리가 들리고, 반쯤 딱딱해진 그가 와닿는 느낌이 납니다. 나는 애원하고— "장난치지 말고"—그는 고맙게도 순순히 따라줘요. 나는 신음하며 마주 누릅니다. 우리는 그 공터에서 발정이 나고, 나의 쾌락에 물든 신음과 그의 복에 겨운 신음이 뒤얽혔다가 밤공기 사이로 흩어집니다. 우리는, 그와 나는 서로 배워가는 중이에요.

우리 사이엔 두 가지 규칙이 있죠. 그는 내 안에서 끝까지 가면 안 되고, 내 초록색 리본을 만져서도 안 됩니다. 빗방울이 떨어지기 시작하는 것처럼, 그가 툭-투둑-툭 하고 흙바닥으로 내보냅니다. 나는 스스로를 더듬으려 하는데, 좀전까지 흙바닥을 움켜쥐었던 터라 손가락이 지저분하네요. 나는 그냥 속옷과 스타킹을 올립니다. 그가 뭐라 하면서 손짓하길래 내려다보니 나일론 스타킹 속의 내 무릎도 흙범벅이군요. 나는 스타킹을 내리고 흙을 털어낸 다음 다시 올립니다. 치마를 매만지고 머리도 핀을 다시 꽂아 정리합니다. 말쑥하게 뒤로 넘긴 그의 곱슬머리 중 한 가닥이 분투중에 빠져나왔고, 나는 그것을 나머지 머리칼 사이에 잘 꽂아넣어요. 우리는 실개천까지 걸어가고, 나는 두 손이 깨끗해질 때까지 흐르는 개울물에 담급니다.

우리는 담백하게 팔짱을 끼고 천천히 집으로 돌아옵니다. 집 안으로 들어가니 어머니가 커피를 준비해두었습니다. 우리는 다같이 둘러앉고, 아버지는 그에게 직장 일은 어떤지 물어요.

(만약 이 이야기를 소리 내어 읽는다면, 공터 장면은 다음과 같이 재현하면 감쪽같다. 숨을 깊이 들이마시고 한참 동안 그대로 참는다. 그런 다음 블록으로 쌓은 탑을 후 불어 쓰러뜨리듯 가슴이 왕창 꺼지도록 단번에 숨을 내쉰다. 그것을 거듭 반복하되, 숨을 참았다 내쉬는 간격을 점점 짧게 한다.)

나는 원래부터 이야기를 잘하는 사람입니다. 어렸을 때 슈퍼마켓 농산물 코너에서 발가락을 보고 비명을 지르다가 어머니 손에 이끌려 밖으로 나온 적이 있어요. 근심어린 표정의 아주머니들이, 발버둥치며 어머니의 가냘픈 등을 마구 때리는 나를 돌아봤죠.

"감자라고!" 집으로 돌아온 후 어머니가 야단쳤습니다. "발 가락이 아니라!" 어머니는 나에게 아버지가 돌아올 때까지 의자에, 나를 위해 만들어준 어린이용 의자에 앉아 있으라고 했어요. 하지만 정말로, 나는 발가락을 봤어요. 잘린 부분에 피가 묻은 창백한 몽당 발가락들이 적갈색 덩이줄기 작물들 사이에 뒤섞여 있었다고요. 그중 하나를 검지 끝으로 살짝 찔러봤는데, 얼음처럼 차가웠고 물집처럼 물컹했어요. 이 자세한 얘기를 어머니에게 거듭 말하자, 어머니의 물기어린 눈동자 뒤편의 무언가가 놀란 고양이처럼 소스라쳤습니다.

"너 거기 꼼짝 말고 있어." 어머니가 말했어요.

그날 저녁 퇴근한 아버지는 내 이야기를 하나하나 귀기울여 들어주었습니다.

"너 반스 할아버지 본 적 있지, 그렇지?" 아버지는 그 슈퍼마켓의 나이 지긋한 주인을 들먹이며 내게 물었어요.

나는 한 번 만난 적이 있었고, 그렇다고 말했죠. 눈 내리기 직전의 하늘처럼 머리가 하얀 할아버지였고, 할머니는 가게 유리창에 알림 문구를 써서 붙였어요.

"반스 할아버지가 뭐하러 발가락을 팔겠니?" 아버지가 물었습니다. "또 그걸 어디서 구하셨겠어?"

어린 나는 무덤이나 영안실에 대해 몰랐으므로 대답하지 못했어요.

아버지가 계속했어요. "만에 하나 어디선가 발가락을 구했다 쳐도, 그걸 감자 사이에 놓고 팔아서 그분에게 무슨 이득이 있겠어?"

분명 거기엔 발가락들이 있었어요. 내 두 눈으로 똑똑히 봤는 걸요. 하지만 나의 의혹은 아버지의 논리라는 햇볕 아래 바짝 말라버린 느낌이었습니다.

"무엇보다 중요한 건," 아버지는 득의만만하게 마지막 논거를 펼쳤습니다. "어째서 그 발가락들을 본 사람이 너 말고 아무도 없을까?"

내가 성인 여성이었다면 이 세상에는 오직 한 쌍의 눈에만 보이는 진실된 것들이 있다고 대꾸했을 거예요. 하지만 어린애였던 나는 아버지의 설명에 승복했고, 아버지가 나를 의자에서 안아들어 키스한 다음 마음대로 놀라고 내려주자 좋다고 깔깔거렸던 거죠.

여자가 자기 남자친구를 가르치는 게 일반적이진 않지만, 난 다만 그에게 내가 원하는 게 뭔지, 잠들 때 내 눈꺼풀 속에서 어른거리는 게 뭔지 알려주는 것뿐입니다. 그는 내 몸안에서 욕망이 용솟음칠 때 내 얼굴에 스치는 표정을 알게 되고, 나는 그에게 아무것도 숨기지 않아요. 그가 내게 내 입을 원한다고, 내 목구멍 깊숙이 원한다고 말하면, 나는 구역질하지 않고 그를 온전히 내 안에 넣은 채 찝찌름함을 머금고 신음하는 법을 혼자서 터득하죠. 그가 내게 최악의 비밀이 뭐냐고 물으면, 학교 선생님이 다른 애들이 하교할 때까지 나를 몰래 창고에 숨겨놓고 거기서 자신의 것을 잡으라고 했던 일에 대해, 그날 집에 와서 피가 날 때까지 철 수세미로 손을 박박 문질렀던 일에 대해 말합니다. 하지만 그 얘기를 털어놓은 후 그때의 기억이 극심한 분노와 수치로 북받쳐올라 나는 한 달 동안 악몽에 시달려요. 열여덟 살 생일을 며칠 앞두고 그가 청혼하자 나는 그래, 그래, 좋아, 하고는 공원 벤치에서 그의 무릎 위에 걸터앉아 치마를 넓게 펴내립니다. 지나가는 사람들이 내 치마 속에서 무슨 일이 벌어지는지 알아차리지 못하도록 말이에요.

"난 너의 아주 많은 부분을 아는 것 같아." 그는 손등 마디가 닿도록 손가락을 깊숙이 밀어넣고, 헐떡이지 않으려 애쓰며 말합니다. "이제 곧 너의 전부를 알게 되겠지."

사람들이 흔히 하는 무서운 이야기 중에, 또래 아이들의 도발과 부추김에 넘어가 해가 진 후 동네 공동묘지에 들어간 여자애에 관한 얘기 있잖아요. 그 경우엔 여자애가 어리석었어요. 친구들이 밤에 무덤 위에 서면 그 무덤 주인이 스윽 손을 뻗어 무덤 속으로 끌고 간다고 했을 때, 그 여자애는 비웃었거든요. 비웃음은 여자가 저지를 수 있는 첫번째 실수입니다.

"아무것도 아닌 걸로 벌벌 떨기엔 인생이 너무 짧아." 여자애가 말했어요. "내가 한 수 가르쳐주지."

교만은 두번째 실수죠.

여자애는 자기가 그런 식으로 죽을 리 없다면서, 할 수 있다고 우겼어요. 그래서 아이들은 칼 한 자루를 건네며, 네가 거기 갔었고 네 말이 맞는다는 증거로 서리 내린 땅에 칼을 꽂아놓고 오라고 했습니다.

여자애는 공동묘지에 갔어요. 어떤 이야기에서는 여자애가 아무 무덤이나 무작위로 찍었다고 하지만, 나는 그애가 굉장히 오래된 무덤을 골랐을 거라고 봐요. 스스로 좀 미심쩍기도 하려니와, 만약 자기 생각이 틀렸다면 죽은 지 얼마 안 되어 근육과 살이 온전히 붙어 있는 시체보다는 한 세기 전에 죽은 것이 덜 위험할 거라는 은연중의 믿음이 영향을 미쳤을 거예요.

여자애는 무덤 위에 무릎을 꿇고 칼날을 깊이 박아넣었어요. 그리고 일어나 달아나려는 순간—공포에 질린 자신을 보는 사람이 없으니 잽싸게 도망치려 했던 거죠—도망칠 수 없다는 것을 알게 됐어요. 무언가가 자신의 옷자락을 꽉 붙잡고 있었어요. 여자애는 비명을 지르며 쓰러졌습니다.

이튿날 아침이 되어 묘지에 온 친구들은 무덤 위에서 죽어 있는 여자애를 발견했어요. 아이의 튼튼한 모직 치맛자락이 칼날로 땅에 박혀 있었습니다. 너무 놀라 겁에 질려 죽었든 저체온증으로 죽었든, 아이의 부모가 왔을 때 그게 과연 무슨 상관이었을까요? 여자애는 틀리지 않았지만 그건 더이상 중요치 않았죠. 나중엔 다들 그 여자애가 실은 죽고 싶었던 거라고 생각했어요. 살고 싶어했음을 증명하며 죽었는데도 말이죠.

결국, 자신이 옳다는 것이 세번째이자 최악의 실수였습니다.

우리 부모님은 결혼 소식을 듣고 기뻐하세요. 어머니는 요즘 여자애들은 점점 결혼을 늦게 하지만, 자신은 열아홉에 아버지와 결혼했고 그래서 만족스러웠다고 말합니다.

웨딩드레스를 고르고 있자니, 연인과 춤추러 가고 싶었지만 드레스를 살 여유가 없었던 젊은 여자의 이야기가 떠오르는군요. 여자는 중고 옷가게에서 근사한 흰색 드레스를 구입했지만 그후 시름시름 앓다가 숨을 거두었어요. 마지막 며칠간 여자를 진찰했던 의사는 여자가 방부처리제에 노출되어 사망했음을 알아냈지요. 어느 몰염치한 장의사 조수가 신부 시신에서 옷을 훔쳐 팔아먹은 거였어요.

이 이야기의 교훈은, 내 생각엔, 가난은 사람을 죽인다는 겁니다. 내 예상보다 웨딩드레스 구입에 돈이 많이 들었지만, 무척 아름다운 드레스인데다 죽는 것보다는 낫잖아요. 드레스를 잘 개켜 혼수함에 집어넣으면서 나는 결혼식 날 숨바꼭질을 했던 신부의 이야기를 생각합니다. 신부는 다락방의 낡은 트렁크 속에 숨었는데 트렁크가 탁 닫히더니 열리지 않았어요. 신부는 죽을 때까지 그 속에 갇혀 있었죠. 세월이 흐른 후 한 하녀가 그 캄캄한 트렁크 속에서 새하얀 드레스를 입고 구겨져 있는 신부의 해골을 발견할 때까지 사람들은 신부가 도망친 거라고 생각했습니다. 이야기 속의 신부들은 절대 행복하게 잘사는 것으로 끝나는 법이 없다니까요. 이야기들은 행복의 냄새만 맡았다 하면 촛불을 끄듯 확 꺼버려요.

우리는 4월답지 않게 서늘한 어느 오후에 결혼식을 올립니다. 식전에 그는 드레스를 입은 나를 보고 깊게 입맞춤하며 집요하게 보디스 속으로 손을 넣으려 합니다. 그는 단단해지고, 나는 그에게 정 하고 싶다면 내 몸을 썼으면 좋겠다고 말하죠. 상황이 상황이니만큼 나는 나의 첫번째 규칙을 철회하기로 합니다. 그는 나를 벽에 밀어붙인 다음 한 손으로 내 목 바로 옆의 타일을 짚고 자세를 잡습니다. 그의 엄지가 내 리본을 쏠어내려요. 그는 손을 움직이지 않고, 내 안에 쏟으면서 이렇게 말합니다. "사랑해, 사랑해, 사랑해." 정액이 다리를 타고 흘러내리는 가운데 세인트조지성당의 통로를 걸어간 최초의 여자가 나인지는 알 수 없지만, 그렇게 생각하면 즐거워요.

우리는 유럽으로 신혼여행을 갑니다. 부자는 아니지만 여하튼 갑니다. 유럽은 이야기의 땅이고, 여러 번의 첫날밤 사이사이에 나는 여러 이야기를 듣고 배웁니다. 우리는 북적이는 옛 대도시에서 알프스의 조용하고 나른한 마을로 갔다가 다시 도시로 돌아와 독주를 홀짝이고 구운 갈비를 뜯고 슈페츨레와 올리브와 라비올리를 먹고, 뭔지는 모르겠지만 아침마다 먹고 싶어 환장하게 된 크리미한 곡물을 씹어요. 기차 침대칸을 끊을 돈은 없지만 남편이 승무원에게 뇌물을 써서 빈 침대칸을 한 시간 빌리고, 그렇게 우리는 라인강 위에서 몸을 섞습니다. 흔들리는 차체에 나를 밀어붙이며 그는 우리가 가로지르는 산맥보다 더 원시적으로 울부짖어요. 나는 이것이 세상의 전부가 아니며, 앞으로 내가 보게 될 세상의 첫 부분임을 알죠. 그 기회와 가능성에 나는 짜릿함을 느낍니다.

(만약 이 이야기를 소리 내어 읽고 있다면, 기차 여행의 흥분과 긴장 그리고 성교로 삐걱이는 침대 소리는 철제 접이식 의자의 경첩을 세게 접었다 폈다 하면서 재현한다. 그러다 진이 빠지면 아이들에게 불러주는 자장가를 떠올리며 가장 가까이 있는 사람에게 어렴풋이 기억나는 옛 노래를 불러준다.)

여행에서 돌아오고 얼마 되지 않아 생리가 멎습니다. 어느 날 밤, 기운을 다 소진하고 침대에 뻗은 후 나는 남편에게 그 사실을 말합니다. 남편은 진심으로 즐거워하며 얼굴을 빛내는군요.

"아이라니." 남편은 머리 뒤에서 깍지를 끼고 눕더니 중얼거려요. "아이라." 한참 조용해서 잠들었나 하고 살펴보니 눈을 뜬 채 천장을 응시하고 있네요. 남편이 옆으로 돌아누워 나를 빤히 바라봅니다.

"아이한테도 리본이 있을까?"

아래턱이 뻣뻣하게 굳고 나도 모르게 손이 리본의 나비매듭을 만지작거립니다. 수많은 대꾸가 머릿속을 스쳐가고, 나는 내 안에서 최소량의 분노를 일으키는 답을 하기로 합니다.

"알 수 없지, 지금은." 나는 겨우 말합니다.

그때 남편이 내 목에 손을 갖다대고, 나는 소스라치게 놀랍니다. 두 손을 들어 막아보지만 남편은 완력을 써서 한 손으로 내 두 손목을 한꺼번에 틀어쥐고 다른 손으로는 리본을 만집니다. 그는 매끄러운 긴 끈을 엄지로 눌러요. 마치 성기를 애무하듯 섬세한 손길로 어루만집니다.

"제발," 내가 말해요. "제발 그냥 놔둬."

남편은 듣지 못하는 것 같아요. "부탁이야." 목청을 돋워 재차 말하는데 목소리가 중간에 갈라집니다.

그때 남편은 마음만 먹으면 할 수도 있었어요. 매듭을 풀 수도 있었죠. 그러나 그는 나를 놓아주고 아무 일 없었다는 듯 다시 등을 대고 눕네요. 나는 손목이 욱신거려 주무릅니다.

"물 한 잔 마셔야겠어." 나는 일어나서 욕실로 가요. 물을 틀어놓고 미친듯이 리본을 확인하는데 속눈썹에 눈물이 맺힙니다.

매듭은 아직 짱짱합니다.

내가 몹시 좋아하는, 늑대떼에 물려 죽은 서부 개척자 부부에 관한 이야기가 있어요. 부부의 아담한 오두막 주변에서 마구 물 어뜯겨 아무렇게나 흩어진 그들의 시신이 발견됐지만, 아무리 찾아도 그들의 젖먹이 딸은 산 채로도 죽은 채로도 보이지 않았 어요. 사람들은 아이가 늑대 무리와 함께 뛰어다니는 모습을 봤 다고, 같이 어울려 다니는 늑대들과 다를 바 없이 들짐승처럼 활 개치는 모습을 봤다고 주장했죠.

아이가 눈에 띌 때마다 그 소식은 지역 정착민들 사이에 파문 처럼 퍼져나갔습니다. 아이가 겨울 숲에서 어느 사냥꾼을 위협 했다느니—하지만 조그만 벌거숭이 여자애가 이 좀 드러내며 상스럽게 으르렁거렸다고 해서 뼈를 덮은 살갗이 떨린 것 이상 으로 위협적이었을까요—혼기가 꽉 찬 젊은 여자가 말을 잡으 려 했다느니, 심지어 여자가 닭을 확 잡아 찢어 깃털이 분수처럼 날리는 모습을 봤다느니 하는 말까지 돌았어요.

세월이 한참 흐른 후, 강둑의 골풀에 자리를 틀고 새끼 늑대 두 마리를 핥아주고 있는 여자를 봤다는 얘기가 들렸죠. 나는 그 새끼 늑대들이 여자의 몸에서 나왔다고, 늑대의 피가 인간을 딱 한 번 오염시킨 거라고 상상하고 싶습니다. 새끼들이 여자의 가 슴을 피가 나게 물었지만 여자는 개의치 않았어요. 녀석들은 그녀의 새끼였고, 그녀만의 것이었으니까. 새끼들의 주둥이와 이빨이 여자의 품을 파고들었을 때 여자는 세상 어디에서도 찾을 수 없는 안식과 평화를 느꼈을 거예요. 그 여자는 다른 어느 곳에서보다 그들 무리 사이에서 사는 게 나았음이 틀림없어요. 아무렴, 그렇고말고요.

몇 달이 지나자 배가 불러옵니다. 내 몸속에서 우리의 아이가 맹렬히 헤엄치고 밀고 발로 차고 할큅니다. 길거리에서 나는 숨을 헉 집어삼키고 복부를 움켜쥔 채 한쪽으로 비칠비칠 물러나 우리 쪼꼬미에게, 내가 붙인 태명이에요, 그만하라고 이를 악물고 속삭여요. 한번은 공원에서 걷다가 넘어져요. 한 해 전에 남편이 내게 청혼한 그 공원에서요. 나는 무릎을 땅에 댄 채 힘겹게 숨을 헐떡이고, 울음이 터질 것 같아요. 지나가던 여자가 나를 부축해 벤치에 앉히고 물을 가져다주며, 항상 첫 임신이 제일 힘들지만 시간이 지나면 나아진다고 얘기해줍니다.

정말 힘든데, 그 이유는 달라진 체형 외에도 너무나 많아요. 나는 아이에게 노래를 불러주며 윗배가 튀어나오면 딸이고 아랫배가 불룩하면 아들이라는 민간 속설을 떠올립니다. 내 뱃속에 제 아버지를 꼭 닮은 사내애가 있을까요? 아니면 여자애가, 나중에 태어날 남동생들을 다독일 여자애가 있을까요? 나는 형제가 없지만 맏딸은 남동생의 성질을 온순하게 만들고 남동생은 누나를 세상의 위험으로부터 보호한다는 것을 압니다—마음이 한결 가벼워지는 순서죠.

내 몸이 예상치 못하게 변해요. 유방이 커지면서 뜨거워지고, 허연 튼살이 색상이 반전된 호피 무늬처럼 배에 죽죽 그어져요. 괴물이 된 느낌이지만, 남편은 나의 새로운 체형이 우리의 변태 행위 목록을 갱신시킨 듯 다시 욕망에 불이 붙는 모양입니다. 그리고 내 몸도 반응해요. 슈퍼마켓 줄에 서 있다가도, 성당에서 영성체를 하다가도, 새로이 솟구치는 맹렬한 욕망에 몸이 달아 아주 작은 자극에도 젖어들며 부풀고 마네요. 매일 남편은 원하는 것들의 목록을 머릿속에 넣고 퇴근하고, 아침에 빵과 당근을 살 때부터 계속 아슬아슬하던 나는 기꺼이 그 목록의 행위들은 물론이고 그 이상을 제공합니다.

"난 세상에서 제일 운좋은 놈이야." 남편이 내 배를 쓰다듬으며 말해요.

아침이면 그는 내게 키스하고 나를 어루만지고 때론 커피와 토스트 전에 나를 먹어요. 남편의 출근길 발걸음은 발밑에 스프링이라도 달린 것처럼 가볍네요. 퇴근길에는 승진 소식을 집으로 가져오고, 얼마 안 있어 또 승진합니다. "우리 가족을 위해 한 푼이라도 더 벌어야지." 그가 말합니다. "우리의 행복을 위해 더 벌어야지."

한밤중에 진통이 시작되고, 내장이 한 마디씩 죄다 꼬여서 극악무도하게 결리고 뒤틀립니다. 나는 호숫가의 그날 밤 이후로 한 번도 소리지른 적 없는 것처럼 울부짖지만, 이유는 그때와 정반대예요. 내 아이가 태어난다는 즐거움은 지금 이 무자비한 고통에 속수무책으로 해체되는군요.

나는 스무 시간째 진통중입니다. 남편의 손을 비틀어 뽑아버릴 지경이고, 욕설을 쏟아내지만 간호사는 눈썹 하나 까딱하지 않는 눈치예요. 내 가랑이 사이를 들여다보는 의사는 답답할 정도로 인내심이 강하고, 그의 흰 눈썹은 해독할 수 없는 모스부호를 이마에 그립니다.

"왜요?" 내가 묻습니다.

"호흡하세요." 의사가 명령합니다.

이대로 조금만 더 있다간 내 치아는 바수어져 가루가 될 거예요. 나는 남편을 쳐다보고, 남편은 내 이마에 키스하고 의사에게 무슨 일인지 묻습니다.

"자연분만은 힘들지도요." 의사가 말합니다. "제왕절개를 해야 할 것 같습니다."

"안 돼, 제발, 난 그러고 싶지 않아요."

"곧 별다른 진전이 없다면, 수술을 할 겁니다. 그게 모두에게 최선입니다." 의사는 고개를 들고, 나는 그가 남편에게 한쪽 눈을 찡긋했다고 거의 확신하지만, 통증 때문에 뭐든 달리 보이는 거겠죠.

나는 혼잣속으로 쪼꼬미와 협상합니다. 우리 쪼꼬미, 너랑 나랑 단둘뿐인 건 지금이 마지막이야. 부탁한다, 저 사람들이 내 배를 갈라 너를 꺼내게 하지 마.

쪼꼬미는 이십 분 후에 태어납니다. 가르긴 갈라야 했지만, 우려했던 대로 복부를 좍 가르진 않네요. 의사는 메스를 좀더 아래쪽에 댑니다. 약간 당긴다 싶지만 거의 아무 느낌이 없어요, 그게 바로 병원이 하는 일이겠지만. 아기가 내 품에 안기자 나는 해질녘의 하늘빛으로 붉게 물든 주름진 몸뚱이를 머리끝부터 발끝까지 샅샅이 확인합니다.

리본은 없어요. 사내아이고요. 그제야 울음이 터지며 나는 아무 표식 없는 아기를 꼭 끌어안습니다. 간호사가 젖 먹이는 법을 알려주고, 아기가 젖을 빠는 느낌은 무척 황홀합니다. 작은 쉼표처럼 동그마하게 말린 아기의 손가락을 하나하나 만지니 몹시 행복해요.

(만약 이 이야기를 소리 내어 읽고 있다면, 듣는 이에게 과일 칼을 주고 당신의 엄지와 검지 사이의 연약한 살갗을 칼로 그어 달라고 부탁한다. 그러고 나서 그 사람에게 감사한다.)

담당의가 지치고 피곤할 때 분만에 들어간 여자에 대한 이야기가 있어요. 미숙아로 태어난 여자에 대한 이야기가 있죠. 몸이 아기와 너무 찰싹 달라붙어 있어 의사가 아기를 꺼내기 위해 칼로 째야 했던 여자에 관한 이야기가 있어요. 남몰래 늑대 새끼를 낳은 여자 이야기를 들은 여자에 대한 이야기가 있습니다. 생각해보면, 이야기들은 이런 식으로 연못에 떨어진 빗방울처럼 한데 모여 섞여드는군요. 각기 다른 구름에서 형성되지만, 일단 하나로 합쳐지면 따로 나눠 얘기할 방법이 없어요.

(만약 이 이야기를 소리 내어 읽고 있다면, 커튼을 젖혀 내가 마지막에 말한 요점을 듣는 이에게 실제로 보여준다. 장담하는 데 밖에는 비가 내리고 있을 것이다.)

절개한 부분을 봉합하려는지 아기를 데려갑니다. 코와 입에 댄 마스크를 통해 무언가가 들어와 나는 잠에 취합니다. 남편이 내 손을 잡은 채 의사와 농을 주고받네요.

"몇 바늘 더 꿰매면 비용이 얼마나 듭니까?" 남편이 물어요. "그거 해주는 거 맞죠?"

"아 좀 그만." 나는 남편을 나무랍니다. 그러나 발음이 꼬이고 뭉개져 작은 신음소리로밖에 들리지 않았을 거예요. 두 남자 다 내 쪽으로는 눈길도 돌리지 않습니다.

의사가 낄낄거려요. "보호자분이 처음은 아니―"

나의 의식은 긴 터널을 미끄러지며 오르락내리락하고, 기름처럼 진득하고 검은 무언가가 나를 뒤덮고 있습니다. 토할 것만 같아요.

"—그런 소문은—"

"—꼭 처녀처럼—"

그다음에 나는 정신이 드는데, 번쩍 드는데, 남편은 없고 의사
도 없습니다. 그리고 아기는, 도대체 어디에—

간호사가 문틈으로 고개를 들이밉니다.

"남편분은 방금 커피 한잔하신다고 자리를 비우셨어요. 아기
는 요람에서 자고 있고요."

의사가 간호사 뒤에서 수건으로 손을 닦으며 들어옵니다.

"봉합은 다 마쳤습니다. 걱정하실 것 없고요. 쫀쫀하게 잘됐어
요, 모두가 만족스럽게. 회복 과정에 관해 간호사가 얘기해줄 겁
니다. 당분간은 푹 쉬어야 합니다."

아기가 깼어요. 간호사가 포대기에서 아기를 안아들어 다시
내 품에 안겨줍니다. 아기가 너무 예뻐서 나는 스스로에게 숨쉬
는 것을 잊지 말라고 당부해야 해요.

나는 매일 조금씩 회복됩니다. 느릿느릿 움직이고, 아직 통증
을 느낍니다. 남편이 다가와 나를 건드리고, 나는 그를 밀어냅니
다. 나도 우리의 이전 삶으로 돌아가고 싶지만 현재 상태로는 그
짓이 도움이 될 리 없죠. 나는 이미 우리의 아들을 돌보기 위해
통증을 감내하며 시시때때로 몸을 일으켜 젖을 먹이는걸요.

그러던 어느 날 그이에게 손으로 해줬는데 그이가 너무 만족스러워서, 나 자신은 욕구불만이더라도 남편의 욕구는 채워줄 수 있음을 깨닫습니다. 아들의 돌 즈음 나는 남편을 침대에 끌어들일 수 있을 정도로 회복돼요. 그가 나를 만지고, 그토록 오랫동안 충족되기를 바라 마지않았던 대로 나를 채울 때, 나는 행복에 겨워 흐느낍니다.

아들은 착한 아이예요. 쑥쑥 자라죠. 우리는 둘째를 가지려고 노력하지만, 쪼꼬미가 내 뱃속을 너무 헤집어놔서 나는 더이상 아기를 품을 수 없는 몸이 된 게 아닌가 싶어요.

"넌 형편없는 세입자였어, 쪼꼬미 씨." 나는 아이의 가늘다가는 갈색 머리칼에 샴푸를 비비며 말합니다. "보증금은 돌려주지 않겠어."

아이는 욕조 안에서 물장구를 치고 신이 나서 키득거려요.

아들이 내 리본을 만지지만 그 손길이 나를 겁먹게 하는 일은 결코 없어요. 아이는 그게 내 신체의 일부라 생각하고, 귀나 손가락을 만지는 것과 다를 바 없이 리본을 대합니다. 아이는 거기서 결락 없는 즐거움을 느끼고, 그래서 나는 기쁩니다.

더이상 아이가 생기지 않아 남편이 아쉬워하는지 아닌지 나는 알지 못합니다. 그이는 욕망을 서슴없이 드러내는 만큼 슬픔은 혼자 간직합니다. 남편은 좋은 아버지이고, 아이를 사랑해요. 퇴근하고 돌아오면 두 사람은 마당에서 서로를 쫓으며 잡기 놀이를 합니다. 아이는 공놀이를 하기엔 너무 어리지만 그래도 남편은 끈기 있게 잔디밭에서 아이에게 공을 굴려줍니다. 그러면 아들은 공을 집어들었다 다시 떨어뜨리고, 남편은 내게 손짓하며 소리쳐요. "봐, 보라고! 봤어? 쟤는 금방 공을 던질 거야."

어머니들에 관해 내가 아는 이야기 중에는, 이것이 가장 현실적이더군요. 한 미국 아가씨가 어머니와 함께 파리에 갔는데 어머니의 몸이 안 좋아져요. 어머니가 쉴 수 있도록 호텔에 며칠 머물기로 하고, 딸은 어머니를 진찰할 의사를 부릅니다.

간단한 검진 후에 의사는 딸에게 어떤 약만 있으면 된다고 얘기합니다. 의사는 딸을 택시에 태워 보내며 기사에게는 프랑스어로 길을 알려주고, 딸에게는 택시를 타고 자기 병원에 가면 아내가 적절한 약을 줄 거라고 설명하죠. 택시는 아주 한참을 느긋이 달려 병원에 도착하고, 의사의 아내 또한 참을 수 없을 정도로 굼떠서, 딸은 아주 속이 터질 지경이에요. 의사의 아내는 아주 꼼꼼하게 가루약을 섞어 알약을 조제합니다. 다시 택시를 타고 가는데 기사가 꼬불꼬불 길을 돌고 같은 거리를 두 번씩 오가기도 하네요. 답답해진 딸은 택시에서 내려 걸어서 호텔로 돌아옵니다. 마침내 호텔에 도착하지만 호텔 직원은 딸을 생전 처음 본다고 해요. 어머니가 묵고 있던 방으로 뛰어올라가지만 벽 색깔이 다르고 가구도 기억하던 것과 다르며 어디를 찾아봐도 어머니는 없어요.

　이 이야기의 결말은 여러 가지예요. 그중 하나는, 대차고 끈질기며 확신에 찬 딸이 근처에 방을 빌려 그 호텔을 감시하면서 호텔 세탁실에서 일하는 청년을 꼬드겨 결국 진실을 알아내는 것입니다. 어머니는 전염성과 치사율이 매우 높은 병에 걸렸고, 의사가 딸을 택시에 태워 보낸 직후에 세상을 떠났어요. 공포가 전 도시로 퍼지는 것을 막기 위해 호텔 직원은 어머니의 시신을 얼른 방에서 치운 다음 매장했고, 방안의 페인트를 다시 칠하고 가구도 새로 들였으며 관련자 전원에게 뇌물을 먹여 모녀를 봤다는 사실을 부인하게끔 손을 썼던 거였죠.

　이 이야기의 다른 버전에서 딸은 몇 년째 파리의 길거리를 헤매며 자신이 미쳤다고 생각합니다. 어머니도, 어머니와 함께 살던 자신의 삶도 병든 정신이 멋대로 지어낸 것이라고 믿게 되죠. 딸은 혼란과 비탄에 빠진 채 이 호텔 저 호텔을 전전하지만 누구 때문에 그러는지 설명할 수 없어요. 호화로운 로비에서 연신 내쫓길 때마다 딸은 이유 모를 상실감에 흐느껴 웁니다. 어머니는 이미 죽었지만 딸은 그 사실을 모르죠. 딸 자신도 죽은 후에나, 천국이 있다는 가정하에, 알게 되겠지요.

　이 이야기의 교훈을 굳이 말로 할 필요는 없겠죠. 이미 알고들 계실 테니.

우리의 아들은 다섯 살이 되어 학교에 들어가고, 나는 아들의 담임선생이 예전에 공원에서 내 옆에 웅크리고 앉아 나를 도와주고 둘째부터는 좀더 수월할 거라고 얘기해준 그 사람임을 기억해냅니다. 선생도 나를 알아보고, 우리는 복도에서 잠깐 이야기를 나눠요. 나는 선생에게 아들 이후로 둘째를 보지 못했고, 이제 아들이 학교에 들어갔으니 나의 일상은 나무늘보처럼 늘어져 따분하기 짝이 없게 흘러갈 거라고 말합니다. 이 선생 참 친절해요. 시간을 보낼 방법을 찾고 있다면 지역 대학에서 진행하는 여성 미술 강좌가 꽤 괜찮다고 알려주네요.

그날 저녁 아들이 잠자리에 든 후, 남편이 소파 이쪽으로 손을 뻗어 내 다리 위에서 슬금슬금 움직입니다.

"이리 와." 남편의 말에 나는 쾌감으로 짜릿해져요. 나는 소파에서 내려가 무릎걸음으로 그에게 다가가며 치마를 아주 예쁘게 폅니다. 남편의 다리에 입을 맞추고, 아래서부터 어루만지며 그의 허리띠까지 올라가 그의 것을 속박에서 풀어 잡아당긴 후 통째로 입에 넣습니다. 그는 두 손으로 내 머리칼을 헝클어뜨리고, 머리를 쓰다듬고, 신음하며 내 안으로 밀어넣어요. 남편이 내 리본 사이로 손가락을 집어넣으려 할 때까지 나는 그가 한 손을 슬그머니 내 목덜미로 내렸다는 사실을 깨닫지 못했어요. 나는 식겁하여 얼른 몸을 빼고 뒤로 물러나 미친듯이 매듭을 확인합니다. 남편은 내 침을 번드르르 묻힌 채 그대로 앉아 있고요.

"다시 이리 와." 남편이 말합니다.

"싫어." 나는 말합니다. "내 리본을 건드릴 거잖아."

남편은 일어나서 바지 속으로 자기 것을 집어넣고 지퍼를 올립니다.

"아내란," 남편이 말하네요. "남편에게 어떤 비밀도 없어야 해."

"난 비밀 같은 거 없어." 나는 그에게 말해요.

"그 리본은."

"리본이 무슨 비밀이야. 이건 그냥 내 거야."

"그걸 달고 태어났어? 왜 목에 있는데? 어째서 초록색이야?"

나는 대답하지 않습니다.

남편은 한동안 잠자코 있더니, 이러는군요.

"아내란 어떤 비밀도 없어야 해."

코가 빨개집니다. 나는 울고 싶지 않습니다.

"난 당신이 지금까지 요구한 건 뭐든 다 들어줬어. 나에겐 이것 하나도 용납되지 않아?" 나는 말합니다.

"난 알고 싶어."

"알고 싶은 거라고 생각하겠지. 하지만 아닐걸."

"왜 그걸 나한테 숨기고 싶어하는데?"

"숨기는 게 아냐. 이건 그냥 당신 게 아니라고."

남편이 내게 바싹 다가오고, 나는 버번냄새를 피해 물러납니다. 삐걱 소리가 나고, 우리는 동시에 고개를 들어 계단 위로 사라지는 아들의 발을 봅니다.

그날 밤 잠자리에 든 남편은 화를 못 이겨 씩씩거리다 잠이 들지만 꿈에 푹 들자마자 금세 누그러져요. 그의 숨소리를 들으며 한참을 깨어 있는데, 문득 남자들은 리본으로 보이지 않는 리본을 갖고 있는 게 아닐까 하는 생각이 듭니다. 어쩌면 우린 모두 어떤 식으로든 표식을 지니고 있을지도 몰라요, 비록 그것이 눈에 보이지 않는다 할지라도.

이튿날, 우리 아들이 내 목을 만지더니 리본에 대해 물어요. 아이가 리본을 잡아당기려 하네요. 마음이 아프지만 아이가 리본에 손대는 것을 금지해야 합니다. 아이가 손을 뻗자 나는 동전이 가득 든 깡통을 흔들어요. 깡통이 요란하게 귀에 거슬리는 소리를 내고, 아이는 움찔 물러나더니 엉엉 웁니다. 우리 사이에서 무언가가 사라져버리고, 나는 두 번 다시 그것을 찾지 못합니다.

(만약 이 이야기를 소리 내어 읽는다면, 동전이 가득 든 음료수 캔을 준비한다. 이 대목에 이르면 지척에 있는 사람의 얼굴에 대고 캔을 시끄럽게 흔들어댄다. 깜짝 놀라 겁에 질렸다 배신감에 떠는 그들의 표정을 관찰한다. 이후로 다시는 그들이 전과 똑같은 눈으로 당신을 보지 않음을 눈여겨본다.)

나는 여성 전용 미술 강좌에 등록합니다. 남편은 직장에, 아들은 학교에 가고 나면 나는 드넓은 초록색 캠퍼스로, 미술 강좌가 열리는 땅딸막한 회색 건물로 차를 몰아요.

적절한 예의범절에 대한 존중인지 남성 누드는 보여주지 않지만, 그래도 수업은 그 자체로 활기찹니다—낯선 여자의 벌거벗은 형태에는 볼 것이 많고, 목탄을 굴리고 물감을 섞으며 생각할 것도 잔뜩 있죠. 혈류를 재분배하느라 앉은 자리에서 꼼지락거리는 수강생을 적어도 한 명 이상 본다니까요.

연달아 계속 모델로 나오는 여자가 있어요. 그녀의 리본은 붉은색이고 날씬한 발목에 묶여 있습니다. 피부는 올리브색이고, 검은 털이 배꼽에서 불두덩까지 타고 내려가요. 나는 그녀를 탐하지 말아야 함을 알고 있습니다. 그녀가 여자여서가 아니라, 그녀가 모르는 사람이어서가 아니라, 옷을 벗는 것이 그녀의 직업이기 때문이며, 그런 상황을 이용하는 것은 부끄러운 일이니까요. 나의 배회하는 시선에는 일말의 가책도 없지만, 나의 연필이 그녀의 윤곽을 따라 더듬을 때 나의 손도 머릿속 은밀한 구석에서 똑같이 더듬어요. 어떻게 그렇게 되는지 나도 모르겠지만, 그 가능성이 내뿜는 향기에 나는 거의 미칠 지경입니다.

어느 날 오후 수업이 끝나고 복도 모퉁이를 도니 그녀가 있네요. 그 여자 말이에요. 옷을 입은 상태고, 레인코트로 몸을 감쌌어요. 그녀의 눈길에 나는 못박힌 듯 얼어붙고, 이렇게 가까이 있으니 그녀의 동공을 둘러싼 황금색 띠가 보입니다. 마치 쌍둥이 일식을 보는 것 같아요. 그녀가 내게 인사하고, 나도 그녀에게 인사합니다.

우리는 근처 식당의 칸막이 자리에 앉고, 포마이카 테이블 아래에서 이따금씩 우리의 무릎이 스칩니다. 그녀는 블랙커피를 마시고, 그 사실이 나는 이유 모르게 놀라워요. 나는 그녀에게 애가 있는지 묻습니다. 그녀는 있다고, 딸이 하나, 예쁜 열한 살짜리 여자애가 있다고 합니다.

"열한 살은 무시무시한 나이죠," 그녀가 말해요. "난 열한 살 이전은 전혀 기억에 없는데, 문득 열한 살이 되어 있더라고요, 세상이 온통 찬란하면서도 무서운 것도 잔뜩인. 그 나이 때는 정말, 그 호들갑하고는." 그러더니 그녀의 표정이 호수면 아래로 가라앉듯 잠시 아득해지고, 다시 돌아와서는 자기 딸이 노래와 음악을 잘한다며 가볍게 얘기합니다.

우리는 여자애를 키울 때의 두려움에 대해 구체적으로 이야기하지 않아요. 솔직히 나는 묻기조차 두렵습니다. 나는 그녀의 결혼 여부도 묻지 않고, 그쪽에서 먼저 알려주지도 않지만, 그녀는 결혼반지를 끼고 있지 않습니다. 우리는 내 아들 얘기를, 미술 강좌에 관한 얘기를 나눠요. 나는 그녀가 어떤 절박한 상황 때문에 우리 앞에서 옷을 벗게 되었는지 알고 싶어 죽을 지경이지만, 아마도 묻지 않겠죠. 돌아온 답이, 사춘기처럼, 너무 섬뜩해서 잊지 못하게 될까봐.

나는 그녀에게 사로잡혔어요. 이 말 외에 달리 표현할 길이 없네요. 그녀는 어딘가 단정치 않은 면이 있고, 내가 단정치 않았던 것과는 결이 달라요—지금도 단정한 건 아니지만. 그녀는 밀가루 반죽이고, 치대는 손 아래에서 탄력 있게 그 강기와 잠재력을 숨기죠. 잠시 눈을 돌렸다 다시 보면 그녀는 전보다 두 배는 더 커 보여요.

"나중에 또 얘기 나눌 수 있겠지요." 나는 그녀에게 말합니다. "무척 즐거운 오후였어요."

그녀가 고개를 끄덕이네요. 나는 그녀의 커피값을 냅니다.

남편에게 그녀에 대해 말하기 싫지만, 그이는 미답의 욕망을 감지하고도 남을 사람이죠. 어느 날 밤 남편이 내 속에서 요동치는 것이 뭐냐고 묻고, 나는 털어놓고 말아요. 심지어 그녀의 리본을 세세히 묘사하고, 부끄러움의 둑이 또하나 무너집니다.

남편은 이 새로운 발전에 몹시 기뻐하며 장황한 판타지를 중얼거리기 시작하더니 바지를 벗고 내 안에 들어옵니다. 그의 얘기가 전부 들리지는 않지만, 미루어 짐작건대 그녀와 내가 함께 있는, 혹은 우리 둘 다 그와 함께 있는 장면이 들어 있는 듯합니다.

나는 왠지 그녀의 신뢰를 저버린 것 같아 두 번 다시 수업에 가지 않습니다. 다른 소일거리를 찾습니다.

(만약 이 이야기를 소리 내어 읽고 있다면, 듣는 이에게 충격적인 비밀을 털어놓으라고 종용한 후 길거리를 향해 난 가장 가까운 창문을 열고 있는 힘껏 큰 소리로 방금 들은 비밀을 외친다.)

내가 가장 좋아하는 이야기 중 하나는 어느 노부부에 관한 거예요—남편은 월요일처럼 잔인했고, 성질이 포악하고 변덕이 죽 끓듯 하여 아내가 몹시 떨었어요. 아내는 오직 요리로만 남편을 꾸준히 만족시킬 수 있었고, 남편은 아내가 만든 음식의 완벽한 포로였습니다. 어느 날 남편이 통통한 간을 갖다주며 요리해달라고 했고, 아내는 허브와 육수를 사용해 음식을 만들었습니다. 그러나 자신이 솜씨를 부린 음식의 향기에 취한 나머지, 맛만 본다는 게 몇 입이 되었고, 어느새 간 요리가 전부 없어져버렸어요. 다시 간을 살 돈은 없었고, 자기 먹을 게 없어졌다는 걸 알게 된 남편이 보일 반응이 무서웠죠. 그래서 아내는 이웃한 교회로 몰래 숨어들어갔어요. 그곳에는 최근 안치된 한 여자의 시신이 있었습니다. 아내는 수의에 싸인 형체에 다가가 부엌 가위를 찔러넣어 시신에서 간을 훔쳤어요.

그날 저녁, 남편은 냅킨으로 입술을 닦으며 그날 요리가 자기가 지금까지 먹어본 것 중 가장 훌륭하다고 단언했습니다. 부부가 잠자리에 들었을 때, 늙은 아내는 현관문이 열리는 소리를 들었고, 가느다란 울부짖음이 집안에 울려퍼졌습니다. 누가 내 간 가져갔어? 누우우우우가 내 간 가져갔어?

목소리는 점점 침실로 가까워졌어요. 문이 활짝 열리고 잠시 정적이 감돌았죠. 죽은 여자가 다시 질문을 던졌습니다.

늙은 아내는 남편이 덮고 있는 이불을 홀렁 들추었어요.

"이자가 가져갔어요!" 아내는 의기양양하게 선언했지요.

그때 아내는 죽은 여자의 얼굴을 보았고, 자기 자신의 입과 눈매를 알아보았습니다. 아내는 자신의 복부를 내려다보았고, 그제야, 자신이 어떻게 스스로의 배를 갈랐는지 기억났어요. 아내는 침대에서 피를 콸콸 쏟았고, 죽어가며 무언가를 연신 중얼거렸는데, 그게 무엇인지는 여러분이나 나나 절대 알 수 없겠죠. 아내 옆에서, 매트리스 한가운데가 피바다로 젖어들어가는 가운데, 남편은 쿨쿨 잘만 잤습니다.

이것이 여러분에게 익숙한 버전의 이야기는 아닐지도 모르겠네요. 하지만 장담하는데, 이게 여러분이 알아야 하는 이야기예요.

남편은 이상하게 핼러윈에 신나해요. 나는 그이의 낡은 트위드 코트로 우리 아들을 위해 코트를 하나 만들고, 아이는 꼬마 교수 내지 거드름 피우는 학자가 됩니다. 입에 물고 있을 파이프도 하나 줍니다. 아이가 파이프를 잇새에 물고 쯧쯧거리는 폼이 너무 어른 같아서 심란하군요.

"엄마," 아들이 말해요. "엄마는 뭐야?"

나는 핼러윈 복장을 갖춰 입지 않아서, 애한테 나는 네 엄마라고 말해줍니다.

아이의 조그만 입에서 파이프가 바닥으로 떨어지고, 아이가 자지러지게 비명을 지르는 통에 나는 옴짝달싹 못합니다. 남편이 후다닥 달려와 아이를 안아들고, 아이의 울음 사이로 나지막이 아이의 이름을 계속 부르며 말을 겁니다.

아이의 숨소리가 정상으로 돌아오고 나서야 나는 내가 저지른 실수를 알아차려요. 아이는 아직 심술궂은 자매에 관한 이야기를 알아들을 만한 나이가 아니거든요. 장난감 북이 갖고 싶었던 그 자매는 제 어머니를 사악하게 괴롭혀 결국 집을 나가게 만들죠. 그리고 새어머니가 왔는데, 눈이 유리알이고 요동치는 나무 꼬리가 달린 여자였어요. 아들은 이런 이야기와 거기 담긴 진실을 알기엔 너무 어린데 내가 무심코 얘기를 해버렸던 거예요―모두가 가면을 쓰고 다니는 핼러윈 날 하루만 빼고, 평소의 자기 엄마는 진짜 엄마가 아니라는 것을 핼러윈 날에 알게 된 꼬마 얘기를요. 후회가 목구멍 속에서 뜨겁게 북받칩니다. 나는 아이를 안고 키스하려 하지만 아이는 그저 길거리로 나가고만 싶어해요. 해는 지평선 아래로 내려앉았고 희뿌연 냉기가 어둠을 잠식하고 있는데.

나는 핼러윈을 별로 좋아하지 않아요. 아들을 데리고 모르는 사람들의 집을 방문하거나 팝콘볼을 모으는 것도 별로고, 현관 앞에 나타나 '트릭 오어 트릿'을 외치며 몸값을 요구하는 아이들을 기다리는 것도 별로예요. 그래도, 끈적한 사탕과 과자가 가득 든 쟁반을 준비해 집안에서 기다리다 꼬마 여왕들과 유령들이

벨을 누르면 맞으러 나갑니다. 나는 아들을 생각합니다. 애들이 돌아가면 나는 쟁반을 내려놓고 두 손으로 이마를 받칩니다.

아들이 사탕을 아작아작 깨물고 깔깔 웃으며 집으로 돌아왔는데, 입은 이미 자두색으로 물들어 있어요. 나는 남편에게 화가 나요. 집에 들어온 다음에 전리품을 먹어도 된다고 허락했으면 좋았을걸. 그런 이야기들을 듣지도 못했나? 초콜릿 속에 밀어넣은 바늘이라든가, 사과 속에 찔러 박은 면도날이라든가? 남편은 이 세상에 두려워해야 하는 것이 있다는 것을 이해하지 못하는 듯하고, 나는 분노가 치밀어요. 아들의 입을 살펴보지만 입천장에 날카로운 금속이 박힌 것 같지는 않습니다. 아이는 단 과자와 흥분에 아찔할 정도로 들떠서 온 집안을 뱅글뱅글 돌며 깔깔거리는군요. 아까 전 사건은 다 잊어버리고 두 팔로 내 다리를 감싸안고 매달립니다. 용서는 어느 집 문 앞에서 내어주는 그 어떤 사탕보다 달콤하죠. 아들이 내 무릎 위로 기어올라오자 나는 아이가 잠들 때까지 자장가를 불러줍니다.

우리의 아들은 크고 또 커요. 여덟 살이 되고, 열 살이 됩니다. 처음에 나는 아이에게 동화를 들려줬어요. 아주 오래된 이야기들에서 고통과 죽음과 정략결혼은 시든 나뭇잎처럼 잘라내고요. 인어에게 다리가 나고 그것은 웃음소리처럼 느껴지죠. 심술쟁이 돼지는 갱생해서 사람들에게 먹히지 않고 시골 축제에서 성큼성큼 걸어나옵니다. 사악한 마녀는 성에서 나와 아담한 오두막으로 이사해 숲속 동물들의 모습을 화폭에 옮기며 여생을 보내요.

하지만 아이가 자라자 질문이 너무 많아지네요. 사람들이 왜 돼지를 잡아먹지 않아? 그렇게들 배가 고프고 돼지가 그렇게 못됐는데? 마녀는 굉장히 나쁜 짓을 저질렀는데 왜 자유롭게 놔준 거야? 그리고 지느러미가 다리로 변하는 과정이 하나도 고통스럽지 않다는 이야기는, 아이가 가위에 손을 베인 후 전면적으로 거부당합니다.

"아프 뗀데." 아이는 아직 혀짤배기소리를 낼 때예요.

나는 상처에 밴드를 감아주면서 아이 말에 동의합니다. 아프겠지. 그다음부터는 좀더 진실에 가까운 이야기를 들려줍니다. 특정 선로 구간에서 유령 기차 소리에 홀려 미지의 세계로 사라져버린 아이들. 사람이 죽기 사흘 전 그 집 현관 앞 계단에 나타나는 검은 개. 습지에서 사람을 구석에 몰아붙이고 거금을 내면 미래를 알려주겠다는 개구리 세 마리. 남편은 이런 동화를 금지하겠지만, 아들은 진지하게 귀기울여 듣고 혼자만 간직합니다.

아이의 학교에서 〈리틀 버클 보이〉 공연을 하게 되고, 아이가 주인공 버클 보이 역을 맡아서 나는 아이들 무대의상을 만드는 엄마들 모임에 들어갑니다. 방안 가득한 여자들 가운데 내가 의상 제작 총지휘자이고, 우린 다 같이 꽃 역할의 아이들을 위해 자디잔 실크 꽃잎을 꿰매고 해적 역할의 아이들을 위해 앙증맞은 하얀 나팔바지를 만들어요. 엄마들 중 한 사람은 손가락에 옅은 노란색 리본이 달렸는데, 리본이 계속 실에 엉킵니다. 그녀는 욕설을 내뱉고 울어버려요. 하루는 내가 재봉 가위로 거치적거리는 실을 끊어내기까지 하죠. 나는 세심한 주의를 기울여요. 모란에서 해방된 그녀는 고개를 절레절레 흔듭니다.

"이거 정말 성가시지 않아요?" 그녀의 말에 나는 고개를 끄덕입니다. 창밖에서 아이들이 놀고 있네요—놀이기구에서 서로를 밀어 넘어뜨리고, 민들레 꽃송이를 잡아 뽑고. 공연은 멋지게 성공합니다. 개막 날 저녁, 아들은 독백을 읊으며 눈부시게 빛납니다. 완벽한 높낮이와 억양. 이보다 더 멋지게 해낸 사람은 없었지요.

우리의 아들은 열두 살입니다. 아이는 단도직입적으로 리본에 대해 물어요. 나는 아이에게 사람은 저마다 다르고, 때로는 삼가야 할 질문도 있다고 말합니다. 나중에 크면 알게 될 거라고 납득시켜요. 나는 리본과 상관없는 이야기로 아이의 관심을 돌립니다. 인간이 되고 싶어하는 천사와, 자기가 죽은 줄 모르는 귀신과, 재가 되어버린 아이들. 아들에게선 더이상 아이 냄새가 나지 않네요—달콤한 우유 냄새가 난로에 그슬린 머리칼처럼 쩡한 탄내로 바뀌어요.

우리의 아들은 열세 살이 되고, 열네 살이 됩니다. 아이의 머리가 조금 길다 싶지만, 짧게 치는 것은 내가 참을 수 없어요. 남편은 출근하는 길에 아이의 머리칼을 헝클어뜨리고 내 입가에 키스합니다. 아들은 옆집 남자애를 기다렸다 학교에 같이 가는데, 옆집 애는 보조기를 차고 걸어요. 아이는 아주 미묘하게 연민을 드러냅니다, 내 아들은 그런 애예요. 몇몇 애들처럼 잔인한 본능이 없어요. "세상엔 남을 괴롭히는 사람들이 차고 넘쳐." 나는 아이에게 거듭 주지시켜왔습니다. 그해부터 아이는 더이상 내게 이야기를 들려달라고 조르지 않습니다.

우리의 아들은 열다섯, 열여섯, 열일곱 살이 됩니다. 아들은 똑똑한 청소년이에요. 제 아버지를 닮아 사람 대하는 요령이 좋고, 나를 닮아 신비로운 분위기를 풍기죠. 아이는 같은 학교에 다니는 밝은 미소와 온화한 성품의 예쁜 여자애와 사귀기 시작해요. 나는 여자애의 방문이 반가운 한편, 내 젊은 시절을 돌이켜보고는 아이들이 귀가할 때까지 기다리는 짓은 절대 안 하기로 합니다.

아들이 공대에 합격했다고 얘기하자, 나는 기쁨에 겨워 어쩔 줄 모릅니다. 우리는 웃고 노래 부르며 집안을 가로질러 행진하지요. 퇴근해 돌아온 남편도 이 축하연에 끼어들고, 우리는 동네 해산물 식당으로 차를 타고 갑니다. 그는 넙치를 앞에 두고 아이에게 말해요. "우린 네가 정말 자랑스럽다." 아들은 웃음을 터뜨리고 여자친구와 결혼하고 싶다는 말도 전하네요. 우리는 손뼉을 치고 더욱 행복해집니다. 이런 착한 아들이라니. 고대하던 그대로의 이렇게 멋진 삶이라니.

세상 그 어느 운좋은 여자도 이보다 더 큰 기쁨을 누리지 못했을 거예요.

내가 아직 얘기하지 않은 고전적인 이야기가 하나 있어요. 진짜 고전이죠.

두 연인이 외딴곳에 차를 세웠어요. 이것이 차 안에서의 입맞춤을 의미한다는 사람들도 있지만, 나는 다 알죠. 내가 그 자리에 있었는데. 연인들은 호수 가장자리에 차를 세웠습니다. 그들은 세상의 종말까지 몇 분 남지 않은 것처럼 뒷자리로 넘어갔어요. 어쩌면 그게 비유가 아닐지도요. 여자는 자신을 내어주었고, 남자는 여자를 가졌으며, 일이 다 끝난 후 그들은 라디오를 켰습니다.

라디오에서 아나운서가 갈고리손의 미친 살인마가 근처 정신병원에서 탈주했다고 보도했어요. 남자는 낄낄거리며 음악 방송으로 채널을 돌렸고요. 노래가 끝날 때쯤 여자는 종이 클립이 유리에 스치듯 가느다랗게 샥 긁히는 소리를 들었죠. 여자는 남자친구를 쳐다보고는 한 팔로 가슴을 가리며 드러난 맨어깨에 카디건을 걸쳤습니다.

"돌아가자." 여자가 말했어요.

"싫어," 남자가 말했어요. "한번 더 하자. 난 밤새워도 돼."

"살인마가 나타나면 어떡해?" 여자가 물었어요. "그 정신병원은 아주 가까운 데 있어."

"자기야, 우린 괜찮을 거야. 나 믿지?"

여자는 주저하다 고개를 끄덕였습니다.

"자, 그럼……" 하고 남자는 뒷말을 흐렸고, 여자는 그뒤에 무엇이 따라올지 이제 너무 잘 알지요. 남자는 여자의 가슴을 가린 손을 잡아끌어 자기 것 위에 올려놓았습니다. 여자가 마침내 호숫가에서 시선을 돌렸어요. 창밖에서, 달빛이 반들반들한 철제 갈고리에 반사되어 번득입니다. 살인마는 여자에게 갈고리손을 흔들며 이를 드러내고 싱긋 웃었어요.

미안, 뒷이야기는 잊어버렸네요.

아들이 없으니 집안이 무척 적막해요. 나는 손으로 여기저기 쓸어보며 집안을 거닙니다. 행복하긴 하지만 내 안에서 무언가가 낯모를 새로운 장소로 옮겨가고 있어요.

그날 저녁, 남편이 내게 허전해진 공간을 처음처럼 사용해보고 싶냐고 묻네요. 아들이 태어난 후론 신혼 때처럼 격렬히 결합한 적이 없었거든요. 부엌 식탁에 엎드리자 내 속의 오래된 무언가에 불이 붙고, 우리가 전에 어떻게 서로를 탐했는지, 어떻게 사랑의 흔적을 온갖 군데 줄줄이 남겼는지, 어떻게 그이가 내 안의 가장 어두운 공간에서 희열을 느꼈는지 새삼 기억납니다. 이

옷이 들든 말든, 창밖에서 누가 열린 커튼 사이로 내 입안에 파묻힌 남편을 보든 말든, 나는 거친 교성을 내지릅니다. 남편이 하자 했다면 나는 잔디밭에 나가 이웃들이 다 보는 앞에서 내 뒤로 들어오게 했을 거예요. 열일곱 살 때 그 파티에서 나는 누구라도 만날 수 있었죠—멍청한 남자애, 점잔 떠는 남자애, 폭력을 휘두르는 남자애. 독실한 남자애를 만났다면 어딘가 먼 나라로 떠나서 그곳 주민들을 개종시키거나 하는 얼토당토않은 짓을 하게 됐을지도 모릅니다. 나는 셀 수 없는 설움과 불만을 겪을 수도 있었어요. 그러나 마룻바닥에서 그를 올라타고 앉아 울부짖으며, 나는 내가 올바른 선택을 했음을 알아요.

우리는 벌거벗은 그대로 침대에 아무렇게나 누워 기진맥진 잠에 빠져듭니다. 눈을 뜨고 보니 남편이 내 목덜미에 입을 맞추며 혀로 리본을 탐색하고 있어요. 내 몸이 사납게 반발하고, 여전히 쾌락의 기억에 술렁이면서도 배신감에 치가 떨립니다. 나는 남편의 이름을 부르지만 그이는 대답하지 않아요. 내가 다시 부르자, 그이는 나를 꼭 붙들어 안고 계속 그래요. 나는 팔꿈치로 그의 옆구리를 때리고, 깜짝 놀란 남편의 손이 느슨해진 틈을 타 일어나 앉아 그를 마주봅니다. 남편은 영문을 모르겠다는 듯 상처받은 표정이에요. 내가 동전이 든 깡통을 흔들었던 그날의 아들처럼.

굳은 결심이 허물어져요. 나는 리본을 만집니다. 남편의 얼굴을 보니, 그의 욕망이 하나부터 열까지 전부 그 얼굴에 새겨져 있어요. 그이는 나쁜 남자가 아니고, 그것이 내 아픔의 뿌리임을 문득 깨닫습니다. 남편은 절대 나쁜 남자가 아니에요. 그이를 악랄하다느니 뻔뻔하다느니 타락했다느니 표현하는 것은 그에게 너무 몹쓸 짓이죠. 그런데도—

"리본을 풀고 싶어?" 나는 남편에게 묻습니다. "이렇게 오랜 세월이 지났는데도 당신이 나한테 원하는 게 그거야?"

남편의 얼굴에 환희가 스치고, 이어 탐욕이 번득이고, 그이의 손이 나의 맨가슴을 쓸더니 나비매듭에 가닿습니다. "응." 남편이 말하네요. "맞아."

그 생각에 남편의 것이 커졌음을, 나는 손대지 않고도 알 수 있습니다.

나는 눈을 감아요. 그날 파티에서 만난 남자애, 내게 입맞춤하고 호숫가에서 나를 열어젖혔던 남자애, 내가 원하는 것을 나와 함께한 남자애를 떠올리죠. 내게 아들을 주고, 그 아이가 한 남자로 성장하도록 도와준 사람.

"정 그렇다면," 나는 말합니다. "마음대로 해."

떨리는 손가락으로 남편은 리본의 한쪽 끝을 잡아요. 길게 묶인 매듭이 서서히 풀리고, 자꾸 만지작거리는 버릇 탓에 끝부분이 구깃구깃합니다. 남편이 신음을 하지만, 뭔가를 알아차리고 그러는 것 같지는 않네요. 그가 마지막 꼬임에 손가락을 넣고 잡아당깁니다. 리본이 풀려 떨어져요. 리본은 하늘거리며 침대 위에 동그마하게 내려앉아요. 아니, 그럴 거라고 상상하는 거예요. 왜냐하면 나는 고개를 숙여 리본이 내려앉는 것을 보지 못하거든요.

남편의 얼굴이 일그러지고, 이어서 뭔가 다른 표정―비탄, 아니 어쩌면 지레 가슴 저린 상실감―이 더해집니다. 내 팔이 가슴 앞으로 떠오르고―저도 모르게 균형을 잡으려는, 부질없는 몸짓이죠―그 너머로 남편의 모습이 사라져요.

"사랑해." 나는 그이에게 분명히 일러둡니다. "당신이 알 수 있는 것보다 훨씬 더."

"안 돼" 하고 남편이 말하지만, 그게 무엇에 대한 대답인지 나는 알지 못합니다.

만약 이 이야기를 소리 내어 읽고 있다면, 여러분은 내 리본이 보호하고 있던 자리가 뻥 뚫려서 피로 흥건한지, 아니면 인형의 가랑이처럼 중성적으로 매끈한지 궁금하겠지요. 미안하지만 그건 말해줄 수 없겠네요, 나도 모르니까. 그 질문과 또다른 질문들에 대한 답변이 부족한 것을 미안하게 생각합니다.

나의 무게가 변하고, 그와 동시에, 중력이 나를 붙드네요. 남편의 얼굴이 멀어지면서 곧이어 천장이 보이고, 내 뒤의 벽면이 보입니다. 잘린 내 머리가 고개 뒤로 넘어가 침대 밑으로 굴러떨어질 때, 나는 그 어느 때보다 외롭군요.

목록

여자애 한 명. 우리는 그애 집 지하실의 곰팡내 나는 러그 위에 나란히 누웠다. 그애 부모님은 위층에 계셨고, 우린 〈쥬라기 공원〉을 볼 거라고 말씀드렸다. "내가 아빠고, 네가 엄마야." 그애가 말했다. 나는 셔츠를 벗었고, 그애도 셔츠를 벗었고, 우리는 서로를 빤히 쳐다봤다. 심장이 배꼽 밑에서 펄떡거렸지만 나는 유령거미가 있을까봐, 그리고 그애 부모님한테 들킬까봐 조마조마했다. 난 아직도 〈쥬라기 공원〉을 못 봤다. 이젠 영영 못 볼 것 같다.

남자애 한 명, 여자애 한 명. 다 같이 친구였다. 우리는 와인쿨러* 몇 병을 훔쳐 내 방의 널따란 침대 위에서 마셨다. 셋이서 웃고 떠들며 술병을 돌렸다. "네 장점 중 하나는," 여자애가 말했다. "리액션이 좋다는 거야. 넌 무슨 일에든 워낙 재밌게 반응하거든. 완전 빵 터져서." 남자애가 맞장구치듯 고개를 끄덕였다. 여자애는 내 목선에 얼굴을 묻으며 살갗에 대고 "바로 이렇게"라고 말했다. 나는 깔깔 웃었다. 긴장되고 흥분되었다. 마치 내 몸이 기타이고, 누가 줄감개를 돌려 줄이 점점 팽팽해지는 기분이었다. 두 사람은 내 살에 대고 속눈썹을 깜박거렸고, 내 귀에 대고 숨을 불었다. 나는 신음을 흘리며 몸을 뒤틀었고, 그러는 내내 절정의 가장자리에서 부유했다. 거기서 내게 손댄 사람은 아무도 없었고, 나 스스로도 손대지 않았는데.

남자애 두 명, 여자애 한 명. 그중 한 명이 내 남자친구였다. 그애 부모님이 여행을 가서서 우리는 걔네 집에서 파티를 열었다. 우리는 보드카를 섞은 레모네이드를 마셨고, 남자친구가 자기 친구의 여자친구와 해보라고 나를 부추겼다. 우리는 주저주저 키스했고, 곧 그만뒀다. 남자애들은 저희들끼리 했고, 우리는 한참 동안 그 둘을 구경했다. 따분했지만 일어서기엔 너무 취해 있었다. 우리는 손님방에서 잠들었다. 잠에서 깨니 방광이 터질 것 같았다. 나는 터벅터벅 아래층으로 내려갔다가 현관홀 바닥에 보드카 레모네이드가 엎질러져 있는 것을 보고 열심히 치웠

---

* 와인과 과일주스를 섞은 낮은 도수의 음료.

지만 그 혼합물 때문에 대리석 광택제가 벗겨졌다. 남자친구의 어머니가 몇 주 후 침대 뒤편에서 내 속옷을 발견해 깨끗이 세탁한 다음 아무 말 없이 아들에게 건넸다. 그때 그 깨끗한 옷에서 나던 화학 세제의 꽃향기가 얼마나 그리운지, 내가 생각해도 참 이상하다. 지금 내 기억에 남은 건 그 섬유 유연제 냄새뿐이다.

한 남자. 키가 크고 호리호리했다. 너무 말라서 골반뼈가 다 보였고, 그게 묘하게 섹시했다. 회색 눈. 비꼬는 듯한 미소. 지난 10월 핼러윈 파티에서 만난 이후로 거의 일 년 동안 알고 지낸 사이였다. (나는 코스튬을 입지 않았고, 그는 바바렐라*로 분장했었다.) 우리는 그의 집에서 마셨다. 그는 긴장된다며 내게 마사지를 해주었다. 나도 긴장해서 그냥 마사지를 받았다. 그는 오랫동안 내 등을 문질렀다. "손에 힘이 빠지네"라고 그가 말했다. 나는 "아" 하고 뒤돌아 그를 마주했다. 그가 내게 키스했고, 그의 얼굴은 수염이 조금 자라 까끌까끌했다. 그에게서 효모 냄새와 고급 오드콜로뉴의 톱 노트 향이 났다. 그가 내 위에 올라탔고 우리는 한동안 서로를 애무했다. 내 안의 모든 것이 쾌감으로 저릿저릿했다. 그가 가슴을 만져도 되는지 물었고, 나는 그의 손을 내 가슴에 올리고 감싸쥐었다. 나는 셔츠를 벗었고, 마치 물

---

* 1968년 개봉한 우주 모험 영화의 제목이자 제인 폰다가 맡은 주인공의 이름.

한 방울이 내 척추를 타고 미끄러져 올라오는 듯한 느낌이 들었다. 이런 일이 있다니, 진짜로 이런 일이 생기다니, 새삼 실감났다. 우리는 둘 다 알몸이 되었다. 그는 콘돔을 끼우고 내 위에서 느릿느릿 움직였다. 세상에 이보다 더 아플 수 없었다. 그는 절정에 도달했고 나는 아니었다. 그가 자신을 잡아 빼자 콘돔은 피로 뒤덮여 있었다. 그는 콘돔을 빼내더니 툭 내던졌다. 내 안에 있는 모든 것이 쿵쿵거렸다. 우리는 너무 작은 침대에서 잤다. 이튿날 그는 나를 기숙사까지 태워주겠다고 고집을 부렸다. 기숙사 방으로 돌아온 나는 옷을 벗고 수건으로 몸을 감쌌다. 우리 둘이 한몸인 듯 아직도 그의 냄새가 났고, 나는 더, 더 원했다. 나는 이따금 섹스도 하는 어른, 진짜 인생이 있는 어른이 된 것 같아 기분이 좋았다. 룸메이트가 나를 꼭 안아주며 어땠느냐고 물었다.

한 남자. 애인이었다. 콘돔을 싫어했고, 내게 피임약을 먹고 있느냐고 물었는데, 그러거나 말거나 콘돔을 뺐다. 미친놈.

한 여자. 간헐적으로 만났다 헤어졌다를 반복했다. '컴퓨터 시스템의 구조'라는 강의를 같이 들었다. 긴 갈색 머리가 엉덩이까지 내려왔다. 그녀는 내 생각보다 더 보드라웠다. 입으로 해주고 싶었지만 그녀가 너무 겁을 냈다. 우리는 서로를 애무했고 그녀의 혀가 내 입속으로 미끄러져 들어왔다. 그녀가 집으로 돌아간 후 나는 내 아파트의 싸늘한 적막 속에서 두 번 절정에 다다랐다. 이 년 후, 자갈 깔린 우리 회사 건물 옥상에서 그녀와 섹스했다. 우리 몸 아래 네 개 층 밑에서는 내가 작성한 코드가 빈 의자를 앞에 두고 컴파일되고 있었다. 일을 다 치른 후 고개를 들었을 때 근처 고층 빌딩 창문에서 정장을 입은 한 남자가 우리를 보고 있음을 알았고, 남자의 손은 제 바지 속에서 바삐 움직이고 있었다.

한 여자. 동그란 안경을 썼고 붉은 머리였다. 어디서 만났는지는 기억나지 않는다. 약에 취해서 섹스를 하고 그만 그녀 속에 손을 넣은 채 잠들어버렸다. 새벽녘에 일어나서 시내를 가로질러 이십사 시간 레스토랑에 갔다. 부슬비가 내렸고 식당에 도착할 무렵엔 샌들을 신은 발이 추위로 얼얼했다. 우리는 팬케이크를 먹었다. 머그잔이 비자 웨이트리스를 찾아 두리번거렸고, 웨이트리스는 천장에 매달린 낡은 TV에 뜬 속보를 보고 있었다. 그녀는 입술을 잘근잘근 씹었고, 손에 든 커피포트에서 작은 갈색 방울이 똑똑 리놀륨 바닥으로 떨어졌다. 화면이 바뀌어 아나운서가 사라지고 한 주 건너 북부 캘리포니아에서 창궐하고 있는 바이러스의 증상이 나열됐다. 아나운서가 다시 나타나 비행기 운항이 금지되고 주 경계가 폐쇄됐으며 바이러스는 격리된 것으로 보인다고 거듭 전했다. 웨이트리스가 오긴 했지만 정신이 딴 데 가 있는 것 같았다. "저기에 아는 사람 있어요?" 내가 물었고, 웨이트리스는 눈물이 그렁그렁해서 고개를 끄덕였다. 괜한 걸 물었다고 자책했다.

한 남자. 우리집에서 엎어지면 코 닿을 거리에 있는 술집에서 만났다. 내 침대에서 서로를 더듬었다. 그는 보드카를 마셨는데도 시큼한 와인 냄새를 풍겼다. 섹스를 하다가 도중에 그의 것이 흐물흐물해졌다. 우리는 좀더 키스를 나눴다. 그는 입으로 해주고 싶어했지만 내가 내키지 않았다. 그는 화를 내며 가버렸고, 방충문을 쾅 닫고 가는 바람에 양념통 선반이 고정못에서 떨어져 바닥에 와장창 흩어졌다. 강아지가 육두구를 덥석 집어먹어 강제로 소금을 먹여 토하게 해야 했다. 아드레날린 탓에 기운이 남아돌아서 그동안 내가 키웠던 동물의 목록—아홉 살 때 집에 들였는데 일주일 만에 서로를 잡아먹은 베타 물고기 두 마리를 포함해 총 일곱 마리였다—과 쌀국수에 들어가는 향신료 목록을 적었다. 정향, 시나몬, 팔각, 고수, 생강, 카다몬.

한 남자. 키가 나보다 6인치 작았다. 전염병이 도는 통에 독특한 사진 촬영 팁을 알고 싶어하는 사람이 없어서 내가 일하던 웹사이트의 일감이 급격히 줄었고, 나는 그날 아침 정리해고됐다고 그에게 얘기했다. 그가 저녁을 사줬다. 우리는 그의 차 안에서 섹스했다. 그에겐 룸메이트가 있었고, 당시에 난 집에 들어갈 수 없는 사정이 있었다. 그는 살며시 내 브래지어 속에 손을 넣었고 그의 손놀림은 완벽했다. 끝내주게 완벽했고, 우리는 좁디좁은 뒷좌석으로 넘어갔다. 나는 두 달 만에 처음으로 절정에 다다랐다. 다음날 나는 그에게 전화해 음성사서함에 즐거웠고 또 만나고 싶다고 메시지를 남겼지만, 답이 없었다.

한 남자. 무슨 일이었는지 정확히 기억은 안 나지만 하여간 중노동을 하며 생계를 유지했고, 등허리에 보아뱀 문신을 했고, 그 밑에 철자가 틀린 라틴어 문구가 새겨져 있었다. 힘이 장난 아니어서 나를 번쩍 들어 벽에 밀어붙이고 삽입했는데 생애 가장 짜릿한 감각을 느꼈다. 우리는 그런 식으로 액자 몇 개를 깨먹었다. 그는 손을 사용했고, 나는 그의 등을 손톱으로 할퀴었으며, 그는 자기 덕에 내가 절정으로 가고 있느냐고 물었고, 나는 이렇게 대꾸했다. "응, 좋아, 덕분에 가고 있어, 좋아, 간다."

한 여자. 금발에 신경질적인 목소리였고, 친구의 친구였다. 우리는 결혼했다. 내가 결혼을 하고 싶어서 한 건지, 주변 세상을 통째로 집어삼키고 있는 바이러스에 겁먹고 그랬는지, 아직도 잘 모르겠다. 일 년 만에 파탄났다. 우리는 섹스를 하는 것보다,

심지어 대화를 하는 것보다 더 많이 서로에게 소리를 질렀다. 어느 날 저녁, 한바탕 싸우고 나는 울어버렸다. 그후에 그녀는 내게 섹스하고 싶냐고 물었고, 내 대답을 듣기도 전에 옷을 벗었다. 난 그녀를 창밖으로 밀어버리고 싶었다. 우리는 섹스를 했고 나는 울기 시작했다. 일을 끝내고 그녀는 샤워를 했고, 나는 가방을 싸서 차를 몰고 나와버렸다.

한 남자. 이혼하고 육 개월 후, 아직 정신을 못 차리던 때였다. 마지막 남은 그의 가족을 떠나보내는 장례식장에서 그를 만났다. 나는 비통했고, 그도 비통했다. 우리는 그의 형과 형수와 소카들이 살던, 지금은 모두 세상을 떠난 그들의 빈집에서 섹스했다. 우리는 방마다 돌아다니며 정사했고, 복도에서는 딱딱한 마룻바닥 때문에 골반을 제대로 구부릴 수가 없어서 빈 침구 보관실 앞에서 그에게 손으로 해줬다. 안방에서는 그의 위에 올라탄 내 모습이 화장대 거울에 비쳤고, 불을 끄자 우리의 살갗에 달빛이 은은히 반사됐다. 내 안에서 절정에 다다랐을 때 그가 말했다. "미안해, 미안해." 일주일 후 그는 제 손으로 목숨을 끊었다. 나는 도시를 벗어나 북쪽으로 이동했다.

한 남자. 다시 회색 눈. 정말 오랜만이었다. 어떻게 지내느냐고 묻길래, 어떤 건 말해주고 어떤 건 입을 다물었다. 첫 남자 앞에서 울고 싶지 않았다. 왠지 그러면 안 될 것 같았다. 주위 사람을 몇이나 잃었느냐고 묻길래, "어머니와 대학교 때 룸메이트"라고 말했다. 내가 죽은 어머니를 발견했다는 것도, 그로부터 사흘 후 불안에 떠는 의사들이 초기 증상이 있나 내 눈을 검진했다는 것도, 어렵사리 격리 지역을 탈출했다는 것도 말하지 않았다. "처음 만났을 때," 그가 말했다. "너 참 존나 어렸는데." 그의 몸은 익숙하기도 하고 낯설기도 했다. 그는 능숙해졌고, 나도 더 능숙해졌다. 그가 내 속에서 나갔을 때 나는 피가 보일 줄 알았지만, 당연히 그런 건 없었다. 못 본 사이 그는 더욱 아름다워졌고, 더욱 사려 깊어졌다. 나는 영문 모르게 욕실 세면대에 고개를 박고 울었다. 나는 그가 듣지 못하게 물을 틀었다.

한 여자. 갈색 머리였다. 전직 질병관리본부 직원이었다. 어느 커뮤니티 모임에서 만났고, 거기서 사람들은 식료품을 비축하는 법과 바이러스가 방어선을 넘어 이웃에 발병했을 때 대처하는 법을 배웠다. 아내 이후로는 여자와 같이 잔 적이 없었는데, 그녀가 셔츠를 들어올리자 내가 얼마나 젖가슴과 촉촉함과 부드러운 입을 열망했는지 깨달았다. 그녀는 좆을 원했고, 나는 원하는 대로 해주었다. 그러고 나서 그녀는 내 피부에 찍힌 하네스 자국을 손으로 훑으며, 백신 개발이라는 행운이 따른 사람은 아무도 없다고 털어놓았다. "하지만 그 망할 것은 신체 접촉을 통해서

만 감염돼." 그녀가 말했다. "사람들이 서로 떨어져 지내기만 하면⋯⋯" 목소리가 잦아들더니 조용해졌다. 그녀는 내 옆에서 몸을 둥글게 말았고, 우리는 잠이 들었다. 잠에서 깨고 보니 그녀는 딜도로 자위중이었고, 나는 계속 자는 척했다.

한 남자. 우리집 부엌에서 내게 저녁을 만들어주었다. 텃밭에 남은 야채가 별로 없었지만 그는 최선을 다했다. 떠먹여준다기에 나는 숟가락을 뺏어 들었다. 맛이 아주 없진 않았다. 그 주 들어 네번째로 전기가 나가는 바람에 우리는 촛불을 켜고 먹었다. 나는 이 의도치 않은 낭만적 상황에 화가 났다. 섹스를 할 때 그는 내 얼굴을 어루만지며 예쁘다고 말했고, 나는 고개를 홱 돌려 그의 손가락을 떨어냈다. 그가 두번째로 그랬을 때, 나는 한 손으로 그의 턱을 잡고 입 좀 다물라고 했다. 그는 곧바로 사정했다. 나는 그의 연락을 받지 않았다. 라디오에서 바이러스가 네브래스카까지 덮쳤다는 소식을 알렸을 때, 나는 동쪽으로 가야 함을 깨닫고 이동했다. 나는 텃밭과 내 개가 묻힌 땅과 수많은 목록을 미친듯이 썼던 소나무 테이블을 버리고 떠났다. M으로 시작하는 나무 이름―메이플, 미모사, 마호가니, 멀베리, 매그놀리아, 마가목, 맹그로브, 머틀―과 내가 살았던 주 이름―아이오와, 인디애나, 펜실베이니아, 버지니아, 뉴욕―이 부드러운 나무 위에 뒤죽박죽 새겨져 읽어낼 수 없는 글자들로 남았다. 나는 저

축한 돈을 찾아 바다 가까운 곳에 오두막을 빌렸다. 몇 달이 지
났고, 캔자스에 사는 집주인은 더이상 내가 보낸 수표를 찾아가
지 않았다.

두 여자. 서쪽 주에서 탈출한 난민들인데 쉬지 않고 차를 타
고 달리다 내 오두막에서 1마일 떨어진 곳에서 차가 뻗었다. 두
사람은 우리집 문을 두드렸고, 차를 고쳐 타고 갈 방법을 알아
낼 동안 나와 함께 두 주를 머물렀다. 어느 날 저녁 우리는 와인
을 마시며 격리에 대해 얘기했다. 발전기의 크랭크를 돌려야 해
서 한 명이 자진해서 나갔다. 나머지 한 명이 내 옆에 와서 앉더
니 한 손으로 내 다리를 더듬어 올라왔다. 결국 서로 키스하며
각자 수음했다. 발전기가 살아났고 전원이 다시 들어왔다. 나갔
던 여자가 돌아왔고, 다 같이 한 침대에서 잤다. 나는 그들이 머
물기를 바랐지만, 그들은 더 안전하다는 소문이 도는 캐나다로
올라가겠다고 했다. 그들은 내게 같이 가자고 했지만, 나는 미국
의 보루로서 버티고 있다고 농담했다. "여긴 무슨 주인데?" 그들
중 한 명이 물었고, 내가 답했다. "메인." 그들은 번갈아 내 이마
에 입을 맞추고 내게 메인의 수호자라는 별명을 지어줬다. 그들
이 떠난 후 나는 아주 간헐적으로만 발전기를 사용했다. 어둠 속
에서 촛불을 켜고 지내는 편이 더 좋았다. 이 오두막의 전 주인
은 창고 한가득 초를 쟁여놨다.

한 남자. 주 방위군이었다. 처음 우리집 문 앞에 나타났을 때 나는 그가 나를 대피시키러 온 줄 알았는데, 알고 보니 탈영병이었다. 나는 하룻밤 재워주겠다고 했고, 그는 고마워했다. 잠에서 깨니 목에 칼이 있었고 손이 가슴을 덮었다. 나는 이런 자세로 누워서는 섹스를 할 수 없지 않느냐고 말했다. 놈이 비키자 나는 벌떡 일어나서 책장 쪽으로 놈을 세게 밀쳤고, 놈은 정신을 잃고 쓰러졌다. 나는 놈을 질질 끌고 바닷가로 나가 파도 속으로 굴려넣었다. 놈은 모래를 뱉어내며 정신을 차렸다. 나는 칼끝으로 놈을 겨냥한 채 그대로 계속 걸어가라고 명령했다. 만약 뒤돌아보기라도 하면 끝장내겠다고. 놈은 시키는 대로 할 수밖에 없었고, 나는 놈이 잿빛 해변 위의 까만 점이 되었다가 이윽고 사라질 때까지 지켜보았다. 놈을 마지막으로 일 년 동안 사람을 보지 못했다.

한 여자. 종교 지도자였고, 하얀 옷을 입은 쉰 명의 무리가 여자를 따랐다. 나는 사흘 동안 그들 무리를 울타리 바깥에 대기시키고, 눈 검사를 마친 후 머물도록 허락했다. 그들은 모두 오두막 주위에 천막을 치고 노숙했다. 잔디밭에, 바닷가에. 그들은 알아서 자급자족했고, 머리를 누일 곳만 있으면 된다고 지도자가 말했다. 여자는 긴 망토를 입었고 그래서 마법사처럼 보였다. 밤이 찾아왔다. 여자와 나는 맨발로 천막 주위를 돌았고, 화톳불이 그녀의 얼굴에 그림자를 새겼다. 바다 바로 앞까지 걸어가서 나는 어둠 속의 한 점을, 여자에게는 보이지 않는 조그만 섬을 가리 켰다. 여자가 슬쩍 내 손에 자기 손을 겹쳤다. 나는 그녀에게 술을 권했고—"거의 밀주라고 볼 수 있지." 나는 텀블러를 여자에게 건네며 말했다—우리는 식탁 앞에 앉았다. 밖에서 사람들 웃음소리와 악기 소리, 바다에서 뛰노는 아이들 소리가 들렸다. 여자는 녹초가 된 듯했다. 보기보다 어렸고, 알고 보니, 직책 때문에 지레 늙었다. 여자는 술을 홀짝이고 그 맛에 인상을 썼다. "너무 오랫동안 걸었어." 여자가 말했다. "펜실베이니아 근처에서 잠시 머물렀는데, 딴 무리들과 마주쳤을 때 바이러스에 걸렸어. 어느 정도 거리를 벌릴 때까지 열두 명을 잃었지." 우리는 한참 동안 깊게 입을 맞췄고, 내 보지 속에서 심장이 두방망이질쳤다. 그녀에게서 매캐한 연기맛과 꿀맛이 났다. 여자가 꿈에서 깨어 계시를 받았다며 계속 나아가야 한다고 할 때까지, 그들 무리는 나흘 동안 머물렀다. 그녀는 내게 같이 가자고 했다. 나는 그녀와 함께 있는 나, 우리 뒤에서 아이들처럼 따라오는 그녀의 무리를 머릿속에 그려보았다. 사양했다. 그녀는 내 베개 위에 선물을 놓고 떠났다. 내 엄지만한 크기의 백랍 토끼였다.

한 남자. 스물을 넘지 않았을, 갈색 더벅머리였다. 한 달을 걸어왔단다. 누구나 예상할 만한 상태였다. 겁이 많았다. 희망이 없었다. 섹스할 때 그는 몹시 정중하고 조심스러웠다. 함께 씻고 나서 나는 그에게 깡통에 든 수프를 먹였다. 그는 시카고를 걸어서 넘었다고, 말 그대로 시카고를 횡단했다고, 그리고 얼마 지나지 않아 사람들은 시신을 굳이 묻으려 하지도 않게 되었다고 말했다. 얘기를 더 잇기 전에 그는 잔을 다시 채워야 했다. "그러고 나서, 도시들을 돌아다녔어요." 나는 그에게 바이러스가 실제로 얼마나 가까이 왔는지 물었고, 그는 모르겠다고 말했다. "여긴 정말 조용하네요." 그는 화제를 돌렸다. "교통 체증도 없고, 관광객도 없으니까." 내가 말했다. 그는 하염없이 울었고, 나는 그가 잠들 때까지 안아주었다. 이튿날 아침 눈을 뜨니 그는 가버리고 없었다.

한 여자. 나보다 훨씬 나이가 많았다. 사흘이 지나길 기다리는 동안 그녀는 모래언덕에서 명상했다. 눈을 검사했을 때 그녀의 눈동자는 바닷가 유리돌 같은 초록색이었다. 머리칼은 관자놀이께에서 희끗희끗했고, 그녀가 웃는 모습에 희열이 내 심장의 계단을 데굴데굴 굴러다녔다. 우리는 퇴창으로 들어오는 여린 빛 속에 앉았고, 진도는 몹시 더뎠다. 그녀가 내 몸에 올라앉아 키스했을 때 창유리 너머 세상이 조여들고 낭창하게 휘어졌다. 우리는 술을 마셨고, 해변을 따라 걸었고, 우리의 발 주위로 축축한 모래가 희미한 빛을 냈다. 그녀는 이젠 없는 자신의 아이들에 대해, 다친 십대 아이들에 대해, 새 도시로 옮긴 다음날 안락사시켜야 했던 고양이에 대해 얘기했다. 나는 어머니를 발견한 일에 대해, 버몬트와 뉴햄프셔를 지나는 위험천만했던 긴 여정에 대해, 도무지 평온하지 못했던 전 아내와의 일에 대해 얘기했다. "무슨 일이 있었는데?" 그녀가 물었다. "그냥 잘 안 됐어." 내가 말했다. 나는 빈집에서 만났던 남자에 대해, 그가 울던 모습과 그의 배 위에서 허여스름하게 반짝이던 정액에 대해, 어떻게 허공에서 몇 움큼씩 절망을 퍼낼 수 있었는지에 대해 얘기했다. 우리는 젊었을 때를 회상하며 광고 음악 몇 개를 떠올렸고, 그중엔 이탈리아 아이스크림 체인점 광고도 있었다. 긴긴 여름날이 저물 무렵 열기에 나른한 상태로 그 가게에 가서 젤라토를 먹었었다. 이렇게 많이 웃어본 게 언제였는지 기억도 나지 않았다. 그녀는 머물렀다. 더 많은 난민들이 오두막을, 우리를, 국경 앞 마지막 정류장을 거쳐갔고, 우리는 그들을 먹이고 어린애들과 놀아주었다. 우리는 점점 조심성이 없어졌다. 어느 날 잠에서 깨니 공기가 달라져 있었고, 나는 기어이 올 것이 왔음을 알았다. 그녀는 소파에 앉아 있었다. 차를 우린다고 밤중에 일어났었다. 그러나 컵은 넘어져 있었고, 엎질러진 찻물은 차가웠다. 나는 TV와 신문에서, 그리고 전단지에서, 이후에는 라디오방송에서, 더 나중에는 화톳불 주위의 숨죽인 속삭임에서 말하던 증상을 알아보았다. 그녀의 피부는 어두운 보랏빛으로 겹겹이 멍울

졌고, 눈의 흰자는 빨갛게 충혈됐으며, 축축한 손톱 밑에서 피가 났다. 애통해할 틈이 없었다. 나는 거울로 내 눈을 확인했다. 아직 말짱했다. 나는 비상시 목록을 보고 물품을 챙겼다. 짐과 텐트를 싸서 소형 보트에 싣고 노를 저어 섬으로, 오두막에 도착한 후로 줄곧 식료품을 비축해둔 이 섬으로 왔다. 나는 물을 마시고 텐트를 세우고 목록을 작성하기 시작했다. 유치원부터 시작해서 모든 선생님. 몸담았던 모든 직장. 살았던 모든 집. 사랑했던 모든 사람. 나를 사랑했을 모든 사람. 다음주면 나는 서른이 된다. 모래가 입안으로, 머리칼 속으로, 공책의 갈라진 가운데 틈으로 날아들고, 바다는 잿빛으로 너울거린다. 그 너머로 오두막이, 저 머나먼 해변의 작은 점이 보인다. 수평선 너머로 일출처럼 퍼지는 바이러스가 보인다는 생각이 자꾸 든다. 세상은, 그 위에 더 이상 사람이 살지 않더라도, 계속 돌아갈 것임을 나는 깨닫는다. 어쩌면 조금 더 빨리 돌지도 모른다.

엄마들

여기, 현관 앞 포치에, 그녀가 있다. 지푸라기 같은 머리칼과 흐느적거리는 관절, 평생 빗물이라곤 구경도 못 해본 흙처럼 갈라진 입술. 품에는 아기를 안고 있다. 아기는 성gender 구분이 없고, 벌겋고, 어떤 소리도 내지 않는다.

"배드Bad." 내가 말한다.

배드는 아기의 귓가에 입을 맞추더니 아기를 내게 내민다. 배드가 팔을 뻗자 나는 움찔하지만 그래도 갓난애를 받아든다.

아기들이란 생각보다 무겁다.

"너 가져." 배드가 말한다.

나는 아기를 내려다보고, 휘둥그레 나를 빤히 쳐다보는 아기의 눈이 왜콩풍뎅이처럼 어슴푸레 빛난다. 아기의 손가락은 보이지 않는 머리카락을 말아쥐었고, 조그맣고 뾰족한 손톱이 제 손바닥을 파고든다. 싸한 느낌이 내려앉는다. 맥주 한 잔에 맛이 간 느낌, 덫의 아가리가 탁 닫혀 더이상 발을 놀릴 수 없다는 느낌. 나는 다시 배드를 쳐다본다.

"가지라니, 무슨 소리야?"

배드는 이런 구제불능 멍청이가 다 있냐는 듯, 아님 내가 자기와 섹스라도 하고 있는 듯, 아님 양쪽 다인 듯 나를 응시한다.

"내가 임신했었어. 이제 애가 나왔고. 그러니 너 가지라고."

내 머리가 그 문장을 곱씹는다. 여러 달 동안 머리가 영 흐리멍덩했다. 읽지 않은 우편물이 식탁 위에 쌓였고, 한때 티끌 한점 없던 마룻바닥에는 옷 무더기가 거대한 산을 이뤘다. 나의 자궁이 당황해서 항의의 뜻을 밝히며 수축한다.

"자," 배드가 말한다. "내가 할 수 있는 건 딱 여기까지야. 그이상은 무리라고. 알겠어?"

나는 수긍하지만, 그녀의 논리를 따라가자니 뭔가 좀 이상하다. 위험하다.

"넌 네가 할 수 있는 만큼만 할 수 있지." 어쨌든 나는 따라 말해본다.

"그렇지." 배드가 말한다. "아기가 울면, 배가 고프거나 목이 마르거나 화가 났거나 짜증이 났거나 아프거나 졸리거나 피해망상이거나 샘이 났거나 뭔가 하려고 했다가 망해서 그럴 거야. 그러니까 애가 울면 알아서 잘 처리해."

나는 아기를 내려다보고, 지금 아기는 울지 않는다. 아기가 졸린 듯 눈을 깜박이자, 뜬금없이 나는 공룡이 불에 타서 재가 되기 전에 이런 식으로 눈을 껌벅였을까 궁금해진다. 아기는 편히 힘을 빼고—생각했던 것보다 훨씬 더 무거워진다—내 젖가슴에 머리를 묻는다. 젖을 먹을 수 있다고 생각하는지 입술을 살짝 오므리기까지 한다.

"난 네 엄마가 아니야, 아가." 내가 말한다. "젖은 못 줘."

나는 아기한테 홀딱 빠져서, 멀어지는 발소리와 차문이 쾅 닫히는 소리를 놓친다. 그렇게 배드는 훌쩍 가버렸고, 일단 나는 혼자가 아니다, 그후로.

집안에 들어온 나는 아기 이름도 모른다는 사실을 깨닫는다. 바닥에는 받은 기억이 없는 조그만 천 가방이 놓여 있다. 나는 부엌으로 가서 푹 꺼진 등나무 의자에 앉는다. 품에 안은 아기와 내 무게로 의자가 부서지는 상상이 들어 다시 일어나서 조리대에 기대어 선다.

"안녕, 아가." 나는 아기에게 말한다.

아기의 눈꺼풀이 활짝 열리고, 내 얼굴에 시선을 고정한다.

"안녕, 아가야. 넌 이름이 뭐니?"

대답은 없지만 그렇다고 울지도 않는다. 그게 놀랍다. 나는 낯선 사람이다. 아기는 나를 생전 처음 본다. 애가 운다면, 익히 예상하던 일이고, 이런저런 이유도 있다. 하지만 울지 않는다는 건 무슨 뜻일까? 겁먹어서? 겁먹은 얼굴은 아니다. 아기들은 공포를 느낄 능력이 없을지도.

아기는 뭔가 열심히 머리를 굴리는 것처럼 보인다.

산뜻한 향이 나지만 화학제품의 냄새다. 잘 맡아보면 뭔가 약간 엎지른 것처럼 우유 냄새가 살짝, 몸에서 시큼한 내음이 얼핏 난다. 콧물을 좀 흘리는데 닦으려는 움직임은 없다.

뭔가 세게 부딪히는 큰 소리가 난다. 깜짝이야. 아기가 손을 뻗어 과일 그릇에 든 바나나를 잡는 바람에 배 대여섯 개가 굴러 떨어졌다. 딱딱한 배가 바닥을 구르고, 너무 익어 물러진 몇 개는 터져버린다. 드디어 애는 겁에 질린 얼굴이다. 울음을 터뜨린다. 나는 아기의 부드러운 정수리에 입을 맞추고 옆방으로 데려간다.

"쉿, 아가야."

아기 입은 끝이 보이지 않는 동굴이고, 그 속으로 빛과 생각과 소리가 들어가면 절대 되돌아오지 않는다. "쉿, 아가야." 배드는 왜 아기 이름을 안 알려줬을까?

"쉿, 꼬마야. 쉿." 울음소리에 머리가 지끈거린다. 아기의 양쪽 눈꼬리에서 눈물 방울이 똑같이 양쪽 귀로 흘러내려서, 꼭 우는 아기 그림 같이 전혀 아기 같지 않다. "쉿, 꼬마야. 쉿."

밖에서 산들바람이 흙먼지를 휘젓고 방충문을 쾅 닫는다. 깜짝이야. 아기는 목청껏 악을 쓴다.

데이비드와 루스의 결혼식은 정통 로마가톨릭 미사로 진행됐다. 루스의 면사포는 얼굴을 다 가렸고 통로를 따라 걸을 때 밑단이 바닥에 닿았다. 신랑 신부의 요청에 따라 모자와 미사포의 바다가 여자들의 올림머리를 덮었다. 예식은 아름답고 고풍스러웠으며, 루스와 데이비드를 몇천 년의 시간으로 묶었다.

피로연에서 커머번드*를 착용한 그녀가 내 옆을 스쳐지나갔다. 나는 음식을 씹는 내 모습이 굉장히 의식되기 시작했다. 처음엔 그녀를 별로 눈여겨보지 않았다. 북적이는 친척들과 친구들 사이에서 그냥 호리호리한 남자인 줄로만 알았다. 하지만 아니었다. 바닥에 그려진 보이지 않는 선을 따라 발을 교차해 뻗는 여성적인 걸음걸이와 높이 솟은 광대뼈에서 남자가 아님이 은연중 드러났다. 파티가 무르익는 동안 나는 그녀를 쭉 지켜봤고—건배할 때도, 치킨 댄스를 출 때도, 루스의 열두 살짜리 사촌이 흉한 모양새로 엉덩방아를 찧어 그애 아버지가 화를 냈을 때도—댄스 플로어가 좀 정리되자 그녀는 목깃을 빳빳이 세우고 풀 먹인 소매를 말아올린 차림으로 걸어나와 모슬린으로 감싼 새하얀 크리스마스 전구 아래서 춤을 추기 시작했다.

---

* 턱시도를 입을 때 바지 허리에 두르는 주름 잡힌 넓은 띠.

결혼식이 여자들을 성적으로 흥분시킨다는 얘기는 노상 들었지만, 처음으로 그 말이 이해가 갔다. 그녀는 남자처럼 무심한 쿨함으로 아주 자신만만하게 몸을 움직였고, 그 장소에 있는 다른 어떤 것도 내 눈에 들어오지 않았다. 밑이 젖어들었다. 나는 속수무책으로 뜨거워졌고 영문 모를 허기를 느꼈다.

그녀가 내 쪽으로 다가오자 심박이 느려졌다. 그녀는 멋진 스윙 파트너처럼 나를 빙그르르 돌렸다—확신에 찬 몸짓으로, 주도권을 쥐고. 나는 거기에 몸을 실었고, 나도 모르게 웃음이 났다. 중력이 사라졌다.

이윽고 우리는 거의 서 있다시피 천천히 춤을 추고 있었다. 그녀가 내 귓가로 고개를 숙였다.

"지금까지 내가 본 손 중에 가장 아름다운 손이네." 그녀가 말했다.

이틀 후 나는 그녀에게 전화를 걸었다. 첫눈에 반하는 운명적 사랑을 이보다 더 굳게 확신한 적은 없었다. 전화선 반대편에서 그녀가 웃었을 때, 내 안에서 뭔가가 금이 가며 탁 깨졌고, 나는 그녀를 그 속으로 들였다.

아기의 머리가 상한 과일 같아서 계속 신경 쓰인다. 이 끝없는 소음의 폐허 한가운데에서 문득 깨닫는다. 그 머리가 물컹한 복숭아처럼 생겨서, 누가 뭐라지도 않고 곤란할 것도 없이 그냥 엄지를 쑥 집어넣을 수 있겠다 싶다. 그렇게 할 리는 없겠지만 그렇게 하고 싶고, 그런 욕구가 심상치 않아지자 나는 아기를 내려놓는다. 아기는 더욱 요란하게 울어댄다. 나는 아기를 다시 품에 안아들고 속삭인다. "사랑해, 아가야, 난 널 해치지 않을 거야." 그러나 전자는 거짓말이고 어쩌면 후자도 거짓말일 수 있으나, 그냥 잘 모르겠다. 아기에게 보호본능을 느껴야 마땅한데 저 물컹한 부위, 마음만 먹으면 해칠 수 있는 저곳, 원하기만 하면 아기를 해칠 수 있는 저기만 머릿속에 맴돈다.

만난 지 한 달 됐을 때, 배드는 내 위에 다리를 벌리고 앉아 손끝으로 꾹꾹 눌러가며 유리 대통에 대마를 채웠다. 그녀가 라이터를 살짝 기울여 불을 붙인 후 빨아들이자 그녀의 몸이 보이지 않는 곡선을 따라 파도쳤고, 그녀의 입 밖으로 연기가 한 번에 한 발짝씩 뻗어나왔다. 한 마리 짐승처럼.

"나 처음 해보는데." 나는 배드에게 말했다.

배드는 한 손을 오므려 대통을 감싸고 파이프를 내게 건넨 후 불을 붙였다. 나는 빨아들였다. 기관지로 뭔가 훅 들어왔고, 하도 기침을 격렬히 해대서 각혈하는 줄 알았다.

"이렇게 해보자." 배드는 한 모금 빨아들이고 자기 입을 내 입에 갖다대더니 자극적인 연기로 나의 폐를 채웠다. 나는 그것을 하나도 남김없이 흡수했고, 욕망이 나를 관통했다. 그곳에서 우리가 허물어질 때 나는 온 존재가 헐겁게 풀린 기분이었고, 정신이 왼쪽 귀 근처 어딘가로 철수한 것 같았다.

배드는 자신이 살던 옛 동네를 내게 보여주었다. 나는 약에 취해 아이처럼 그녀 손에 끌려다녔고, 어쩌다보니 브루클린미술관이었는데, 도무지 끝이 없을 것만 같은 기나긴 식탁 위에 태초의 여신과 버지니아 울프에게 바치는 도발적인 꽃을 피운 접시들이 놓여 있었다.* 우리는 리틀 러시아**에 있었고, 그다음엔 드러그 스토어였고, 그다음엔 해변이었고, 느껴지는 거라곤 배드의 손과, 내 발을 감싸는 따뜻한 모래뿐이었다.

"너한테 보여주고 싶은 게 있어." 저물녘 그녀는 나를 데리고 브루클린브리지를 건넜다.

우리는 며칠간 함께 지냈다. 젤리맨을 찾아 위스콘신까지 차를 몰고 갔지만 알고 보니 그는 이미 이 세상 사람이 아니었다. 우리는 차를 돌려 바다로, 조지아주 해안에 있는 어느 섬으로 달렸다. 우리는 수프처럼 따뜻한 바다를 떠다녔다. 나는 그녀를 안았고, 바다의 변덕스러움 속에서 그녀는 나를 안았다.

"바다는," 배드가 말했다. "엄청난 레즈야. 분명해."

---

* 주디 시카고의 페미니즘 설치 작품 〈디너 파티〉를 말한다.
** 러시아계 이민자들이 주로 정착한 브루클린의 브라이턴 비치 인근 지역.

"하지만 역사에 남을 레즈는 아니지." 내가 말했다.

"아니지," 배드도 동의했다. "우주에 남을 레즈지."

나는 그 말을 곰곰 생각해보았다. 물속에서 유유히 다리를 저었다. 입술에서 소금맛이 났다.

"맞아." 내가 말했다.

멀리서 잿빛 혹등이 바다 위로 솟구쳤다. 나는 상어와 곤죽이 된 우리 몸을 상상했다.

"돌고래네." 배드가 조용히 말했고, 그것은 돌고래가 되었다.

우리는 함께 빠져들었다. 배드가 나보다 나이가 훨씬 많았지만, 나는 거의 의식하지 않았다. 그녀는 공공장소에서 내 허벅지 위쪽까지 어루만졌고, 가장 암울했던 시절의 이야기를 들려주며 내 얘기도 물었다. 그녀가 나의 타임라인에 새겨진 느낌이었고, 그것은 폼페이의 운명처럼 불가변적이었다.

배드는 나를 침대에 밀어 눕히고 내 골반 위에 똑바로 앉는다. 나는 그녀가 그렇게 앉게 놔두고, 그녀가 그러길 바라며, 그녀의 무게와 나를 내리누르는 명징함을 느낀다. 옷가지가 우리 사이에 자리할 이유가 없으므로 우리는 옷을 벗어던진다. 나는 그녀의 부드럽고 말간 피부와 음순의 분홍 터럭을 음미한다. 그녀의 입에 키스하면 나의 단층선에서 곧장 지진이 일어나며, 우리 사이에 아이가 생길 일은 없으니 천만다행이야, 라고 생각한다. 내가 그녀의 침대와 입과 썹과 음흉한 속내와 낮은 음성에서 곧장 나의 첫 가정 판타지, 우리의 첫 공동 몽상으로 뛰어들라치면 배드는 내 속마음을 간파했다. 커크우드의 업타운 카페, 오물거리는 아기 턱에 묻은 작고 연한 뇨키 조각을 닦아주는 몽상. 우리는 장난으로 아기 이름을 마라라고 붙이고, 아기가 말하게 될 첫 단어와 웃긴 머리 모양과 나쁜 버릇에 대해 얘기한다. 마라, 여자애. 마라, 우리 딸.

배드의 침대로 돌아와, 그 좋은 침대에서, 그녀가 내 안에 손을 미끄러뜨리지 니는 잡아당겼고 그녀가 들어오자 나는 열렸고 그녀는 스스로에게 손도 대지 않고 절정에 올랐으며 나는 말을 잃는 것으로 반응을 대신하며 생각했다. 우리 사이에 아이가 생길 일은 없으니 천만다행이야. 우리는 의미 없이 끊임없이 섹스할 수 있고, 콘돔도 피임약도 공포도 없이, 매달 날짜를 협상할 일도 없이, 바보 같은 하얀 검사용 막대기를 들고 욕실 세면대 앞에 주저앉을 일도 없이 몸을 섞을 수 있다. 우리 사이에 아이가 생길 일은 없으니 천만다행이야. 그러니 그녀가 "이리 와, 들어와"라고 했을 때도, 우리 사이에 아이가 생길 일은 없으니 천만다행이었다.

우리 사이에 아이가 생겼다. 그 아기가 여기 있다.

우리는 사랑에 빠졌고, 나는 우리의 미래를 꿈꿨다. 인디애나 숲 한가운데에 있는 집. 한때 수녀들이 생활하던 오래된 예배당, 서로 어깨를 맞대고 기도하던 수녀들, 종신서원을 하고 서로를 자매라고 부르던 수녀들. 석조 외벽의 메마른 회반죽은 뜯기고 파였다. 옛 정원 사이로 좁은 길이 구불구불 이어지고, 우리가 흙을 갈아엎고 이것저것 심어 잘만 키우면 새 정원에 이것저 것 열릴 것이다. 내 키 높이에 있는 커다란 원형 스테인드글라스에는 피 흘리는 불룩한 심장이 검뿌연 장밋빛 유리 몇 조각으로 묘사되어 있고, 유리 중 두 개는 세월에 못 이겨 금이 갔다.

그리고 부엌에 있는 다갈색 나무 찬장을 열면 길쭉한 손잡이의 와인잔이 보이고 광택을 잃은 은식기들로 가득찬 티크 상자들이 있다. 스토브 위에는 20갤런들이 냄비와 팬이 어수선하게 널렸고, 일흔두 개짜리 머그잔 세트는 세월이 지나 오히려 아름다운 듯도 하고, 차곡차곡 쌓인 이 빠진 접시 세트는 손님 접대용으로 훌륭하겠지만 우리는 한 번도 손님을 데려오지 않는다. 바로 옆에는 빈 고리버들 바구니가 딸린 작은 테이블과 페인트칠되지 않은 딱딱한 의자들이 있고, 유리창으로 들어온 빛을 반사하는 유리단지들은 전부 재활용할 요량이었는지 어느 집요한 손가락이 라벨을 떼고 접착제 자국까지 벗겨냈다.

테이블 너머에 제단이 있고, 빌리 홀리데이와 윌라 캐더, 히파티아, 패치 클라인을 기려 초를 켜놨다. 그 옆에 성경을 놓아두던 독서대에 우리는 '릴리스*의 섶'로 개조한 낡은 화학 편람을 놓았다. 페이지마다 우리만의 미사 일정표가 담겨 있다. 세인트 클레먼타인과 모든 나그네들, 세인트 로레나 히콕과 세인트 엘리너 루스벨트, 이들은 여름에 사파이어 반지를 상징하는 블루베리로 기린다.[**] 세인트 줄리엣[***]의 철야 기도는 민트와 다크 초콜릿으로 완성된다. 시인들의 축일 기간에는 양상추 화단에 서서 메리 올리버를 낭송하고, 비니거와 오일을 먹으며 케이 라이언을, 오이를 먹으며 오드리 로드를, 당근을 먹으며 엘리자베스 비숍을 암송한다. 퍼트리샤 하이스미스 현양일에는 버터와 마늘과 클리프행어를 넣고 끓인 에스카르고로 찬양하고 가을 화톳불 옆에서 낭독한다. 프리다 칼로 승천일에는 자화상과 코스튬으로 기리고, 겨울 휴일인 셜리 잭슨 봉헌일은 새벽녘에 시작해 황혼녘에 돌멩이와 빠진 젖니로 하는 도박 게임으로 마무리한다. 돌멩이와 젖니로 보는 나름의 점괘가 있다. 소박한 우리 종교의 메이저 아르카나와 마이너 아르카나.[****]

냉장고 안을 본다. 오이와 그린빈 피클이 가득 든 유리단지들, 우유병 두 개 중 하나는 괜찮고 하나는 쉬었고, 하프앤하프[*****]

---

[*] 유대 신화에서 릴리스는 아담과 동시에 진흙으로 빚어진 아담의 첫 아내로 나오며, 고대 메소포타미아 문명에서 여신 또는 여성 악마로 묘사되기도 한다.

[**] AP통신 기자 로레나 히콕은 영부인 시절의 엘리너 루스벨트와 연인 사이였으며, 엘리너는 로레나가 선물한 사파이어 반지를 착용하고 다녔다.

[***] 미국 걸스카우트의 창시자.

[****] 타로카드의 덱 구성. 메이저 아르카나로 큰 맥락을 보고 마이너 아르카나로 상세한 내용을 본다.

한 팩, 아직 내다버리지 않은 남자들 시대의 피임약, 검정에 가까운 가지, 비누처럼 생긴 호스래디시가 담긴 유리단지, 올리브, 달콤한 페페론치노는 심장처럼 짱짱하고, 간장도 있고, 종이로 둘둘 싸둔 핏덩어리 살코기는 안타깝게도 핏물이 샜고, 치즈 칸에는 신선한 모차렐라 치즈 덩어리가 희부연 보존액 속에 둥둥 떠 있고, 칙칙한 하얀 비닐 튜브에 싸인 살라미는 정액냄새가 난다고 배드가 우기고, 썩어가는 리크 이파리는 퇴빗더미로 직행할 운명이고, 설탕에 조린 양파와 주먹만한 샬롯이 있다. 냉동실에는 금간 플라스틱 얼음틀의 칸막이를 넘어 부푼 얼음들, 텃밭의 바질로 만든 페스토, 건강상의 경고에도 불구하고 생으로 먹힐 쿠키 도우가 있다. 찬장을 열면 엑스트라버진 올리브오일이 예닐곱 병쯤 쑤셔박혀 있고, 풍성한 로즈마리 다발과 통통한 깐마늘, 아무리 닦아도 병에 묻은 반지르르한 기름기가 절대 가시지 않을 듯한 참기름, 반은 허옇게 굳었고 반은 혈장 같은 코코넛오일, 깡통에 든 동부콩과 버섯 크림수프, 아몬드 상자들, 유기농 생잣이 든 작은 봉지들, 퀴퀴한 냄새를 풍기는 오이스터크래커가 있다. 조리대 위의 달걀은 갈색도 있고 연두색도 있고 점박이도 있고 크기도 제멋대로다. (한 개는 상했는데 겉으로 보기엔 멀쩡하다. 물속에 넣었을 때 마녀처럼 둥둥 뜨면 그제야 상했

***** 우유와 크림을 절반씩 섞은 유제품.

음을 알 수 있을 것이다.)

침실에는 퀸 사이즈 침대가 거대한 석조 바다 한가운데 뗏목처럼 있다. 화장대 위에는 전구가 굴러다니는데, 귀에 대고 흔들면 전구알 속에서 달그락거리는 필라멘트 소리가 들린다. 오래된 와인병을 올가미처럼 잡고 있는 목걸이, 유리 디캔터의 주둥이를 막고 있는 반투명 유리 마개. 침대 옆 협탁의 서랍을 열면 뭐가 나오냐면—닫아주세요, 그냥. 욕실 거울에는 배드가 얼굴을 바싹 들이대고 마스카라를 발라서 검은 점이 여기저기 묻었고, 그녀가 숨쉴 때마다 커졌다 작아졌다 하는 아메바가 있다. 여자랑 사는 게 아니라, 여자 속에 사는 거야, 라고 예전에 아버지가 오빠에게 하는 말을 엿들었는데, 정말이지, 거울을 가만히 들여다보면, 마치 속눈썹을 두껍게 칠한 그녀의 두 눈을 통해 깜박이며 내다보는 것 같다.

그리고 바깥은, 자연이다. 나무 위로 빙글빙글 숨이 멎을 듯 하늘 예배당이 호를 그리고, 봄의 나무들이 우거져 형광 연두색으로 굽이친다—온통 움트더니 만개한다. 소낙비가 연한 나뭇잎을 줄기에서 끊어내 바닥에 화사한 카펫을 두텁게 간다. 뒤엉킨 나뭇가지들 속에서 어린 새들—반쯤 구운 새우처럼 회색과 분홍색이고, 뼈는 스파게티 건면 같다—은 어미를 찾아 빽빽거린다.

곧이어 여름의 탁한 소음이 어슬렁어슬렁 찾아오고, 공기가 첫

소리를 내며 웅성거린다. 매미잡이말벌이 가장 약한 것들을 노려 찔러 죽인 다음 그 시체와 투명한 날개의 무게를 이고 위로 위로 간신히 끌어다 어디론가 가져간다. 반딧불이들이 술에 취해 어둠을 눈부시게 훔친다. 다 자란 나뭇잎은 암녹색이며, 빽빽한 나무들은 저들끼리 포개어져 비밀을 알아채고, 우레가 사납게 잡아 뜯고 번개가 하얗게 불태워야만 그 숲을 갈라놓을 수 있다.

이어서 가을, 첫 가을, 우리의 첫 가을, 첫 호박 요리, 스웨터, 실내 난방기에서 나는 탄내, 절대 벗어날 수 없는 두꺼운 담요. 연기 냄새는 열두 살 걸스카우트 때 나를 싫어하는 여자애들과 캠핑했던 기억을 되살린다. 나뭇잎에 불이 붙고, 색채가 재앙처럼 초록을 불태워 알록달록하게 없앤다. 비가 더 퍼붓고, 나뭇잎 카펫이 또 깔린다. 민들레처럼 노랗고 석류 껍질처럼 빨갛고 당근 껍질처럼 주홍이다. 해질 무렵 비까지 내리는 묘한 저녁이면 하늘이 황금빛과 복숭앗빛이면서 또 멍든 것처럼 회색빛과 자줏빛을 띠기도 한다. 아침마다 고운 실안개가 숲을 덮는다. 한가위 붉은 보름달이 지평선 위로 떠올라 외계의 일출처럼 구름을 물들이는 밤도 있다.

이윽고 바싹 말라 오그라든 것들, 방사상으로 뻗은 무수한 다리를 놀려 느릿느릿 다가오는 죽음, 완벽한 소화력을 갖춘 겨울 짐승, 어떻게 이럴 수가 있나 싶게 맨땅이 드러나고, 오직 나무들뿐, 바람이 울부짖는 신음, 눈이 오는 냄새. 밤새 눈보라가 휘

몰아치고, 여기 숲속은 한 가닥 빛도 비치지 않고, 맞은편 창문에서 흘러나온 손전등 불빛을 제외하면 그저 캄캄한 어둠, 전등빛에 펄펄 내리는 함박 눈송이가 잠깐 보였다가 빛이 닿지 않는 곳으로 사라진다. 창문 안쪽에는 건조하고 가려운 피부, 등짝에 소용돌이 그리듯 발라주는 차가운 로션. 정사를 하고, 교성을 틀어막고, 퀼트 이불 밑 한줌의 온기 속에서 서로를 꼭 껴안는다. 그리고 아침이 되어 우리는 문을 힘껏 밀어서 열고, 단단히 감싼 두 몸뚱이가 나가고 싶지 않은 세상으로 놓여나며 씩씩거린다. 바람에 날려 쌓인 눈더미는 자연의 미묘한 차이를 큰 차이로 만들며 우리에게 멀리 보라고, 모든 건 때가 있다고, 시간은 흐르고 우리도 언젠가 흘러가버릴 거라고 새삼 깨우친다. 그리고 공터 가장자리에서, 손모아장갑을 낀 마라의 조그만 손은 만화 같고, 패딩 점퍼의 지퍼를 조그만 코 있는 데까지 올려 잠그고, 털모자로 가느다란 갈색 머리칼을 보호하고, 그리하여 우리가 살아 있음을, 모든 시간을 서로 사랑한다는 것을, 대부분의 시간을 서로 좋아한다는 것을, 그리고 여자들은 숨쉬듯 자연스럽게 아이들을 이 세상으로 바꿀 수 있음을 깨친다. 마라가 팔을 위로 뻗고, 우리가 아니라 어떤 보이지 않는 존재를 향해, 어떤 목소리, 수녀였던 이의 그림자, 우리가 죽은 후 오랜 시간이 지나 이 숲이 도시가 되면 자리잡을 미래 문명의 비非유령들을 향해 손을 뻗는다. 마라는 팔을 올리고, 우리는 마라에게 다가가 아이 손을 잡는다.

우리의 아기가 운다. 나는 아기를 일으켜 안는다. 음식을 먹기엔 너무 작지 않나. 내 음식을 먹기엔 너무 작아서 나는 아기를 허리춤에 잘 끼고 반쯤 휑한 냉장고를 급히 뒤지며 뭉크러진 잔반이 든 밀폐용기와 포일로 덮인 캔을 밀어젖힌다. 사과소스가 든 유리병을 찾았는데 아기 입에 적당한 작은 숟가락이 없다. 나는 손가락을 사과소스에 담갔다가 아기에게 줘본다. 아기는 열심히 빨아먹는다. 나는 아기 정수리에 한 손을 얹는다. 베이비오일 향이 은은한 아기의 살에 뽀뽀한다. 아기는 코를 킁킁거리며 훌쩍이고, 입가에서 사과소스가 살짝 비져나온다.

"달걀?" 나는 아기에게 묻는다.

아기가 재채기를 한다.

"사과? 개? 여자? 남자?"

아기는 과연 나를 닮았고, 배드도 닮았다. 나의 뾰족한 코와 갈색 머리, 나의 부루퉁한 입술, 그녀의 동그란 턱과 늘어진 귓불. 크게 벌리고 울부짖는 입—저건 영락없이 배드다. 그만, 거기까지, 이런 농담은 위험하다고 내 머리가 신호를 보낸다, 배드가 여기 없다는 걸 알면서도. 배드가 들었다면 뭘 하고 있었든 손을 멈추고 한쪽 눈썹을 치켜올리며 우리 딸 앞에서 그런 말을 했다고 나를 야단치거나, 내 머리를 겨냥해 유리컵을 던졌을 것이다.

나는 다른 손으로 주머니에서 전화기를 꺼내 번호를 누른다. 저쪽 편에서 배드의 음성이 기계적으로 메아리치며 내 속에 새로운 공간을 깎아낸다. 삐. 나는 메시지를 남긴다.

내가 말한 내용: "애를 왜 나한테 두고 간 거야?"

내가 말하고 싶은 내용: "무너질 뻔했는데, 그러진 않았어. 덕분에 난 더 강해졌어. 네 덕분에 난 더 나은 사람이 됐어. 고마워. 세상 끝날 때까지 널 사랑할 거야."

그녀에게 너무 많은 걸 바랐던 것 같다. 너무 많은 걸 요구했다.

"사랑해." 자고 있을 때나, 깨어 있을 때나, 그녀의 머리칼에 얼굴을 묻고, 목덜미에 얼굴을 묻고, 나는 속삭였다.

"그런 식으로 부르지 마." 나는 배드에게 거듭 지적했다. "난 너한테 절대 그런 식으로 말하지 않을 거야."

"난 널 원하는 것뿐이야, 정말이야." 그녀의 목소리에서 피해망상이 전염병처럼 번질 때면 나는 말했다.

나는 불가능한 일들이 일어나는 세상을 믿는다. 사랑이 잔학성을 누를 수 있고, 마치 언제 그랬냐는 듯 상쇄하거나, 아니면 더 아름답고 새로운 무언가로 바꿀 수 있는 세상. 사랑이 본성을 이길 수 있는 세상.

아기가 젖을 빤다. 나는 어찌해야 할지 모른다. 그래도 아기는 똑같이 빤다. 아기의 잇몸에 짓눌려 아프지만 그래도 아기가 그만두지 않았으면 좋겠다. 왜냐면 난 이 아이의 엄마이고, 아이는 필요한 것을 받아야 한다. 비록 그게 진짜가 아닐지라도. 아기가 깨물어서 나는 비명을 지르지만 애가 워낙 작아서 아무데나 내려놓을 수는 없다.

"마라." 나지막이 불러본다. 아기가 나를 본다. 똑바로, 마치 자기 이름을 알아들은 듯 쳐다본다. 나는 아이 이마에 내 입술을 누르고 조용히 숨을 고르며 아기를 안고 천천히 흔든다. 얘는 진짜다, 정말 진짜다, 내 품안에 확고히 존재하고, 산뜻한 새것 냄새가 난다. 착오가 아니다. 얘는 아직 소녀도 괴물도 뭣도 아니다. 얘는 그냥 아기다. 얘는 우리 딸이다.

나는 내 침대를 한쪽 벽으로 밀어붙인 다음 마라의 침대로 만들어준다. 조그만 자수 베개로 푹신한 벽을 쌓는다. 나는 아기를 눕힌다.

마라가 다시 악을 쓰며 울기 시작한다. 울음은 느닷없이 와서 바다 위 수평선처럼 끝없이 이어진다. 잦아드는 법도 없고, 숨을 찾아 들이마시지도 않는다. 버둥거리던 아기 손이 내 얼굴에 부딪혀 작은 상처를 낸다. 나는 아기를 침대에 내려놓는다.

"마라." 내가 말한다. "마라, 부탁이야, 제발 그만해." 아이는 울음을 그치지 않고 울고 또 운다. 몇 시간 동안 나는 침대 위 아기 옆에서 안절부절못하고, 울음소리가 방안을 가득 채워 듣지 않을 방법이 없고, 아기의 산뜻한 냄새는 아무것도 올리지 않은 전기스토브의 화구처럼 시뻘겋고 뜨거운 뭔가로 바뀐다. 아기의 조그만 발을 만지니 자지러지게 울고, 배에 대고 푸르르 입바람을 부니 또 자지러지게 울고, 내 속에서 뭔가가 툭 끊어진다. 나는 자제력 있는 사람이지만 계속 그렇진 않을 것이다.

화장실 옆칸에서 한 선생이 배드가 전화기로 내게 소리지르는 내용을 엿들었다. 나는 그 선생이 옆칸에 있다는 것을 알았고, 하이힐을 신은 그녀의 발이 타일을 딛고 있는 것을 보았으며, 배드의 말소리가 차갑게 낮아져 가스처럼 전화기에서 새어나올 때 그녀가 숨을 삼키는 것을 들었다. 그 선생은 내가 화장실에서 나갈 때까지 기다렸다. 그날 오후 복도에서 그녀가 볼펜 뚜껑을 비틀며 어색하게 그 얘기를 꺼냈다.

"제 보기엔," 그녀가 말했다. "제 애긴 그냥, 정상이 아닌 것 같아서요. 전 다만 선생님이 걱정돼서."

"신경써줘서 고마워요." 내가 말했다.

"제 애긴 뭐냐면, 만약 늘 그런 식이라면 선생님이 그 관계에 뭔가 중요한 게 있다고 생각하시더라도, 실은 아무것도 없는 게 아닐까요." 그녀는 실수로 볼펜 뚜껑을 튕겼고, 뚜껑은 긴 복도 저쪽으로 휙 날아가버렸다. "하여간 누구를 좀 불러줬으면 좋겠다 싶으면 저한테 말씀하세요, 네?"

나는 고개를 끄덕였고, 선생은 걸음을 옮겼다. 그녀가 모퉁이를 돌아 사라질 때까지도 나는 계속 고개를 끄덕이고 있었다.

마라가 울음을 그치더니 숨을 고른다. 시간이 한참 흘러 창밖 하늘에선 빛이 줄무늬를 그리고 있다. 아기는 다시 나를 응시하고, 나의 온 존재를, 나의 굴욕과 고통과 제 엄마들의 진실을, 그들의 정직한 진실을 제 눈에 담는다. 나의 비밀이 본의 아니게 내게서 흘러나가 나는 정신이 번쩍 드는 느낌이다. 곧이어 울음소리가 재개되지만, 그 귀중한 순간, 그 잠깐의 휴지기 덕분에 견딜 만하다. 나의 인내심이 새로 채워지고, 나의 사랑이 갱신된다. 마라가 날마다 이런 순간을 선사한다면, 나는 괜찮을 것이다. 나는 할 수 있다. 좋은 엄마가 될 수 있다.

나는 아기의 곱슬머리를 쓰다듬으며 어릴 적 들었던 노래를 들려준다.

"빌 그로건네 염소는 기분이 좋아서 빨랫줄에 걸린 빨간 티셔츠 세 장을 먹어치웠네. 빌은 작대기를 들고 염소를 후려쳤네, 염소를 철길에 묶어놓고―"

내 목소리가 갈라지고 잦아든다. 마라는 발버둥치며 고래고래 소리지르고, 나는 귀가 울려 침대로 기어올라가 마라 옆에 눕고, 나의 애원은 아이가 내는 소리에 묻힌다.

방을 나가고 싶지 않다. 잠들고 싶지 않다. 잠들었다가 나중에 깼을 때 마라가 없을까봐, 적요 속에서 엔트로피가 증대될까봐, 나의 세포가 팽창하다 공기와 하나가 되어버릴까봐 두렵다. 만약 잠깐이라도 등을 돌렸다 돌아보면 이불과 베개만 엉켜 있을까봐, 그 어느 때보다 텅 빈 침대만 남아 있을까봐. 만약 눈을 깜박이면, 마라의 형체가 내 손가락 아래로 흩어져버릴지도 모르고, 그러면 또다시 나는 그냥 나일 것이다. 가치 없는, 외톨이.

눈을 뜨니 마라는 여기 그대로 있다. 이것은 어떤 신호처럼 느껴진다. 마라가 밤에 울었는지 모르겠지만 나는 듣지 못했다. 너 꼭 낚싯바늘에 걸린 염병할 물고기처럼 뒤척이더라, 네가 자면서 계속 낑낑거리는 바람에 씨발 난 밤새 잠을 설쳤다고, 젠장, 너 아주 난리치면서 잔 거 알지, 잠에서 깬 후 이런 건 몰라도 되는 잠을 잤다. 덕분에 뼈마디가 꼭 브로콜리를 묶는 튼튼한 고무밴드 느낌이고, 바보처럼 퀼트 이불의 누빔 솔기에 얼굴을 대고 자서 자국이 났다. 마라는 울지 않고 있다. 팔다리를 피스톤처럼 내지르며 휘두른다. 눈을 감았다 떴다 한다. 한낮의 태양에 나선형으로 단단히 오므라든 나팔꽃, 진동과 열기를 내뿜으며 길게 하품하는 파리지옥.

나는 일어나서 눈을 가늘게 뜨고 아침을 응시한다. 마라가 객소리를 낸다. 나는 아기를 안아든다. 어제보다 무거워진 것 같다. 그게 가능한가?

침실을 나오자마자 마라는 다시 빽빽 울기 시작한다.

멍한 상태로 버스를 갈아타고 인디애나폴리스로 간다. 마라는 모든 의식적 사고를 집어삼키는 데시벨로 악을 쓸 때를 제외하곤 내 품안에 잠들어 꼼짝하지 않는다. 주위의 우글쭈글하고 퀴퀴한 몸뚱이들은 고요에 고마워하지도 않고 소음에 화내지도 않는다. 그 점이 나는 감사하다.

블루밍턴에서 버스를 내리자, 지금이 봄임을 깨닫는다—기억해낸다. 나는 어느 친절한 여자의 차를 얻어 타고, 여자를 보니 그동안 잊고 있던 누군가가 생각난다. 고속도로를 달리고 있을 때 나는 여자에게 차를 세워달라고 한다.

"여긴 아무것도 없어요." 여자가 말한다. 여자의 몸짓은 거의 의도적이다 싶게 여유롭다.

그에 응하듯 나뭇잎들이 바스락거린다.

"시내까지 태워다줄게요." 여자가 말한다. "아니면 누구 아시는 분 있으면 연락해드릴까요?"

나는 마라를 한쪽 팔로 안아들고 차에서 내린다.

얼마 전에 비가 왔다. 진흙이 내 운동화에 들러붙고, 걸음을 내디딜 때마다 점점 더 엉긴다. 나는 도시 하나쯤 쓸어버릴 기세의 거대한 괴물처럼 걷는다.

저기, 언덕 비탈에 집이 있다. 우리집이다. 나는 저 스테인드글라스를, 굴뚝에서 굽이굽이 흘러나와 우거진 나무들 위로 휘감겨 오르는 연기를 알아본다. 바깥에 있는 피크닉 테이블은 페인트칠을 새로 해줘야 한다. 뼈와 가죽밖에 없는 늙은 독일셰퍼드가 포치 끄트머리에 축 늘어져 있다가 우리가 다가가니 기쁨에 겨워 꼬리로 바닥을 두드린다.

"오토" 하고 부르자, 개는 내게 목덜미를 껴안으라 내어준다. 목살을 내 손바닥에 비비더니 곧이어 할짝할짝 핥는다.

배드와 나는 우리 이웃들, 즉 새들을 신뢰하므로 문은 잠겨 있지 않다. 안으로 들어가면 돌바닥이다.

나는 나무 찬장과 침대를 알아본다. 마라는 품안에서 조용하다. 꼼지락거리지도 않는다. 집이 아니어서 그렇게 악을 쓰며 울었다가, 이제 집에 돌아와서 조용한가보다. 나는 책상 앞에 앉아 나무 상판 위로 무거운 펜을 굴려본다. 벽을 따라 꽂힌 책들을 손가락으로 쓱 쓸어본다. 책장 뒤에 가느다란 금이 회반죽 위로 구불구불하게 나 있다. 나는 손끝으로 그것을 짚어가며 위로, 위로, 위로, 내 키를 넘을 때까지 따라가본다. 나의 마음 한편은 책장을 옮기고 그 뒤를 보고 싶어하지만, 그럴 필요는 없다. 뒤에 뭐가 있는지 나는 안다.

나는 냉장고에서 소금에 절인 연어를 꺼내 포장을 뜯고 살핀다. 잊힌 궁둥이뼈에서 발라낸 살코기는 치아에서 분리된 병든 잇몸 같다. 손가락으로 고기를 깊이 찔러 자국을 내자 내 안의 무언가가 흡족해한다.

물결무늬 창유리에 뺨을 댄다. 오토가 우리를 따라 집안으로 들어왔고, 내 뒤를 졸졸 따라다니다 제 차가운 코를 마라의 발에 부딪힌다. 나는 조리대에서 요리책을 들어 탁 펼친다. 표지가 쿵 소리를 낸다. 줄리아 아주머니의 콩 샐러드. 딜을 듬뿍 넣는다.

우리의 마지막 밤, 배드가 나를 벽에 집어던졌다. 이유를 알 수 있다면 좋으련만. 뭔가 문제가 된 맥락이 있었을 텐데. 배드는 순간 온통 뼈와 근육과 가죽과 빛과 웃음이었다가 갑자기 토네이도가 됐고, 그림자가 그녀의 얼굴을 일식처럼 덮고 지나갔다. 내 머리가 회반죽 벽에 금을 냈다. 눈 안쪽에서 빛이 번쩍했다.

"씨발년," 배드가 소리질렀다. "난 네가 싫어. 존나 싫다고. 난 항상 네가 싫었어."

나는 욕실로 기어들어가 문을 잠갔다. 밖에서 배드가 태풍 때 쏟아지는 우박처럼 벽에 주먹질을 쏟아부었고, 나는 샤워기를 틀고 옷을 벗고 물줄기 속으로 들어갔다. 나는 '암덩어리'다. 나는 늘 물속이 제일 편했다. 순간 나는 그곳에, 인디애나 숲속에 있었고, 잎사귀를 때리는 빗방울이, 일요일 아침의 이슬비가 부드럽게 내리는 동안 잠들었다가 깨어보니 여남은 살 먹은 졸린 마라가 간밤에 악몽을 꾸었다며 우리 품으로 파고든다. 이런 게 영원히 지속되진 않을 텐데, 언젠가 아이는 이러기엔 너무 커버리고, 우리들, 제 늙은 어미들에 비해 훌쩍 커버릴 텐데. 그때 기억이 아닌 그것은 폭풍우에 젖은 페인트처럼 쓸려나갔고, 나는 물줄기 속에서 부들부들 떨었고, 배드는 바깥에서 나를 잃어갔고, 나로선 그녀에게 그러지 말라고 할 방법이 없었다. 나로선 우리가 너무 가깝다고, 너무 가깝다고, 제발 지금 이러지 말라고, 우린 젠장 너무 가깝다고 얘기할 방법이 없었다.

"어때, 마라?" 나는 몇 바퀴 빙빙 돌고 나서 벽에 기대어 쉬며 아기에게 묻는다. 큰 침대에서 잽싸게 낚아챈 집안의 가보, 퀼트 이불 위에 아기를 눕힌다. 언젠가 마라에게 이런 퀼트를 만드는 법을 가르치고 싶다. 아이의 할머니가 하던 방식대로, 내가 지금 배우고 있는 방식대로. 작은 것부터 시작하면 된다. 아기 퀼트 이불. 그런 건 하룻밤이면 만들 수 있다.

오토가 짖는다.

문이 열리고, 가느다란 팔이 문안으로 쑥 휘어져 들어온다. 이어서 얼굴이, 샛노란 백팩이 들어온다. 여남은 살쯤 된 여자애, 헝클어진 땋은 머리. 마라다. 너끈히 걸을 수 있는 나이고, 너끈히 말할 수 있는 나이다. 괴롭힘당할 만한 나이고, 괴롭히는 아이를 제압할 만한 나이다. 답 없는 질문을 하고, 해결책 없는 문제를 가질 만한 나이다. 마라 뒤에 한 아이가 또 있다, 남자애— 마라의 남동생 트리스탄. 나는 마치 지난주 일처럼, 지금 일어나고 있는 일처럼 트리스탄의 출생을 기억한다. 피투성이 아이는 자꾸 옆으로만 가더니 내 갈비뼈 속으로 올라가 산파의 접근을 거부했다. 지금도 내 뱃속은 전 같지 않고, 자궁 내벽은 한때 끊어지고 갈라졌다. 그리고 아이는 자랄 것이고, 그러더니 자랐고, 트리스탄은 마라를 쫓아다녔고, 지금도 쫓아다닌다. 마라는 싫다고 하면서도 좋아했다, 분명 남동생의 관심을 몹시 좋아했다. 마라와 트리스탄, 갈색 머리 남매. 갈색 머리는 누군가의 할머니를 닮았다. 어쩌면 우리 할머니일지도.

아이들 뒤로 한 남자가, 그리고 여자가 들어온다. 나를 빤히 쳐다보는 두 사람.

여자는 마라에게 물러나라고 말하고, 남자는 아기 트리스탄을 꼭 붙들어 안는다. 그들은 내게 누구냐고 묻고, 나는 그들에게 답한다. 오토가 짖는다. 여자가 오토를 부르지만, 오토는 여자를 보고 짖고 또 나를 보고 짖으며 제 구역에 들어오는 걸 허용하지 않는다.

마라, 네가 모래를 발로 차서 이웃집 아이 눈에 뿌렸던 거 기억나? 나는 너를 야단친 다음 제일 좋은 옷을 입혀서 사과하러 보냈지, 그날 저녁 엄만 욕실에서 혼자 울었어, 왜냐면 넌 내 아이인 만큼 배드의 아이이기도 하니까. 네가 판유리창으로 돌진해서 팔을 심하게 베여 우리가 널 픽업트럭에 태워 근처 병원으로 달려갔던 거 기억나? 그 사건이 일단락된 후 사방에 피가 묻은 뒷좌석을 교체하자고 배드가 나한테 애걸했던 것도? 트리스탄이 고등학교 졸업 파티에 남자애랑 가고 싶다고 해서 네가 트리스탄을 이렇게 얼싸안았던 건? 마라, 기억나니? 네 아이들은? 에이해브 선장처럼 턱수염을 기르고 손에 굳은살이 박인 네 남편, 그리고 네가 버몬트에 산 그 집은? 마라? 어떻게 넌 아직도 별처럼 맹렬히게 네 남동생을 사랑하니, 너희 둘 중 하나가 망가져야 끝날 그 소모적인 사랑을? 네가 어렸을 때 우리에게 준 그림은? 네가 그린 용 그림, 트리스탄이 찍은 인형 사진, 네가 말한 분노에 관한 이야기, 트리스탄이 쓴 천사에 대한 시는? 마당에서 과학 실험을 한답시고 볼록렌즈로 잔디를 새카맣게 빛나도록 태운 건? 너희의 삶은 충만하고 충실하고 기묘하면서도 안전했지? 기억나니? 왜 울어, 울지 마, 울지 마. 아기 때 엄청 울더니 그 이후론 아주 의연했지.

내 안에서 목소리가 말한다. 너와 그녀를 묶는 건 아무것도 없고, 하여간 넌 해냈고, 어쨌든 네가 애들을 만들었고, 웃겨, 하여간 네가 걔들을 만들었다고.

마라와 그애의 동생에게, 내가 말한다. 뛰지 마, 넘어질라, 뛰지 마, 깨부술라, 뛰지 마, 네 엄마가 볼 거야, 네 엄마가 보고 엄청 화나서 소리지르면 우리는, 우린, 난 안 돼.

내가 말한다. 물 틀어놓지 마. 집이 잠길 거야, 하지 마, 이런 일 다시는 없을 거라고 약속했잖아. 집이 잠기게 하지 마, 저 청구서들, 집이 잠기게 하지 마, 저 깔개들, 집이 잠기게 하지 마, 내 사랑들, 안 그럼 우린 너희 둘 다 잃을 수도 있어. 우린 나쁜 엄마들이었고 너희에게 헤엄치는 법을 가르쳐주지 않았어.

특히 극악한 범죄

—

<로&오더: 성범죄전담반> 272편에 대한 고찰

시즌 1

앙갚음: 스테이블러와 벤슨은 뉴욕 택시기사 거세 및 살인 사건을 수사한다. 두 사람은 피해자가 수년 전부터 다른 남자의 신원을 도용했음을 알아낸다. 경찰 수배를 받고 있었기 때문이다. 스테이블러는 신분증을 도둑맞은 문제의 남자 또한 훔친 신분증을 썼음을 결국 알아내고, 그와 벤슨은 사건을 처음부터 다시 수사하게 된다. 그날 밤, 잠 못 이루던 스테이블러는 이상한 소리를 듣는다. 투 비트*의 낮은 드럼소리. 지하실에서 들리는 것 같다. 지하실을 살피고 있으니 바깥에서 들리는 것 같다.

---

* 두번째와 네번째 박자에 악센트를 주는 네 박자 리듬으로 재즈에서 주로 쓰인다.

싱글 라이프: 늙은 여자는 혼자 옷을 갈아입는 것을 더이상 견딜 수 없었다. 쓸쓸히 신발을 신을 때마다 번번이 억장이 무너졌다. 이웃들이 아무나 드나들 수 있도록 현관문을 잠그지 않기로 한 건 나중에 든 생각이었겠지만, 생각 자체를 할 수 없게 되었다, 나중에는.

그냥 닮은 사람: 미성년자 모델 두 명이 클럽에서 귀가하다 습격을 받는다. 두 사람은 강간당하고 살해된다. 엎친 데 덮친 격으로, 그들은 다른 강간 및 살인 사건의 희생자들인 미성년자 모델 두 명과 혼동되는데, 우연히도 그들은 각자의 쌍둥이 자매였으며, 두 쌍의 쌍둥이는 바뀐 묘비명 아래 묻힌다.

히스테리: 벤슨과 스테이블러는 젊은 여성이 살해된 사건을 수사한다. 처음엔 피해자가 성매매여성인 줄 알고 관련 연쇄살인사건의 기나긴 희생자 목록 맨 마지막 줄에 넣는다. "난 이 빌어먹을 도시가 싫어." 벤슨은 식당 냅킨으로 눈을 비비며 스테이블러에게 말한다. 스테이블러는 눈을 굴리고 자동차 시동을 건다.

방랑벽: 벤슨의 오랜 친구인 지방 검사는 법정에 들어가기 전에 어머니가 가르쳐준 대로 머리를 고데기로 편다. 재판에 진 후,

그녀는 슈트 케이스에 갈아입을 옷 세 벌을 넣고 차에 오른다. 그녀는 휴대폰으로. 벤슨에게 전화한다. "미안, 친구. 좀 멀리 갈 거야. 언제 돌아올지 모르겠네." 벤슨은 가지 말라고 애걸한다. 지방 검사는 휴대폰을 길바닥에 내던지고 도로변에 주차되어 있던 차를 빼내 출발한다. 지나가던 택시가 휴대폰을 산산이 박살낸다.

2년 차 징크스: 농구팀이 살인사건을 두번째로 은폐하자, 코치는 마침내 참을 만큼 참았다고 판단한다.

비문명적: 수사팀은 센트럴파크에서 소년을 발견하는데, 누구에게도 사랑받지 못했던 것으로 보인다. "소년의 사체에 개미가 바글바글했어." 스테이블러가 말한다. "개미가." 이틀 후, 수사팀은 소년의 선생을 체포하고, 그는 소년을 제법 사랑했던 것으로 밝혀진다.

끈질기게 못살게: 벤슨과 스테이블러는 사무실 가구에 표식을 새기는 것을 금지당하자 각자 나름의 시스템을 고안한다. 벤슨의 침대 헤드보드에는 둥그런 떡갈나무의 가장자리를 따라 여덟 개의 V자 표시가 새겨져 있다. 스테이블러의 부엌 의자에는 아홉 개가 있다.

비축물과 속박: 벤슨은 스테이블러가 한눈파는 사이 트렁크에서 썩은 야채 봉지를 꺼낸다. 벤슨이 봉지를 쓰레기통에 던져넣자, 그것은 질퍽하고 육중하게 텅 빈 바닥을 때린다. 그리고 허드슨 강 아래 잠겨 있던 시체처럼 터진다.

종결: "이게 내 몸속에 있었어요." 여자는 험하게 다룬 아코디언처럼 찌그러진 기역자형 빨대를 꺼낸다. "하지만 이젠 밖으로 나왔네. 이대로 두는 게 좋겠죠."

나쁜 피: 스테이블러와 벤슨은 범죄를 해결한 것이 범죄 자체보다 더 잔인했던 사건을 결코 잊지 못할 것이다.

러시아 연애시: 어머니가 증인석에 나오자, 새로 온 지방 검사가 성명을 말해달라고 한다. 어머니는 의자에 앉은 채 눈을 감고 고개를 저으며 몸을 앞뒤로 흔든다. 그리고 나직이 노래를 흥얼거리기 시작한다. 노래는 영어가 아니고, 어머니의 입에서 음절들이 연기처럼 흘러나온다. 지방 검사는 판사를 쳐다보며 도움을 청하지만, 판사는 기억의 숲에서 길을 잃은 듯 아득한 눈길로 증인을 물끄러미 바라보고 있다.

탈의: 혼미한 정신으로 맨해튼 미드타운 주변을 헤매는 벌거벗은 임부가 발견된다. 임부는 외설죄로 체포된다.

한계: 스테이블러는 뉴욕시에도 끝이 있음을 발견한다.

권한: "나한테 이럼 안 되지!" 남자는 증인석으로 끌려가며 소리친다. "내가 누군 줄 알아?" 지방 검사는 눈을 감는다. "선생님, 선생님은 현장에서 달아나는 파란색 혼다 자동차를 목격했다고 경찰에 진술했음을 확인만 해주시면 됩니다." 남자는 반발하며 증언대를 손바닥으로 내리친다. "너 따위한테 그럴 권한이 어딨어, 난 인정 못해!" 죽은 소녀의 어머니가 절규하기 시작하자 남편이 그녀를 법정 밖으로 데리고 나간다.

제3의 남자: 스테이블러는 벤슨에게 자기 남동생에 관해 한 번도 얘기하지 않았다. 형에 대해서도 말한 적이 없는데, 그건 그럴 만한 것이, 본인도 형에 대해 몰랐기 때문이다.

그릇된 지도자: 존스 신부는 아동에게 손댄 적은 없지만, 밤에 눈을 감으면 아직도 고등학교 때 여자친구가 생각난다. 그애의 부드러운 허벅지, 손금, 지붕에서 매처럼 떨어지던 모습.

대화방: 십대 딸이 사이버 폭력을 당하고 있다고 확신한 어느 아버지가 쇠막대기로 집 컴퓨터를 부순다. 그는 부품들을 난로에 던져넣고 성냥을 켠다. 딸은 머리가 어지럽고 속이 타는 것 같다고 호소한다. 딸은 울먹이는 목소리로 아버지를 "엄마"라고 부른다. 딸은 토요일에 사망한다.

콘택트*: 스테이블러는 아내가 이십대 초반에 UFO를 봤다고 믿고 있음을 알게 된다. 그는 뜬눈으로 밤을 새우며 기억상실과 PTSD, 야경증이 그걸로 설명될까 궁금해한다. 때맞춰 아내가 외마디소리를 지르고 울며 잠에서 깬다.

후회: 밤이면 스테이블러는 그날의 후회를 쭉 적는다. "벤슨에게 말하지 않았다." 그는 휘갈긴다. "부리토를 배 터져라 먹었다. 기프트카드를 허투루 썼다. 그 녀석을 생각보다 더 세게 때렸다." 뒤에서 아내가 다가와 그의 어깨를 무심히 쓰다듬고 나서 잠자리에 든다. "오늘 있었던 일을 아내에게 말하지 않았다. 아마 내일도 말하지 않을 것이다."

녹턴: 살해되어 엉뚱한 무덤에 묻힌 미성년자 모델 중 한 명이 귀

---

* 칼 세이건의 동명 소설을 바탕으로 외계 생명체와 교신하는 과학자를 다룬 영화.

신이 되어 자꾸 벤슨 앞에 나타난다. 귀신의 두 눈에는 종이 달렸다. 조그만 황동 종 두 개가 눈꺼풀 위에서 달랑거리고, 흔들리는 추는 광대뼈에 닿을락 말락 한다. 귀신은 자기 이름을 모른다. 벤슨의 침대 머리맡에 서서 오른쪽 종을 희미하게 울리고, 이어서 왼쪽을, 다시 오른쪽을 울린다. 이런 일이 나흘 연속 새벽 두시 칠분이면 일어난다. 벤슨은 십자가와 아린 향의 마늘 타래를 구비하고 잠자리에 들기 시작한다. 흡혈귀와 살해당한 십대의 차이를 모르겠기 때문이다. 아직은.

노예들: 관할서 인턴들은 골칫덩이다. 일이 좀 한가해지면 전화기를 들고 빈둥거린다. 그들은 신호음이 들리는 송수화기에 대고 떠들어댄다. "성범죄전담반, 맨해튼 경찰 최고의 강간 부서입니다!" 인턴들은 스테이블러와 벤슨에 대해 가설을 세우고 내기를 한다. 벤슨의 사물함에 라일락(벤슨이 가장 좋아하는 꽃)을 넣고, 스테이블러의 사물함에 데이지(스테이블러가 가장 좋아하는 꽃)를 넣어둔다. 두 사람의 커피에 약을 타고, 휴게실에서 둘이 곯아떨어지자 간이침대 두 개를 바싹 붙이고 두 형사를 낯뜨거운 자세로 만들어놓는다. 벤슨과 스테이블러는 몇 시간 후 잠에서 깨고, 그들의 손은 서로의 뺨 위에 올려져 있고, 둘 다 눈물로 젖어 있다.

시즌 2

그른 게 옳다: 벤슨은 한밤중에 잠에서 깬다. 자기 방 침대가 아니다. 어둠 속에서 잠옷 차림이다. 손은 문손잡이를 잡고 있다. 문이 열려 있다. 어리둥절한 표정의 판다가 촉촉한 눈으로 그녀를 바라본다. 벤슨은 문을 닫는다. 핫도그 가판대 표지판을 조심조심 씹고 있는 라마 두 마리를 지나친다. 동물원 주차장 안, 벤슨의 차는 시동이 걸린 채 시멘트 기둥 앞에 서 있다. 벤슨은 트렁크에 넣어둔 여벌 옷으로 갈아입는다. 그녀는 상부에 보고하고 스테이블러에게 말한다. "환경운동가들의 테러야." 스테이블러는 고개를 끄덕이고 수첩에 뭔가 끄적이더니 다시 벤슨을 쳐다보며 묻는다. "이거 마늘냄새야?"

명예: 스테이블러는 르네상스 페어*에서 웬 남자가 아내를 모욕하는 것을 보고 그 거들먹거리는 사내의 면상에 주먹을 날리는 꿈을 꾼다. 잠에서 깬 스테이블러는 이 얘기는 아내에게 해줘야지 싶어 몸을 돌린다. 아내가 없다. 스테이블러는 르네상스 페어에 가본 적이 없다.

---

* 과거의 한 시대를 테마로 한 야외 파티. 미국에서는 흔히 영국 엘리자베스 1세 시대를 배경으로 가상의 마을을 꾸민다.

종결(파트 2): "내가 남자들을 싫어해서가 아니라," 여자가 말한다. "남자들이 겁나서 그래요. 그리고 그런 무서움은 괜찮아요."

유산: 아침을 먹는데 스테이블러의 딸이 벤슨의 가족에 대해 묻는다. 스테이블러는 벤슨에겐 가족이 없다고 말한다. "아빠가 늘 사람man의 진짜 재산은 가족뿐이라고 했잖아요." 스테이블러의 딸이 말한다. 스테이블러가 잠시 생각하더니 답한다. "맞아. 근데 벤슨은 남자man가 아니잖아."

아기 살인마: 벤슨은 항상 침대 머리맡 협탁 서랍에 새 콘돔을 사놓고 유통기한이 지난 것은 버린다. 동시에 아침마다 의무적으로 피임약을 복용한다. 매번 데이트 약속을 잡고 어기는 법이 없다.

불이행: 눈에 종이 달린 소녀가 벤슨에게 브루클린으로 가라고 한다. 그들은 이제 종으로 의사소통을 할 수 있다. (벤슨이 소녀에게 모스부호를 가르쳤다.) 벤슨은 브루클린에는 절대 가지 않지만, 가보기로 한다. 밤늦게 지하철을 탔는데 시간이 너무 늦어 그녀가 탄 객차에는 남자 한 명밖에 없고, 남자는 더플백을 껴안고 자고 있다. 터널을 지날 때 남자는 게슴츠레한 눈으로 벤슨을 바라보더니 더플백의 지퍼를 열고 그 안에 점잖게 토한다. 토사

물은 크림오브휘트*처럼 하얗다. 남자는 지퍼를 잠근다. 벤슨은 두 정거장 전에 내려 결국 프로스펙트파크를 가로질러 한참을 걷는다.

산산조각: 스테이블러는 매일 아침 경찰서에서 운동한다. 트라이셉 컬을 한다. 크런치를 한다. 트레드밀을 뛴다. 그는 딸아이가 아빠를 찾으며 울부짖는 소리를 들은 것 같다. 놀라서 트레드밀에서 발을 헛디뎌 넘어지고 시멘트 벽에 온몸을 처박는다. 발판이 무한 루프를 돌며 그에게 굴러온다.

테이큰: "어두웠고," 스테이블러의 아내가 말한다. "집으로 혼자 걸어오는 중이었어. 비가 왔어. 음, 막 쏟아진 건 아니고. 흩뿌리는 정도. 안개였지. 안개가 자욱하고 가로등 불빛이 한데 고여서 기름처럼 황금빛으로 끈적했어. 난 심호흡을 했어, 몸에 좋을 것 같았거든, 그런 밤에는 걷는 게 몸에도 좋고 괜찮을 듯해서." 또 그 드럼소리가 들린다. 침대 머리맡 협탁 위에 놓인 유리컵 안의 물이 흔들린다. 스테이블러의 아내는 알아채지 못한 듯하다.

요정들: "꺼져!" 벤슨은 눈에 종이 달린 소녀에게 베개를 집어

---

* 식사 대용 포리지 브랜드.

던지며 소리지른다. 소녀가 이번엔 친구를 데려왔는데, 딴딴하게 땋은 레게 머리에 바느질로 입을 꿰맨 왜소한 여자애다. 벤슨은 침대에서 일어나 그들을 밀쳐내지만, 허공을 짚은 것처럼 두 손과 윗몸이 그들을 통과한다. 입에서 흰곰팡이 맛이 난다. 여덟 살 때 방안의 가습기 앞에 무릎을 꿇고 앉아서 마치 그것이 물을 마실 수 있는 유일한 방법이기라도 한 듯 수증기를 들이마신 기억이 난다.

허락: "스테이블러?" 벤슨이 조심스레 말을 건다. 까진 무릎을 살피고 있던 스테이블러가 얼굴을 든다. 벤슨은 작고 네모난 소독용 알코올 거즈를 펼쳐 그에게 내민다. "여기 앉아도 돼? 도와줄까?" 스테이블러는 말없이 고개를 끄덕이고 벤슨은 거즈로 그의 무릎을 닦는다. 그는 통증에 잇새로 낮게 신음을 흘린다. "뭐 했는데?" 벤슨이 묻는다. "트레드밀? 트레드밀 뛰다가 이렇게 된 거야?" 스테이블러는 고개를 흔든다. 그는 말할 수 없다. 못한다.

학대: 후회가 쌓인다. 목록이 페이지를 가득 메운다. "벤슨에게 까진 무릎을 보여줬다. 벤슨의 도움을 받고 말았다. 아내에게 아무 일 없었다고 말했다. 아무 일 없었다는 아내의 말에는 캐묻지 않았고, 거짓말하는 거 다 안다고 아내에게 말하지도 않았다."

비밀: 눈에 종이 달린 소녀가 벤슨에게 용커스로 가라고 한다. 벤슨은 거절하고 집안에서 세이지를 태우기 시작한다.*

피해자들: 집안에 귀신이 들끓는 관계로 벤슨은 남의 집에서 밤을 보낸다. 기억하는 한 남의 집에서 잔 건 이번이 처음이다. 그녀의 데이트 상대는 따분하고 멍청한 투자은행가이고, 그가 키우는 성질 더러운 뚱보 얼룩 고양이는 그 큰 몸뚱이로 벤슨을 질식시키려 한다. 이튿날 아침 화나고 기분 상한 상태로 고양이 오줌 냄새를 풍기며 집으로 돌아오니, 눈에 종이 달린 소녀들이 달리의 시계처럼 온갖 사물 위로 축 늘어진 채 벤슨을 기다리고 있다. 벤슨이 천천히 이를 닦는 동안 소녀들은 그녀 주위로 몰려든다. 벤슨은 치약을 뱉고 입안을 헹구고 돌아선다. "알았어, 뭐 어떻게 해달라고?"

피해망상: "난 숨기는 거 하나도 없어!" 스테이블러의 아내가 소리친다. "외계인들과 보낸 밤에 대해 말해봐." 스테이블러가 말한다. 그는 알려고 애쓰는 중이다. 이해하려 애쓰는 중이다. "안개가 자욱했어." 아내가 말한다. "흩뿌리는 정도였지." 또 그 등

---

* 귀신을 쫓고 장소를 정화하는 민간 의식 중 하나.

둥거리는 소리가 들린다. 그 신호음이 집안 어디선가 난다. 저 소리 때문에 머리가 지끈거린다. "그래, 나도 알아, 안다고." "가로등 주위에 빛이 고였어. 기름처럼. 철문이 엄청 많았어. 걸어가면서 그 철문의 고리 모양과 소용돌이 모양을 손가락으로 계속 훑었고, 그러다보니 손에서 쇠 냄새가 났어." "그래." 스테이블러가 말한다. "하지만 그다음엔?" 그러나 그의 아내는 잠들어버렸다.

카운트다운: 센트럴파크의 어느 벤치 아래 폭탄이 숨겨져 있다고 미친 남자가 장담한다. "센트럴파크에 벤치가 몇 개나 있는지 알아?" 스테이블러는 인턴의 멱살을 잡고 고함친다. 그들은 센트럴파크로 경찰관들을 보내 벤치에 앉은 사람들을 비둘기 쫓듯 또는 노숙자 쫓듯 몰아낸다. 아무 일도 일어나지 않는다.

도망: 눈에 종이 달린 소녀의 말에 따라 벤슨은 온 자치구를 다돌아다닌다. 벤슨은 지하철을 탄다. 결과적으로 모든 지하철역에 적어도 한 번씩 가보게 된다. 이젠 벽화와 물 얼룩, 냄새까지 외울 지경이다. 콜럼버스서클역은 화장실냄새가 난다. 코텔유역은 수상하게도 라일락냄새가 난다. 간만에 스테이블러가 생각난다. 집으로 돌아오자 눈에 종이 달린 소녀가 벤슨에게 이야기를 들려주려 한다. 난 처녀였어. 놈이 나를 덮쳤을 때, 난 펑 터졌어.

바보짓: "사건이 들어왔다," 반장이 말한다. "한 남자애가 변기 뚫는 기구로 기절할 때까지 얻어맞았다고 제 엄마를 고소했어. 근데 문제가 좀 까다롭게 됐다. 걔 아버지가 막강한 재력의 정계 유력자거든. 시장하고 골프 치는 사이지. 그의 아내는…… 벤슨? 벤슨, 듣고 있나?"

남자사냥: 스테이블러는 자신은 털끝만큼도 게이가 아니라고 단 정지어왔다. 그는 실망을 도로 삼킨다. 입안에 오렌지 껍질 맛이 맴돈다.

기생충: "아 젠장." 스테이블러의 아내가 말한다. "망할, 자기야, 애들 머리에 이가 생겼어. 좀 도와줘." 두 사람은 아이들을 욕조 안에 세운다. 큰딸이 눈을 굴린다. 아내는 아이들 두피를 박박 문질러 씻고, 밑의 세 아이들은 샴푸가 따갑다고 징징거린다. 스 테이블러는 몇 달 만에 평온한 기분이다.

불쾌감: "피해자는 모델 산업에 몸담고 있었어." 반장이 말한다. "하지만 우린 피해자가 어디 사는지 추적하는 데 어려움을 겪고 있다. 다른 나라에서 왔을 수도 있어. 고작 열네 살에." 반장이 피해자의 부검 사진을 게시판에 붙이고, 소녀의 얼굴은 생기 없

이 창백하다. 압정이 코르크에 쿡 박히고, 벤슨은 자리에서 흠칫한다.

골칫거리: 또 들린다. 그 소리다, 드럼소리. 휴게실에서 들리는 것 같다. 막상 휴게실에 가보니 취조실에서 나는 것 같다. 취조실 안에 들어서니 다시 그 소리가 들린다. 스테이블러는 양방향 거울을 두 손으로 두드리며 그 소리를 흉내내 자기 쪽으로 유인하길 바라지만, 사위는 고요하다.

시즌 3

억압: 존스 신부가 미사 강론 도중에 비명을 지른다. 신부가 연단을 붙잡고 누군가의 이름을 연신 울부짖자 교구민들은 겁에 질려 그 모습을 지켜본다. 교구에서는 그것이 어떤 죄를 시인하는 행위라 확신하고 벤슨과 스테이블러를 부른다. 성당 사무실에서 벤슨이 신부의 책상 위에 있는 펜을 실수로 떨어뜨리자 존스 신부가 포효하며 펜을 잡으러 달려든다.

격노: 벤슨은 침대에 누워 아기처럼 허공으로 팔을 뻗는다. 눈에 종이 달린 소녀는 그 앞에 서서 엄마처럼 벤슨을 굽어본다. 벤슨

이 종을 잡고 힘껏 당긴다. 눈에 종이 달린 소녀가 마구 몸부림치고, 집안의 모든 전구가 터지며 유릿조각들이 카펫을 뒤덮는다.

도난품: 처음엔 초코바. 이튿날엔 라이터. 스테이블러는 멈추고 싶지만, 이미 오래전에 전투를 선택하는 법을 배웠다.

옥상: "기억나는 대로 말씀해보세요, 신부님." 딸칵. "알겠습니다. 그애의 이름은…… 흠, 그건 말하고 싶지 않군요. 그애는 물도 풀도 싫어해서, 우린 그애의 아파트 건물 옥상에서 피크닉을 즐겼습니다. 그애는 어머니와 같이 그 건물에 살았어요. 나는 그애를 사랑했습니다. 그애의 몸에 푹 빠졌지요. 우리는 자갈 위에 담요를 깔았습니다. 나는 그애에게 오렌지 조각을 먹여줬어요. 그애가 자기는 예언자라면서, 언젠가 내가 무고한 생명을 빼앗을 거라고 예언했습니다. 난 아니라고, 그럴 리 없다고 말했어요. 그애는 옥상을 둘러싼 시멘트 벽 위로 기어올라갔습니다. 거기 서서 자신의 예언을 다시 한번 분명히 말했어요. 유감이라더군요. 그애는 심지어 내가 생각했던 것처럼 떨어지지도 않았습니다. 그냥 허공에 무릎을 꿇었어요."

뒤엉킴: 스테이블러는 경찰서 휴게실의 푹 꺼진 간이침대에서 자고 있는 벤슨을 발견한다. 문이 열리는 기적에 벤슨이 잠을 깬

다. 그녀는 '집중포화에 시달린' 것처럼 보이고, 그 표현은 스테이블러의 어머니가 떠나기 전에 종종 하던 말이다. 생각해보니, 그때 문이 쾅 닫힐 때까지 어머니가 했던 말 중 스테이블러의 기억에 남은 마지막 구절이 그거다.

상쇄: 벤슨은 오케이큐피드*에서 가장 최근에 만난 데이트 상대에 관해 구글로 뒷조사를 하다 우연히 강간범을 잡는다. 그걸 '성공'(강간범 체포)에 표시해야 할지 '실패'(데이트는 망함)에 표시해야 할지 모르겠다. 벤슨은 두 칸 모두 체크한다.

희생: 벤슨은 테이블에서 음료를 기다리는 잘생긴 데이트 상대를 놔둔 채 레스토랑에서 나온다. 그녀는 인적 없는 골목으로 들어선다. 신발을 벗고 길 한가운데로 걷는다. 4월이라기엔 너무 덥다. 아스팔트에 발이 까매지는 게 느껴진다. 유리 파편을 걱정해야 마땅한데도 개의치 않는다. 공터 앞에서 벤슨은 발을 멈춘다. 손을 아래로 뻗어 포장도로를 만진다. 땅이 숨쉬고 있다. 두 가지 톤의 심장박동에 그녀의 쇄골이 진동한다. 느껴진다. 불현듯, 지구가 숨쉬고 있음을 최종적으로 확신한다. 그녀는 뉴욕이 거대한 괴물의 등에 타고 있음을 안다. 지금까지 머리에 넣어온

---

* 미국 기반의 국제 온라인 데이트 사이트.

그 어떤 지식보다 확실히 알고 있다.

상속: 집중포화에 시달리다라는 구절이 스테이블러의 머릿속에 박혀, 폭포처럼 내이內耳 주위로 세차게 떨어져 흐른다. 그는 턱관절 근육을 압박해 으드득 소리로 그 구절을 으갠다. 시달리다가 나올 자리에 으드득이 들어간다. 스테이블러는 다시 해본다. 집중포화에 으드득. 지브드득에 시달리다. 달리다.

배려: 스테이블러는 벤슨이 걱정되지만, 본인에게는 말하지 못한다.

조롱: 벤슨은 한 달에 두 번 장을 보러 간다. 퀸스에 있는 슈퍼마켓까지 차를 몰고 가서 삼백 달러어치 식재료를 사서 쟁인다. 그러면 냉장고가 에덴동산처럼 보일 것이다. 벤슨은 간이식당에서 사온 스티로폼 그릇에 든 쫄깃한 프렌치토스트를 먹느라 그것에 손대지 않을 것이다. 식재료들은, 예상대로, 썩을 것이다. 냉장고는 코를 감싸줄 정도로 악취가 진동할 것이다. 그러면 벤슨은 그것을 모아 쓰레기봉투에 담아서 다음 장 보러 가기 전에 역 근처 공공 쓰레기통에 던질 것이다.

일부일처제: 어느 날 밤 스테이블러가 잠에서 깨니 아내가 천장

을 물끄러미 쳐다보고 있고, 얼굴 주위의 베개가 눈물로 푹 젖었다. "흩뿌리고 있었어." 아내가 말한다. "손가락에서 쇠 냄새가 났어. 난 너무 무서웠어." 처음으로, 스테이블러는 알아듣는다.

보호: 벤슨은 길을 제대로 보지 않고 건넌다. 택시기사가 브레이크를 콱 밟고, 차 범퍼가 벤슨의 정강이 앞에서 머리카락 한 올 차이로 멈춰 선다. 앞유리창을 통해 차 안을 보니 조수석에 십대 남자아이가 눈을 꼭 감고 있다. 아이가 눈을 뜨니 햇빛이 종의 곡면에 부딪혀 반짝인다. 빤히 바라보는 벤슨에게 택시기사가 고래고래 소리지른다.

조짐: "이거 봐, 아빠!" 스테이블러의 딸이 깔깔 웃으며 빙글빙글 돈다. 마치 영화를 보듯 그의 눈에 딸아이의 이 년 후가, 자동차 뒷좌석에서 남자친구의 손을 찰싹찰싹 때리며 점점 더 세게 뿌리치는 아이의 모습이 똑똑히 보인다. 아이가 비명을 지른다. 스테이블러는 정신을 차린다. 아이가 땅바닥에 넘어져 발목을 움켜잡고 엉엉 울고 있다.

가짜: "이해를 못하는군요." 존스 신부가 벤슨에게 말한다. 그의 눈 밑에는 다크서클이 멍든 사과색으로 늘어졌다. 신부는 가슴 주머니에 기계자수 필기체로 '수전'이라고 새겨진 테리 목욕가

운을 입고 있다. "저는 당신에게 도움이 못 됩니다. 저는 신앙의 위기를 겪고 있습니다." 신부가 문을 닫으려 하지만 벤슨이 손으로 잡고 막는다. "저는 기능상의 위기를 겪고 있다고요." 벤슨이 말한다. "말해봐요. 귀신에 대해 아는 대로 전부 다."

처형: 검시관이 죽은 소녀의 얼굴에 덮인 시트를 걷는다. "강간 후 질식사." 검시관의 목소리가 공허하게 울린다. "살인범은 피해자가 사망할 때까지 엄지로 기도를 눌렀어. 하지만 지문은 없지." 스테이볼러는 소녀가 사진으로 본 아내의 고등학생 시절 얼굴과 닮았다는 생각이 든다. 벤슨은 소녀의 감긴 눈꺼풀 아래로 젤리 같은 안구가 함몰된 것이 뚜렷이 보인다고, 종소리가 들린다고 확신한다. 돌아오는 차 안에서 둘 다 말이 없다.

인기: 두 사람은 머리에 떠오르는 사람들을 닥치는 대로 모조리 신문한다. 소녀의 친구들과 적들. 소녀가 괴롭힌 여자애들. 소녀를 좋아한 남자애들과 증오한 남자애들, 소녀가 멋지다고 생각한 학부모들과 골칫덩이라고 생각한 학부모들. 벤슨은 피곤한 눈으로 비틀거리며 경찰서에 지각한다. "내 가설은," 벤슨은 떨리는 손으로 천천히 커피를 마시며 말한다. "내 가설은 범인은 그 아이의 코치이고, 아이의 사라진 속옷이 코치의 방에서 나올 거라는 거야." 수색영장이 눈 깜짝할 새 발부되고, 코치의 책상

서랍 맨 위 칸에서 아직 피에 젖어 축축한 속옷이 발견된다.

감시: 벤슨은 땅 밑에서 울리는 심장박동소리를 스테이블러에게 어떻게 설명해야 할지 모르겠다. 그 낮고 깊은 맥동이 이젠 항상 또렷이 들린다. 눈에 종이 달린 소녀들은 방에 들어오기 전에 노크도 하게 되었다. 가끔은. 벤슨은 멀리 떨어진 지역까지 여기저기 택시를 타고 가서 도로에서든 인도에서든 두 손을 짚어보고, 한번은 우표만한 앞마당을 다 차지한 어떤 여자의 텃밭에서 네 발로 엎드린 적도 있다. 어디서나 들린다. 저 깊숙한 안쪽에서 메아리치며 드럼소리가 울린다.

죄책감: 벤슨은 이제 종소리를 아주 잘 해석할 수 있다. 소녀들이 울리는 신호와 그녀의 이해 사이에 시간차가 발생하지 않는다. 벤슨은 베개로 얼굴을 덮고 숨을 제대로 쉴 수 없을 때까지 꽉 끌어당긴다. 우리에게 목소리를 줘. 우리에게 목소리를 줘. 우리에게 목소리를 줘. 그에게 말해. 그에게 말해. 그에게 말해. 우릴 찾아줘. 우릴 찾아줘. 우릴 찾아줘. 제발. 제발. 제발.

정의: 벤슨에게 어린아이들 한 부대가 찾아온다. 아이들의 종은 유난히 작고 소리도 쨍하다. 벤슨은 술에 취했다. 그녀는 놀이공원의 탈것처럼 팡팡 튀고 내동댕이치는 느낌의 침대를 부여잡

는다. 우린 디스코 팡팡은 두 번 다시 안 탈 거야. 일어나요! 일어나!
아이들이 그녀에게 명령한다. 벤슨은 휴대폰에 머리를 대고 단
축버튼을 누른다. "내 가설은," 그녀는 스테이블러에게 말한다.
"내 가설은 내가 가설을 갖고 있다는 거지." 스테이블러는 벤슨
의 집에 들르겠다고 말한다. "내 가설은," 벤슨이 말한다. "내 가
설은 세상에 신은 없다는 거야." 아이들의 종이 너무 요란하게
울려대서 스테이블러가 뭐라고 대꾸하는지 들리지도 않는다. 벤
슨의 집에 도착해 여벌 열쇠로 문을 열고 들어간 스테이블러는
변기 위로 상체를 수그리고 어깨를 들썩이며 울고 있는 벤슨을
발견한다.

해방: "온 도시가 다 그래." 벤슨은 차를 몰며 혼잣말을 한다. 스
테이블러가 옆자리 조수석에 타고 있다고 상상한다. "내가 다 가
봤어. 온 도시가 젠장 다 그렇다고. 심장박동소리. 소녀들." 벤슨
은 목청을 가다듬고 다시 해본다. "정신 나간 소리로 들린다는
거 알아. 그냥 그런 느낌이 든다고." 벤슨은 잠시 말을 끊었다가
다시 말한다. "스테이블러, 귀신이 있다고 믿어?" 그러고 나서,
"스테이블러, 날 믿어?"

부정: 스테이블러는 아내의 강간사건에 대한 경찰 조서를 찾아
낸다. 너무 오래된 일이라 기록관리부 직원의 호의를 빌려야 했

다. 얇은 마닐라지 봉투 안에서 바스락거리는 종이 소리에 스테이블러의 심박이 느려진다.

유능: 스테이블러와 벤슨은 센트럴파크에서 일어난 강간사건 신고를 받고 출동한다. 현장에 도착하자 훼손된 시신은 이미 부검실로 옮겨졌다고 한다. 나무 사이로 노란색 현장 보존 테이프를 둘러치느라 부산스러운 신입 경찰이 어리둥절해한다. "방금 왔다 가셨잖아요?" 경찰이 두 사람에게 묻는다.

침묵: 벤슨과 스테이블러는 역 근처 술집에서 맥주잔을 기울인다. 두 사람은 서리 맺혀 반투명한 맥주잔을 두 손으로 꽉 잡고 있고, 물기가 흥건하고 반질반질한 손자국은 천사 모양 같다. 두 사람은 말이 없다.

시즌 4

카멜레온: 에이블러와 헨슨은 센트럴파크에서 일어난 강간사건 신고를 받고 출동한다. 두 사람은 훼손된 시신을 조사한다. "사이비 종교의식." 에이블러가 말한다. "오컬트 집단." 헨슨이 말한다. "오컬트 집단의 사이비 종교의식." 두 사람은 합창하듯 말

한다. "시신을 부검실로 보내."

기만: 매일 밤 헨슨은 중간에 깨는 일 없이 푹 잔다. 아침에는 상쾌한 기분으로 일어난다. 아침식사로 차이브 크림치즈를 바른 참깨 베이글을 먹고 녹차 한 잔을 마신다. 에이블러는 아이들을 재우고 아내를 애무하고, 아내는 자다가 웃음을 터뜨린다. 아침에 일어나면 아내는 에이블러에게 꿈에서 봤던 아주 재미있는 얘기를 해주고, 그도 같이 웃는다. 아이들은 팬케이크를 만든다. 단단한 마룻바닥에 빛 웅덩이가 넘친다.

취약: 사흘 연속 어느 관할 지구에서도 피해자가 발생하지 않는다. 강간 0건. 살인 0건. 강간살해 0건. 유괴 0건. 아동 포르노 제작도 구매도 판매도 0건. 성추행 0건. 성폭행 0건. 성희롱 0건. 성매매 강요 0건. 인신매매 0건. 지하철 성추행 0건. 근친상간 0건. 성기노출 0건. 스토킹 0건. 음란전화조차 한 건 없다. 그러던 어느 수요일 땅거미 질 무렵, 알코올중독 치료 모임에 가던 여자를 향해 한 남자가 희롱하듯 휘파람을 분다. 온 도시가 오래 참았던 숨을 토하고, 모든 것이 정상으로 돌아온다.

욕정: 에이블러와 헨슨은 같이 자고 있지만, 아무도 그 사실을 모른다. 에이블러가 여태껏 같이 자본 섹스 파트너 중 헨슨이 최고

다. 헨슨은 더 나은 상대가 있었다.

때마침 실종: "왜 또 왔어?" 피해자의 할머니가 두 사람에게 묻는다. 벤슨은 스테이블러를 쳐다보고, 스테이블러는 벤슨을 쳐다보고, 두 사람은 얼떨떨한 표정으로 할머니를 본다. "내가 아는 건 아까 다 얘기했잖아." 노파는 귀찮다는 듯 마디진 손을 휘휘 내젓는다. 할머니가 문을 너무 세게 닫는 바람에 포치 난간에 있던 화분이 잔디밭으로 굴러떨어진다. "여기 온 적 있어?" 벤슨이 스테이블러에게 묻는다. 스테이블러가 고개를 젓는다. "너는?" 스테이블러가 벤슨에게 묻는다. 집안에서 밀스 브라더스의 노래가 지지직거리며 툭툭 튀는 소리와 함께 시작된다. 반짝이는 조그만 반딧불, 깜박, 깜박. "아니." 벤슨이 말한다. "처음인데."

천사들: 에이블러의 아들들은 전 과목에서 만점을 받아오고, 치아교정기가 필요 없을 정도로 치열이 완벽하다. 헨슨의 수많은 연인들은 클리토리스를 통해 점점 수위를 높이며 황홀한 초월의 순간을 그녀에게 선사한다. 그들은 어떤 게 좋은지, 거기, 그녀에게, 그래, 묻는다, 그래 그래 그래, 바로 그거야.

인형들: 딸랑 딸랑 딸랑 밤새 종이 울리고, 종소리는 벤슨의 피부 껍질을 벗겨낸다. 아니, 말하자면 그런 느낌이란 얘기다. 빨리,

빨리, 빨리 가. "난 잠을 자야 해." 벤슨이 말한다. "빨리 가려면 잠을 자야 한다고." 그런 게 어딨어. 우린 잠잘 필요 없어. 우린 절대 자지 않아. 우린 이십사 시간 지칠 줄 모르고 정의를 추구해. "잠이 필요하다는 게 기억 안 나?" 벤슨은 세탁이 필요한 시트에 얼굴을 묻고 피곤한 목소리로 묻는다. "너도 한땐 인간이었잖아." 아나 아나 아나 아나 아나 아나 아나.

낭비: 벤슨의 침대 헤드보드에는 새김 표시─넘쳐나는 성공, 넘쳐나는 실패, 그 두 가지를 따로 정리할 걸 그랬나?─가 잔뜩 있어서 흰개미가 씹어 먹은 나무판처럼 보인다. 투 비트의 박동음이 들리자 카펫과 협탁 위에서 나뭇조각과 부스러기들이 부르르 떨린다.

아동: "다섯 살짜리들이 여섯 살짜리들을 죽여." 벤슨이 느릿느릿 말한다. 잠이 부족해 눈 밑 피부가 거무스름하다. "사람은 괴물이 될 수도 있고, 양처럼 무방비가 될 수도 있지. 사람들은─아니, 우리는─가해자인 동시에 피해자야. 저울을 이쪽으로 혹은 저쪽으로 기울이는 건 아주 간단해. 그게 우리가 사는 세상이야, 스테이블러." 벤슨은 다이어트 콜라를 요란하게 홀짝인다. 그녀는 스테이블러의 젖은 눈을 애써 외면한다.

회복탄력성: 벤슨은 쉬는 날이면 TV를 매우 많이 본다. 아이디어를 얻는다. 문턱과 창턱에 소금을 쭉 뿌려놓는다. 그날 밤, 몇 달 만에 처음으로, 눈에 종이 달린 소녀들이 다가오지 않는다.

상처: 스테이블러는 아내의 어깨를 가볍게 어루만진다. "얘기 좀 할 수 있을까?" 아내는 고개를 젓는다. "얘기하기 싫어?" 아내가 고개를 끄덕인다. "얘기하고 싶어?" 아내가 고개를 젓는다. "얘기하고 싶지 않다는 거지?" 아내가 고개를 끄덕인다. 스테이블러는 아내의 머리칼에 키스한다. "나중에. 나중에 얘기하자."

위험 요소: 에이블러와 헨슨은 아홉 건의 사건을 연달아 해결하고, 반장은 두 사람을 레스토랑에 데려가 축하의 스테이크와 칵테일을 산다. 에이블러는 자기 식도에 비해 너무 큰 스테이크 덩이를 물어뜯고, 헨슨은 더티 마티니를 한 잔 또 한 잔 잇따라 해치운다. 그렇게 열 잔. 열한 잔. 건너편에서 시저 샐러드를 새 모이 먹듯 깨작이고 있던 남자가 목이 막혀 숨을 못 쉰다. 얼굴이 사색이 된다. 생판 남이 그에게 하임리히법을 실시하고, 반쯤 씹다 만 고깃점이 평생 술이라곤 입에도 안 대본 사람의 테이블 위로 내려앉자, 그 사람은 좀 묘한 기분이 된다. "열두 잔 마신 기분인데"라며 헨슨이 킥킥거리고 딸꾹질을 한다. 정말로 열두 잔 마셨다. 헨슨이 에이블러를 집까지 태워다주고, 두 사람은 웃는

다. 레스토랑에서 열세 블록 떨어진 곳에서 두 사람은 서로를 더듬고 키스하며 비틀비틀 차에서 내린다. 헨슨은 에이블러의 손을 자기 젖가슴에 올리고, 그녀의 젖꼭지가 단단해진다.

부패: 누가 자꾸 잘 익은 야채를 쓰레기통에 봉지째 놓고 간다. 종종 헨슨은 저도 모르게 그걸 꺼내 집으로 갖고 오고, 비트를 열심히 문질러 씻는다. 미쳤어 정말. 이렇게 멀쩡한 걸 버리다니 진짜 이상해.

자비: 무장강도가 인질들을 모두 석방한다. 자기 자신을 포함해서.

판도라: 종소리가 사라지자 벤슨은 외롭다. 집이 너무 조용하다. 문간에 서서 하얀 선을 물끄러미 내려다본다. 엄지발가락을 들어 면밀히 조사한다. 어릴 적 어머니와 바닷가에 갔다가 뜨겁고 부드러운 모래에 발을 뎄던 때가 생각난다. 벤슨은 엄지발가락으로 선을 밀어 흐트러뜨리고 "앗" 하고 실수인 척 소리를 내지만 사실 실수가 아니다. 좁은 협곡을 통해 불시에 밀려드는 홍수처럼 소녀들이 벤슨에게 몰려온다. 소녀들의 종이 기쁨에 찬 벌떼처럼 혼란스럽게, 신나게, 황홀하게, 무섭게 울려댄다. 소녀들은 필사적으로 벤슨을 간지럼 태운다. 이렇게 사랑받는 느낌은 생전 처음이다.

고통: 당신은 우리가 신뢰하는 유일한 사람이야, 눈에 종이 달린 소녀들이 벤슨에게 말한다. 그 다른 쪽이 아니라. 벤슨은 스테이블러를 말하는가보다 짐작한다.

특권: 에이블러와 헨슨은 흙속의 탄피를 알아차린다. 두 사람은 문틀 근처에서 길거리 방향으로 난 혈흔을 알아차린다. 그들은 서로를 쳐다보고, 제각기 범행 시각에 이쪽 도로를 비추는 태양빛을 가늠하고 있음을 안다. 집안으로 진입할 즈음 그들은 아내를 체포할 것임을 안다. 그들은 그녀에게 뭘 물어볼 필요도 없다.

발악: "죽으면 다 볼 수 있잖아." 벤슨이 눈에 종이 달린 소녀들에게 말한다. "다른 쪽이 누군지 얘기해줘. 그…… 그 도플갱어들. 어째서 그놈들은 뭘 해도 나와 스테이블러보다 월등한 거야? 말 좀 해줘봐, 제발." 종이 울리고 울리고 울린다.

외모: 벤슨은 경찰서에서 나오는 헨슨을 본다. 속이 배배 꼬인다. 똑같은 얼굴인데 더 예쁘다. 똑같은 머리칼인데 더 찰랑거린다. 저 여자가 어디 제품을 쓰는지 꼭 알아내리라. 저 여자를 죽이기 전에.

우성: "넌 정신병자야." 헨슨은 수갑과 밧줄과 의자와 쇠사슬로 결박된 채 몸부림치며 말한다. 벤슨은 스테이블러에게 또 메시지를 남긴다. "내 파트너가 와서 널 잡을 거야, 두고 봐." 헨슨이 말한다. "그가 날 도우러 올 거야."

인식 오류: "스테이블러는 나를 도와주러 올 거야. 그는 네가 무슨 짓을 하고 다녔는지 알아. 우리 사건을 훔치고. 우리인 척하고."

허사: 신호음이 그치자 스테이블러는 휴대폰을 꺼낸다. 열네 개의 새 음성메시지가 있습니다. 난 못해, 못한다고. 그의 손바닥 안에서 전화기가 곤충처럼 웅웅거린다. 열다섯 개. 스테이블러는 휴대폰 전원을 끈다.

비탄: 에이블러가 헨슨을 도우러 온다. 당연하다. 에이블러는 헨슨을 사랑하니까. 벤슨은 에이블러가 다정하게 밧줄을 끄르고, 쇠사슬을 벗기고, 수갑을 풀고, 헨슨이 자기 힘으로 의자에서 일어날 수 있게 도와주는 모습을 지켜본다. 벤슨은 총을 들고 있다. 두 사람을 향해 각각 세 발씩 총알을 쏘지만, 큰 기대는 없다. 그들은 마치 아무 일도 없었다는 듯 계속 움직인다. 거리로 나아가 활보하며 시야에서 사라진다.

완벽: "벤슨 형사, 자네 총에서 총알이 없어졌는데 그걸 설명하지 못하겠다고? 뭘 듣고 있는 거야? 벤슨! 〔……〕 아니, 안 들려. 〔……〕 아무 소리도 안 난다고, 자네 무슨 소릴 하는 건가?"

영혼 없음: "존스 신부님," 벤슨이 신부의 집 현관에 깔린 거친 카펫에 이마를 대고 누르며 말한다. "저 진짜 어딘가 문제가 있어요." 신부는 텀블러를 내려놓고 벤슨 옆에 앉는다. "네, 그 기분 잘 알죠."

시즌 5

비극: 관할 지구에서 몇 마일 떨어진 곳에서 십대 남자아이와 일곱 살짜리 여동생이 학교에서 집으로 걸어오는 길에 갑자기 죽는다. 부검을 해보니 내부 장기의 자줏빛 근육에서 총알들이 나왔는데, 어느 쪽 시신에도 총알이 들어간 상처가 없다. 검시관은 당황한다. 총알이 금속제 접시 안에서 짤랑 짤랑 짤랑 짤랑 짤랑 짤랑거린다.

조증: 지방 검사는 웃고 또 웃는다. 너무 웃어서 사레가 들린다. 너무 격하게 웃어서 오줌도 찔끔 싼다. 그녀는 바닥에 주저앉아

동서남북 뱅글뱅글 돌며 계속 웃고 있다. 화장실 문 두드리는 소리가 들리고 벤슨이 미심쩍게 문을 열어본다. "괜찮아? 배심원들이 돌아왔어. 저기…… 괜찮아?"

어머니: "어제 당신 어머니한테 전화 왔어." 스테이블러에게 아내가 말한다. "어머니한테 전화 좀 해, 그래야 내가 당신 때문에 변명을 안 해도 되지." 스테이블러는 책상에서 고개를 들고, 책상 위에 놓인 마닐라지 봉투가 너무 얇고 빈약해서 비명을 지르고 싶다. 그는 아이들의 엄마를, 그녀의 목이 시작되는 부근의 우묵하게 들어간 곳을, 속눈썹의 고운 가장자리를, 아마도 터뜨리기 일보 직전의 기름진 뾰루지가 난 턱을 본다. "얘기 좀 하자." 그가 말한다.

상실: "이해해주셔야 합니다." 존스 신부가 말한다. "저는 그애를 사랑했어요. 그동안 사랑했던 것들을 다 합친 것보다 더 많이 사랑했어요. 하지만 그애는 슬퍼했죠, 몹시 슬퍼했어요. 그애는 여기 있는 것을 더이상 견디지 못했습니다. 너무 많이 봤어요."

뜻밖의 발견: 존스 신부는 벤슨에게 기도하는 법을 알려준다. 벤슨은 어린아이처럼 두 손을 맞잡는다. 기도를 해본 게 그때가 마지막이었으니까. 신부는 열린 마음에 대해 얘기한다. 벤슨은 무

릎을 세워 가슴께로 당긴다. "제가 이 이상 마음을 열면, 그것들이 쏟아져나와 죄다 쓸어버릴걸요." 신부가 그게 무슨 말이냐고 묻자, 벤슨은 그저 고개를 흔든다.

강압: "내가 다 했어요." 여자가 굼뜨게 말한다. 벤슨은 노란 리갈패드에서 고개를 든다. "정말이에요?" 벤슨이 묻는다. "네." 여자가 말한다. "처음부터 끝까지. 정말로, 확실히, 처음부터 끝까지 내가 다 했어요."

선택: 법원 앞에서 시위대가 사람들을 밀치며 고함치고, 피켓 자루들이 서로 부딪치며 시끄러운 소리를 낸다. 꼭 퍼커션소리 같다. 최악의 퍼커션. 벤슨과 스테이블러는 몸으로 막아서 여자를 보호하고, 여자는 울먹이며 비틀거린다. 벤슨이 좌우를 살핀다. 탕. 여자가 허물어진다. 여자의 피가 우수관으로 흘러들어가고, 여자는 중단된 일식처럼 눈을 반쯤 뜬 채 죽는다. 벤슨과 스테이블러는 포장도로 밑에서, 비명소리와 공포에 질린 군중과 피켓과 죽은 여자와 죽음의 외중에도, 동시에 그 비트를 느낀다. 정말이다. 원-투. 두 사람은 서로를 쳐다본다. "소리 들리지." 스테이블러가 쉰 소리로 추궁하고, 벤슨이 미처 대답하기 전에 시위대 중 한 명이 또 총에 맞는다. 들고 있던 피켓이 핏물 속으로 떨어진다.

혐오: 지방 검사는 꿈에서 언덕 아래로 구른다. 바위에 걸리고 뒹굴며 쿠당탕 저 아래까지 굴러떨어진다. 꿈속에서 천둥이 울리고, 두 갈래로 갈라져 루바브 색으로 번쩍인다. 천둥소리가 날 때마다 풀잎들이 자세를 바꾼다. 그때, 자신의 몸 아래에서, 검사는 벤슨을 본다. 벤슨은 똑바로 누워 제 몸을 어루만지며 웃고 있다. 검사는 옷을 벗은 벤슨을 꿈꾸고, 벤슨의 몸에 부대끼며 자신의 몸뚱이를 굴리는 모습을 꿈꾼다. 천둥도 우르릉 굴러오는데, 실은 구르는 게 아니라 걷는 것에 가깝다. 두-둥, 두-둥, 두-둥. 검사는 절정에 다다르고 잠에서 깬다. 아니 어쩌면 잠에서 깬 다음 절정에 다다랐는지도. 꿈의 여운 속에서 검사는 홀로 침대에 누워 있고, 창문이 열려 있고, 커튼이 미풍에 팔랑인다.

컨트롤: "왜 찾아본 거야?" 스테이블러의 아내가 묻는다. "왜? 내가 바란 건 오직 묻어버리는 거였어. 숨기고 싶다고. 왜 찾아낸 거야? 왜?" 아내가 울며 소리친다. 아내는 속이 꽉꽉 채워진 거대한 쿠션을 주먹으로 거푸 내리친다. 방안을 이쪽 끝에서 저쪽 끝까지 왔다갔다하기 시작한다. 두 팔로 자기 몸통을 꽉 끌어안고 있는 아내 모습에, 스테이블러는 얼마 전 피를 뒤집어쓰고 경찰서에 들어온 한 남자가 생각난다. 그 남자도 꼭 저렇게 제 몸을 끌어안고 있었고, 팔을 내리자 복부의 상처가 벌어지며 위

장과 창자가 슬쩍 보였다. 마치 곧 태어날 태아처럼.

동요: "안녕?" 벤슨이 웃으며 지방 검사에게 인사한다. 검사는 두 손을 꽉 맞잡아 움켜쥔다. "안녕." 얼른 말하고 빙그르 뒤로 돌아 반대 방향으로 뛰듯이 걸어간다.

탈출: 소녀는 마댓자루만 걸친 채 경찰서 안으로 비척비척 들어온다. 스테이블러가 소녀에게 물 한 컵을 건넨다. 소녀는 단숨에 물을 들이켜더니 스테이블러의 책상 위에 그대로 토한다. 그 내용물은 이러하다. 앞서 말한 물, 손톱 네 개, 합판 조각, 도서관 소장본임을 알리듯 한쪽 면에 바코드가 붙은 유광 코팅 종잇장. 소녀의 얘기는 횡설수설 두서없지만 어디서 많이 들어본 말들이다. 벤슨은 『모비딕』의 구절과 『소금의 값』에 나온 구절을 알아듣는다. 그들은 소녀를 위탁가정에 맡기고, 그곳에서도 소녀는 끊임없이 다른 사람들의 말을 인용해 자신의 슬픔과 한탄을 표현한다.

형제애: 스테이블러는 처음 아내와 결혼했을 때 딸만 낳기를 소원했다. 그에게는 형제가 있었다. 그는 알고 있었다. 스테이블러는 이제 딸들 걱정으로 숨도 못 쉴 지경이다. 딸들이 아예 태어나지 않았으면 싶다. 딸들이 아직 미출생의 공간에서 안전하게

떠다니고 있으면 좋겠다. 스테이블러의 상상 속에서 그곳은 대서양처럼 청회색이고, 별처럼 점점이 반짝이는 빛들이 있고, 콘시럽처럼 끈적하다.

증오: 스테이블러의 아내는 마닐라지 봉투 건 이후 그와 말을 하지 않는다. 아내는 커다란 식도로 야채를 썰고, 그는 아내가 불꽃 튀는 침묵을 지속하기보다 차라리 저 칼을 그의 배에 꽂아넣어주면 좋겠다고 생각한다. "사랑해." 그는 아내에게 말한다. "용서해줘." 그러나 아내는 칼질을 계속한다. 아내는 칼자국투성이 플라스틱 도마에 깔끔한 칼자국을 더한다. 당근 꼭지를 잘라낸다. 오이 껍질을 벗긴다.

의식: 벤슨은 그리니치빌리지의 뉴에이지 가게에 간다. "주술이 필요해요." 벤슨이 가게 주인에게 말한다. "내가 구하는 것을 찾기 위해서." 주인은 잠시 펜을 턱에 대고 두드리다가 벤슨에게 물건을 판다. 정체를 알 수 없는 말린 콩 네 개, 알고 보니 토끼의 뼛조각인 조그맣고 하얀 원판, 빈 것처럼 보이는 작은 약병─"어느 젊은 아가씨의 처녀성을 잃은 기억"이라고 주인이 말한다─화강석 그릇, 허드슨 강둑에서 퍼온 마른 진흙으로 빚은 쐐기.

가족: 추수감사절에 스테이블러는 벤슨을 집으로 초대한다. 벤

슨은 어릴 때 늘 해보고 싶었던 거라며 칠면조 내장 제거를 도와
주겠다고 나선다. 스테이블러의 아내는 벤슨에게 밝은 주황색
그릇을 내어주고, 티격태격 싸우는 아이들을 말리러 부엌을 나
간다. 벤슨은 스테이블러의 아내가 남편에게 말을 하지 않는다
는 것을 알아챈다. 그녀는 한숨을 내쉬고 고개를 절레절레 젓는
다. 벤슨은 한 손을 칠면조 뱃속 깊숙이 찔러넣는다. 손가락이
연골과 근육과 뼈를 지나 뭔가에 닿는다. 잡아 뺀다. 칠면조 밖
으로 내장이 줄줄이 딸려나오는데, 피가 묻어 번질번질한 작은
종들이 거기 주르르 걸려 있다. 식사는 매우 성공적이다. 스테이
블러의 하드 드라이브에 그때 사진이 있다. 다들 웃고 있다. 다
들 무척 즐거운 시간을 보내고 있다.

집: 벤슨과 스테이블러는 뉴욕공공도서관에 간다. 그들은 야생
소녀의 사진을 사서들에게 보여준다. 사서 중 한 명이 말로는 모
르는 사람이라고 하는데 눈동자는 위를 향한다. 벤슨은 그 사서
가 거짓말을 하고 있음을 안다. 그녀는 휴게실로 가는 사서를 따
라가서 자판기에 거칠게 밀어붙인다. 안에서 감자칩과 프레즐
봉지가 와르르 쏟아진다. "당신이 그애를 안다는 거 다 알아."
벤슨이 말한다. 사서는 입술을 깨물더니 벤슨과 스테이블러를
지하실로 데려간다. 사서는 망가진 맹꽁이자물쇠가 달린 철문을
밀고 낡은 보일러실로 들어간다. 건너편 벽에 간이침대가 세워

져 있고, 온 바닥에 책더미들이 작은 메트로폴리스를 이루고 있다. 벤슨은 책표지 하나를 들춰보고, 또 다음 것을 들춘다. 전부 '폐기'라고 붉은 도장이 찍혀 있다. 사서가 스테이블러의 권총집에서 총을 빼낸다. 스테이블러가 소리친다. 벤슨이 몸을 돌리자마자 총에서 발사된 붉은 물감이 그녀의 피부에 뿌려진다.

의도: "어떻게 총을 뺏길 수 있어?" 벤슨이 스테이블러에게 소리 지른다. "유괴범 사서와 한방에 있으면서 어떻게 책만 보고 있을 수 있어?" 스테이블러가 맞받아친다. "가끔은……" 벤슨은 화가 나서 입을 열지만 말소리가 흐려진다.

방심: 반장은 게시판에 남아 있던 마지막 사진을 떼어낸다. 오랜만에 그 어느 때보다 한잔이 절실하다. "한 여자가 살아남기 위해 필요했던 건," 반장의 목소리가 음절마다 높아진다. "우리 팀 형사들이 잠들지 않는 것뿐이었을 거다," 이 대목에서 그는 사진으로 책상을 내리친다, 실제로 여자를 죽였을 힘보다 더 세게. "근무중에." 벤슨은 리갈패드를 내려다본다. 거기에는 연쇄살인범에 대한 단서를 철자 순서만 바꿔 쓴 낱말이 수두룩하지만 해결에 도움이 된 적은 없다.

싫증: 자초지종은 이러하다. 소녀는 예언에 싫증이 났다. 소녀는

브루클린의 한 건물 옥상에서 죽음에 무릎을 꿇기 전에, 훗날 존스 신부가 되는 젊은 벤 존스의 팔을 잡았다. 존스는 몇십 년 동안 예언력을 몸속에 간직하고 다녔다. 미사 도중 환각에 빠진 신부를 제지한 사람은 스테이블러였고, 이제 그도 예언력을 가졌다. 스테이블러는 아이들을 보고, 아이들의 끔찍한 미래가 눈에 비친다. 장수하며 언제나 기억력이 좋은 아내를 본다. 그러나 벤슨은 볼 수 없다. 뭔가가 그의 시야를 가린다. 벤슨은 연기처럼 흐릿하고 잘 포착되지 않는다.

내막: 스테이블러는 큰딸과 함께 장을 보다가 한 남자를 본다. 남자는 사과를 집어들고 꼼꼼히 살피더니 다시 무더기 위에 내려놓는다. 스테이블러는 남자를 알아본다. 남자가 고개를 든다. 그도 스테이블러를 알아본다. 남자는 스테이블러의 이름을 부른다. 그런데 이름이 틀렸다. "빌!" 남자가 말한다. "빌!" 남자는 스테이블러의 딸을 바라본다. 스테이블러는 딸의 팔을 잡고 옆 통로로 끌어당긴다. "빌," 남자는 흥분한 목소리로 외치다 옥수수 토르티야 진열품을 엎는다. "빌! 빌! 빌!"

범죄자: 플라스틱 총을 들고 스키 마스크를 쓴 남자가 은행을 털어 오십칠 달러를 챙긴다. 창구 직원이 늘 책상 밑에 두던 마체테로 강도의 얼굴을 베어 위기를 모면한다.

무통: "걱정하지 마세요." 부인과 의사가 스테이블러의 아내에게 말한다. "하나도 아프지 않을 겁니다."

주술에 걸리다: 벤슨은 주문을 시험해보기로 결심한다. 가게 주인이 알려준 대로 재료를 조합한다. 콩과 뼈를 부순다. 약병의 코르크 마개를 연다. "얼른 따라야 해요." 가게 주인이 말했다. "막자사발에 바로 받아요, 안 그럼 날아가버립니다." 벤슨은 병을 사발에 기울이고, 그때 난데없이 뇌가 경련을 일으키며 경험한 적 없는 일이 기억난다. 비명, 불타는 고통, 창문이 쭉 나 있는 어두운 방, 닫힌 커튼, 차갑고 검은 테이블. 벤슨은 무턱대고 뒤로 휘청휘청 물러나다 막자사발과 막자를 뒤엎고 만다. 벤슨은 바닥에 쓰러져 부들부들 떤다. 그 환시가 마침내 사라졌을 때, 자신을 빤히 바라보는 눈에 종이 달린 소녀가 보인다. 이제 겨우 시작인데, 소녀가 말한다. 밤새 벤슨은 꿈을 꾸고, 꿈을 꾸고, 꿈을 꾼다.

중독: 어느 날 오후, 사무실에서 일을 보던 벤슨은 간지러워 도저히 참을 수가 없다. 의자에 앉은 채로 들썩거린다. 다리를 꼬았다 푼다. 퇴근길에 길모퉁이 약국에 들른다. 집에 돌아와 욕실에서 쪼그리고 앉는다. 침대까지 엉금엉금 걸어가 가로로 눕는다.

몸속의 총알이 녹는 느낌이 들면서 상태가 좀 나아진다. 눈에 종이 달린 소녀가 침대 옆으로 와서 강풍에 휘말린 교회처럼 미친 듯이 종을 흔들어댄다. 가자. "못 가." 왜? "일어날 수가 없어. 움직일 수도 없고. 심지어 기침도 못해." 무슨 일인데? "넌 이해 못해." 일어나. "못 일어난다니까." 몸속이 진정되고 편해진다. 움직일 수 없고, 섣불리 움직였다간 모든 게 쏟아져나올 것이다. 눈에 종이 달린 소녀는 침대를 통과하지 않는 선에서 최대한 바싹 붙는다. 소녀가 빛나기 시작한다. 벤슨의 침실이 빛으로 채워진다. 길 건너편에서 망원경을 들여다보던 남자가 접안렌즈에서 고개를 들고 헉 숨을 집어삼킨다.

머리: "좋아, 그럼, 내 가설은 이래." 벤슨이 커피 두 잔을 들고 다시 차에 타자 스테이블러가 말한다. "인간의 내부 장기. 축축한 그것들은 퍼즐 조각처럼 빽빽이 맞물려 있어. 출생 전에 몸뚱이마다 달린 지퍼를 누가 일일이 다 열어서 속에 오트밀 같은 걸 쑤셔넣은 것처럼. 하지만 그런 게 가능할 리 없지." 벤슨은 스테이블러를 쳐다본다. 컵을 너무 꽉 쥔 탓에 뜨거운 커피가 살짝 넘쳐 그녀의 손을 타고 흐른다. 벤슨이 뒤를 돌아본다. 다시 스테이블러를 본다. "마치," 스테이블러가 생각에 잠겨 말한다. "내부에서 자라면서 함께 형태를 잡게 되어 있는 것처럼." 벤슨이 눈을 껌벅이며 말한다. "그건 우리가 자라는 것 같군. 자궁 속

에서. 그리고 계속 자라고." 스테이블러는 흥분한 표정이다. "바로 그거야! 그다음에, 죽는 거지."

시즌 6

생득권: 스테이블러의 두 딸이 수프 한 그릇을 두고 다툰다. 스테이블러가 집에 돌아와보니 큰딸은 이마에 얼음덩이를 얹고 있고 막내는 부엌 타일 바닥 위에서 발버둥을 치고 있다. 침실에 들어가니 아내가 침대에 누워 천장을 노려보고 있다. "당신 애들이야." 아내가 스테이블러에게 말한다. "내 애들이 아니라."

빛: 벤슨과 스테이블러는 더이상 모노폴리를 하지 않는다.

문란: 벤슨은 평소의 두 배로 식료품을 사서 쟁이고, 그게 썩을 때까지 기다리지도 않는다. 반경 스무 블록 이내의 모든 쓰레기통에 잘 익은 야채들을 버린다. 그렇게 쫙 뿌리는 게, 소모하는 게 기분좋다.

스캐빈저: 시체를 내간 후, 벤슨과 스테이블러는 마른 피웅덩이 주변에 선다. 경관이 침실로 들어온다. "집주인이 밖에 있습니

다." 경관이 말한다. "언제 이 아파트를 청소해도 되냐고 물어보는데요, 세를 줘야 한다고." 벤슨이 발끝으로 얼룩을 툭 건드린다. "뭘로 닦아야 지워지는지 알아?" 스테이블러가 미간을 찡그리고 벤슨을 쳐다본다. "옥시클린. 금세 지워질 거야." 벤슨이 말을 잇는다. "다음주면 세입자를 받을 수 있을걸." 스테이블러가 주위를 돌아본다. "집주인은 아직 여기 안 왔는데." 스테이블러가 느릿느릿 말한다. "옥시클린이면 금방 빠질 거야." 벤슨이 다시 말한다.

아우성: 여섯번째 흑인 꼬마 여자애가 실종된 후에야 경찰청장은 인기 연속극의 시즌 마지막 회 방영을 중단시킨 다음 성명을 발표한다. 이내 격렬한 항의 편지가 쇄도한다. "수전의 아기가 데이비드의 자식인지 아닌지, 알려주지 않을 거라는 얘깁니까, 청장님??????"이라고 한 편지에 쓰여 있다. 탄저균을 보낸 사람도 있다.

양심: 둥둥 소리가 멎지 않는다. 스테이블러는 자신의 양심이 이 끔찍하고 지긋지긋한 소리를 만들어내는 게 아닐까 생각한다.

카리스마: 벤슨은 화요일 저녁의 데이트 상대가 무척 마음에 들어 그의 집에 같이 간다.

의심: 존스 신부는 성체성사를 준비한다. 맨 앞줄에 선 사람은 스테이블러와 벤슨 같은데, 아니다. 어딘가 다르다. 신부가 첫번째 사람의 혀에 제병을 놓자 남자는 입을 다물고 싱긋 웃는다. 존스 신부는 목구멍 안쪽에서 용서가 녹아내려가는 듯한 기분이 든다. 그다음 여자도 웃으며 제병을 머금는다. 신부는 이번에는 목이 졸리는 것 같다. 그는 잠시 실례한다며 자리를 피한다. 화장실에서 신부는 세면기를 붙잡고 선 채 몸을 앞뒤로 흔들며 흐느낀다.

나약: 스테이블러는 이제 하루 세 번 운동을 한다. 범죄 현장까지 경찰차를 타고 가기보다 뛰어가길 고집한다. 스테이블러가 버튼다운 셔츠와 넥타이를 새빨간 러닝 반바지 허리춤에 끼워넣고 경찰서를 출발할 때마다, 벤슨은 가게에 가서 커피를 사고 신문을 읽은 다음 차를 몰고 현장으로 간다. 스테이블러는 손가락으로 맥박을 재고, 운동화로 인도를 일정한 박자로 때리며, 늘 몇 분 늦게 도착한다. 그는 목격자들을 심문하는 동안에도 제자리 뛰기를 한다.

신들림: 지하철에서 벤슨은 반대 방향으로 가는 전동차에 탄 헨슨과 에이블러를 본 듯하다. 노란 버터색 빛이 번쩍이는 가운데

폭발하듯 순식간에 서로를 지나치고, 창문들이 슬라이드필름의 프레임처럼 명멸하고, 헨슨과 에이블러는 페나키스토스코프*를 돌리는 것처럼 휙휙 움직이며 창문마다 모습을 드러낸다. 벤슨은 스테이블러에게 전화하려 하지만, 지하라서 신호가 터지지 않는다. 맞은편에서 한 꼬마 여자애가 제 엄마의 휴대폰으로 비디오게임을 하다 플립플롭 한 짝이 벗겨진다. 벤슨은 저 아이가 곧 죽을 것임을 한 치의 의심도 없이 명확히 알게 된다. 벤슨은 지하철에서 내려 쓰레기통에 토한다.

전염: 벤슨은 신종플루에 걸려 집에서 쉰다. 열이 사십 도까지 오르고, 자신이 두 사람이라는 환각에 빠진다. 오래도록 주인이 없던 옆 베개로 팔을 뻗자 자신의 얼굴이 만져진다. 눈에 종이 달린 소녀들이 벤슨에게 수프를 만들어주려 하지만, 그들의 손은 찬장 손잡이를 지나칠 뿐이다.

정체: 스테이블러는 핼러윈 때 자신이 애들을 데리고 나가겠다고 한다. 그는 배트맨을 하기로 하고 딱딱한 플라스틱 마스크를 구입한다. 아이들은 못마땅한 듯 눈을 굴린다. 아빠와 아이들이 나가기 전에 스테이블러의 아내가 그를 마주보고 선다. 아내는

---

* 회전하는 원판을 이용해 시각적 착각을 불러일으키는 초기 애니메이션 장치.

손을 들어 그가 쓴 마스크를 낚아채듯 벗긴다. 스테이블러는 아내의 손에서 마스크를 빼앗아 도로 쓴다. 아내가 다시 마스크를 벗기고, 고무줄이 너무 세게 튕겨 그의 얼굴에 맞는다. "악, 왜 그러는 거야?" 아내가 마스크를 그의 가슴팍에 던진다. "기분이 아주 좋진 않지, 안 그래?" 아내가 이를 악물고 나직이 말한다.

사냥감: 남자는 라이플을 꺼내 건장한 어깨에 얹고 매혹적인 손놀림으로 방아쇠를 당긴다. 탄환이 실종된 여자의 목을 맞히고, 여자가 쓰러지고, 낙엽 속으로 무너져 나뭇잎들을 재처럼 날리기도 전에 여자는 생을 놓는다.

게임: 남자는 울먹이는 또다른 여자를 놓아준다. 여자가 숲을 향해 달리기 시작하자, 남자는 문득 피로를 느끼고 저녁식사나 준비하고 싶어진다. 남자가 줄지어 선 나무 쪽으로 몇 발짝 내딛자, 여자는 자신의 언니를 만난다.

꿰이다: "난 이렇게 살기로 선택한 거예요." 성매매여성이 사회복지사에게 처연한 눈빛으로 말한다. "내가 선택한 거죠. 괜히 나한테 힘 빼지 말고, 선택이 아닌 타의로 여기 오게 된 여자들이나 도와줘요." 옳은 말이다. 어쨌든 그녀는 살해당한다.

귀신: 성매매여성이 살해당한다. 그녀는 너무 지쳐서 유령이 되지 못한다.

분노: 성매매여성이 살해당한다. 그녀는 너무 화가 나서 유령이 되지 못한다.

순수: 성매매여성이 살해당한다. 그녀는 너무 슬퍼서 유령이 되지 못한다.

중독증: 눈에 종이 달린 소녀—아주 오래전부터 잠든 벤슨의 시큼한 숨결과 씰룩거리는 눈꺼풀을 찾아왔던 그 첫번째 아이—가 벤슨의 침실에 들어온다. 소녀는 침대맡까지 다가온다. 벤슨의 입안에 손가락을 넣는다. 벤슨은 깨어나지 않는다. 소녀는 자신을 자꾸 겹쳐넣고, 벤슨의 눈이 떠졌을 때 벤슨은 눈을 뜨고 있지 않다. 벤슨은 자신의 마음 한구석에 웅크린 채, 마치 길쭉한 거실 맞은편에 난 창문을 통해 보듯 멀찌감치서 자신의 눈을 통해 내다본다. 벤슨이면서 벤슨이 아닌 자는 집안을 걸어다닌다. 벤슨이면서 벤슨이 아닌 자는 잠옷을 벗고 성인 여성인 자신의 몸을 만지며 구석구석 살핀다. 벤슨이면서 벤슨이 아닌 자는 옷을 걸치고 택시를 불러 타고 스테이블러의 집에 가서 새벽 두시 칠분인데도 대문을 두드린다. 스테이블러는 조금도 졸리지

않은 얼굴이지만 어리둥절해한다. "벤슨, 여기까지 오다니 무슨 일이야?" 벤슨이면서 벤슨이 아닌 자는 스테이블러의 셔츠를 잡고 자기 쪽으로 당겨 스테이블러가 생전 입안에서 느껴본 적 없는 무시무시한 힘과 허기로 키스한다. 그녀는 그의 셔츠를 놓아준다. 벤슨은 자신의 두개골 속 캄캄한 벽에 대고 울부짖는다. 벤슨이면서 벤슨이 아닌 자는 성이 차지 않는다. 스테이블러는 손으로 입을 훔친 다음, 뭔가 나타나길 바라듯 자신의 손가락을 응시한다. 그리고 문을 쾅 닫는다. 벤슨이면서 벤슨이 아닌 자는 집으로 돌아온다. 벤슨은 무릎에서 고개를 들어 바로 앞에 서 있는 눈에 종이 달린 소녀를 본다. "누가 움직이는 거야?" 벤슨은 잠긴 목소리로 묻는다. 종이 울린다. 아무도. 실제로 벤슨의 몸은 생명 없는 골렘처럼 침대 위에 축 늘어져 있다. 종이 울린다. 미안해. 눈에 종이 달린 소녀는 벤슨의 머릿속에 손가락을 담그고, 이어서

밤: 벤슨은 잠에서 깬다. 머리가 지끈거린다. 몸을 돌려 베개의 시원한 쪽에 얼굴을 대니, 간밤의 꿈이 파도에 흔들리며 서서히 바다로 흘러가는 고무 오리 인형처럼 빠져나간다.

피: 정육점 주인이 호스로 바닥에 물을 뿌리고, 핏물이 소용돌이치며 하수구로 빠져나간다. 동물의 피가 아니었지만, 자르는 작

업을 한 사람은 그의 조수였으므로 주인은 그게 뭔지 알 턱이 없다. 증거가 인멸됐다. 여자애들은 영원히 행방불명으로 남는다.

토막들: "내가요, 아니면 짐승냄새가 아직 가시지 않은 이 스테이크가요?" 벤슨의 데이트 상대가 묻는다. 벤슨은 어깨를 으쓱하고 자신의 접시에 담긴 가리비를 내려다본다. 나이프로 쿡 찌르니 가운데를 조금 벌리는데, 입을 벌리는 것 같기도 하고 더 나쁜 것도 생각나고. "그냥 좀…… 묘한 향이군." 남자가 말하며 한입 더 먹는다. "그래도 맛있는 것 같아요. 맛있네." 벤슨은 그의 직업이 뭐였는지 기억나지 않는다. 이게 두번째 만남인가 세번째 만남인가? 남자는 입을 벌리고 음식을 씹는다. 벤슨은 남자가 오라고 하지도 않는데 그의 집으로 간다.

골리앗: 스테이블러는 위스키를 또 한 모금 길게 들이켠다. 안락의자에 털썩 몸을 묻는다. 그의 아내는 위층에서 잠을 자고 꿈을 꾸고 깨고 좀더 자고 그를 미워하고 깨고 미워하고 잔다. 스테이블러는 벤슨을 생각한다. 문 앞에 서 있던 그녀, 희한하게 걸쳐 입은 옷가지, 갈증나 죽을 것처럼 그를 들이마시던 모습, 철제 펜스와 끝이 뾰족한 철문을 쓸던 꿈꾸는 듯한 손놀림, 마치 몽유병에 걸린 것처럼, 약에 취한 것처럼, 사랑에 빠진 여자처럼, 사랑에 빠진, 사랑에 빠진.

시즌 7

악령: 그림자들이 대리석으로 지은 법원을 넘어, 경찰서를 통과해, 텅 비고 붐비는 거리를 건넌다. 그들은 벽을 타고 올라 쇠울타리를 통과해 문 아래로 들어가 호를 그리며 창문턱 사이로 빠져나간다. 그들은 마음대로 빼앗고, 마음대로 남긴다. 생명이 창조되고 파괴된다. 대부분 파괴된다.

설계: "이 아이가 '계획'의 일부라면, 그럼 그 '계획'은 내가 강간당하는 거였네요. 이애가 '계획'의 일부가 아니라면, 나의 강간은 '계획'이 틀어진 거고, 그 경우에 '계획'은 전혀 '계획'이 아니라 '정중한 씹 제안'이네." 벤슨이 생존자를 향해 손을 뻗지만, 여자는 강을 내려다보고, 난간에서 무릎을 꿇더니 사라진다.

911: "이것 봐요, 난 내 발톱을 토해낼 것 같은 기분으로 돌아다니고 있고, 죽고 싶고, 가끔은 누굴 죽이고 싶고, 금방이라도 줄줄 녹아서 내장과 음식물 찌꺼기로 이루어진 웅덩이가 될 것 같은 기분이라고. 내장 찌꺼기." 잠깐 침묵. "어, 방금은, 그건, 죄송합니다. 이웃집 기물 파손을 신고하려고요."

마약에 취하다: 배우는 실종된 지 몇 시간 만에 발견된다. 뉴욕항

에 정박된 어느 배의 돛대에 매달린 채, 밧줄 똬리에 엮인 복제품 머스킷 소총이 그녀의 거대한 젖가슴 사이에 끼워져 있다. 그녀가 입은 르네상스 페어 코르셋의 끈이 반쯤 풀려 있고, 블라우스가 찢겼다. 남자는 그녀가 저항하기를 바랐다고, 배우가 스테이블러에게 말한다. 남자는 그녀가 자신을 때리고, 악당이라고 부르고, 자신과 결혼하길 바랐다. 남자는 자신을 레지널드 공작이라고 불렀다.

부담: 벤슨은 감기에 걸린다. 그녀는 다음과 같은 것들을 토한다. 시금치, 페인트 부스러기, 몽당연필 반토막, 새끼손톱만한 크기의 종.

날것: 벤슨과 스테이블러가 가장 좋아하는 스시 가게에서 접시를 안 쓰고 모델을 쓰기 시작했다. 벤슨은 숨을 안 쉬려고 매우 힘들게 노력하는 갈색 머리 아가씨의 골반뼈에서 붉은 참치 한 점을 집어든다. 가게 주인이 테이블마다 돌다가 벤슨의 찌푸린 얼굴을 보고 말한다. "이게 더 가성비가 좋거든요." 스테이블러가 장어초밥을 향해 손을 뻗는데 모델이 갑자기 숨을 쉰다. 생선살이 그의 젓가락 사이로 빠져나간다—한 번, 두 번.

이름: 온 도시에서, 보행자들이 성큼성큼 길을 걷다 멈추고, 몸

에서 무게가 약간 덜어지고, 기억이 살해된다. 마커를 들고 종이 컵에 손님의 이름을 쓰려던 바리스타가 십 초 후 같은 질문을 또 던진다. 손님은 바리스타를 빤히 쳐다보며 눈만 껌벅인다. "모르겠어요." 묘지와 배수로에서, 시체 안치소와 영안실에서, 골풀숲과 늪지에서, 강의 수면 아래 잠겼다 넘실거렸다 하면서, 이름들은 불쏘시개를 따르는 불꽃처럼, 전기처럼, 죽은 자들의 몸뚱이를 추적한다. 사 분 동안 도시는 이름들로, 소녀들의 이름들로 가득 채워지고, 비록 손님은 바리스타에게 라테를 주문한 자신의 이름이 샘이라고 말할 수는 없지만, 서맨사가 집에 돌아오진 않아도 어딘가에는 있다고 말할 수 있다, 비록 그녀는 아무데도 없고, 아무것도 모르면서 모든 것을 알지만.

굶어죽다: 스테이블러는 큰딸에게 뭔가 먹으라고, 뭐든 먹으라고 열심히 설득한다. 아이는 종이 냅킨을 집어 야금야금 일곱 입 만에 먹는다.

자장가: 아이들이 잠든 후 스테이블러는 아내 옆에 앉는다. 아내는 침대에서 이불로 고치를 짓고 숨었다. 얼굴마저 단단히 감쌌다. 스테이블러가 살며시 이불 입구 쪽을 콕콕 찌르자 아내 아내의 코끝이 나오고, 눈 주위 피부가 하트 모양으로 발갛게 부었다. 아내는 울고 있다. "사랑해." 그녀가 말한다. "사랑해. 당신

한테 너무 화가 나. 그래도 정말 당신을 사랑해." 스테이블러는 부리토처럼 돌돌 말린 그녀의 고치 전체를 품에 꼭 안은 채 가만 히 흔들며 미안해, 미안해, 라고 아내의 귓가에 속삭인다. 스테이 블러가 불을 끄자, 아내는 얼굴을 다시 덮어달라고 말한다. 그는 접힌 이불을 다시 아내의 머리 위로 가볍게 여며준다.

폭풍: 공기가 미친듯이 날뛴다. 구름이 기다렸다는 듯 도시를 향 해 덤빈다.

생경: 새로 취임한 경찰청장이 도시에 입성한다. 그는 거창한 공 약을 내건다. 치아의 색깔도 모양도 자일리톨 껌처럼 너무 가지 런하다. 스테이블러는 청장이 카메라를 향해 미소 지을 때마다 보이는 치아 개수를 세려고 하지만, 매번 세다가 잊어버린다.

감염: 눈에 종이 달린 소녀들이 벤슨의 방문 앞으로 다가서고, 그 들은 잠잠하다. 벤슨이 마침내 운동하러 가려고 문을 열자 소녀 들이 복도를 가득 메운 채 서 있다. 소녀들의 종이 흔들리지만 아무 소리도 나지 않는다. 가까이 가서 살펴본 벤슨은 누가 종 속의 추들을 빼갔음을 알게 된다. 종이 계속 앞뒤로 흔들리지만, 소녀들은 그 어느 때보다 조용하다.

폭발: 스테이블러는 아내와 함께 춤추러 간다. 그는 아내가 같이 가겠다고 해서 깜짝 놀란다. 살사 클럽 문을 지나자 아내는 나긋나긋 뜨거워지고 땀을 흘리며 빙그르르 돈다. 젊을 때 이후로, 결혼하기 직전 이후로 아내의 이런 모습은 처음 본다. 땀방울의 윤기와 그녀의 냄새가 그를 흥분시키고, 존재한다는 사실마저 잊고 있던 그의 욕망을 일깨운다. 두 사람은 바싹 붙어 춤을 춘다. 아내의 손이 슬쩍 내려와 그의 바지 앞섶을 스치고, 그녀는 입술을 깨물더니 그에게 키스한다. 그의 몸속 깊은 곳에서 무언가 박동한다. 둥-둥. 둥-둥. 둥-둥. 꼭 심장박동 같다. 두 사람은 택시를 타고 집으로 돌아오고, 침실에서 원피스를 찢다시피 벗어던지고, 이런 건 수년 만이고, 이런 건, 이런 건, 아내가 손톱을 그의 등허리에 박고 그의 이름을 속삭이고, 그 세월 이후로 이런 적이 없었고, 그 오래전 이후로는, 그전에는, 그전에는, 하지만 이후로는. 그가 그녀의 이름을 부른다.

금기: 절정에 도달한 후, 벤슨의 팔에 극심한 경련이 일어나고, 근육이 반으로 접히는 것 같다. 벤슨은 팔뚝을 문지르며 입술을 깨문다. 길 건너 아파트에서 희미하게 둥둥거리는 살사 음악에 귀를 기울인다. 땀의 막이 비닐 랩처럼 그녀의 죄책감을 감싸 덮는다.

조종: 관할서 인턴들은 벤슨과 스테이블러 사이에 무언가 변화가 있음을 감지하지만, 그게 뭔지는 모른다. 그들은 생화학 수업 노트의 용도를 변경해 두 사람의 움직임을 기입하기로 한다. 휴대폰으로 두 사람을 촬영한다. 커피 자판기에 최음제를 섞는다. 자신들의 피와 성당 봉헌물에서 빼낸 재와 다람쥐 뼈와 백묵과 말린 세이지 한 다발로 악마를 소환한다. 인턴들은 악마에게 도움을 청한다. 짜증이 난 악마는 이렇게 멀리까지 자신을 불러낸 벌로 그들 중 한 명을 지옥으로 데리고 돌아간다.

사라지다: "루시, 에번이 어디 있는지 아나?" 스테이블러가 묻는다. "이렇게 늦은 적이 없었는데."

수업: "루시, 에번 어딨는지 알아? 걔 생화학 수업은 절대 안 빼먹었는데."

독: 벤슨은 커피잔을 비운다. 입이 좀 탄다. 정신이 몽롱하다. 그녀는 휴게실에 눕는다.

잘못: 꿈속에서 벤슨은 자신의 심장박동소리를 듣는다. 그녀는 뉴욕 시내의 인적 없는 거리에 있다. 바람 한 점 불지 않는다. 그런데 마치 무언가가 숨을 쉬듯 도로가 움직인다. 벤슨은 심박소

리를 쫓아 거리를 내려가기 시작한다. 짙은 색 출입구가 보이고, 그 위 간판에 '샤리아 바 & 그릴'이라고 적혀 있다. 안으로 들어가자 검붉은색의 반질반질한 카운터가 보인다. 병들과 잔들이 강의 수면처럼 어슴푸레 빛나고, 박동음이 날 때마다 흔들린다. 한쪽 구석에 문이 숨겨져 있고, 그 밑으로 빛줄기가 은은히 새어나온다. 웃음소리. 꼭 그때 같다. 어릴 때 어머니가 집에서 칵테일파티를 연 적이 있는데, 벤슨은 자기 방에서 나오지 말아야 했다. 조그만 에피타이저들이 담긴 접시와 사과주스 반잔이 침대 머리맡 협탁에 놓여 있었다. 어린 벤슨은 녹아버린 뭔가가 잔뜩 든 버섯을 우물우물 씹어 넘긴 후 주스를 마셨고, 문 반대편에서는 잔들끼리 부딪는 소리, 커졌다 작아졌다 커졌다를 반복하는 목소리들, 그리고 웃음소리가 들렸다. 벤슨은 책을 읽으려 했지만 결국 캄캄한 방안의 침대에 누워 너무 멀고도 너무 가까운 말소리들에 귀를 기울이며 그 소음들 속에서 어머니의 듣기 싫은 목소리를 집어냈다. 마치 팬티 허리에서 삐져나온 고무줄을 잡아당기는 것처럼, 팽팽하게 잡아당겼다 망가뜨리는 것처럼. 지금이 바로 그런 기분이다, 문 반대편에서 들리는 말소리들. 벤슨은 문손잡이를 향해 손을 뻗고, 손과 손잡이 사이의 거리가 나노세컨드마다 반으로 줄고, 손에 닿기도 전에 금속은 차디차다. 벤슨은 비명을 지르며 잠에서 깬다.

지방: "딱 한입만 더." 스테이블러는 큰딸에게 애걸한다. "딱 하나만, 애야. 당근 하나만. 당근 한 개부터 시작하자." 그는 바람이 사구를 없애듯 조금씩 여위어가는 딸을 바라본다. "하나만. 딱 하나만."

웹: 벤슨은 구글을 검색한다. '죽은 소녀들 종 달린 눈 사라진 추' '소녀 종 눈' '소녀 귀신 종 눈' '고장난 귀신' '귀신을 보면 어떻게 되나' '어떻게 귀신이 되는가' '귀신 고치기'. 몇 달 동안 벤슨의 브라우저에 뜨는 광고들은 그녀에게 다음과 같은 것을 팔려고 시도한다. 놋쇠 종 세트, 귀신 사냥 장비, 비디오카메라, 핸드벨 연주 CD, 인형, 삽.

영향력: 새로 취임한 경찰청장이 사건 기록부에서 고개를 든다. 그의 앞에 선 에이블러와 헨슨은 아무것도 받아적지 않는다. 그들의 기억력은 완벽하다. "그렇게 하게."* 새 경찰청장이 말한다. "그렇게 하게."

---

* Make it so. 〈스타 트렉: 넥스트 제너레이션〉에서 엔터프라이즈호의 함장을 맡은 피카드 선장의 입버릇.

시즌 8

정보: 스마트폰이 자신보다 영리하다는 확신이 든 벤슨은 몹시 속이 상한다. 스마트폰이 정보를 주면, 벤슨은 폰을 얼굴 가까이 대고 "싫어"라고 말한 다음 반대로 한다.

벽시계: 지방 검사는 시침과 분침이 가까워지며 시간을 꼬집는 모습을 바라본다. 판사가 증인에게 할 질문이 없느냐고 묻자 그녀는 고개를 젓는다. 집에 가니 헨슨이 소파에 몸을 말고 앉은 채 『보바리 부인』을 들고 머리칼을 씹으면서 꼭 알맞은 모든 대목에서 웃음을 터뜨리며 검사를 기다리고 있다. 두 사람은 함께 저녁을 준비한다. 두 사람은 비를 응시한다.

회수: 기사 하나가 이십사 시간 뉴스 채널에서 반복되고 있다. 썩은 야채란다. 청경채, 브로콜리, 셀러리, 방울 양배추, 전부 더럽고 상했고 문제가 있다고 한다. 벤슨은 팬에서 바로 볶음요리를 포크로 찍어 먹고, 다 놓친 방송의 끝부분만 본다. "농산물을 지역 가게에 가져가면 전액 환불됩니다." 기자가 심각한 표정으로 말한다. 벤슨은 팬을 내려다본다. 마지막 부스러기까지 남김없이 야채를 먹는다. 냉장고를 열고 좀더 만들기 시작한다.

삼촌: "아빠." 스테이블러의 막내딸이 말한다. "E 삼촌이 누구야?" 스테이블러가 신문에서 고개를 든다. "E 삼촌?" "응. 오늘 학교 끝나고 어떤 아저씨가 나한테 오더니, 자기 이름은 E인데 우리 삼촌이래." 스테이블러는 남동생 올리버와 연락을 안 한 지 십 년째다. 올리버는 분명 지금도 스위스에 살고 있을 것이다. 자신이 삼촌이 됐다는 걸 아는지조차 스테이블러는 모르겠다.

대립: 스테이블러는 법원 화장실 세면대에서 고개를 들다 뒤에 서 있는 에이블러를 본다. 에이블러가 히죽히죽 웃는다. 스테이블러는 비누 거품이 묻은 주먹을 들며 휙 돌아선다. 화장실에는 아무도 없다.

침투: "이것 봐, 벤슨." 헨슨이 전화기 반대편에서 말한다. 헨슨의 음성은 아주 멀리서 양철 찌그러지는 소리처럼 들린다. 죽어가는 벤슨의 시신 곁에서 지켜보기라도 하는 것 같다. "요는, 네가 고생하고 있다는 거야. 더이상 고생하고 싶진 않지?" 벤슨은 어깨를 움츠려 수화기를 귀에 좀더 밀착시키지만, 플라스틱 재질이 세수도 안 한 얼굴의 기름기에 미끄러진다. 벤슨은 대답하지 않는다. 헨슨이 말을 잇는다. "내 말은 그냥, 우리가 이걸 다 끝낼수 있다는 거야, 너도 잘 알잖아. 그 소녀들. 그 소리. 그 원한." 벤슨이 고개를 든다. 스테이블러가 무심코 턱을 긁으면서 낮게 콧

노래를 부르며 서류 더미를 들춘다. "그 남자를 우리한테 데려오기만 하면 돼. 그를 우리한테 데려오면, 그 즉시 휴전 선언이지."

급소: 벤슨은 전화를 추적하여 첼시의 한 창고에 간다. 일단 목적지에 도착하자, 벤슨과 스테이블러는 볼트 절단기를 써서 안으로 들어간다. 통로는 어둡다. 천장에 달린 알전구 하나가 안간힘을 쓰며 필라멘트를 태운다. 벤슨과 스테이블러는 총을 꺼내 든다. 두 사람은 남은 손으로 벽을 더듬으며 또다른 문이 나올 때까지 전진한다. 커다란 방이 나오고, 비행기 격납고처럼 광활한 그 공간은 텅 비어 있다. 두 사람의 발소리가 울린다. 벤슨은 방 건너편에 또 문이 있는 것을 본다. 그 문은 다르게 보인다. 문 아래에서 한줄기 붉은빛이 새어나온다. 그녀는 가슴속에서 심장이 요란하게 쿵쾅거리는 것을 느낀다. 두-둥. 두-둥. 두-둥. 벤슨은 그 소리가 자신보다 크다는 것을, 몸밖에서, 주위에서 들리는 것임을 깨닫는다. 그녀는 패닉에 빠져 스테이블러를 쳐다보고, 스테이블러는 당황스러운 표정이다. "괜찮아?" 그가 그녀에게 묻는다. 벤슨은 고개를 흔든다. "나가야 해. 지금 당장." 스테이블러가 건너편에 있는 문을 가리킨다. "저 문을 확인해보자." "안돼." "하지만 벤슨……" "안 된다고!" 벤슨은 스테이블러의 팔을 잡고 끌어당긴다. 그들은 햇빛 속으로 분출하듯 뛰쳐나온다.

철창: 강간범이 강간당한다. 강간당한 자들은 강간범들이다. 찢어진 직장을 꿰매며 교도소 의사가 레지던트에게 말한다. "쇠창살이 괴물을 만드는 게 아닐까 싶어, 그 반대가 아니라."

안무: 법정. 복도. 문 여섯 개. 문마다 한 세트씩—수사관과 경찰관과 변호사와 판사와 저주받은 자—들락날락한다. 사람들은 한쪽 문으로 들어가서 다른 쪽 문으로 나온다. 벤슨과 스테이블러는 번번이 핸슨과 에이블러를 놓친다.

세에라자드!: "이야기 하나 해줄게." 핸슨이 침대에서 동그랗게 몸을 말고 지방 검사를 껴안은 채 속삭인다. 공기에 섹스 냄새가 농후하게 배어 있다. "이 이야기가 끝나면, 벤슨에 대해서, 스테이블러에 대해서, 그 모든 것에 대해서 당신이 알고 싶어하는 걸 얘기해줄게. 그 소리에 관해서도." 검사는 졸려하며 그렇게 하라고 웅얼거린다. "첫번째 이야기는," 핸슨이 소곤거린다. "어느 여왕과 그녀의 성castle에 관한 거야. 여왕, 그녀의 성 그리고 그 밑에 사는 허기진 짐승."

유황불: 존스 신부는 눈으로 보지는 못하지만 악마를 감지한다. 침대에 누워, 유황냄새를 맡으며, 악마가 자신의 가슴 위에 앉아 있음을 느낀다. "원하는 게 뭐냐?" 신부가 묻는다. "나한테 무슨

볼일이야?"

아웃사이더: 중학교 개구리 해부학 수업에서처럼 희생자들의 시신을 절단한 연쇄강간살인사건 때문에 법심리학자가 불려온다. "여러분이 생각하는 것 이상으로 저자에게 이것은 논리적인 일입니다." 심리학자는 양방향거울 맞은편에서 웃는 사내를 응시하며 무덤덤하게 말한다. 스테이블러는 얼굴을 찡그린다. 그는 심리학자의 판단을 믿지 않는다.

허점: 벤슨은 종 천 개를 사서 추를 떼어낸다. 그 추들을 눈에 종이 달린 소녀들에게 주려 하지만, 걸리지가 않는다. 시험삼아 종이에 추를 그려 붙여도 봤지만, 소녀들의 얼굴에 붙이면 잉크가 흘러내린다. 소녀들이 벤슨의 부엌으로 몰려들고, 그 수가 너무 많고 너무 환해서 망원경으로 벤슨을 훔쳐보던 이웃 사람은 그 집에 불이 났다고 확신하고 소방서에 신고한다. 벤슨은 고리버들 의자에 앉아 두 손을 무릎 위에 내려놓는다. "알았어. 들어와." 벤슨의 말에 소녀들이 들어간다. 한 번에 한 명씩 벤슨 속으로 걸어들어가고, 일단 소녀들이 몸안에 자리하자 벤슨은 그들이 느껴지고 그들 말이 들린다. 소녀들은 돌아가며 벤슨의 성대를 차지한다. "안녕?" 벤슨이 말한다. "안녕!" 벤슨이 말한다. "이거 진짜 기분좋은데." 벤슨이 말한다. "제일 먼저 뭣부터 해

야 하지?" 벤슨이 말한다. "잠깐, 기다려봐." 벤슨이 말한다. "난 아직 나야." "그래," 벤슨이 말한다. "하지만 당신은 다수이기도 해." 멀리서 사이렌소리가 밤을 찢는다.

의존: "에번이 납치됐다는 거 알고 계셨어요?" 벤슨이 반장에게 묻는다. 반장은 바니시를 칠한 목제 상판 위에 놓인 자신의 금주 메달*을 톡톡 두드린다. "에번이 누구지?" "인턴 말입니다! 인턴 요. 저 책상 앞에 앉아 있던 인턴!" 벤슨은 루시를 손가락으로 가리키고, 루시는 회전의자에 앉은 채 숨죽여 울고 있다. 코를 훌쩍일 때마다 의자가 1밀리미터씩 뒤로 밀려나 루시는 거의 복도까지 나간다.

건초 더미: 벤슨은 루시에게 에번을 찾아내겠다고 약속한다. 벤슨은 에번이 평소에 자주 가던 곳을 찾아다닌다. 그녀의 머릿속은 소녀들로 북적이고, 소녀들은 벤슨에게 말한다. "걔는 여기 없어." 소녀들이 말한다. "저세상에 있어. 삼켜졌거든." 벤슨이 스테이블러에게 수색 결과를 말하자, 스테이블러는 깊은 한숨을 내쉰다. "어디선가 토해지겠지." 그는 알 만하다는 투로 말한다.

---

* 알코올중독 치료 모임에서 일정 기간 이상 금주 상태를 유지한 사람에게 주는 메달.

"다만 여기가 아닐 뿐이지."

필라델피아: 인턴 에번은 지옥에서 모든 이들의 신경을 건드리고 다녔고, 그래서 악마는 그를 되돌려보냈다. 하지만 목표 지점을 잘못 지정해 펜실베이니아에 내려놓고 말았다. 에번은 그대로 눌러앉기로 한다. 어쨌든 뉴욕은 도대체 마음에 들지 않았다. 더럽게 비싸다. 더럽게 우울하고.

죄: 존스 신부가 활짝 핀 나무와 꽃들의 죄를 사한다. 그러자 꽃가루가 날리면서 사람들의 폐를 틀어막기 시작하고, 존스 신부는 빙긋 웃는다. 구원의 기침이다.

책임: 인턴 루시는 손에 쥔 종이쪽지를 내려다본다. 벤슨이 휘갈겨써준 존스 신부의 주소다. 다시 고개를 드니 현관문이 열리고, 문틀에 기대선 존스 신부는 몹시 지쳐 보인다. "들어오십시오, 어린양이여." 그가 말한다. "우린 할 얘기가 아주 많은 것 같군요."

플로리다: 에버글레이즈 습지에서 삼 주에 걸쳐 다섯 명의 서로 다른 사람이 다섯 마리의 서로 다른 악어를 잡아 배를 갈라본다. 각각의 뱃속에서 똑같은 왼팔—반짝거리는 자줏빛 젤리 팔찌, 벗겨진 초록색 매니큐어, 새끼손가락과 손바닥이 맞닿는 부위의

가느다란 하얀 흉터—이 나온다. 지문 감식을 해보니 뉴욕에서 실종된 한 소녀의 팔이다. 검시관은 일렬로 나란히 놓인 다섯 개의 팔을 바라본다. 오싹해진 그녀는 그중 넷을 폐기한다. "나머지 신체는 찾지 못함." 그녀는 공책에 써넣는다. "피해자는 사망한 것으로 추정."

절멸: 벤슨은 마침내 자리에 앉아 수를 센다. 파일과 서류와 컴퓨터를 뒤진다. 다섯 개 한 묶음으로 표기하고, 그 기록이 몇 페이지고 계속 넘어간다. 집에 가서 현관문을 닫자마자 주머니칼을 꺼내 칼날을 편다. 벤슨은 식탁을 파내기 시작하고, 찬장 가장자리를 파고, 수를 세고, 세고, 세고, 세다가 까먹고, 다시 기억한다.

위선: 스테이블러는 벤슨의 집 문을 열고 들어간다. 벤슨은 부엌 바닥에 두 팔을 벌리고 누워 천장을 바라보고 있다. 그녀 주위에는 의자와 테이블과 발 받침대 등이 온통 쏠아 먹힌 듯 박살나 있다. "애들이 너무 많아." 벤슨이 속삭인다. 스테이블러는 벤슨 옆에 무릎을 대고 앉는다. 그는 부드럽게 그녀의 머리를 어루만진다. "괜찮아질 거야." 그가 말한다. "괜찮아질 거야."

망하다: 지방 검사는 또 전화를 걸어 직장에 병결을 알린다. "예순다섯번째 이야기는," 헨슨이 그녀의 귀에 대고 속삭인다. "당

신과 나와 모든 사람들을 가만히 응시하는 세계에 대한 거야. 우리의 고통을 게임처럼 바라보는 거지. 그들은 그만둘 수가 없어. 휙 뿌리치고 도망갈 수가 없어. 그들이 그만둘 수 있다면, 우리도 그만둘 수 있는데, 그들은 그러지 않을 거고, 그래서 우리도 못해."

시즌 9

대체: 화요일에 스테이블러의 아내가 장을 보고 돌아오니 현관 앞 계단에 웬 남자가 앉아 있다. 남자는 사과하듯 두 손바닥을 펼쳐 보인다. "열쇠를 잃어버려서." 그녀는 식료품 봉투를 땅바닥에 놓고 열쇠를 찾아 주머니를 뒤진다. 한쪽 눈꼬리로 흘끔 남자를 쳐다본다. 남자는 스테이블러를 똑 닮았다. 웃으면 입가 왼쪽에 똑같이 조그만 볼우물이 팬다. 하지만 그녀의 뇌 안쪽에서 누가 소리친다. 이 남자는 내 남편이 아니야. 문이 활짝 열린다. 안에서 막내딸이 자기 방에서 나오더니 졸린 눈가를 비빈다. 딸아이가 남자를 가리키며 소리친다. "E 삼촌이다!" 스테이블러의 아내는 사이드 테이블에서 무거운 화병을 집어들고 휙 돌아선다. 그러나 남자는 이미 대문 밖을 나서 전속력으로 거리를 내달리더니 이내 사라진다.

아바타: 영화관 뒷줄에 앉은 지방 검사의 어깨로 헨슨의 팔이 스멀스멀 타고 오른다. 검사는 점멸하는 어둠 속에서 헨슨의 얼굴을 바라본다. 여기서 그녀는, 그 어느 곳에서보다 더, 벤슨을 닮았다. 검사는 헨슨의 입에 키스한다.

즉흥: 경찰들이 자주 가는 바에서 윌슨 필립스의 노래가 흘러나온다. 스테이블러는 언짢은 표정이지만 벤슨은 사춘기 시절 추억으로 싱글벙글한다. 그녀는 시선을 맥주잔에 고정하고 입 모양으로 따라 부른다. 벤슨은 '무모한'과 '키스'라는 가사가 나올 때마다 고개를 깐닥거린다.

서번트증후군: 청년은 목록을 만들어낸다. 실종자 목록을 실종 연대순으로 정리하고, 청년 자신이 태어나기 전까지 거슬러올라간다. 대부분의 이름에 굵은 검은색 줄을 긋지만, 다는 아니다. 청년의 어머니는 그 이름과 선들이 무엇을 뜻하는지 모르고, 뒤뜰에서 목록을 태워버린다.

위해: 아내가 E 삼촌에 대해 얘기하자, 스테이블러는 아내에게 아이들을 데리고 뉴저지의 장모님 댁에 가 있으라고 한다. 스테이블러는 현관 앞 계단에 앉아 에이블러가 오기를 기다린다. 에

이블러의 머리를 벽돌로 내리치는 장면을 상상한다. 휴대폰이 울린다. "내가 같은 장소에 두 번 나타날 거라고 생각해?" 에이블러가 깐죽거린다. 스테이블러는 열심히, 에이블러와 헨슨이 어디에 있을지 알아내려 머리를 굴린다. 하지만 모르겠다.

스벵갈리[*]: 지방 검사는 헨슨에게 키스한다. 두 사람은 열두 시간째 섹스하고 자고 섹스하고 자는 중이다. 그녀는 그녀의 귓가에 맹세를 흥얼거린다. 존스 신부는 루시에게 악마 퇴치법을 알려준다. 스테이블러는 에이블러를 찾아 뉴욕을 쏘다닌다. 피아노 줄처럼 팽팽하게 긴장한 채 분노로 몸을 떨면서. 벤슨은 자신과 자신 속에 든 소녀들을 시내로 데리고 나가 춤을 추고, 물방울 맺힌 시원한 병맥주를 마시고, 즐거운 시간을 만끽한다.

눈멀다: 벤슨은 헨슨과 에이블러가 자신의 안구를 천천히 잡아당기는 꿈을 꾼다. 신경 다발이 슬라임처럼 쭈욱 늘어났다 축 처진다.

싸움: 스테이블러는 진짜로 그들에게 결투를 신청할 기세지만,

---

[*] 조지 듀 모리에의 1894년 소설 『트릴비』에 등장하는, 사람의 마음을 조종하는 사악한 최면술사.

장갑을 어디로 던져야 할지조차 모른다.

친부: 거지같은 사실은, 벤슨에게 아버지가 없다는 것이다.

앞잡이: 자기들이 내린 극악한 지시를 수행할 인턴들이 없으니, 신들은 다른 수법을 쓰기로 한다.

세상 물정에 밝다: 벤슨이 아는 건, 길거리가 분명 숨을 쉰다는 것뿐이다. 소녀들은 벤슨이 필요로 하는 정보를 말해준다. 벤슨이 두려워하는 것도 당연하다.

서명: 벤슨은 소녀들이 가득한 상태에서는 자기 이름을 휘갈겨 쓰는 것이 불가능에 가깝다는 사실을 발견한다.

이단: "증거가 말하는 바가 뭔지는 내 알 바 아니고." 판사가 킥킥거린다. "당신은 보나마나 결백해. 보나마나지! 나가봐요. 부친에게 안부 전해주고."

상상 불가: 스테이블러는 장모님 댁에 가 있는 아내와 아이들을 만나러 간다. 그들은 〈프린세스 브라이드〉를 보다가 영화가 끝나기 전에 잠든다. 소파에 쿠션을 산처럼 쌓아놓고 어둠 속에서

빛나는 화면을 앞에 두고 스테이블러와 그의 아내는 자신들이 이루어놓은 것을 바라본다.

첩보활동: "뭘 알아냈나?" 새로 취임한 경찰청장이 헨슨과 에이블러에게 묻는다. 그는 독실한 신자는 아니지만, 두 사람의 얼굴에 나타난 표정을 보고 간이 철렁 내려앉아 어릴 적 이후 처음으로 가슴 앞에 성호를 긋는다.

본인만 아는: 햇살 속으로 걸음을 내디딘 지방 검사는 두 눈을 깜박이며 손차양을 만든다. 그녀는 인도를 한가로이 걸어내려오는 벤슨과 부딪힐 뻔한다. 벤슨이 그녀에게 미소를 보낸다. "오랜만이네. 어디 아팠어?" 지방 검사는 눈을 깜박이며 반사적으로 입을 훔치고, 그 바람에 제 것이 아닌 립스틱 자국을 발견한다. "응," 검사가 말한다. "아니, 어, 응, 조금."

권한: 혼자 남은 집에서 스테이블러는 올드패션드 다섯 잔을 마신다. 너무 술술 넘어가서 마음에 걸린다. 아이들과 아내가 떠오른다. 동생이, 느닷없이, 어린 남동생이 생각난다. 그의 신경 시냅스를 스케치처럼 획획 지나가는 어린 남동생을 기억해내려 애쓴다. 불현듯 어떤 확신이 든 스테이블러는 길거리로 뛰쳐나가 하늘을 노려본다. "그만해." 그가 사정한다. "그만 읽어. 난 이런

거 마음에 안 들어. 뭔가 잘못됐다고. 맘에 들지 않아."

교환: 묘지에서 벤슨은 땅을 파기 시작한다. 등허리가 뻐근하고 근육은 뭉치고 떨리고 화끈화끈 얼얼하다. 첫번째 소녀를 파내고, 두번째, 세번째, 그리고 네번째. 관 하나는 왼쪽으로, 하나는 오른쪽으로, 하나는 위로, 하나는 아래로 민다. 벤슨은 관들을 각각 정확한 이름 아래 구덩이로 떨어뜨린다. 그녀 안에서 네 소녀가 말한다. "고마워." 벤슨이 말한다. "맞아, 고마워." 벤슨이 말한다. 머릿속 일부가 비워진다. 벤슨은 한숨 놓는다. 좀 나아졌다.

냉정: 스테이블러는 벤슨의 집에서 그녀를 만난다. 벤슨은 원래 부엌 식탁이었던 나뭇조각 더미 속에 앉아 있다. 그녀는 길고도 노곤하게 맥주를 한 모금 마시고 살포시 미소 짓는다. "내 가설은," 그녀가 말한다. "우리의 가설이지. 우리의 가설은, 신이 존재하고, 그는 배가 고프다는 거야."

시즌 10

시도: "신물이 나서요." 지방 검사는 상관에게 털어놓는다. "재판

에서 지는 데 신물이 납니다. 강간범들을 다시 길거리로 내보내는 데 신물이 나요. 이겨도 신물이 나요. 정의에 신물이 난다고요. 정의는 사람 기를 빨아먹어요. 나는 일개 여자 정의 기계입니다. 나한테 바라는 게 너무 많아요. 제가 죽었다고 하면 안 될까요? 아님 뭐 그 비슷하게?" 검사는 속내를 말하지 않는다. 사실 그녀는 자신의 장례식에서 벤슨이 어떻게 나올지 보고 싶다.

고백: 스테이블러와 그의 아내는 뉴저지에서 산책을 한다. 두 사람은 지저분한 해변을 따라 걷는다. 깨진 유리병에 발을 베이지 않으려고 신발을 신고 있다. "놈이 나를 방안에 가뒀어." 아내가 말한다. "잠금쇠를 돌리고 나를 보고 웃었어. 난 움직일 수가 없었어. 놈이 나를 묶은 것도 아닌데 움직여지지가 않았어. 그게 제일 끔찍한 부분이야. 변명의 여지가 없지. 당신은 모든 희생자들의 이름을 세상에 알리려 분투하는데, 모든 피해자들이 알려지길 바라는 건 아니야. 우리 중엔 정의와 함께한다는 조명을 감당할 수 없는 사람도 있어." 아내는 고개를 푹 떨구고, 스테이블러는 아내를 처음 만났을 때가 생각난다. "게다가," 아내가 부드럽게 말한다. "벤슨이 당신을 사랑한다는 거 알아야 해."

그네: 스테이블러는 막내딸을 높이, 더 높이 민다. 그는 아내가 한 말을 생각하고 있다. "내려, 아빠! 나 내린다고!" 그는 딸아이

가 목이 터져라 소리치고 있음을 깨닫는다. 딸이다, 아내가 아니라. 그리고 확실히 벤슨은 아니다. 벤슨일 리 없다.

미친 짓: 벤슨은 달에 대해 자주 생각하는 건 아니지만, 생각할 때면 늘 윗단추 네 개를 풀고 하늘을 향해 목구멍을 열어젖힌다.

레트로: 한 할머니가 동네 델리 가게 주인을 살해한다. 할머니는 십대 시절 그에게 강간당했다고 벤슨과 스테이블러에게 말한다. 그들은 할머니에게 그 남자는 쌍둥이였다고 차마 말할 수가 없다.

아가들: 후터스*의 모든 웨이트리스가 동시에 임신한다. 도무지 영문을 모르겠다. 벤슨이 격분한다. "이건 사건이라고 할 수도 없잖아." 스테이블러는 수첩에 낙서한다—나무를 그린다. 아니 이빨인가?

야생동물: 사슴, 라쿤, 들쥐, 생쥐, 바퀴벌레, 파리, 다람쥐, 새, 거미, 전부 다 사라졌다. 과학자들은 즉각 알아차린다. 주 정부에서 연구에 돈을 쏟아붓는다. 어디로 갔는가? 사라졌다는 건 무엇을 의미하는가? 다시 돌아오게 하려면 어떻게 해야 하는가?

---

* 비키니 모델을 고용해 음식을 서빙하는 미국 프렌차이즈 레스토랑.

페르소나: 벤슨은 데이트 상대가 마음에 들지만, 그녀 안에 들어와 있는 소녀들 때문에 자꾸 스스로를 단수가 아닌 복수로 지칭하는 바람에 데이트를 망친다. "이건 왕이 쓰는 일인칭이야!"[*] 내빼는 남자의 등뒤에 대고 벤슨이 길게 외친다.

PTSD: 밤마다 벤슨은 꿈에서 소녀들이 숨질 당시의 상황을 본다. 칼에 찔리고 총에 맞고 목이 졸리고 독을 먹고 재갈이 물리고 밧줄에 묶이는 장면을 드나들면서, 안 돼, 안 돼, 안 돼, 죄다 생생하다가, 벤슨의 평소 꿈으로 돌아온다. 스테이블러와 섹스하고, 인류 종말을 맞이하고, 이가 빠지고, 대홍수가 모든 것을 쓸어가는 동안 보트에서 스테이블러와 섹스하는데 벤슨의 이가 빠져 스테이블러에게 떨어진다.

음란물: 지방 검사는 이십사 시간 뉴스 채널을 이십사 시간 동안 시청한다.

모르는 사람: "그게 무슨 소립니까?" 스테이블러는 전화기에 대

---

[*] royal we. 과거 군주가 자신을 지칭할 때 단수 'I' 대신 복수 'we'를 사용하던 표현법.

고 낮게 말한다. "해당 십 년 동안 조애나 스테이블러 앞으로 세 장의 출생증명서가 발급됐습니다." 서기가 말한다. "올리버와 당신과 일라이라는 사람이죠." "난 일라이라는 형제는 없는데." 스테이블러가 말한다. "여기 적힌 바에 따르면 있어요." 서기가 커다란 껌을 요란하게 딱딱거리며 씹는다. 스테이블러는 사람들이 껌을 씹는 게 싫다.

온실: 벤슨은 검은 흙이 가득 든 기다란 여물통과 화분으로 집을 뒤덮고, 망가진 가구 잔해 사이사이에 배치한다. 바질과 타임과 딜과 오레가노와 비트와 시금치와 케일과 무지개근대를 심는다. 물조리개에서 후두둑 떨어지는 물소리가 너무 아름다워 울고 싶다. 무언가 키워야 할 시간이다.

납치: 도미니카 출신의 자그마한 소녀가 길을 가다 회색 코트를 입은 남자에게 잡혀 사라진다. 소녀는 두 번 다시 보이지 않는다.

전이: 벤슨이 침실 불을 껐다 켤 때마다 무슨 소리가 난다. 두-둥. 그 소리는 치아 속에서 느껴진다.

주연: 피곤해지면 벤슨은 소녀들이 몸을 움직이게 놔둔다. 소녀들은 벤슨의 몸으로 온 시내를 쏘다니며 보드카를 넣은 레모네

이드를 사고, 클럽 문지기들한테 가슴을 흔들어대고, 한번은, 벤슨이 미처 몸을 인계받기 전에 레스토랑 서빙 보조의 입에 키스를 한다. 쇠맛과 스피어민트 향이 나는 입이다.

발레리나: 여자는 이 년 동안 일주일에 나흘씩 저녁에 춤을 췄다. 남자는 매회 표를 사서 이층 앞좌석에 앉는데, 사인을 받으러 무대 뒤로 가는 일은 없다. 여자는 늘 공격적인 시선에 주시당하는 불편한 느낌이 들지만, 누구인지 알 도리가 없다.

지옥: 존스 신부는 스테이블러와 똑같이 감염된 인턴 루시를 세상에 내보낸다. 그는 건물 옥상 밖으로 무릎을 꿇고, 악마를 자신과 함께 데려간다.

응어리: "그래," 전화를 받은 스테이블러의 어머니가 조심스럽게 아들에게 말한다. "네 형 일라이가 분명 있었지. 하지만 네가 어릴 때 이후로 그애를 본 적이 없구나.""어디로 갔는데요?" 스테이블러가 물었다. "왜 여태껏 말씀 안 하셨어요?""어떤 일들은." 눈물에 목이 메어 잠긴 목소리로 어머니가 말한다. "묻어두는 게 더 나아."

이기심: 검시관은 가끔은 누가 자신을 좀 해부해서 자기 안의 모

든 비밀을 말해주면 좋겠다고 차마 말할 수가 없다.

충돌: "난 정말 네가 걱정돼." 스테이블러가 말한다. "그리고 나도 네 감정 다 알아. 착각하게 해서 미안해. 그동안 솔직하지 못했던 것 미안해. 하지만 난 아내를 사랑해. 어려운 시기를 겪긴 했지만, 그래도 아내를 사랑해. 우리가 키스한 다음에 바로 말했어야 했는데. 다시는 그러면 안 된다고 말했어야 했는데." "우리가 키스했다고?" 벤슨이 말한다. 그녀는 자신의 기억을 샅샅이 뒤지지만, 꿈만 튀어나올 뿐이다.

자유: "내 말은, 그러니까…… 모든 개인은 아니라는 겁니다." 헌법학자는 즐거움과 분개가 딱 반반인 표정으로 비웃는다. "모든 개인이 그런 권리를 갖는다면? 상상해보세요. 무정부 상태죠." 에이블러는 씨익 웃으며 한 잔 더 따른다.

얼룩말: 벤슨은 또다시 동물원에서 잠이 깬다. 그녀는 경보기에 걸리는 것도 아랑곳하지 않고 벽을 기어오른다. 경찰차가 경광등을 번쩍이며 그녀를 찾기 위해, 오로지 그녀를 찾기 위해 돌아다니는 것도 개의치 않고 달린다. 그녀는 맨발이고, 발에서 피가 나고, 거리가 숨을 쉬고, 거리가 열을 내뿜고, 거리가 기다리고, 그 밖에 달리 무엇이 기다리고 있을까? 숨, 숨, 숨.

시즌 11

불안정: 스테이블러는 벤슨의 이야기에 귀를 기울인다. 벤슨은 그에게 죄다 털어놓는다—소녀들과 이제는 조용해진 눈에 달린 종들. 그가 이미 아는 얘기도 있다—땅속에서 들리는 심박소리, 땅이 쉬는 숨, 그녀의 사랑. 그는 식물로 가득차서 집이라기보다 온실에 가까운 아파트 안을 둘러본다. "지금 그 여자애들이 당신 속에 있다는 말이지." "응." "바로 지금 이 순간에도." "응." "걔들이 당신한테 얘기도 해?" "가끔은." "가령 어떤?" "걔들이 하는 말은, '아야, 응, 아니, 그만, 저거, 도와줘, 저기, 근데 왜, 근데 언제, 나 배고파, 우리 배고파, 그 남자한테 키스해, 그 여자한테 키스해, 기다려, 좋아……' 이런 식이야. 그뿐 아니라, 내가 종도 몇 개 샀어." 벤슨은 땅콩 모양 완충재와 황동의 반짝임이 흘러넘치는 찌그러진 종이 상자를 가리킨다. 스테이블러는 얼굴을 찡그린다. "벤슨, 내가 어떻게 도와줄까?"

설탕: 잘생긴 노신사가 천 냅킨을 반으로 접어 입을 닦는다. "내 말은," 도저히 눈을 돌리지 못하고 빤히 쳐다보는 벤슨에게 노신사가 말한다. "이 관계가 지속되면 나는 당신이 일을 그만두기를 바란다는 겁니다. 물론 당신은 현재 급여 이상으로 보상을 받을 거요. 당신은 아무때고 내 부름에 응해야 합니다."

혼자서: 벤슨은 식물들을 돌보면서, 제안을 거절한 데 대한 후회를 날려보낸다.

추: 벤슨이 눈을 뜨니 헨슨이 침대를 굽어보며 서 있다. 헨슨은 쓰레기봉투를 손에 들고 방긋 웃고 있다. 헨슨이 벤슨의 침대 위로 쏟아부은 내용물이 멀건 민물 새우처럼 굴러떨어진다. 소녀들의 종에서 훔쳐간 추들이다. 그것들은 무게가 없지만, 그래도 벤슨은 어찌된 일인지 무게감이 느껴진다. 머릿속에서 소녀들의 재잘거림이 폭발한다. 눈 안쪽에서 광점들의 깜박임이 그쳤을 때, 벤슨은 헨슨이 이미 떠났음을 깨닫는다. 추들을 집으려 하지만, 손가락 사이에서 안개처럼 흩어져버린다.

타고나다: 지방 검사는 사건에 관해 논의하기 위해 벤슨의 집으로 찾아간다. "이 온실 마음에 드네." 검사가 말한다. 벤슨은 믿기지가 않아 눈을 껌벅거린다. 그리고 멋쩍게 웃으며 식물들을 보여주겠다고 말한다. 벤슨은 검사에게 난방용 램프의 전선을 교환하는 법을 보여준다. 두 사람은 밤늦도록 깔깔거린다.

으름장: "그러고 사는 데 익숙해져야 할 거요." 따분해진 경관이 맞은편 의자에 앉아 떨고 있는 여자에게 말한다.

사용자들: 웹 포럼의 모든 참석자가 각자 자기 집 욕실 거울 위쪽에 지그재그로 금간 균열을 찾으러 일어난다.

혼란: 에이블러와 헨슨은 신호등 색깔을 뒤바꾸고, 욕실에 물이 넘치게 만들고, 인테리어 공사장에서 데드볼트 잠금장치를 몽땅 훔친다.

변태: "너희는 날 막지 못해." 시신에 꽂힌 쪽지에 쓰여 있다. "나는 만물을 통제한다. —더 울프." 벤슨과 스테이블러는 새로운 사건 파일을 만든다. 스테이블러가 소리지른다.

닻: 증거가 물에 훼손되어, 그 해군 장교에게 책임이 있는지 입증할 수 없다.

얼른: 지방 검사는 마침내 헨슨을 침대 밖으로 내던진다. "넌 그 사람이 아냐." 검사의 목소리는 슬픔에 젖어 탁하게 잠겼다. "이야기 하나만 더 할게." 헨슨이 문틀에 기대어 말한다. "딱 하나만 더 듣고 싶지 않아? 재미있는 얘기야. 진짜 걸작이지."

암운: 해가 나고 날이 흐리지 않았다면, 여자는 남자가 오는 것을

봤을 것이다. 다들 기상 캐스터를 탓했다.

P.C.: "그냥," 남자는 쉬지 않고 고개를 까딱거리며 말한다. "내 유머 감각이 좀 체제전복적이라서요, 알죠? 난, 그 뭐냐, PC충들 한테 굴하지 않아요. 나는, 뭐랄까, 반항아죠. 독립적으로 사유 하는 사람. 무슨 말인지 알죠?" 몇만 년 만에 벤슨은 데이트 자 리를 박차고 나온다. 그녀가 궁하긴 하지만, 그 정도로 궁하진 않다.

구원자: 어느 날 밤, 루시가 벤슨의 집 문을 두드린다. "그 총." 루시의 말에 벤슨은 미간을 찌푸린다. "뭐?" 루시가 벤슨의 권총 집에서 총을 집어든다. 벤슨이 잡아채려 하지만, 루시는 이미 손 잡이에 뭔가를 묻혔다. "존스 신부님의 선물이에요." 루시가 총 을 돌려주며 말한다.

기밀: "그 친구가 와줘서 좋았지." 벤슨은 지방 검사 얘기를 꺼내 며 식물들에게 말을 건다. 벤슨은 일기를 싫어한다. "그 친구하 고 같이 있으면 정말 좋지 않니. 진짜 멋져." 벤슨은 식물들이 자 신의 말소리를 향해 잎사귀를 내뻗고 있다는 생각이 든다.

증인: 한 명도 없다. 지방 검사는 고소할 엄두도 못 낸다.

장애: 스테이블러는 아내와 아이들을 만나러 간다. 에이블러가 미행하고 있지는 않을까 불안하다. 그는 차를 세운다. 다시 뉴욕으로 향한다. 기차를 탄다. 집까지 히치하이크를 한다.

취침시간: 스테이블러의 아내가 그의 품에 포옥 안겨온다. 아내가 그의 귓속에 숨을 불어넣는다. "언제쯤 우리집으로 돌아갈 수 있을까?" 아내가 묻는다. "E 삼촌을 잡으면." 스테이블러가 말한다. 아내가 졸린 미소를 짓는 것이 느껴진다. "그런데 E 삼촌이 상징하는 바가 뭘까?" 아내가 반쯤 감긴 눈으로 묻는다.

사기: 스테이블러는 에이블러를 때려눕힌다. "난 네놈이 누군지 알아!" 스테이블러가 에이블러의 귓가에 대고 말한다. "넌 일라이Eli 형이야. 정말로 E 삼촌인 거지." 에이블러가 밑에 깔린 채 낄낄거린다. "아니, 아닌데. 자네를 가지고 놀려고 그런 이름을 만들었을 뿐이야. 일라이는 감옥에서 죽었어, 오래전에. 네 형은 강간범이었지. 네 형은 괴물이었어." 벤슨이 스테이블러를 끌어당겨 둘을 떼어놓는다. "저놈 말 듣지 마." 벤슨이 말한다. "듣지 마." 에이블러가 피식 웃는다. "헨슨이 누군지 듣고 싶어? 헨슨은……"

소고기: 햄버거는 자기가 죽이는 대상이 누군지 전혀 관심 없다.

불태우다: 소녀는 강간당하고 불탄다. 소녀는 비명을 지르며 벤슨의 머릿속에 들어오고, 영문도 모른 채 타버린 소녀의 살갗에서 연기가 피어오른다. 지금까지 벤슨의 인생에서 가장 긴 밤이다.

에이스: 에이블러와 헨슨은 무언가가 다가오고 있음을 감지한다. 그들은 섹스하고 먹고 마시고 담배를 피운다. 그들은 춤추러 나가고, 의자 위에서 탱고를 춘다. 말끔히 칠해진 호두나무 테이블 위를 가로지르며 가보트를 춘다. 비즐리 집안 식구들이 집에 돌아와보니, 식탁 상판에 온통 구둣굽 자국이 나 있고 접시 중 절반이 깨져 있다.

워너비: 장난을 일삼는 모방범죄자들이 도로표지판을 뒤바꾸고 사람들의 신발끈을 한데 묶어놓는다. 다섯번째 넘어진 스테이블러가 주먹으로 바닥을 내리친다. "이제. 좀. 그만."

풍비박산: "모르겠어?" 사력을 다해 일어나려는 벤슨과 스테이블러에게 에이블러가 소리친다. 헨슨이 웃고 또 웃는다. "이게 다 무슨 거대한 음모인 줄 아나본데, 틀렸어. 원래 이런 거야." 벤슨이 권총집에서 총을 꺼내들고 탄창 한 통을 두 사람에게 쏘

아댄다. 에이블러는 즉각 쓰러지고, 놀랍다는 표정이 그의 얼굴에 떠오른다. 헨슨의 입에서 피가 꾸륵꾸륵 나와 턱을 타고 길게 떨어진다. "꼭 영화에서처럼 말이지." 벤슨이 숨을 내쉰다.

시즌 12

대리 사제: 헨슨과 에이블러가 없으니 벤슨과 스테이블러는 어떻게 해야 할지 멍해진다. 그들은 느릿느릿 예전 사건 파일들로 돌아간다. 실종된 소녀들과 여자들. 죽은 사람들. "그 여자애들을 꺼내주자." 스테이블러가 새로이 자신감을 갖고 말한다. "그애들을 자유롭게 해주자."

과녁 정중앙: "우리가 전에 놈을 잡지 못한 이유는, 놈의 알리바이가 완벽했기 때문이지. 하지만 이젠 알아."

반응을 보이다: 그들은 부정적 답변에 반응하기 시작했다.

상품: 데리고 있던 수많은 여자들이 물귀신이 되도록 방관한 마담이 체포된다. "내 손으로 그런 건 아냐!" 마담은 호송차로 끌려가며 울부짖는다. "내 손으로 그런 건 아니라고!"

젖다: 벤슨은 자신이 어떻게 아는지 모르지만, 알고 있다. 벤슨과 스테이블러는 허드슨강을 따라 걷는다. 여덟 구의 행방불명된 시신을 찾는다—저마다 다른 해에 일어난 다른 살인사건의 희생자다. 이송용 카트가 덜컹덜컹 굴러가는 옆에서 벤슨이 그들의 이름을 밝힌다.

낙인: 벤슨과 스테이블러는 연쇄낙인마를 붙잡는다. 피해자들이 줄지어 선 용의자들 사이에서 놈을 짚어냈고, 피해자들의 화상 입은 얼굴에서 묘한 미소가 비어져나온다. "놈을 어떻게 잡았어요?" 한 여자가 벤슨에게 묻는다. "그리운 옛날식 수사 방식이죠." 벤슨이 말한다.

트로피: "난 아내를 찾고 있어요." 벤슨의 데이트 상대가 말한다. 그는 잘생겼다. 그는 똑똑하다. 벤슨은 냅킨을 접어 테이블 위에 올려놓고 자리에서 일어나 이십 달러짜리 세 장을 지갑에서 꺼낸다. "그만 가봐야겠어요. 그게…… 가봐야겠군요." 벤슨은 거리를 달린다. 구두 뒷굽 하나가 부러진다. 남은 길을 마저 깡충깡충 뛰어간다.

삽입: "안 돼." "돼." "안 돼." "안 돼?" "안 돼." "아."

우중충: 벤슨은 꽃을 좀 심는다.

구조: 벤슨과 스테이블러는 납치범이 목적지에 도착하기도 전에 제거한다.

펑: 벤슨과 스테이블러는 총소리를 들은 것 같아 식당을 뛰쳐나오지만, 작은 폭죽이 그들 머리 위 삼층 건물의 유리창을 환히 비추고 있을 뿐이다.

홀리다: "너무 오래는 말고." 벤슨은 자면서 혼잣말로 중얼거린다.

가면: 스테이블러와 아내는 생쥐 가면을 쓰고 온 집안을 돌아다니며 춤을 춘다. 아이들은 겁에 질려 그 모습을 빤히 쳐다보다 각자 방으로 달려간다. 한 명은 그 장면을 기억에서 없애느라 바쁘고, 다른 한 명은 언젠가 호평받을 자신의 회고록 속 한 챕터를 장식하게 될 이 일을 되새기느라 바쁘다. 뭐, 존스 신부가 손댄 사람이 스테이블러와 루시만은 아니다.

흙먼지: 지방 검사는 벤슨을 도와 집안 마룻바닥에서 나무 부스러기를 치운다. 두 사람은 창문을 깨끗이 닦는다. 피자를 시켜

먹고 첫사랑에 대해 얘기한다.

비행: 도시는 여전히 배가 고프다. 도시는 항상 배가 고프다. 그러나 오늘밤, 심장박동이 느려진다. 그들이 난다, 그들이 난다, 그들이 난다.

스펙터클: 어느 수요일에는 나쁜 놈들을 너무 많이 잡아서 벤슨은 한나절 만에 열일곱 명의 소녀를 토해낸다. 소녀들이 몸속에서 흘러나와 기름막처럼 토사물 속으로 굴러떨어져 허공으로 흩어질 때 벤슨은 웃는다.

추적: 그들은 쫓는다. 그들은 잡는다. 아무도 벗어날 수 없다.

괴롭힘: 마지막 소녀가 벤슨의 두개골 안쪽에 붙어 있다. "난 혼자 있기 싫어." 벤슨이 말한다. "나도 싫어." 벤슨이 말한다. "하지만 넌 가야 해." 스테이블러가 벤슨의 집에 온다. "그 아이 이름은 앨리슨 존스야. 열두 살. 친부에게 강간당했고, 친모는 믿어주지 않았어. 놈은 아이를 살해해서 브라이턴 비치에 묻었어." 안에서 소녀는 머리에 묻은 모래를 털어내듯 고개를 마구 흔든다. "가." 벤슨이 말한다. "가라고." 소녀는 웃기만 할 뿐 나가지 않는다. 소녀의 종은 거의 흔들리지 않는다. "고마워." 벤슨이

말한다. "천만에." 벤슨이 말한다. 소리가 난다─못 듣던 소리다. 한숨. 그러더니 소녀가 가버린다. 스테이블러가 벤슨을 꼬옥 안아준다. "잘 가" 하고 말한 다음, 그도 가버린다.

폭탄 선언: 지방 검사가 벤슨의 집 문 앞에 온다. 새로 말끔해진 벤슨의 머리는 텅 빈 비행기 격납고, 혹은 사막 같다. 광활한데 비어 있다. 벤슨은 다른 소녀들이 더 있음을 알지만─언제나 더 있을 것이다─일단은 넓어진 공간을 즐긴다. 검사가 벤슨의 얼굴로 손을 뻗어 거의 무게가 실리지 않은 손길로 벤슨의 턱을 어루만진다. "널 원해." 지방 검사가 벤슨에게 말한다. "처음 널 봤을 때부터 널 원했어." 벤슨이 몸을 기울여 검사에게 키스한다. 심장박동은 굶주림이다. 벤슨은 그녀를 안으로 끌어들인다.

토템: "태초에, 도시가 있기 전에, 한 생명체가 있었어. 영원히 나이 먹지 않는 무성 생물. 도시는 그것의 등을 타고 날고 있지. 우리는, 우리 모두는 어떤 식으로든 그 소리를 들어. 그것은 제물을 요구하는데, 그래도 우리가 주는 것만 먹을 수 있어." 벤슨이 지방 검사의 머리칼을 가볍게 쓰다듬는다. "그 얘긴 어디서 들었어?" 벤슨이 묻는다. 검사는 입술을 깨문다. "늘 바른 소리만 하는 것처럼 보이는 어떤 사람한테서."

보상: 스테이블러와 아내는 대화를 나눈다. 그들은 아이들을 아주아주 먼 곳으로 데려가기로 한다. "새로운 곳," 스테이블러가 말한다. "어떤 이름이든 우리 마음대로 가질 수 있는 곳. 어떤 과거든."

쾅: 센트럴파크에서 폭탄이 터진다. 항상 그렇듯 공원 벤치 밑이다. 폭발 당시 벤치에는 아무도 앉아 있지 않았고, 사상자는 지나가던 비둘기 한 마리뿐이다. 연쇄살인범은 벤슨과 스테이블러에게 쪽지를 보낸다. 거기엔 이 한마디뿐이다. "어이쿠."

품행 불량: 벤슨과 지방 검사는 둘 다 직장에 지각하고, 둘이 같은 냄새를 풍긴다. 스테이블러는 특급우편으로 사직서를 부친다.

스모크: 지방 검사와 벤슨은 껄껄 웃으며 그릴에 야채를 굽는다. 연기가 위로 위로 솟구쳐 나무 위로 흘러가고, 새들과 타락과 꽃들을 지나 피어오른다. 도시가 그 냄새를 맡는다. 도시가 숨을 들이쉰다.

현실의 여자들은 몸이 있다

내가 일하는 가게 '글램'은 관 속에 누워 쳐다보면 이런 느낌이겠다는 생각이 종종 드는 곳이다. 쇼핑몰의 동관을 걷다보면 아기 사진 스튜디오와 하얀 벽의 부티크 사이로, 우리 가게 입구가 블랙홀처럼 꺼진다.

색채의 결핍은 드레스를 돋보이게 하기 위해서다. 그것은 우리의 고객을 존재론적 위기감에 빠뜨린 다음, 구매로 이어지도록 겁박한다. 기지가 내게 알려준 바에 따르면 그렇다는 얘기다. "검정은," 기지의 말이다. "우리의 삶이 유한하고 젊음은 순식간이라는 사실을 상기시키지. 게다가 컴컴한 빈 공간만큼 핑크색 태피터 드레스를 돋보이게 하는 건 없어."

가게 한쪽 끝에는 바로크풍 황금색 테를 두른, 내 키의 두 배는 너끈히 넘는 거울이 있다. 기지는 키가 워낙 커서 작은 발판

의자 하나만 가지고도 저 거대한 거울 위의 먼지를 닦아낼 수 있다. 그녀는 내 어머니뻘이거나 그보다 좀더 위 같은데 얼굴은 희한하게 동안이고 주름살 하나 없다. 매일 매트한 피치 컬러로 입술을 칠하는데, 하도 반듯하고 고르게 발라서 너무 자세히 들여다보면 현기증이 난다. 아이라인은 눈꺼풀에 문신으로 새겼을 것이다.

나와 같이 일하는 내털리는 기지가 이 가게를 운영하는 이유가 잃어버린 젊음을 애타게 갈망하기 때문이라고 생각하는데, 그게 '진짜 어른'이 왜 내털리가 보기에 멍청한 짓을 하는가에 대한 그녀의 답이다. 내털리는 기지의 등뒤에서 인상을 쓰고, 드레스를 다시 걸 때면 항상 험하게 다룬다. 최저임금과 쓸모없는 학위와 학자금 대출이 다 그 옷들 탓인 것처럼. 나는 필요 이상으로 흐트러진 옷들이 보기 싫어서 그 뒤를 따라다니며 치맛자락의 주름을 편다.

나는 진실을 안다. 내가 뭐 유난히 통찰력이 뛰어나다거나 그런 건 아니고. 전에 기지가 통화할 때 어쩌다 들었을 뿐이다. 나는 드레스를 쓰다듬는 기지의 손길을, 사람들의 피부 위에서 머뭇거리는 그녀의 손가락을 보았다. 기지의 딸은 다른 사람들과 마찬가지로 사라졌고, 그에 대해 기지가 할 수 있는 일은 아무것도 없다.

"이거 진짜 맘에 드는데." 머릿결이 물개 같은 소녀가 말한다. 바다에서 갓 올라온 것처럼 보이는 아이다. 드레스는 도러시의 구두처럼 붉고 등이 깊이 파였다. "하지만 애들 입에 오르내리고 싶진 않아." 소녀는 딱히 누구에게랄 것 없이 중얼거린다. 양손을 허리에 얹고 한 바퀴 빙그르 돌더니 살포시 미소를 머금는다. 순간 〈신사는 금발을 좋아해〉에 나오는 제인 러셀처럼 보였다가, 이내 물개 소녀가 되고, 다시 평범한 소녀가 된다.

소녀의 엄마가 다른 드레스를 갖다준다. 코발트빛 광택이 은은히 도는 황금색 드레스다. 오늘은 시즌 첫날이므로 선택의 폭이 대단히 넓다. 쨍한 청록색 슬립과 더스키핑크색 부푼 소매의 '벨라' 시리즈, 꿀벌색 드레스. 소금밭처럼 새하얀 빛깔의 머메이드 드레스, 홍조류 빛깔의 트럼펫 드레스, 생간 같은 자줏빛 프린세스 드레스. 영구히 물에 젖은 모습의 '오필리아'. 그늘 속에 혼자 서 있는 인기 없는 여자애를 완벽한 색조로 표현한 '에마는 한번 더 기회를 얻고 싶다'. 전략적으로 갈기갈기 찢은 우윳빛 비단 드레스 '밴시'. 드레스 치맛단들은 살살 끌며 움직이지 않으면 겹겹의 태피터가 구겨져서 돌돌 말린다. 드레스 상반신은 바삭거리는 산호색 스팽글을 손으로 일일이 꿰맸거나, 조약돌 같은 보석을 박았거나, 해변의 반짝이는 유리돌 빛깔 또는 새벽의 버터크림 같은 형광색 또는 잘 익은 단호박 색깔의 망사를 붙였다. 감은빛 바탕에 수천 개의 새카만 비즈로 이루어진 드레스는 숨을 쉴 때마다 비즈가 꿈틀거린다. 가장 비싼 드레스는 나의 석 달 치 월급보다 값이 더 나가고, 가장 싼 것은 이백 달러다. 원래 사백 달러짜리인데, 페트라의 엄마가 너무 바빠 망가진 끈을 수선할 틈이 없어서 가격을 내렸다.

페트라는 글램에 드레스를 가져온다. 그녀의 엄마는 우리의 가장 큰 상품 공급처 중 하나다. 세이디스 포토 직원들은 자주 글램 입구 근처에서 어슬렁거리며 우리 고객을 멍청히 쳐다보다 무례한 말을 던지곤 한다. 그러나 크리스와 케이시도, 교대근무를 하는 여타 머저리 종합세트도 페트라는 건드리지 않는다. 페트라는 짧게 친 갈색 머리에 늘 야구모자를 눌러쓰고 전투용 반장화 끈을 끝까지 꽉 졸라맨 모습으로 나타난다. 비닐에 싸인 얇은 드레스 더미를 간신히 끌고 오는 페트라를 보면 흡사 맨손으로 프롬이라는 거대 괴물—밑면은 온통 페티코트이고 인조다이아몬드 촉수를 너울거리는—과 싸우는 것 같다. 한가롭게 농지거리를 걸 만한 여자가 아닌 것이다. 케이시는 휴식시간에 담배를 피우면서 페트라를 다이크*라고 했지만, 실은 너무 무서워해서 면전에서는 아무 말도 못한다.

나는 페트라를 보면 침이 과도하게 분비되며 신경이 곤두선다. 내가 글램에서 일을 시작한 후 우리는 딱 두 번 대화를 나눴

---

* 남성 역할을 하는 레즈비언을 일컫는 속어.

다. 첫번째는 이랬다.

"도와드릴까요?"

"아뇨."

그로부터 삼 주 후.

"비가 오나봐요." 프롬 드레스 괴물이 페트라의 손에 잡혀 부들부들 떨고 비닐에서 물방울이 뚝뚝 떨어지는 모양을 보고 내가 말했다.

"비가 시원하게 쏟아지면 우리 모두 물에 빠져 죽겠죠. 그것도 괜찮겠네."

페트라가 옷감들 속에서 빠져나올 때 보면 굉장히 귀엽다.

첫 보도는 불황이 최고조에 이르렀을 때 나왔다. 첫번째 희생자들—첫번째 여자들—은 수 주 동안 사람들 앞에 모습을 보이지 않았다. 걱정이 되어 그들의 집과 방으로 쳐들어간 친구들과 가족들 상당수는 시신을 발견할 거라고 예상하고 있었다.

그들이 실제로 발견한 것은 그보다 더 나빴을 것이다.

몇 년 전 사람들 사이에 회자된 동영상이 있다. 신시내티의 어느 집주인이 찍은 아마추어 영상인데, 그 남자는 집세가 밀린 여자를 쫓아내기 위해 증거 확보용으로 비디오카메라를 들고 갔다. 남자는 방마다 돌아다니며 세입자의 이름을 부르고, 카메라를 이쪽저쪽 흔들어대며 농담을 지껄였다. 남자는 여자의 그림과 지저분한 접시와 침대맡 탁자 위의 바이브레이터에 관해 할 말이 무척 많았다. 자세히 들여다보지 않으면 그 두서없는 지껄임 속에서 핵심을 놓치기 쉬웠다. 하지만 그러다 카메라가 휙 돌았고, 침실 한구석 햇볕이 가장 잘 들어오는 곳에, 환한 빛 속에 여자가 숨어 있었다. 여자는 벌거벗었고, 몸을 가리려 하고 있었다. 여자의 팔을 통과해 여자의 젖가슴이 보였고, 여자의 몸통을 통과해 벽이 보였다. 여자는 울고 있었다. 그 나직한 흐느낌은 그때까지 집주인의 무의미한 수다에 묻혀 들리지 않았다. 그러나 이제는 들렸다―겁에 질리고 절망에 빠진 울음소리가.

원인은 아무도 모른다. 공기로 전염되는 것은 아니다. 성교로 감염되는 것도 아니다. 바이러스도 박테리아도 아니고, 설혹 그렇다 하더라도 과학자들이 발견할 수 있을 만한 것이 아니다. 처음엔 다들 패션산업을 탓했고, 그다음엔 밀레니엄세대를, 급기야 수돗물을 탓했다. 그러나 물은 검사를 거쳤고, 형체를 잃어버리는 게 밀레니엄세대만은 아니며, 여자들이 희미해지다 사라지는 건 패션산업에 아무런 득이 되지 않는다. 허공에 옷을 입힐 수는 없으니까. 그들이 시도를 안 해본 게 아니다.

비상구 밖에서 함께하는 우리의 휴식시간 십오 분 동안, 크리스가 케이시에게 담배를 건넨다. 두 사람은 담배를 주거니 받거니 피우고, 연기가 그들 입에서 금붕어처럼 헤엄쳐 나온다.

"엉덩이." 크리스가 말한다. "너한테 필요한 게 그거야. 엉덩이와 움켜쥘 수 있는 살집, 알지? 잡을 게 없으면 어떻게 하겠어? 그건 꼭…… 꼭……"

"컵 없이 물을 마시려는 셈이지." 케이시가 끝을 맺는다.

나는 마른 몸을 묘사하려고 남자들이 동원하는 시적 표현이 항상 놀랍기만 하다.

그들은 언제나처럼 내게 담배를 권한다. 언제나처럼, 나는 사양한다.

케이시가 담배를 벽에 비벼 끄고 꽁초를 획 버린다. 담뱃재가 독한 기침처럼 벽돌에 들러붙는다.

"내 말은," 크리스가 말한다. "내가 안개랑 섹스하고 싶다면, 그냥 안개 낀 밤이 올 때까지 기다렸다가 고추만 꺼내면 된다는 거지."

나는 목과 어깨 사이의 근육을 주무른다. "그런 걸 좋아하는 놈들도 있긴 있나보더라."

"누구? 내가 아는 사람 중엔 없는데." 크리스가 말한다. 녀석이 손을 뻗어 엄지손가락으로 내 쇄골을 꾹 누른다. "넌 꼭 목석 같아."

"됐거든?" 나는 녀석의 손을 탁 쳐낸다.

"내 말은, 네가 단단히 존재한단 뜻이야."

"알았어."

"딴 여자들은······" 크리스가 말을 꺼낸다.

"야, 내가 막 사라지기 시작한 여자를 찍었을 때 얘기했던 가?" 케이시가 말한다. 세이디스 포토는 주로 아기 사진 전문으로, 애들한테 소품을 쥐여주고 기분 나쁜 조그만 디오라마―농장, 나무 위 오두막, 연못가 정자라지만 실은 녹색 펠트에 둘러싸인 유리판―에 애들을 넣는다. 그러나 가끔은 청소년이나 어른 커플도 찍는다.

크리스가 고개를 절레절레 젓는다.

"그 여자 사진을 컴퓨터에서 보정하려고 보니까, 렌즈가 고장 났는지 먼지가 꼈는지 이상한 반사가 있는 거야. 그러다 깨달았지, 그 여자 뒤에 있는 벽이 보이는 거였어."

"웩, 인마. 그 여자한테 말했어?"

"씨발, 내가 왜. 그 여자도 금방 알았을걸."

"헤이, 목석녀." 케이시가 지게차 소음을 이기려 목청을 키워 외친다. "너 지금 느끼냐?"

매장으로 돌아오니 내털리가 눈을 부릅뜨고 우리 안을 활보하는 호랑이처럼 글램 안을 쿵쿵거리며 돌아다니고 있다. 내가 근무시간표를 기록하는데 옆에서 기지가 눈을 굴린다.

"내가 왜 쟤를 계속 놔두는지 모르겠다." 기지가 메마른 목소리로 말한다. "이따 페트라가 새 드레스를 좀 갖고 올 거야. 내털리가 누구 머리채 붙잡지 않게 잘 봐."

내털리는 껌 네 개를 포장지를 벗겨 한꺼번에 입속에 구겨넣고 천천히 씹으면서 별로 즐겁지 않은 얼굴로 입안에서 이리저리 굴린다. 크리스와 케이시가 잠깐 들르지만, 내털리가 쏘아보자 마치 그녀가 염산을 찍찍 뱉기라도 한 것처럼 자리를 뜬다.

"재수없는 놈들." 내털리가 중얼거린다. "나는 염병 사진학 학위도 있는데 울고 짜는 애기들 사진이나 찍는 저 세이디스에서도 자리를 못 얻었어. 도대체 저 멍청한 새끼들은 어떻게 저기서 일하게 된 거야?" 내털리는 맨 처음 눈에 들어온 드레스의 옷걸이를 홱 젖힌다. 짙은 감청색 버슬 드레스가 흔들린다. 나는 원래대로 돌려놓는다.

"여기 오는 여자애들이 나중에 크면 딱 우리처럼 폭망할 거라는 걸 알기나 할지 궁금하지 않아?" 내털리가 말한다. 나는 어깨를 으쓱하고, 내털리는 또 드레스 한 벌을 홱 젖힌다. 그뒤로 나는 내털리가 화를 내며 손님 없는 가게 안을 휘젓고 다니거나 말거나 냅둔다. 나는 가장 가까운 행거 앞에 서서 부드럽고 말간 연녹색부터 짙은 이끼색까지 신상품들의 치맛자락을 반듯이 펴고 입구를 응시한다. 오늘 저녁에는 드레스들이 평소보다 더 울적해 보이고, 줄이 끊어진 꼭두각시 인형 같기도 하다. 나는 꼬인 스팽글을 풀며 나직이 콧노래를 부른다. 스팽글 하나가 떨어져 튕겨나간다. 나는 무릎을 꿇고 손가락 끝으로 스팽글을 눌러

집는다. 그리고 치맛자락이 검은 카펫 위로 가지런히 1인치씩 올라오도록 끝단의 높이를 맞춘다. 고개를 드니 전투용 반장화 한 켤레와 총천연색 치마들로 이루어진 부케가 보인다.

"퇴근 금방 해요?" 페트라가 내게 묻는다. 나는 구부린 집게 손가락에 반짝이는 스팽글을 달고 한참 페트라를 올려다본다. 목덜미까지 벌겋게 달아오르는 게 느껴진다.

"나는, 어, 아홉시에 끝나요."

"지금이 아홉신데."

나는 일어선다. 페트라는 드레스들을 계산대 위에 사뿐히 올려놓는다. 금전출납기 뒤에서 내털리가 우리를 흥미진진한 눈으로 바라본다. "그만 문 닫아도 될까?" 나는 내털리에게 묻는다. 고개를 끄덕이는 내털리의 왼쪽 눈썹이 가파르게 솟구쳐 이마선에 닿을 위험에 처한다.

우리는 글램과 아이스링크 건너편 푸드코트의 작은 탁자에 앉는다. 쇼핑몰이 방금 영업을 종료해서, 불을 끄고 가게 셔터를 내리는 점원들 외에는 사람이 없다.

"커피나 뭘 마셔도 되고, 아니면……"

페트라가 내 팔을 살짝 건드리고, 순간적인 쾌감이 음부부터 흉골까지 찌릿하게 관통한다. 페트라는 전에 못 보던 목걸이를 하고 있다. 제멋대로 뒤얽힌 구리 덩굴 속에 희부연 수정이 있다. 입술이 약간 텄다.

"난 커피 싫어해요." 페트라가 말한다.

"그럼 딴……"

"그것도 싫어."

페트라의 어머니는 고속도로 옆에서 모텔을 운영한다. 몇 년 전 돌아가신 외할아버지에게 물려받은 모텔이다. 손님들 대부분이 트럭 운전사라서 도로에서 한참 들어가야 건물이 나온다고 페트라가 운전하면서 설명한다. 입구에서 멀리 떨어진 건물까지 가는 길은 울퉁불퉁 두껍게 얼어 있고, 페트라의 낡아빠진 스테이션왜건은 넘실대는 파도를 헤치는 카누처럼 그 위를 덜컹대며 나아간다. 우리는 느릿느릿 모텔을 향해 가까이 더 가까이 다가가고, 모텔은 귀신 들린 집처럼 우리를 굽어본다. 모텔 옆 다 쓰러져가는 건물에 붙은 간판의 B-A-R라는 문구는 불이 다 들어왔다 나가기 전에 한 글자마다 세 번씩 깜박인다. 페트라는 한 손으로는 핸들을 잡고 다른 손으로는 내 손을 천천히 원을 그리듯 어루만지며 운전한다.

페트라가 황량한 주차장에 차를 세운다. 번호가 적힌 문들이 추위와 정적 속에 닫혀 있다. "열쇠를 가져와야 해." 페트라가 말한다. 그녀는 차에서 내려 조수석 쪽으로 빙 돌아와 차문을 열어준다. "같이 갈래?"

로비에 들어서니 복숭아색 잠옷을 입은 덩치 큰 여인이 카운터 안에서 재봉틀을 돌리고 있다. 꼭 녹아내린 콘 아이스크림 같다—흐물흐물. 여인의 머리에서 긴 머리칼이 흘러내려 등뒤로 사라진다. 공기는 따뜻하고 아늑하고 기계 돌아가는 소리로 가득하다.

"나 왔어, 엄마." 페트라가 말한다. 여인은 대답하지 않는다.

페트라가 손으로 카운터를 내리친다. "엄마!" 접수대 안쪽의 여인은 잠깐 고개를 들었다 다시 작업으로 돌아간다. 싱긋 미소 짓지만 말은 없다. 그녀의 손가락이 유난히 따뜻한 겨울날 벌집을 빠져나온 꿀벌들처럼 날아다닌다—눈이 핑핑 돌게, 뚜렷한 목표를 가지고, 정신없이. 두툼한 면직물을 재봉틀 사이로 움직이며 밑단을 만드는 중이다.

"뉘신가?" 물으면서도 시선을 작업에서 떼지 않는다.

"쇼핑몰에 있는 기지네 옷가게 직원이야." 페트라가 서랍을 뒤지며 말한다. 하얀 카드키를 꺼내 작은 회색 기계에 넣고 버튼을 몇 개 누른다. "새 드레스를 좀 갖고 간대서."

"그거 잘됐네."

페트라가 카드를 주머니에 집어넣는다.

"같이 산책 좀 하려고."

"그거 잘됐네."

건물 안쪽에 위치한 246호에서 페트라와 나는 섹스한다. 페트라는 불을 켜고 침대 위 실링팬을 돌리더니 목깃 뒤쪽을 잡고 셔츠를 단번에 벗는다. 내가 침대에 눕고, 페트라가 내 위에 올라탄다.

"정말 예뻐." 페트라가 내 살에 얼굴을 묻고 말한다. 제 골반을 내 골반에 갖다대며 세게 부비고, 나는 신음하고, 어느 순간엔가 목걸이의 차가운 펜던트가 내 입안으로 들어와 이에 부딪힌다. 나는 웃고, 페트라도 웃는다. 페트라가 목걸이를 벗어 침대맡 탁자에 올려놓자, 체인이 모래처럼 스르르 떨어진다. 페트라가 다시 걸터앉았을 때 그녀의 머리 위로 실링팬이 후광처럼 빛나는 모양이 꼭 중세 그림 속 성모마리아 같다. 방 맞은편에 거울이 있고, 거울에 비친 페트라의 모습이 언뜻 보인다. "그럼 이제⋯⋯" 그 말이 끝나기도 전에 나는 고개를 끄덕인다. 페트라는 한 손으로 내 입을 감싸고 내 목을 물며 세 손가락을 내 안에 넣는다. 나는 그녀의 손바닥에 대고 웃으며 헐떡인다.

유리병이 벽돌담에 부딪혀 깨지듯 절정이 빠르고 거세게 밀어닥친다. 마치 허락을 기다렸다는 듯.

이후 페트라가 내게 담요를 덮어주고, 우리는 바람소리를 들으며 그대로 누워 있다. "어때?" 잠시 후 그녀가 묻는다.

"괜찮아." 내가 말한다. "그니까, 좋다고. 근무일이 맨날 이렇게 끝나면 좋겠다. 그럼 절대 결근하지 않을 거야."

"거기서 일하는 건 마음에 들어?" 페트라가 묻는다.

나는 콧방귀를 뀌고, 그다음에 어떻게 말을 이어야 할지 난감하다.

"그렇게 힘들어?"

"아니 내 말은, 그 정도면 준수하달까?" 나는 머리칼을 한데 모아 틀어올린다. "더 안 좋았을 수도 있으니까. 돈은 쥐뿔도 없고, 인생 이렇게 살고 싶었던 것도 아니지만, 상황이 더 나쁜 사람들도 많으니까."

"옷들한테 굉장히 잘해주더라."

"그냥, 내털리가 함부로 대하는 게 마음에 안 들어서. 걔도 반은 장난삼아 그러는 거지만. 그건…… 뭐랄까. 품위가 없달까."

페트라가 나를 가만히 들여다본다. "그럴 줄 알았어. 그렇게 말할 줄 알았어."

"뭐가?"

"이리 와봐." 페트라가 일어나서 셔츠를 걸치고 팬티와 바지를 입는다. 전과 똑같이 장화 끈을 단단히 묶는데, 일 분도 안 걸린다. 나는 잠시 내 셔츠를 찾아 돌아다니다 매트리스와 헤드보드 사이에 끼여 있는 것을 발견한다.

페트라가 나를 데리고 주차장을 지나 로비로 들어간다. 그녀의 어머니는 어디 갔는지 보이지 않는다. 페트라는 카운터 안쪽으로 들어가 문을 연다.

처음엔 방안에서 묘한 빛이 보인다—오색영롱한 푸른빛이 마치 사람을 늪지로 끌어들이는 도깨비불처럼 점점이 박혀 있다. 양재용 모형들이 목표를 잃은 군인처럼 차렷 자세로 서 있고, 그 주위를 둘러싼 긴 테이블들 위에는 핀쿠션, 실패, 스팽글과 비즈와 장식물이 담긴 바구니, 뱀처럼 보이는 풀어진 줄자, 원단들이 아무렇게나 놓여 있다. 페트라가 내 손을 잡고 벽을 따라 나를 이끈다.

방안에는 우리만 있는 게 아니었다. 페트라의 어머니가 손목에 핀쿠션을 차고 드레스 근처에서 맴돌고 있었다. 눈이 어둠에 익숙해지자 빛들이 모여 형체를 이루고, 이 방안에 여자들이 잔뜩 있음을 나는 깨닫는다. 그 소문의 영상에 나왔던 여자처럼 이들도 투명하고, 여운처럼 아스라이 빛난다. 그들은 이리저리 떠다니며 서성이고 이따금 자기들 몸을 내려다본다. 그들 중 하나가 비탄에 잠겨 굳은 표정으로 페트라의 어머니 옆에 바싹 붙어서 있다. 여자는 모형에 입혀진 드레스—노란 버터색이고, 치마는 무대 커튼처럼 여러 군데 조금씩 개더 주름이 잡혀 있다—쪽으로 다가선다. 여자가 모형 속으로, 아무런 저항력 없이, 그저 여름날 바깥에서 녹는 얼음조각처럼 밀고 들어간다. 페트라의 어머니가 여자의 피부에 바늘을 꽂아넣자, 순수한 금사를 꿴 바늘이 반짝거린다. 옷감도 바늘에 같이 꿰인다.

여자는 비명 한마디 없다. 페트라의 어머니는 여자의 팔과 몸통을 따라 촘촘하고 고르게 바느질을 하고, 피부와 옷감이 절개 부위의 양쪽 단면처럼 단단히 하나로 묶인다. 내 손가락이 나도 모르는 사이 페트라의 팔을 파고들고 있었고, 페트라는 그런 나를 가만히 내버려둔다.

"나갈래." 내 말에 페트라는 나를 데리고 문을 나선다. 우리는 환히 불 켜진 복도에 서 있다. 이젤 위에 올려진 표지판에 '유럽식 아침식사, 오전 6시-9시'라고 적혀 있다.

"저건……" 나는 손으로 문을 가리킨다. "너네 어머닌 뭘 하시는 거야? 저 여자들은 뭘 하는 거야?"

"우리도 몰라." 페트라는 과일 바구니로 손을 뻗는다. 오렌지 하나를 꺼내 손안에서 굴린다. "우리 엄만 늘 재봉사였어. 기지가 글램에 들여놓을 옷을 만들어달라고 했을 때 엄마는 그러겠다고 했지. 저 여자들은 몇 년 전부터 나타나기 시작했어—바느질감에 제 몸을 자꾸 겹쳐넣는 거야, 그게 평생 소원인 것처럼."

"왜 그런 짓을 하는데?"

"난들 아나."

"하지 말라고 말리지 않으셨어?"

"말렸지, 하지만 계속 들어오는걸. 저 여자들이 어떻게 우리집을 알고 오는지도 모르겠어." 오렌지에서 과즙이 새어나오기 시작하고, 공기 중에 시트러스 향이 새큼히 배어든다.

"기지한테 얘기했어?"

"당연하지. 근데 여자들이 스스로 우릴 찾아오는 한은 괜찮을 거래. 그리고 저 옷들이 워낙 잘 팔려서—엄마가 그동안 만들어 왔던 옷들 중 제일 많이 팔렸어. 사람들이 잘 깨닫진 못해도 저런 걸 좋아하는 것 같아."

나는 걸어서 모텔을 나온다. 얼어붙은 길을 천천히 걷다가 자꾸 넘어진다. 딱 한 번, 고개를 돌려 로비 유리창 안쪽의 페트라의 실루엣을 바라본다. 추위로 손에 감각이 없다. 음부가 쓰라리고, 머리가 아프고, 입안에서 여전히 페트라의 목걸이가 느껴진다. 금속의 맛이, 이어서 원석의 맛이 되살아난다. 큰길로 나온 나는 택시를 부른다.

이튿날 아침 나는 일찌감치 글램으로 출근한다. 열쇠가 안 보인다—모텔 서랍 위에 두고 온 모양이다. 나는 혼잣말로 작게 욕설을 내뱉는다. 내털리가 올 때까지 기다린다. 가게로 들어와 내털리가 아침 업무를 보는 동안 나는 드레스들을 살핀다. 그들은 내 손가락 아래서 살랑살랑 움직이고, 옷걸이에 매달린 채 낑낑거린다. 나는 치마 속에 얼굴을 들이밀고 몸통 부분을 잘 매만져 그들에게 여유 공간을 만들어준다.

점심시간에는 쇼핑몰을 배회한다. 지나가며 보이는 제품들마다 궁금하다. 저 속엔 누가 들었을까? 바닥에 펠트지를 깐 전시 케이스 안에 뒤집힌 V자 모양으로 진열된 목제 액자 견본들이 꼭 누가 쳐들어왔던 것처럼 삐뚜름하다. 게임 가게 진열창 안쪽에 유리와 금속으로 만든 체스 세트가 놓여 있다—여왕과 폰의 볼록한 면에 비친 것은 지나가는 사람들의 반영일까 아니면 밖을 내다보는 얼굴일까? 고대 유물 같은 팩맨 게임기는 사람들 동전을 다 먹어버리는데, 아마 일부러 그러게 놔두는 것 같다. 향기가 진동하는 JC페니 화장품 가게 앞을 지나면서 나는 손님들이 립스틱 뚜껑을 열고 마음대로 발라보는 동안, 희미해져가는 여자들이 그 화장품 주위에 바짝 붙어서 너도나도 엄지를 내미는 장면을 상상한다.

나는 앤티앤스 프레즐 앞에 서서 무겁고 축축한 반죽을 잡아늘리는 모습을 바라본다. 어린애들, 희미해지는 소녀들(희미해지는 연령대가 점점 낮아지고 있지 않나? 뉴스에서 그렇게 들었다)이 반죽 속에 들어가는 장면을 상상한다. 맞아, 저건 살짝 구부린 손 아냐? 삐죽 내민 입술 아냐? 가게 앞에 선 꼬마가 제 엄마한테 프레즐을 사달라고 조른다.

"수전," 아이 엄마가 야단친다. "프레즐은 정크푸드야. 저거 먹으면 살쪄." 그러더니 애를 끌고 가버린다.

내가 글램으로 돌아오고 얼마 후 십대 한 무리가 들이닥친다. 여자애들은 옷걸이에서 드레스를 내려 조심성 없이 입어본다. 심지어 옷을 갈아입으면서 피팅룸의 가림 커튼을 제대로 치지도 않는다. 애들이 나오자, 손가락을 그로밋에 단단히 끼운 채 드레스에 붙어 있는 희미해진 여자들이 보인다. 저들이 죽을힘을 다해 드레스를 붙들고 있는 것인지 아니면 그저 갇힌 것인지 모르겠다. 옷감이 부스럭거리고 하늘거리는 것은 울음일 수도 있고 웃음일 수도 있다. 여자애들은 빙그르 돌아보고 끈을 끼우고 꽉 조인다. 가게 입구에서 크리스와 케이시가 슬러시용 빨대를 질겅질겅 씹고 있다. 큰 소리로 웃고 떠들긴 하지만 절대 문턱을 넘어 들어오는 일은 없다. 녀석들 입이 퍼렇게 물들었다.

"젠장!" 나는 입구로 달려가고, 손바닥에 쥔 묵직한 스테이플러가 든든하다. 필요하다면 내 팔은 스테이플러를 던질 준비가 되어 있다. "나가. 꺼져, 빌어먹을."

"나 원." 크리스가 두 눈을 껌벅인다. 놈이 한 발짝 물러난다. "너 뭐 잘못 먹었냐?"

"이야, 린지, 멋진데!" 케이시가 가게 안에 대고 외친다. 금발 머리 여자애가 돌아보고 활짝 웃으며 아기를 허리에 앉히기라도 할 듯 골반을 한쪽으로 쭉 내민다. 새틴의 굵은 주름 안쪽에서 눈꺼풀 없는 두 눈이 보인다.

글램의 시커먼 화장실에서 나는 먹은 것을 다 게워낸다.

"못 있겠어요." 나는 기지에게 말한다. "그냥 못하겠어요."

기지가 한숨을 쉰다. "있잖아, 난 정말 네가 무척 마음에 들어. 경기는 엉망이고, 너도 어디 갈 데를 정해놓은 건 아니잖아. 시즌 막바지까지만이라도 있어주면 안 될까? 급여를 좀 올려줄 수도 있어."

"안 되겠어요."

"왜?" 기지가 내게 휴지를 건네주고, 나는 코를 푼다.

"그냥 못하겠어요."

기지는 진심으로 슬퍼 보인다. 책상에서 종이 한 장을 끄집어내서 뭔가를 쓰기 시작한다. "내털리가 너 없이 얼마나 버틸지 모르겠다." 그녀의 말이다. "좋은 앤데."

나는 헛웃음이 절로 나온다.

"힘내세요, 내털리도 잘해요, 다만 성질이 최악이지."

"최악은 아냐."

"오늘은 손님한테 '내숭 떠는 년'이라고 했는데요. 손님 면전에다 대고."

기지가 고개를 들어 나를 쳐다보고 한숨을 쉰다. "걔를 보면 우리 딸이 생각나, 정말 혈기왕성해서. 한심한 이유 아니니? 정말 한심한 이유지." 기지는 서글픈 미소를 짓는다.

"기지, 딸이 혹시…… 여기 있어요? 여기…… 가게 안에?"

기지는 고개를 돌리고 쓰던 것을 마저 끝낸다. 그리고 내 쪽으로 종이를 건넨다. "여기 사인할래?"

나는 사인한다.

"마지막 수표는 우편으로 갈 거야." 기지의 말에 나는 고개를 끄덕인다. "그럼 안녕이네. 다시 일하고 싶다면, 어디로 와야 하는지 알지?" 기지는 내 손을 가볍게 쥐었다가 펜을 서랍 속에 넣는다.

닫히는 사무실 문의 좁은 틈 사이로, 맞은편 벽을 멍하니 바라보는 기지의 모습이 보인다.

페트라가 내 차 옆에서 기다리고 있다.

"이거 까먹고 갔더라." 그녀는 내게 잃어버린 열쇠를 내민다. 나는 열쇠를 받아서 주머니에 넣는다. 시선을 피한다.

"방금 일 그만뒀어." 내가 말한다. "그만 가볼게." 나는 운전석 문을 열고 차에 털썩 앉는다. 페트라가 옆자리로 들어온다. "어이, 뭐 어쩌라고?" 내가 말한다.

"너 나 좋아하지, 그치?"

나는 목덜미를 문지른다. "응, 아마도."

"데이트하러 갈래? 이번엔 진짜로." 페트라가 육중한 장화를 신은 발을 대시보드 위에 털썩 올려놓는다. "희미해진 여자도 없고. 드레스도 없는 곳으로. 그냥, 글쎄, 영화나 보고 밥이나 먹고 섹스하고."

나는 망설인다.

"약속할게." 페트라의 말이다.

나는 동네 소스 공장에서 야간조 청소부 일을 얻는다. 급여는 개떡같지만 글램하고 비슷하다. 이거나 저거나 마찬가지다. 나는 살던 집을 나와 공짜로 묵을 수 있는 모텔로 이사한다. 모텔 방이 다 차는 법은 절대 없고, 페트라가 자기 엄마는 절대 모를 거라고 장담했다.

공장에서는 요리용 와인의 뜨겁고 매캐한 증기에 숨이 막힐 듯한 넓은 공간들을 비질하고 대걸레질하면서 대부분의 시간을 보낸다. 바비큐소스가 끓고 있고, 그 냄새에 머리카락과 옷이 푹 절여진다. 나 말고 다른 인간 존재는 거의 눈에 띄지 않고, 나는 그게 마음에 든다. 종종 나도 모르게 어두운 구석을 훑어보지만, 그들이 뭐하러 이런 곳에 오겠는가? 머스터드 속에 자신을 집어넣어 요리하려는 여자를 발견할까봐 늘 전전긍긍하지만, 그런 일은 없다.

몇 달이 흐지부지 흘러간다. 정부에서 대학을 폐쇄하지 않는다면, 말은 그런다고 협박하지만, 대학원에 가볼까 생각중이다. 우리는 의학 드라마를 정주행하고, 중국식 볶음면을 먹고, 키스하고 섹스하고, 이상한 시간대에 코트용 옷걸이처럼 뒤엉켜서 잔다.

어느 날 밤 퇴근하고 돌아오니 페트라가 욕실 거울 앞에 서서 형광등 밑에서 제 얼굴을 잡아당기고 있다. 나는 그녀 뒤로 다가가 어깨에 키스한다. "나 왔어." 내가 말한다. "미안, 오늘은 완전 스테이크 냄새 나지. 금방 씻고 올게."

나는 샤워실로 들어간다. 물줄기가 살갗을 때리고, 그 감각에 끙 소리가 난다. 샤워커튼이 부스럭거리더니 페트라가 들어온다. 그녀의 피부에 온통 소름이 돋았다. 페트라는 내 뒤통수를 어루만지며 따뜻한 물에 손을 데운 다음, 이내 그 손을 내 가랑이 사이로 가져간다. 다른 손으로는 내 머리칼을 쓰다듬으며 나를 타일 쪽으로 끌어당긴다.

내가 절정에 다다른 후, 페트라는 샤워실을 나간다. 머리를 말리며 욕실을 나서니 페트라가 두 팔을 활짝 벌린 채 침대에 벌러덩 누워 있고, 나는 알게 된다.

"나 희미해지고 있어." 페트라가 말하는 사이, 나는 그녀의 피부가 전유보다 탈지우유 빛깔에 가깝다는 사실을 알아차린다. 존재감도 약해진 듯하다. 페트라가 숨을 들이쉬었다 내쉬고, 탈지우유 같은 느낌은 나타났다 사라졌다 한다. 마치 페트라가 그것과 한창 싸우고 있는 것 같다. 나는 지하로 통하는 뚜껑문 위에 있다가 문이 홱 열리는 바람에 발밑이 푹 꺼진 느낌이고, 오장육부가 몸밖으로 튀어나올 것만 같다. 페트라를 안고 싶지만, 내 품안에서 그녀가 사라질까봐 겁이 난다. "죽고 싶지 않은데." 페트라가 말한다.

"안 그럴걸…… 그 사람들은 죽은 게 아냐." 하지만 내 말은 거짓말처럼 들리고, 어느 모로 보나 도움이 되지 않는다.

나는 페트라가 우는 모습을 한 번도 보지 못했다, 방금 전까지는. 페트라가 두 손을 얼굴로 가져간다―힘줄과 근육과 뼈로 이루어진 창살 너머로 입술의 윤곽이 아주 어렴풋이 보인다. 떨림이 그녀의 몸 전체를 쓸고 지나간다. 나는 페트라를 가만히 만진다. 아직 물성이 남아 있다. 목석처럼.

"서너 달," 페트라가 말한다. "대충 그 정도겠지. 뉴스에서 그렇게들 말하지, 맞지?" 그녀는 콧잔등을 꼬집어보고, 귓불을 잡아당기고, 손가락으로 복부를 세게 눌러본다.

그 첫날밤에, 페트라는 그저 가만히 안겨 있기를 바랐고, 그래서 나는 가만히 안아주었다. 우리는 한 치의 빈틈도 없이 서로의 몸을 맞대고 나란히 누웠다. 페트라는 굶주린 상태로 잠에서 깬다―음식에 대해, 나에 대해.

며칠 후, 새벽에 눈을 뜨니 페트라가 보이지 않는다. 나는 이불을 들춰보고, 살그머니 욕실로 들어가 샤워커튼을 살짝 젖혀본다. 한줄기 냉기가 내 몸을 관통하고, 나는 서랍 속과 TV 밑 공간과 라디에이터 뒤쪽까지 확인한다. 없다.

털썩 주저앉은 내 몸을 받은 침대 매트리스가 삐걱거릴 때, 페트라가 문을 열고 들어온다. 여기저기 땀으로 얼룩진 셔츠가 몸에 착 달라붙었다. 허리를 굽히고 두 손으로 무릎을 짚은 채 아직도 가쁜 숨을 헐떡인다. 그녀는 고개를 들고서야 나를 보고 몸

226

을 떤다.

"오 젠장, 오 젠장, 진짜 졸라 미안해." 페트라가 내 옆에 앉고, 나는 얼굴을 그녀의 어깨에 묻는다. 페트라에게서 건강한 흙냄새가 난다.

"벌써 그렇게 된 줄 알았어." 나는 속삭인다. "네가 사라진 줄 알았다고."

"그냥 아침 공기를 마시고 싶어서." 페트라가 말한다. "내 몸이 달리는 걸 느끼고 싶었어." 페트라가 내게 키스한다. "오늘 저녁엔 뭔가 하자."

해가 저물자 우리는 모텔 뒤에 있는 화물차 운전사들 술집에 간다. 맥주는 물맛이고 맥주잔에는 물방울이 맺혀 있다. 우리는 흠집투성이 나무 상판에 여우 머리 그림과 사람들 이름이 새겨진 테이블에 앉는다. 작은 물건은 이따금 손을 관통하기도 한다는 사실을 발견한 페트라는 맥주를 홀짝이며 손바닥에 동전을 떨어뜨린다. 나는 차마 볼 수 없다.

"다트나 뭐라도 하자." 내가 말한다.

페트라는 손가락을 들어 테이블 위의 동전을 집으려 한다. 손가락은 한 번, 두 번 동전을 그냥 통과하지만, 세번째 시도 끝에 손이 다시 물리 세계로 슬그머니 복귀한 듯 동전을 집어든다. 페트라는 주크박스에 동전을 밀어넣는다. 나는 바텐더에게 다트를 달라고 말하고, 낡은 시가 상자에 든 다트 다발을 받는다.

우리는 번갈아 과녁에 다트를 던진다. 둘 다 실력이 형편없고, 나는 다트 하나를 벽에 꽂아넣고 만다. 페트라의 웃음소리는 맑고 암담하다.

"난 뭘 겨냥해서 제대로 맞힌 적이 없어." 내가 자백한다. "어렸을 때 이모가 콩주머니 놀이를 사줬는데, 나는 정말 단 한 개도 구멍에 넣지 못했어. 단 한 번도. 나 진짜 평생 그 얘기를 듣고 산다니까. 우리 오빠 자기가 본 것 중 그게 가장 웃기는 일인 줄 알아."

페트라가 나를 뚫어져라 쳐다본다. 그녀의 입가에 잘생긴 미소가 떠올랐다 이내 사라지고, 무덤덤한 표정으로 대체된다. 그리고 이렇게 말한다. "너네 식구들 진짜 졸라 괜찮은 것 같아." 괜찮다는 말이 깨진 유릿조각 같다.

나는 며칠에 한 번씩 식구들한테 다 말해버릴 작정으로 전화기를 들곤 했다. 여자들이 드레스에 꿰매진다고. 공장에서 일하고 있다고. 모텔에서 재봉사의 딸과 동거하고, 이 동거인 또한 죽어가고 있는데 엄밀히 말해 죽어가는 건 아니라고. 나는 말하지 못한다. 가장 최근에 엄마와 통화했을 때 나는 멀쩡히 잘 있다고 큰소리치긴 했지만 그래도 학자금 대출 상환은 또 미뤄야겠다고 털어놨다. 나는 그날의 손님들에 대한 이야기를 지어냈고, 엄마의 안심한 목소리로 미루어 그럴듯하게 들린 모양이었다.

"괜찮은 사람들이지." 나는 페트라에게 말한다. "나중에 너도 만나게 될 거야."

"굳이 그럴 것까지야. 나는 세상을 뜨는 중이잖아?"

"젠장, 페트라. 그런 식으로 말하지 마. 나한테 그런 식으로 말하지 말라고."

페트라는 시무룩한 침묵으로 빠져들고, 턱에 난 뾰루지를 무심히 잡아 뜯는다. 잔을 다 비운 페트라는 한 잔 더 시키고, 그녀가 던진 다트는 정확도가 떨어져 점점 과녁 중앙에서 멀어진다. 나는 페트라가 판에서 다트를 뽑아내는 모양이 마음에 들지 않는다―경쟁자의 머리채를 홱 잡아 뜯는 것 같다. 네 판을 내리 던진 다음, 페트라가 맥주를 마시는 중간에 손이 깜박이는 바람에 잔이 떨어지고, 맥주와 유릿조각이 마룻바닥에 별표를 그리며 흩어진다.

페트라가 과녁판으로 다가간다. 물성을 느끼려 주먹을 쥐었다 폈다 하는 그녀를 본다. 금세 실물이 돌아오고, 페트라는 손바닥을 펴서 벽을 짚는다. 과녁에서 다트를 뽑더니 손가락 뿌리 바로 밑, 손등 깊숙이 다트를 꽂아넣는다.

바 안쪽에서 누가 소리친다. "이런 젠장."

나는 득달같이 달려나가 페트라를 잡지만, 그사이 그녀는 두 번 더 다트를 제 손에 꽂아넣는다. 페트라가 울부짖고 있다. 핏물이 오월제 기둥에 묶은 리본 장식처럼 팔뚝을 따라 줄줄 흘러내린다. 남자들이 스툴과 의자에서 황급히 일어나고, 의자 중 몇 개는 바닥으로 나동그라진다. 페트라가 몸부림치며 울부짖는다. 피를 비처럼 벽에 흩뿌린다. 검은색 야구모자를 쓴 건장한 남자가 나를 도와 페트라를 문밖으로 끌어낸다. 나는 페트라를 반쯤 들고 반쯤 끌며 얼어붙은 주차장을 가로지른다. 수십 야드쯤 끌고 나온 후에야 페트라는 내 품에서 잠잠해진 것 같다. 순간 나는 그녀가 다시 희미해졌을까봐 겁이 나지만, 아니, 아직 단단하니 멀쩡하고, 단지 억지와 피로로 축 늘어졌을 뿐이다. 거무스름한 자국이 우리가 지나온 길에 쭉 찍혔다.

페트라는 병원에 가기를 거부한다. 모텔의 우리 방에서 나는 그녀의 상처를 소독하고 거즈로 감싼다.

요 몇 주 동안 우리는 그 어느 때보다 절박하게 섹스하고 있다. 페트라는 점점 더 희미해지고 점점 덜 느낀다. 절정에 다다를 때가 드물다. 투명해지는 시간이 자꾸 길어진다—일 분, 사분, 칠 분. 그럴 때마다 매번 다른 모습을 보인다—해골, 밧줄 같은 근육, 내장의 거뭇한 형체, 아예 안 보이기도 한다. 페트라는 울면서 잠에서 깨고, 나는 그녀의 윗몸을 꼭 끌어안고 귓가에 부드럽게 속삭이며 진정시킨다. 페트라는 사태의 진전을 늦추는 방법에 관한 소문을 인터넷에서 읽는다. 어느 게시판에서는 철분을 많이 섭취하라 하고, 그래서 페트라는 대가족을 먹일 만한 양의 시금치를 삶아 묵묵히 씹어먹는다. 다른 데서는 얼음물 샤워를 추천하고, 나는 욕조 안에서 온통 소름이 돋아 부들부들 떨고 있는 페트라를 발견한다. 내가 몸을 말려주는 동안 그녀는 어린애처럼 가만있는다.

어느 따뜻한 일요일, 페트라가 하이킹을 가고 싶어해서 우리는 집을 나선다. 개울이 계곡을 점령했다 풀어줬다 해서 오늘의 숲속 길은 진창이다. 눈이 녹아 머리 위에서 물이 뚝뚝 떨어진다. 개울물을 따라 걷는데 이건 거의 생물처럼 제멋대로 휘감고 굽이친다.

햇볕 잘 드는 공터에서 잠시 쉬면서 오렌지와 차가운 닭을 먹는다. 페트라는 매끼를 최후의 끼니처럼 먹는 게 버릇이 되어, 닭고기에서 벗겨낸 껍질을 눈을 감은 채 씹으며 맛보고, 그다음에 고기 자체를 맛보고, 그다음에 뼈를 마지막까지 쪽쪽 빨아먹은 후 나무 사이로 내던진다. 오렌지를 한 알 한 알 경건하게 입속에 넣고 성체라도 머금은 듯 과육을 씹고, 하얀 속껍질을 거스러미처럼 벗겨낸다. 오렌지 껍질은 피부에 대고 문지른다.

"어디서 읽었는데," 페트라가 얼음물을 한 모금씩 들이켜며 말한다. "사람들은 희미해진 여자들이 그…… 뭐랄까, 너라면 테러리즘이라고 하겠지? 그런 짓을 한다고 생각한다는 거야. 전기 시스템에 제 몸을 끼워넣어 서버와 ATM기와 투표기기를 망가뜨린다고. 저항한다고." 페트라는 그 여자들을 언급할 때 여전히 삼인칭으로 말한다. "그거 맘에 들어."

벌레들 소리와 새들의 지저귐 외에 숲은 고요하다. 우리는 옷을 한 겹 두 겹 벗고 햇볕에 몸을 푹 적신다. 나는 손끝을 빛에 대고 자세히 들여다본다. 분홍과 주황의 광륜이 뼈의 윤곽을 감싼다.

나는 페트라 쪽으로 고개를 숙여 그녀의 아랫입술에, 윗입술에 키스한다. 그녀의 목에 키스한다. 한 손은 그녀의 허벅지 사이를 파고든다.

우리 주위로, 일 분 일 분이 개미처럼 흙 위를 기어가 불어난 냇물 속으로 굴러떨어져 멀리멀리 흘러간다.

우리는 나무로 둘러싸인 작은 예배당을 발견한다. 딱딱한 신도석 의자가 질서정연하게 놓였고, 벽에는 스테인드글라스 창문이 줄지어 나 있다. 돌바닥에 우리의 발소리가 울린다. 공기는 뜨겁고, 우리가 차올린 먼지가 빛살 사이를 누빈다.

신도석에 앉으니 우리의 무게를 받은 의자가 삐거덕거린다. 페트라가 내 어깨에 머리를 얹는다. "희미해진 여자들이 죽기는 할까?"

"모르겠는걸."

"나이는 먹을까?"

나는 어깨를 으쓱하고 그녀의 머리칼 속에 코를 묻는다.

"그럼 난 영영 스물아홉이겠네."

"아마도. 넌 내가 백 살이 될 때까지 옆에 붙어 있을 테고, 넌 멋져 보이겠지만 난 쭈그렁바가지겠지."

"설마, 넌 고운 노파가 될 거야. 너는 숲속 오두막에 살고, 마녀라는 소문도 돌겠지만, 마녀의 집에 가까이 다가올 용기가 있는 애들은 네가 들려주는 이야기를 듣게 되는 거지." 페트라가 너무 세게 몸을 떨어 내 두개골 안에서도 그 떨림이 느껴진다.

한쪽 시야 끄트머리에서 뭔가 움직이는 게 보여 나는 자리에서 일어난다. '카시아의 성녀 리타'를 묘사한 유리창 속에 희미해진 여자가 마치 정글짐을 붙잡듯 납틀을 손가락으로 꽉 움켜쥐고 있다. 여자는 까치발을 하고 우리를 바라보고 있고, 물속에 떠 있는 것처럼 창문으로 고개를 넣었다 뺐다 한다. 페트라도 여자를 알아차리고 내 옆에 선다. 그녀의 손에는 봉헌초가 들려 있다.

"페트라, 안 돼."

페트라의 팔 근육에 경련이 인다. "난 저 여자를 풀어줄 수 있어." 페트라가 말한다. "유리창을 깨면 저 여자는 자유야."

"그건 모르는 거잖아."

"나한테 이래라저래라 하지 마. 제기랄, 우리 엄마도 아니면서."

나는 부드럽게 페트라의 손목을 감아쥐고 그녀의 머리칼에 얼굴을 묻는다. "사랑해." 내가 말한다. 그 말을 입 밖에 꺼낸 건 처음이고, 입안에서 묘한 맛이 난다─진짜지만 아직 덜 익은, 너무 딱딱한 배처럼. 나는 페트라의 손에서 봉헌초를 풀어내 내 재킷

주머니에 집어넣는다. 그리고 그녀의 관자놀이에, 턱에 키스한다. 그녀가 내 품에 들어온다. 울 줄 알았는데, 울지 않는다.

"네가 벌써 그리워." 페트라의 말이다.

나는 페트라의 등을 어루만지고, 그 순간 분명 나 자신의 근육이 잠깐 보였다. 뱃속이 죄어든다. 닭고기와 오렌지가 저항하며 내 식도를 타고 꾸역꾸역 올라온다. "돌아가야지." 내가 말한다. "금방 어두워질 것 같아."

희미해진 여자는 도무지 시선을 돌리지 않는다. 그녀는 생긋 웃는다. 아니면 인상을 쓰고 있는지도.

우리는 출생하듯 숲을 나온다.

방에서 우리는 뉴스를 시청하고, 우리의 몸은 TV의 온화한 푸른 불빛을 받으며 둥글게 뭉쳐져 있다. 전문가 두 명이 서로 삿대질하며 소리지르고, 둘 사이의 공동사회자는 스튜디오 조명 아래 불안하게 흔들린다. 그들은 희미해진 여자들을 어떻게 믿을 수 있는가에 대해 토론하는 중이고, 그 여자들이 만져지지는 않는데 땅 위에 서 있는 것으로 보아 그들은 거짓말을 하는 중이며, 뭔지는 모르지만 분명 우리를 속이고 있다고 주장한다.

"형체도 없으면서 죽지 않는 것들을 나는 신뢰하지 않습니다." 그들 중 하나가 말한다.

여자는 방송중에 깜박깜박 명멸하다 결국 사라졌고, 마이크가 바닥으로 굴러떨어진다. 카메라가 재빨리 다른 곳을 비춘다.

잠자리에 들기 전에 나는 예배당에서 가져온 봉헌초를 침대 머리맡 협탁에 놓고 불을 붙인다. 초는 위로하듯 깜박거리고, 벽에 드리워진 가구 그림자가 그림자인형 같다.

수프만 파는 레스토랑에 가는 꿈을 꾼다. 내가 무엇을 주문할지 미적거리는 사이, 페트라는 벌써 받은 그릇 속에 숟가락을 넣고 휘저으며 웃는다. 페트라가 숟가락을 꺼내자, 젤리 형태의 귀신 손이 손잡이를 단단히 휘감고 있고, 페트라는 희미해진 여자를 위로 위로 건져올린다. 여자의 입이 비명을 토해낼 듯 벌어지지만, 나는 아무 소리도 듣지 못한다.

잠에서 깬 나는 페트라가 달리기를 하러 나갔다고 확신하지만, 그다음 순간 내 손이 페트라의 가슴팍 속에, 어둠 속에서 빛나는 동굴 속에 들어가 있음을 깨닫는다.

나는 완전히 페트라 안으로 잠겨들었고, 물고문을 당하듯 숨이 막힌다. 페트라가 잠에서 깨고, 내가 제 안에서 마구 발버둥치자 비명을 지른다.

잠시 후, 우리는 차분히 마음을 가라앉힌다. 페트라가 내게서 떨어져 침대 가장자리로 간다. 우리는 기다린다. 칠 분이 흐른다. 십 분. 삼십 분.

"시작된 걸까?" 나는 페트라에게 묻는다. "시작된 거야?"

나는 떠나고 싶지 않지만, 페트라가 내게서 등을 돌리고 있다. 나는 일어선다. 페트라는 자신의 손만 바라보고 있다.

한참이 지난 후, 페트라가 말한다. "가야 할 시간이야."

나는 울음이 터진다. 장화를 꿰어 신는다. 고르지 못한 걸음걸이 탓에 뒷굽이 닳아 있다. 나는 그곳에서 사라지는 페트라를 보고, 페트라가 마침내 고개를 돌려 내 몸을, 아직 빛 속에서 윤곽이 그려질 만큼 단단한 내 몸을, 일출의 옅은 후산後産 속을 움직이는 내 몸을 보고 있음을 나는 안다.

나는 방을 나와 문을 닫는다. 신경이 불규칙하게 들어왔다 나갔다 한다. 조만간, 나 역시 아무것도 아니게 될 것이다. 우리 중 누구도 끝까지 버티지 못할 것이다.

글램의 창가에 선 마네킹 중 절반만 옷을 입고 있다. 시즌 끝물이다. 조만간 물건이 싹 바뀔 것이다. 재고는 처분된다―어디론가. 불이 꺼지고, 셔터가 반쯤 내려온다. 내털리가 그 아래로 몸을 굽히고 나와서 셔터를 완전히 닫는다.

내털리가 몸을 일으키고 나를 본다. 기억하던 것보다 살이 빠졌다. 아주 살짝 묵례를 하더니 동굴 같은 쇼핑몰로 총총 가버린다. 나는 내 옛날 열쇠를 꼭 쥐고 있다. 자물쇠에 꼭 들어맞는다―기지는 굳이 바꾸지 않았다. 셔터가 요란하게 위로 올라간다. 내 청바지 뒤춤에는 핑킹가위가 꽂혀 있다. 마음만 먹으면 총을 꽂고 다닐 수도 있다.

나는 서로 연결되어 꿰매진 부분을 가위로 자른다. 보디스의 끈을 푼다. 묶인 곳에서 풀려나와 눈을 껌벅이며 나를 바라보는 여자들이 보인다. "나가." 나는 그들에게 말한다. 밑단과 솔기를 찢는다. 드레스들이 갈기갈기 흩어지고, 그 어느 때보다 생기 있어 보인다. 제 형태를 잃은 옷감들이 바나나 껍질처럼 무수히 해체되어, 황금과 복숭아와 와인 빛깔로 펄럭인다. "나가라고." 나는 재차 말한다. 여자들은 눈만 껌벅일 뿐 움직이지 않는다.

"왜 안 나가는 거야?" 나는 절규한다. "뭐라고 말 좀 해봐!" 여자들은 말하지 않는다.

나는 보디스의 판을 잡아 뜯는다. 한 여자가 나를 마주 노려본다. 기지의 딸일지도 모른다. 페트라나 내털리일 수도, 우리 엄마일 수도, 심지어 나일 수도 있다. "아니, 관둬. 아무 말 안 해도 돼. 그냥 나가. 문 열려 있잖아. 제발."

손전등 불빛이 맞은편 벽 위에서 춤을 춘다. 굵은 목소리가 들린다. "이봐요? 거기 누구요? 경찰에 신고했습니다."

"제발, 나가라고!" 경비원이 나를 바닥에 쓰러뜨리는 순간에도 나는 소리친다. 칠흑 같은 바닥에서 나는 그들 전부를, 은은하게 빛나며 자신의 껍데기들 속에서 서성이는 여자들을 본다. 그러나 그들은 떠나지 않는다. 그들은 움직이지 않는다. 결코 움직이지 않는다.

여덟 입

그들이 나를 재울 때, 내 입안은 달의 흙먼지로 가득하다. 유사流砂에 숨이 막힐 거라고 생각했지만 그건 아니고, 모래가 밀려들어왔다 나갔다 들어왔다 나갔다 하면서 나는 놀랍게도 숨을 쉬고 있다.

물속에서 호흡하는 꿈을 꾼 적이 있는데, 지금이 꼭 그런 느낌이다. 패닉, 이어지는 체념과 인정, 그리고 끝 모를 환희. 나는 죽을 것이다, 죽어가고 있는 건 아니다, 내가 할 수 있으리라고 꿈에도 생각지 못한 일을 하는 중이다.

지구로 귀환한 지금, 닥터 U가 내 속에 있다. 그녀의 손이 내 몸통 속에 들어와 있고, 손가락으로 무언가를 찾고 있다. 의사는 살과 지방을 외피에서 흩어놓고, 그녀의 손이 환영받던 곳을 슬슬 휘저으며 칠레에서 보낸 휴가에 대해 간호사에게 얘기하고 있다. "비행기를 타고 남극에 가려고 했지만 너무 비싸더라고."

"그래도 펭귄이 있잖아요." 간호사가 말한다.

"다음에 가죠 뭐." 닥터 U가 대답한다.

이 일이 있기 전, 새해 초였다. 나는 2피트쯤 쌓인 눈을 헤치고 적막한 거리를 걸어, 유리문 안쪽에 고요한 풍경이 달린 가게에 갔다. 인어 모양의 장식용 방울과 유목 쪼가리와 과하게 번쩍이는 조개껍데기를 낚싯줄에 일렬로 매달아놓은 풍경은 어떤 바람에도 꿈쩍하지 않았다.

동네는 완전히 활기를 잃었고, 당일치기 여행객들과 한푼이라도 아껴보려는 사람들을 상대하는 성수기 막바지 가게들 몇 곳은 아주 멀리 떨어져 있었다. 상점 주인들은 보스턴이나 뉴욕으로, 혹은 운좋은 사람들은 훨씬 더 남쪽으로 달아나버렸다. 이계절에 장삿집들은 약 올리듯 창가에 물건만 놔두고 셔터를 내렸다. 그 한 꺼풀 밑에서, 친숙하면서도 낯선 두번째 동네가 기지개를 켰다. 매년 그렇다. 술집들과 식당들은 동네 사람들, 즉바위처럼 단단히 수십 번의 겨울을 이곳에서 버틴 케이프코드 사람들을 대상으로 비밀 할인시간대를 운영했다. 그런 저녁에는 식당에서 밥을 먹다 고개를 들면 문간으로 쿵쿵 들어오는 둥그런 뭉치를 볼 수 있다. 그것이 껍질을 벗어던진 후에야 그 속에 누가 들었는지 알 수 있다. 여름에 잘 알고 지냈던 사람들조차도 이런 엉성한 일광 아래서는 거의 낯선 이들이다. 그들은 함께 있을 때조차도 외롭다.

그 거리에 있느니, 다른 행성에 있는 편이 더 나았다. 해변에서 비키니 차림으로 빈둥거리는 여자애들이나 미술품 거래상들은 동네의 이런 모습을, 컴컴하고 끈끈한 찬 공기가 골목과 거리 틈새를 휘젓고 다니는 모습을 볼 일이 없겠지, 나는 생각했다. 소음과 적막은 서로 충돌하기만 할 뿐 절대 섞여드는 법이 없었다. 따스한 여름밤의 신나는 혼돈은 이제 세상 저 끝에 가 있었다. 이 계절에는 문간을 넘나들며 돌아다니지 않을 수 없었고, 가만히 집에 처박혀 있으면 삶이 정적을 찔러대는 소리가 들려왔다. 동네 술집에서 웅성대는 말소리, 건물에 생기를 불어넣는 바람소리, 이따금 골목길에서 마주치는 동물들이 숨죽이는 소리까지. 즐거움이든 공포든, 전부 하나같이 소음이었다.

밤이면 여우들이 골목을 누비고 다녔다. 녀석들 중 날래고 매끈한 흰색 암여우가 하나 있었고, 그 여우는 다른 여우들의 유령 같았다.

그것을 겪은 건 식구들 중 내가 처음이 아니었다. 나의 세 언니들은 수년에 걸쳐 그 처치를 받았지만, 고향에 들러 얼굴을 내밀기 전까진 입도 벙긋하지 않았다. 내가 그러했듯 세포조직이 점점 커지던 언니들을 십수 년간 지켜보다, 갑자기 날씬해진 그들을 보니 콧잔등을 세게 얻어맞은 것 같았고 생각보다 더 괴로웠다. 우리 큰언니는, 글쎄다, 나는 언니가 시한부 환자인 줄 알았다. 그리고 자매니까, 나는 우리 모두가 유전이라는 올가미에 걸린 시한부라고 생각했다. 나의 우려에 맞닥뜨렸을 때―나는 "어떤 병이 우리 집안을 작살내는 거야?"라고 물었고, 내 목소리는 비틀비틀 한 옥타브 올라갔다― 큰언니가 자백했다. 수술.

그제야, 언니들 모두가, 믿는 자들의 한목소리로 말했다. 수술. 수술. 너 어렸을 때 팔이 부러져 핀 박은 적 있잖아, 그거처럼 쉬워―어쩌면 더 쉬울지도. 위밴드, 위소매절제, 위우회수술. 우회수술? 그러나 언니들 얘기는―녹아 없어져, 그냥 사라진다니까―봄날 아침의 태양이 그늘 속 냉기와 행복의 차이를 알려주듯 따사로웠다.

외식하러 나가서 언니들은 음식을 많이 시키고 이렇게 말했다. "설마 다 먹을 리가." 언니들은 항상 그렇게 말했고, 항상, 설마라며 점잖은 강조를 앞세웠었지만, 이번에는 진짜였다―그 겸연쩍은 거짓말이 수술적 처치에 의해 진실로 치환됐다. 언니들은 포크를 기울여 음식을 믿을 수 없을 만큼 잘게 잘랐다. 인형 입에나 맞을 만한 크기의 수박 조각, 완두콩 새싹의 여리여리한 줄기 하나, 치킨 샐러드 샌드위치 일 인분으로 오병이어의 기적을 일으켜 군중을 먹이기라도 해야 하는 듯한 샌드위치 모서리, 언니들은 엄청난 타락이라도 되는 듯 그것들을 삼켰다.

"배불러." 언니들은 입을 모아 말했다. 내가 말을 걸 때마다 언니들 입에서 항상 나오던 말이 그거였고, 아니 사실, 예전에는 그래도 먹었지만 지금은 "나 진짜, 진짜 배불러"라고만 했다. 그 말뿐이었다.

어디서 이런 형질─수술이 필요한 몸뚱이─이 유래했는지는 아무도 모른다. 엄마에게서 물려받은 건 아니었다. 엄마는 늘 평범했다. 식욕이 왕성하지도 않고 곡선형 몸매도 아니고 루벤스풍으로 풍만하지도 않고 미 중서부풍도 아니고 육감적으로 큰 가슴도 아니고 그냥 평범했다. 엄마는 포만감을 느끼는 데 딱 여덟 입이면 충분하다고 늘 말했다. 엄마가 소리 내어 수를 센 적은 없지만, 퀴즈 프로그램 시청자들이 시끌벅적하고 의기양양하게 숫자를 거꾸로 세는 것처럼 내 귀에는 똑똑히 여덟 입이 들렸고, 일까지 센 다음엔 접시에 음식이 남아 있어도 엄마는 포크를 내려놨다. 더이상 손대는 법이 없었다, 우리 엄마. 음식을 계속 깨작거리지도 않았고, 먹는 척하지도 않았다. 강철 같은 의지, 호리호리한 허리. 여덟 입으로 파티 주최자에게 찬사를 보냈다. 여덟 입으로 단열재가 집의 벽을 에워싸듯 위장에 막을 형성했다. 엄마가 여태 살아 계셔서 당신의 딸들이 어떤 여자가 됐는지 보셨다면 좋았을 텐데.

셋째 언니가 내가 본 중 가장 사뿐한 걸음걸이로 우쭐대며 우리집을 나간 지 얼마 안 되던 어느 날, 나는 여덟 입을 먹은 다음 거기서 멈췄다. 의도했던 것보다 더 사납게 포크를 접시 옆에 내려놨고, 그 바람에 도자기 접시의 이가 나갔다. 나는 깨진 조각을 손가락으로 꾹 눌러 집어서 쓰레기통으로 갖고 가서 버렸다. 뒤로 돌아 내 접시를 다시 보니, 좀전에 꽉 차 있던 접시는 여전히 꽉 차 있었다. 파스타와 야채로 이루어진 그 소란스러운 덩어리는 훼손된 흔적조차 거의 보이지 않았다.

나는 다시 자리에 앉아 포크를 들고 여덟 입을 더 먹었다. 많은 양은 아니었고, 여전히 줄어든 흔적도 별로 없었지만, 이제 필요량의 두 배를 먹었다. 하지만 샐러드 이파리에서는 비니거와 오일이 뚝뚝 떨어졌고, 레몬과 갈아넣은 후추와 온갖 것들이 들어간 면은 그저 몹시 아름다웠고, 나는 여전히 배가 고팠고, 그래서 여덟 입을 더 먹었다. 그후에 레인지 위의 냄비에 든 것까지 다 먹어치우고 나는 너무 화가 나서 울기 시작했다.

살이 찐 과정은 기억나지 않는다. 나는 뚱뚱한 아동도 뚱뚱한 십대도 아니었고, 어릴 때 내 사진들은 부끄럽지 않으며, 혹여 그렇다 하더라도 평범하게 부끄럽다. 나 진짜 어렸다, 봐봐! 이 웃기는 패션 좀 봐! 새들 슈즈라니, 누가 이딴 걸 생각해낸 거야? 쫄쫄이 고리바지라니, 농담해? 다람쥐 핀? 저 안경 좀 봐, 저 얼굴도. 카메라를 보며 우스꽝스러운 표정을 짓고 있어. 저 표정 봐봐, 향수병에 걸려 사진을 들고 있는 미래의 자신을 우스꽝스럽게 꼬나보고 있잖아. 내가 스스로를 뚱뚱하다고 생각했을 때조차, 당시의 나는 뚱뚱하지 않았다. 그 사진들 속의 십대는 탐이 날 정도로 무척 아름다웠다.

그러다 애가 생겼다. 나는 칼을 가졌고―까다롭고 눈매가 날카로운 칼, 나도 그애를 이해하지 못했지만 걔는 한술 더 떠서 나의 반만큼도 나를 이해해주지 않았다―갑자기 모든 게 망가졌다. 칼은 호텔방을 쓰레기장으로 만들어놓고 떠난 헤비메탈 로커 같았다. 내 배는 창문 밖으로 던져버린 TV였다. 아이는 이제 성인 여성이고, 모든 면에서 저멀리 떠나버렸지만, 그 증거는 여전히 내 몸에 붙어 있다. 영영 제 모습을 찾지 못할 것이다.

빈 냄비를 앞에 두고 나는 신물이 났다. 교회에서 사근사근 속삭이며 서로의 팔을 만지고 내게 피부가 참 좋다고 말하는 비쩍 마른 여자들에 신물이 났고, 집안을 돌아다닐 때조차 영화관에서 좌석에 앉은 사람들 앞을 지날 때처럼 엉덩이를 옆으로 돌려야 하는 것에 신물이 났다. 밋밋하고 가차없는 드레스룸 조명에 신물이 났다. 거울을 들여다보며 내가 싫어하는 옷가지를 거머쥐고 소매에 팔을 간신히 집어넣은 다음 옷을 아래로 당겨 입으면 어디 한 군데 안 아픈 데가 없어서 신물이 났다. 언니들은 나만 남겨둔 채 어디론가 떠나버렸고, 나는 늘 그랬던 것처럼 그저 따라가고만 싶었다.

여덟 입이 내 몸에 맞지 않았으므로, 내 몸을 여덟 입에 맞도록 만들 것이다.

케이프 남쪽으로 차를 삼십 분 정도 몰고 가면 나오는 병원에서 닥터 U는 일주일에 두 번 내담자를 받았다. 나는 일부러 천천히 길을 둘러 갔다. 며칠 동안 간헐적으로 눈이 내렸고, 바람에 날려 나른히 쌓인 눈이 나무마다 울타리 기둥마다 널브러진 빨래처럼 걸려 있었다. 닥터 U의 병원 앞을 지나간 적이 있어서— 보통 언니들이 떠난 다음날이었다—길은 잘 알고 있었다. 그래서 이번에는 차를 몰면서 몽상에 빠졌다. 동네 부티크에서 옷을 사고, 마네킹에서 벗겨낸 선드레스에 돈을 왕창 쓰고, 나보다 운이 나쁜 마네킹 옆에서 오후 햇살을 받으며 드레스를 내 몸에 대보는 상상을 했다.

그다음에 나는 병원의 회색 카펫 위에 서 있고, 접수 담당자가 문을 연다. 의사는 내 예상과 달랐다. 직업 선택에서 드러난 신념의 강도로 봤을 때 나는 의사가 날씬한 여자일 거라고 짐작했던 것 같다. 혹은 지나치게 자기 통제가 강한 사람이거나, 스스로가 그린 모습에 걸맞게 내면 또한 재배열된 동정심 많은 사람이거나. 그러나 의사는 귀엽게 포동포동했다—이렇게 판다처럼 둥글둥글하고 위협적이지 않으면서 사랑스러운 단계를 나는 왜 그냥 건너뛰었을까? 의사는 이를 드러내며 쌩긋 웃었다. 이 여자는 뭘 하고 있는 거지, 정작 본인은 한 번도 해본 적 없는 여행에 나를 보낸다고?

의사가 앉으라고 손짓해서 나는 자리에 앉았다.

그녀의 진찰실에는 포메라니안 두 마리가 뛰어다녔다. 두 마리가 따로 있을 때는—한 마리는 닥터 U의 발치에 엎드렸고, 다른 한 마리는 복도에서 품위 있게 똥을 쌌다—똑같이 생기긴 했어도 무해해 보였는데, 한 놈이 다른 놈 옆에 다가가니 으스스해졌다. 마치 하나를 반으로 쪼개놓은 것처럼 둘의 고개가 동시에 갸웃했다. 의사는 문밖에 쌓인 똥 무더기를 알아차리고 접수 담당자를 불렀다. 문이 닫혔다.

"무슨 일로 오셨는지 알고 있습니다." 내가 입을 열기도 전에 닥터 U가 말했다. "비만대사수술에 관해 알아는 보셨지요?"

"네, 원상회복이 불가능한 수술을 원합니다."

"저는 신념이 강한 여성분을 존경해요." 의사가 말한다. 그녀는 서랍에서 바인더를 꺼내기 시작한다. "먼저 거쳐야 할 절차가 몇 가지 있어요. 정신과 진찰을 받으시고, 다른 의사와 지원단체를 만나보셔야 합니다. 시간을 엄청 잡아먹는 행정상의 헛짓거리죠. 하지만 모든 게 당신에게 우호적으로 바뀔 거예요." 의사는 힐난조의 예쁜 미소를 짓고, 손가락 하나를 흔들어 보이며 약속했다. "고통스러울 거예요. 쉽지 않아요. 하지만 다 끝나고 나면 환자분은 세상에서 가장 행복한 여자가 될 겁니다."

언니들은 나의 수술 며칠 전에 속속 찾아왔다. 집안에 널려 있는 빈방에 자리를 잡고, 보조 테이블에 로션과 십자말풀이를 늘어놓았다. 위층에서 언니들이 새처럼 떠드는 소리가 밝고 또렷한 합창으로 들렸다.

나는 언니들에게 최후의 만찬을 먹으러 나갈 거라고 말했다.

"우리가 같이 가줄게." 큰언니가 말했다.

"함께 있어줄게." 작은언니가 말했다.

"응원해줄게." 셋째 언니가 말했다.

"됐어." 내가 말했다. "혼자 갈 거야. 혼자만의 시간이 필요해."

나는 제일 좋아하는 식당 '솔트'까지 걸어갔다. 그곳의 가게명이나 분위기가 항상 솔트였던 건 아니다. 한동안은 '린다'였고, 그다음엔 '패밀리 다이너', 그다음엔 '더 테이블'이었다. 건물은 한결같았지만, 가게는 늘 새로웠고 늘 이전보다 나았다.

구석자리 테이블에 앉는데 사형수들과 그들의 마지막 식사가 떠올랐고, 그 주 들어 세번째로 나의 윤리 기준 혹은 윤리 기준 결핍이 걱정스러워졌다. 냅킨을 무릎 위에 펼쳐놓으며 그들과 내 상황이 같지 않음을 스스로에게 상기시켰다. 그 두 가지는 비교할 수 있는 대상이 아니야. 사형수들의 마지막 식사는 죽음 앞에 놓인 것이다. 내 경우엔 그냥 삶도 아니고 새로운 삶 앞에 놓인 것이다. 너 참 잔인하구나, 나는 필요 이상으로 메뉴판을 높게 치켜들어 얼굴을 가리며 생각했다.

나는 굴 한 접시를 주문했다. 대체로 먹기 좋게 미리 커팅해 줘서 물처럼, 바다처럼, 아무것도 아닌 것처럼 금방 후르륵 떨어 졌는데, 한 개가 말을 듣지 않았다. 껍데기에 딱 달라붙어 도무 지 떨어지지 않았다. 굴은 저항했다. 저항의 화신이었다. 굴들이 살아 있었음을 나는 깨달았다. 굴들은 근육 그 자체였다. 엄밀히 말해 두뇌도 내장도 없지만, 그럼에도 불구하고 살아 있었다. 세 상에 정의라는 게 있다면, 이 굴은 내 혀를 꽉 붙잡고 죽을 때까 지 내 목구멍을 틀어막을 것이다.

나는 숨이 막힐 뻔했지만 결국 삼켰다.

셋째 언니가 테이블 맞은편에 앉았다. 언니의 검은 머리를 보 면 엄마가 생각난다. 너무 윤기가 촬촬 흐르고 색상이 균일해서 진짜 머리카락 같지가 않다, 물론 진짜긴 하지만. 언니는 바야흐 로 나쁜 소식을 전하려는 사람처럼 다정하게 미소 지었다.

"뭐하러 왔어?" 나는 셋째 언니에게 물었다.

"표정이 안 좋네." 언니는 빨간 손톱을 자랑하려는 듯 두 손을 들었고, 젤을 너무 두껍게 발라 꼭 유리 속에 갇힌 장미처럼 수 평적 깊이감이 있었다. 언니는 그 손톱으로 자기 광대뼈를 두드 리다 아주 살짝 얼굴을 긁었다. 나는 몸서리가 났다. 셋째 언니 는 내 물잔을 들더니 물이 얼음 사이로 빠져나가 얼음이 그저 틀 어지기 쉬운 격자로만 남을 때까지 쭉 들이켰고, 이어서 잔을 더 높이 들어 전체 구조물을 얼굴을 향해 미끄러뜨린 다음 입안에 안착한 조각들을 씹었다.

"얼마 안 되는 위 용량을 물 따위에 허비하지 마." 언니가 말했다. 아작-아작-아작. "자, 말해봐. 뭘 먹고 있었어?"

"굴." 나는 대답했다. 언니의 눈에도 내 앞에 위태롭게 쌓인 굴껍데기 더미가 다 보였지만.

셋째 언니가 고개를 끄덕였다. "좋은 거야?"

"좋은 거지."

"뭐가 좋은지 얘기해봐."

"굴은 온갖 건강한 것들의 총합이야. 바닷물과 살과 껍데기, 아무 생각 없는 단백질이지. 고통을 느끼지도 않고, 검증 가능한 생각도 없어. 칼로리도 아주 낮아. 사치가 되지 않는 사치랄까. 하나 먹어볼래?"

나는 언니가 여기 있는 게 싫었지만—가라고 하고 싶었다—언니의 눈이 열병이라도 앓는 것처럼 번들거렸다. 언니는 손톱으로 굴껍데기 하나를 귀엽다는 듯 쓸었다. 굴 무더기가 흐트러졌고, 부피가 더 커졌다.

"아니." 언니가 말했다. 그러고 나서 물었다. "칼한테 얘기했어? 수술한다고?"

나는 입술을 깨물었다. "아니. 언니는 수술받기 전에 언니 딸한테 얘기했어?"

"했지. 잘됐다면서 엄청 좋아하던걸. 나한테 꽃도 보내더라."

"칼은 좋아하지 않을 거야. 칼이 딸 노릇 제대로 안 한 게 한두 번도 아니고, 이번에도 그러겠지."

"칼한테도 수술이 필요할 것 같아서? 그게 이유야?"

"몰라. 칼이 필요로 하는 건 도무지 알 수가 없으니."

"걔가 널 나쁘게 생각할 것 같아서 그래?"

"걔가 무슨 생각을 하는지도 도무지 알 수가 없어." 내가 말했다.

셋째 언니는 고개를 끄덕였다.

"걔는 나한테 꽃 같은 거 안 보낼 거야." 굳이 덧붙일 필요는 없었겠지만, 나는 결론지었다.

나는 뜨거운 송로버섯 튀김을 주문했고, 그걸 먹다 입천장을 데었다. 그렇게 입천장이 홀랑 까진 뒤에야 내가 얼마나 이 모든 것을 그리워할지에 생각이 미쳤다. 나는 울음이 터졌고, 언니가 제 손을 내 손 위에 포갰다. 나는 굴들에 질투가 났다. 굴은 제 자신에 대해 생각할 필요가 하나도 없다.

집에 와서 나는 칼에게 얘기하려고 전화를 걸었다. 얼마나 입을 앙다물고 있었는지 칼이 전화를 받자 턱에서 딱 소리가 났다. 수화기 반대편에서 또다른 여자의 목소리가 들렸는데, 손가락으로 그 여자의 입을 막았는지 말소리가 뚝 끊겼다. 곧이어 개가 낑낑거렸다.

"수술?" 칼이 재차 물었다.

"응."

"지저스 크라이스트."

"예수님 이름으로 욕하지 마." 나는 믿음이 독실한 사람은 아니지만, 그래도 그렇게 말했다.

"뭐라고? 그건 씨발 욕설도 아니잖아." 칼이 소리질렀다. "방금 게 씨발 욕이지. 이것도. 지저스 크라이스트는 욕이 아냐. 고유명사지. 그리고 만약 욕을 해야 할 때가 있다면 그건, 엄마라는 사람이 아무 이유 없이 제일 중요한 내장 중 하나를 반으로 싹둑 잘라버린다는 말을 할⋯⋯"

아이는 줄기차게 말을 쏟아내고, 점점 고함치듯 목청을 높였다. 나는 아이의 말이 벌이라도 되는 듯 휘이휘이 손을 저어 쫓아냈다.

"⋯⋯앞으로 영영 정상적인 인간처럼 먹을 수 없다는 생각을 하긴 한⋯⋯"

"너 대체 왜 이러는데?" 나는 결국 칼에게 물었다.

"엄마, 난 그냥 엄마가 왜 스스로에게 만족하지 못하는지 이해를 못하겠다고. 엄마는 항상⋯⋯"

칼의 말이 계속됐다. 나는 수화기를 물끄러미 바라봤다. 나랑 애가 언제부터 틀어졌더라? 그 과정, 귀여움에서 섬뜩한 분노로 곤두박질친 내력이 기억나지 않았다. 아이는 늘 미친듯이 화가 나 있었고, 덮어놓고 나를 비난했다. 몇 번이고 엄마를 찍어 눌러 도덕적 우위를 점했다. 내가 몇 개나 되는 죄를 저질렀는지는 이루 다 셀 수도 없다. 왜 딸한테 페미니즘을 가르치지 않았어? 왜 뭐든 도무지 알 수 없다고만 해? 그리고 이번 것, 이번엔 진짜 밥맛이야. 아니지, 맛에 대한 말장난은 용서가 안 되지. 다른 모든 것과 마찬가지로 언어는 음식의 영향을 받고, 아니 최소한, 다른 모든 것과 마찬가지로 영향을 받아야 해. 칼은 화가 머리끝까지 솟아 있었고, 내가 칼의 마음을 읽지 못해 다행이었다. 나는 아이가 하는 생각이 내 심장을 부술 것임을 알고 있었다.

말소리가 뚝 그쳤다. 칼이 전화를 끊은 것이다. 나는 수화기를 내려놓았고, 언니들이 문간에서 나를 주시하고 있음을 깨달았다. 둘은 동정하는 표정이었고, 하나는 우쭐대는 표정이었다.

나는 돌아섰다. 칼은 왜 이해를 못하는 걸까? 걔 몸은 완벽하진 않지만 그래도 젊고 건강하고 유연했다. 걔는 나 같은 실수를 피할 수 있다. 새 출발을 개시할 수 있다. 나는 자기 통제력이 없었지만, 내일이면 통제권을 양도하고 모든 게 정상으로 돌아올 것이다.

전화벨이 울렸다. 칼이 다시 전화한 걸까? 아니 조카였다. 조카는 다시 학교로 돌아가서…… 어, 뭐가 될 거라고 했더라, 그 부분은 못 들었다, 하여간 등록금을 벌려고 식도 세트를 판매하는 중이었고, 내게 물건에 관한 설명만 해도 돈을 받는다고 했으므로 나는 조카가 하나하나 차근차근 설명해주는 대로 다 들었고, 그리하여 칼날 옆면 중앙에 특별히 구멍을 낸 치즈 나이프를 샀다. "그럼 치즈가 칼날에 붙지 않거든요, 아시겠죠?" 조카가 말했다.

수술실에서 나는 세상을 향해 열린 상태였다. 그런 식으로 열린 건 아직 아니고, 모두 뱃속에 여전히 잘 담겨 있었지만, 내 몸뚱이를 다 가리지 못하는 옅은 색 무늬 가운 하나만 달랑 입은 채 벌거벗은 상태였다.

"잠시만요." 나는 한쪽 옆구리를 살짝 힘주어 쥐었다. 영문을 알 수 없게 떨렸다. 정맥주사가 있으니 저걸 맞으면 진정될 것이다. 금세 아주 멀리 가버리겠지.

마스크를 쓴 닥터 U가 나를 빤히 노려봤다. 진찰실에서 본 귀여움은 온데간데없이 사라졌다. 눈빛이 완전히 바뀌었다. 얼음처럼 차갑게.

"꼴찌 오리 핑에 대한 동화책 읽어봤어요?" 나는 의사에게 물었다.

"아뇨." 의사가 말했다.

"오리 핑은 맨날 집에 꼴찌로 돌아와서 야단맞았어요. 등짝을 회초리로 언어맞았죠. 그게 너무 싫어서 도망쳤어요. 도망친 후에, 목에 쇠고리를 두른 채 물고기를 잡는 까만 새들을 만났어요.

그 새들은 주인을 위해 물고기를 잡았지만, 목에 두른 고리 때문에 물고기를 통째로 삼킬 수는 없었죠. 새들이 물고기를 주인에게 갖고 가면, 삼킬 수 있는 작은 조각들을 상으로 받았어요. 까만 새들은 주인 말을 아주 잘 들었는데, 그럴 수밖에 없잖아요. 고리가 없는 펑은 맨날 늦었고, 그러다 길을 잃었죠. 그 얘기가 어떻게 끝나는지 기억이 안 나네. 읽어보셔야 할 책 같은데."

닥터 U가 마스크를 고쳐 쓰고 말했다. "환자분 혀를 자르면 안 되겠죠."

"이제 준비됐어요." 나는 그녀에게 말했다.

마스크가 내 얼굴을 덮었고, 나는 달에 있었다.

그후로 나는 자고 또 잔다. 이렇게 꼼짝 않고 지낸 것도 오랜만이다. 계단 때문에, 계단을 오르내리는 건 불가능하므로, 나는 소파에서 지낸다. 맑간 아침햇살 속에 먼지와 티끌이 플랑크톤처럼 떠다닌다. 이렇게 이른 시간에 거실을 본 건 처음이다. 새로운 세상이군.

나는 큰언니가 갖다준 맑은 수프를 떨리는 입으로 몇 모금 마신다. 유리창을 등진 채 검은 실루엣으로 보이는 큰언니는 바람에 잎이 다 떨어진 나뭇가지 같다. 작은언니는 내 상태를 확인하고 걸핏하면 이 추위에 창문을 살짝 열어놓는다─환기 좀 해야지, 하고 언니는 조용히 말한다. 집에 망자가 있는 것처럼 퀴퀴한 냄새가 난다고 말로 하진 않지만, 아이가 토했을 때 엄마들이 그러듯 참을성 있게 문을 열었다 닫았다 열었다 닫았다 하는 작은언니를 보면 눈에 그렇게 쓰여 있다. 체리처럼 단단하게 높이 솟은 작은언니의 광대뼈가 보이고, 나는 최선을 다해 언니에게 웃어 보인다.

셋째 언니는 밤에 나를 지키고, 소파 바로 옆 의자에 앉아 책을 읽다가 눈을 들어 나를 힐긋 보는데 걱정 때문에 눈썹이 바짝 긴장했다가 늘어진다. 언니는 부엌에서 자기 딸—조카는 분명 제 엄마를 비판 없이 사랑한다—과 얘기하는데, 너무 낮게 말해서 거의 들리지 않다가, 둘이 무슨 농담을 주고받았는지 무심결에 소리 높여 깔깔 웃는다. 나는 조카가 칼을 하나라도 더 팔았는지 궁금하다.

나는 변신했으나 정확히 말해선 아직이다. 시작은 되었는데—이 통증, 이 견딜 수 없는 통증이 그 과정의 일부다—언제까지 계속되다 끝날지는, 음, 나도 모르겠다. 과연 끝나기는 할까, 변신이 완료됐다고 말할 날이 올까, 아니면 언제까지고 변신이 계속되면서 죽을 때까지 조금씩 더 나아질까?

칼은 전화하지 않는다. 전화가 오면, 내가 제일 좋아하는 딸아이에 대한 기억을 일러줘야지. 칼이 새벽에 욕실에서 제모제를 사용하다가, 햇살에 녹는 눈처럼 털이 녹아 사라지도록 그 조그만 구릿빛 팔과 다리와 윗입술에 제모크림을 바르다가 나한테

258

걸렸을 때 말이다. 칼이 전화하면 그 얘기를 해줘야겠다.

처음엔 변화를 거의 감지할 수 없다. 혼자만의 착각인가 싶게 미미하다. 그러던 어느 날 바지의 단추를 채웠는데 바지가 그대로 털썩 내려간다. 나는 그 안에 넣었던 것을 보고 깜짝 놀란다. 칼이 생기기 이전의 몸. 원래 나의 몸. 눈[雪]이라는 거짓이 철수하면서 진실된 풍경이 드러나는 것처럼, 몸이 다시 나타나고 있다. 언니들은 마침내 자기 집으로 돌아간다. 그들은 내게 키스하고 예쁘다고 얘기해준다.

나는 마침내 바닷가를 거닐 수 있을 정도로 회복한다. 날이 너무 추워서 얼음이 두껍게 얼었고 파도는 소프트아이스크림처럼 부드럽게 인다. 나는 사진을 찍어 칼에게 보내지만, 답장이 오지 않으리라는 걸 안다.

집에 돌아와 아주 적은 양의 닭가슴살을 구워 깍둑 썬다. 몇 입인지 센 다음 여덟에 도달하자 나머지는 쓰레기통에 버린다. 한참을 쓰레기통 옆에 서서, 소금과 후추로 간한 닭고기 냄새와 커피 찌꺼기, 더 오래되어 거의 산패한 뭔가가 뒤섞인 냄새를 들숨과 함께 맡는다. 나는 음식을 건지지 못하도록 쓰레기통에 유리 세정제를 뿌린다. 조금 기운은 빠지지만 기분은 좋다. 심지어 정당성을 획득한 느낌마저 든다. 전이었다면 아쉬움과 결핍감에 끙끙대며 벽을 긁어댔겠지. 지금 나는 아주 조금 헛헛할 뿐, 전적으로 만족한다.

그날 밤 나는 뭔가 작은 것이 침대 옆에 서 있는 바람에 잠에서 깬다. 정신이 완전히 들기 전에는 딸아이가 악몽을 꾸다 깼거나 아침인데 내가 늦잠을 잤나 했는데, 이불을 들춰 따스함과 찬 공기를 맞바꾸는 순간 사방이 너무 캄캄하고, 딸아이는 이십대 후반이며, 룸메이트와 포틀랜드에 사는데 진짜 룸메이트는 아니고, 딸은 내게 말을 안 해줄 것이고, 나는 그 이유를 모른다는 게 기억난다.

그러나 뭔가가 있다. 어둠을 지워버린 또다른 어둠이, 사람 형상의 윤곽이 보인다. 그것이 침대에 앉자 무게가 느껴지고, 매트리스 스프링이 삐거덕거리며 핑 소리가 난다. 저게 날 보고 있나? 다른 곳을 보고 있나? 보긴 보나?

다음 순간 아무것도 없고, 나는 홀로 앉아 있다.

새로운 다이어트—나의 영원한 다이어트, 내가 끝나야만 이 다이어트도 끝날 것이다—에 익숙해져가는데 뭔가가 집안을 돌아다닌다. 처음엔 쥐인가 했는데, 더 크고 더 독립적이다. 벽 속의 쥐들은 허둥지둥 달리다 예기치 못한 구멍에서 떨어지고, 가족사진 뒤로 곤두박질치며 겁에 질려 허우적거리는 소리를 낸다. 하지만 이것은 목적을 가지고 집안의 은밀한 구석을 점유하고, 벽지에 귀를 대면 그것이 숨쉬는 소리가 똑똑히 들린다.

일주일 후, 나는 그것에게 말을 걸어본다.

"네가 뭐든 간에, 일단 나와봐. 얼굴 좀 보자."

아무 일도 일어나지 않는다. 내가 지금 겁먹은 건지 호기심이 이는 건지 둘 다인지 모르겠다.

나는 언니들에게 전화한다. "내 상상일지도 모르지만," 나는 구구절절 말한다. "언니도 그후에 뭔가를 들었어? 집안에서? 어떤 존재를?"

"응." 큰언니가 말한다. "내 기쁨이 온 집안을 춤추며 돌아다녔지, 어린애처럼 말이야, 난 그애와 함께 춤을 췄어. 그러다 화병을 두 개나 깰 뻔했지 뭐야!"

"응." 작은언니가 말한다. "나의 내면의 아름다움이 해방되어 고양이처럼 여기저기서 햇볕을 쬐며 누워 있었지, 의기양양하게."

"응." 셋째 언니가 말한다. "나의 예전 부끄러움이 그늘에서 그늘로 살금살금 옮겨다녔어, 숨는 게 습관이 돼서. 조금만 지나면 나가버릴걸. 넌 눈치채지도 못할 거고, 어느 날 문득 보면 사라졌을 거야."

셋째 언니와 통화를 끝낸 후, 나는 손으로 자몽을 해체하려 하지만, 불가능한 작업이다. 껍질이 과육에 단단히 붙어 있고, 그 사이에 두꺼운 속껍질이 있어 과육과 분리하는 것이 불가능하다. 결국 나는 칼을 꺼내 꼭대기의 껍질을 둥글게 잘라내고 과일을 네모나게 자른 후 손가락으로 과육을 떼어낸다. 인간의 심장을 해체하는 기분이다. 과일은 달고 미끈미끈하다. 나는 여덟 조 각을 삼키고, 아홉번째 조각은 입술에 댔다가 다시 떼어 오래된 영수증을 구기듯 손안에서 으깬다. 남은 과일 반쪽은 밀폐용기 에 담는다. 냉장고 문을 닫는다. 지금도 그것의 소리가 들린다. 내 뒤에서. 내 위에서. 너무 커서 감지하려야 할 수가 없다. 너무 작아서 보려야 볼 수가 없다.

이십대 때 나는 벌레가 많은 곳에서 살았고, 보이지 않는 것들 이 어둠 속에서 조직적으로 움직이고 있음을, 지금과 똑같은 느 낌을 감지했었다. 새벽에 부엌 불을 켰을 때 아무것도 보이는 게 없어도 나는 가만히 기다렸다. 그러면 눈이 적응하고, 보게 된 다. 바퀴벌레가, 새하얀 벽의 틈새를 넘어 이차원적으로 허둥지 둥 달아나는 게 아니라, 찬장 가장자리에 붙어 더듬이로 끊임없 이 공기를 탐지하고 있는 모습을. 놈은 삼차원적으로 욕망하고 두려워했다. 그곳에서 놈은 약점을 덜 노출했고, 그럼에도 더 취 약했음을, 놈의 내장을 합판에서 닦아내면서 깨달았다.

똑같은 식으로, 지금은, 이 집에 뭔가 다른 걸로 가득하다. 그 것은 움직인다, 좀처럼 가만히 있지 않는다. 말은 하지 않지만 숨은 쉰다. 나는 그것에 대해 알고 싶다. 왜인지는 모른다.

"조사를 해봤어." 칼이 말한다. 신호가 잘 안 터지는 곳에 있 는지 잡음이 자글자글하고, 따라서 칼은 집에서 전화하는 게 아니다. 나는 배경에 늘 있던 딴 여자, 이름을 알 기회가 없었던 그 여자의 목소리를 찾아 귀를 기울인다.

"아, 너니?" 내가 말한다. 이번에는 평정심을 잃지 않는다.

딸아이의 말소리가 딱딱거리다가, 이내 부드러워진다. 치료사가 칼에게 다정히 속삭이는 소리가 실제로 들린다. 아마도 딸아이와 치료사가 함께 만든 목록을 수행하는 중일 것이다. 발작적 분노가 솟는다.

"내가 걱정한 이유는," 칼이 말을 잠시 끊는다.

"이유는?"

"이런저런 합병증이 생길 수도 있으니까……"

"다 끝났어, 칼. 몇 달 전에 이미 끝난 일이야. 지금 이러는 게 무슨 소용이니."

"엄마는 내 몸이 싫어?" 칼이 말한다. 딸아이의 목소리는 금방이라도 울음을 터뜨릴 듯 고통스럽게 갈라진다. "엄마는 확실히 엄마 몸을 싫어했잖아, 근데 내 몸은 엄마의 예전 몸이랑 똑같이 생겼고, 그러니까……"

"그만하자."

"엄마는 행복해질 거라고 생각하지만, 그런다고 행복해지진 않아."

"난 너를 사랑해." 내가 말한다.

"내 모든 면을 다 사랑해?"

이젠 내가 전화를 끊을 차례이고, 잠시 망설이다 수화기를 내려놓는다. 칼은 아마 곧바로 다시 전화하겠지만, 연결되지 않을 것이다. 나중에 내가 준비가 되면, 그때 받아야지.

나는 잠에서 깬다. 꽃병이 깨지는 상황을 거꾸로 돌린 듯한 소리가 나서다. 도자기 파편 수천 개가 딱딱한 마룻바닥에서 재조립되기 위해 모여들며 수군거린다. 침실에서는 그 소리가 복도에서 나는 것 같다. 복도에서는 그 소리가 계단에서 나는 것 같다. 아래로, 아래로, 현관, 식당, 거실, 더 깊이 아래로, 그리고 나는 지하실로 내려가는 계단 위에 서 있다.

밑에서, 암흑에서, 무언가가 발을 끌며 이리저리 움직인다. 나는 알전구에 달린 쇠줄을 손가락으로 감아쥐고, 잡아당긴다.

그것은 저 아래에 있다. 조명 속에서 그것은 시멘트 바닥에 주저앉아 나를 외면하며 몸을 둥글게 말고 웅크린다.

그것은 내 딸아이처럼 보인다. 아직 어릴 때의 딸. 그게 맨 처음 든 생각이었다. 몸뚱이 모양이다. 사춘기 이전의, 뼈가 없는 모습이다. 100파운드 정도 돼 보이고, 물을 뚝뚝 흘리고 있다.

그렇다. 뚝뚝 흘린다.

지하실로 내려가 좀더 가까이 가니 그것에서 토스트처럼 따끈한 냄새가 난다. 핼러윈 때 어느 집에서 옷 속에 짚을 채워 포치에 세워둔 허수아비 같다—한밤중 탈출 계획의 일환으로 베개

몇 개를 동원해 대충 불룩하게 만들어놓은 사람 형상. 다가가기 겁난다. 나는 그것의 주위를 돌며, 온수기에 비친 나의 낯선 얼굴을 넋을 잃고 바라본다. 그 순간에도 그것이 내는 소리가 들린다. 헐떡임, 숨죽인 흐느낌.

나는 그 옆에 무릎을 꿇고 앉는다. 필요한 게 아무것도 달리지 않은 몸뚱이다. 위장도 뼈도 입도 없다. 부드러운 곡선으로 들쑥날쑥할 뿐이다. 나는 쭈그리고 앉아 그것의 어깨를, 아니 어깨라고 생각되는 부분을 가볍게 토닥인다.

그것이 고개를 돌려 나를 본다. 눈은 없지만, 그래도, 그것은 나를 쳐다본다. 그녀가 나를 쳐다본다. 그녀는 끔찍하지만 정직하다. 그녀는 기괴하지만 실재한다.

나는 고개를 흔든다. "내가 왜 너를 만나고 싶어했는지 모르겠다. 이럴 줄 알았어야 했는데."

그녀는 더 작게 웅크린다. 나는 허리를 숙이고 귀가 있을 법한 곳에 대고 속삭인다.

"아무도 널 원하지 않아." 그녀의 몸뚱이에 떨림이 잔물결처럼 번진다.

그녀에게 발길질을 하고 있을 때까지 난 내가 그녀에게 발길질을 하고 있다는 걸 모른다. 그녀에겐 아무것도 달려 있지 않고, 내 발이 그녀에게 닿기 전에 그녀가 굳어지는 것 같다는 점을 제외하면 아무런 느낌이 없어서, 내 발길질은 매번 먼젓번보다 만족스럽다. 나는 손을 뻗어 빗자루를 집어들고 근육에 힘을 실어 뒤로 젖혔다 앞으로 휘두르고, 젖혔다 휘두르고, 손잡이가 부러져나가자 무릎을 꿇고 앉아 부드러운 그녀의 몸을 한 움큼씩 뜯어내 벽에 집어던진다. 나는 내가 비명을 지르고 있는 줄도 모른다, 마침내 그칠 때까지.

내심 그녀가 맞서 싸우길 바라지만, 그녀는 가만있는다. 그 대신 공기가 빠져나가는 듯한 소리를 낸다. 쉬익, 완전히 기가 꺾인 쌕쌕거림.

나는 일어나서 나간다. 지하실 문을 쾅 닫는다. 더이상 그녀의 소리가 들리지 않을 때까지, 그녀를 그곳에 내버려둔다.

겨울의 기나긴 진통에 마침표를 찍으며 봄이 왔다.

다들 기지개를 켜고 있다. 따스해진 첫날, 가벼운 카디건만으로 충분해지자 거리에 활기가 넘치기 시작한다. 몸들이 돌아다닌다. 빠르진 않지만 그럭저럭 싱싱하게. 미소가 돌아다닌다. 어둠 속에서 스쳐지나는 불룩한 윤곽선을 보던 계절이 지나고, 갑자기 이웃들을 알아볼 수 있게 된다.

"아주 좋아 보여요." 누가 말한다.

"살 빠졌어요?" 또 누가 말한다.

나는 생글생글 웃는다. 매니큐어를 칠하고, 새 손톱을 얼굴에 대고 살짝 두드리며 자랑한다. 나는 이제 '페퍼콘'이라고 불리는 솔트에 가서 굴 세 개를 먹는다.

나는 새로운 여자다. 새 여자는 딸의 가장 친한 친구가 된다. 새 여자는 이를 다 드러내고 활짝 웃는다. 새 여자는 단순히 옛 자아를 벗어버린 게 아니다. 힘껏 내던진 것이다.

다음으로 여름이 올 것이다. 여름이 오면 파도가 거대해진다. 도전처럼 느껴지는 파도다. 용감한 사람들은 밝고 뜨거운 양달 에서 걸어나와 거품이 너울대는 탁한 물속으로, 파도가 부서지 고 파도에 자신이 부서질 수도 있는 바다를 향해 나아간다. 용감 한 사람들은 실제로 제 몸보다 훨씬 더 큰 짐승과 다를 바 없는 그 물에 몸을 맡긴다.

이따금 꼼짝 않고 가만히 앉아 있으면 마룻바닥 밑에서 그녀 가 꾸르륵거리는 소리가 들린다. 그녀는 내가 슈퍼마켓에 있는 동안 내 침대에서 잔다. 내가 집에 와서 문을 요란하게 쾅 닫으 면 머리 위에서 가벼운 발소리가 난다. 나는 그녀가 얼쩡거린다 는 것을 알지만, 그녀는 절대 나와 마주치는 법이 없다. 그녀는 커피 테이블 위에 공물을 올려둔다. 옷핀, 샴페인 코르크 마개, 딸기 무늬 셀로판지로 돌돌 감싼 사탕. 그녀는 내 더러운 빨랫감 을 헤치고 비칠비칠 걸으며 열린 창문으로 가고, 그 와중에 양말 과 브래지어 따위를 여기저기 흘린다. 서랍과 공기를 마구 헤집 는다. 수프 깡통의 라벨이 모두 앞으로 오도록 돌려놓고, 부엌 타일에 튀어 별자리처럼 말라붙은 커피 자국을 닦는다. 이부자리에서 그녀의 향수 냄새가 난다. 그녀는 근처에 없을 때조차 근처에 있다.

이후 나는 그녀를 딱 한 번 더 보게 된다.

나는 일흔아홉이 되는 날 죽을 것이다. 옆집 사람이 다른 옆집 사람한테 자기네 장미에 대해 큰 소리로 떠들어대는데다, 그날은 칼이 제 딸을 데리고 일 년에 한 번 우리집에 오는 날인데다, 배도 좀 고프고 가슴에 엄청난 압박도 느껴져서, 나는 일찍 잠에서 깰 것이다. 가슴이 꽉 눌리며 죄어오는 와중에도 유리창 너머의 풍경을 인지할 것이다. 콘크리트 위로 넘어지는 자전거 탄 사람, 덤불을 지나 천천히 걸어가는 새하얀 여우, 멀리서 넘실거리는 바다. 언니들이 예언했던 대로군 하고 나는 생각할 것이다. 그래도 언니들이 보고 싶네 하고 생각할 것이다. 그게 다 그럴 만한 가치가 있었는지 이제야 알게 되는군 하고 생각할 것이다. 통증이 견딜수 없을 만큼 커지다가 더이상 아프지 않게 될 것이다. 통증에서 놓여나면, 오래간만에 기분이 좋아질 것이다.

쥐죽은듯 적막이 감돌다, 잠시 후, 벌의 가벼운 날갯짓이 방충망에 부딪히는 소리가 고요함을 깰 것이고, 이어서 마룻바닥이 삐거덕 소리를 낼 것이다.

두 팔이 나를 침대에서 안아들 것이다―그녀의 팔이다. 그녀의 품은 반죽처럼 이끼처럼 엄마 품처럼 포근할 것이다. 나는 그 냄새를 알아차릴 것이다. 참담함과 부끄러움이 밀려들 것이다.

나는 그녀의 눈이 있을 법한 곳을 올려다볼 것이다. 입을 열어 물어보려는 순간, 그 질문은 이미 그 자체로 답이 되었음을 깨달을 것이다. 내가 그녀를 사랑하지 않았을 때 나를 사랑함으로써, 나에게 버림받음으로써, 그녀는 불사의 존재가 되었다. 그녀는 나보다 수억 년을 더, 그보다 훨씬 더 오래 살 것이다. 그녀는 내 딸보다, 내 손녀보다 오래 살 것이며, 지구는 그녀와 그녀 같은 부류와 그들의 불가해한 형체와 미지의 운명으로 가득찰 것이다.

그녀는 내가 아주 오래전 칼에게 그랬던 것처럼 내 볼을 어루만질 것이고, 그 손길에는 추호의 비난도 들어 있지 않을 것이다. 그녀가 나를 나 자신에게서 슬그머니 꺼내어 소금기 도는 아침을 향해 열어놓은 문으로 가면, 나는 울음을 터뜨릴 것이다. 나는 한때 내 몸이었던 그녀의 품에 웅크려 기댈 것이다. 나는 형편없는 보호자였기에 그녀는 내 보살핌을 받지 못하고 쫓겨났다.

"미안." 그녀가 나를 데리고 현관문으로 향할 때 나는 그녀에게 속삭일 것이다.

"미안해." 나는 거듭 얘기할 것이다. "난 몰랐어."

입주 작가

데블스 스로트[*]의 입주 허가증을 받고 두 달이 지나서, 나는 아내에게 작별 키스를 했다. 그리고 도시를 출발해 북으로, 어릴 때 걸스카우트 캠프에서 가봤던 P — 산맥으로 차를 몰았다.

허가증은 옆자리 조수석에 수첩으로 눌러두었다. 종이가 거의 직물처럼 두꺼워 얇은 싸구려와 달리 바람에 펄럭이지 않았다. 이따금 바람에 경련을 일으키기는 했지만. 상단에는 몸을 뒤트는 물고기를 물속에서 막 낚아챈 매의 실루엣을 금박으로 양각한 문장紋章이 있었다. 그 아래 '친애하는 M — 선생님께'라고 쓰여 있었다.

"친애하는 M — 선생님께" 하고 나는 운전하면서 중얼거렸다.

---

* Devil's Throat. '악마의 목구멍'이라는 뜻.

풍경이 바뀌었다. 금세 교외 주택가와 쇼핑몰을 지났고, 이어서 나무가 펼쳐진 구간과 나지막한 언덕들을 지나, 텅스텐 조명에 물든 터널을 통과하니 구불구불하고 완만한 오르막길이 시작됐다. 이쪽 산맥은 집에서 무척 가까워 두 시간 십오 분밖에 걸리지 않지만, 최근엔 와볼 일이 거의 없었다.

도롯가의 나무들이 줄어들고, 'Y—시에 오신 것을 환영합니다! 와주셔서 감사합니다'라고 적힌 표지판을 지나쳤다. 이 주에 산재한 오래된 석탄과 철강 도시들 대다수가 그렇듯, 이 동네도 우중충하게 쇠락하는 중이었다. 주요 간선도로를 따라 줄지어 선 집들을 다 쓰러져가는 폐가라고 묘사하긴 하겠지만, 폐가라는 낱말이 암시하는 어떤 매력이 그 집들에는 결여되어 있었다. 외딴 교차로 위에 신호등이 있었고, 쓰레기통 뒤에서 튀어나온 고양이 한 마리 외엔 아무런 인기척이 없었다.

나는 주유소에 차를 세웠다. 여기 가격은 주 평균보다 최고 팔십 센트 높았다—출발하기 전에 검색해봤다. 나는 기름값을 내려고 작은 매점 안으로 들어가 물 한 병을 집어들었다.

"거 원 플러스 원이에요." 뚱한 표정의 청소년이 계산대 안에서 말했다. 천장에 매달린 소형 TV에서 내가 모르는 프로그램이 나오고 있었다.

"네?" 내가 말했다.

"한 병 더 공짜로 가져가실 수 있다고요." 남자애가 말했다.

턱에 운집한 농포가 안드로메다성운처럼 타원형 무리를 이루고 있었다. 황녹색 반구형으로 농익었다. 어떻게 저걸 째지 않고 참을 수 있는지 누가 알랴.

"한 병 더는 필요 없어요." 나는 계산대 위로 돈을 밀어놓으며 말했다.

남자애는 뜻밖이라는 표정이었지만 지폐를 집어들었다. "산에 가세요?"

"네." 나는 질문을 받았음에 안도하며 말했다. "데블스 스로트의 창작 공간에."

남자애의 손가락이 금전출납기의 버튼 위에서 머뭇거렸고, 통증이라도 느끼는 것처럼 손이 오그라들었다. 남자애는 턱을 문지르더니 무슨 생각을 하는지 알 수 없는 표정으로 나를 쳐다봤다. 여드름 하나가 터져서 피부 위에 혜성 꼬리 같은 고름 자국이 났다.

그 부근의 산에 가본 적이 있느냐고 물어보려는 찰나, 머리 위쪽 TV에서 높게 떨리는 트릴 선율이 흘러나왔다. 화면에는 한 젊은 여자가 잠옷 차림에 맨발로 숲속에 서 있었다. 여자는 천천히 두 팔을 들어 공기를 더듬듯 옆으로 벌리더니, 방금 유리창에 부딪혀 추락한 새처럼 무기력하게 파닥거렸다. 그러고는 도움을 청하려는 듯 입을 열었다가 소리 없이 다물고 이내 다시 여는데, 마치 비밀을 간직한 채 임종을 맞이하는 환자 같았다.

카메라가 앵글을 돌려 나무 뒤쪽을 비췄고, 거기서는 여자애들 한 무리가 한 걸음 두 걸음 비틀비틀 내딛는 그 가엾은 여자를 지켜보는 중이었다. 무리 중 한 명이 바로 옆 사람 귀에 대고 소곤거렸다. "모두가 이 일에 어울리는 건 아니겠지."

그때 녹음된 관객들 웃음소리가 터져나왔고, 남자애도 금전출납기에 숫자를 두들겨넣으며 큰 소리로 웃어댔다. "저건 무슨 프로예요?" 기분이 언짢아진 내가 작게 물었다.

"재방송요." 남자애는 짜증 섞인 투로 말했다. 돌려받은 잔돈은 땀으로 축축했다. 바깥으로 나온 나는 얼굴에 손을 댔다가 혈액의 온기를 띤 눈물을 발견하고 깜짝 놀랐다.

얼마 지나지 않아, 차가 위쪽으로 젖혀지며 나는 다시 산을 오르고 있었다.

청소년기에 나는 가을마다 긴긴 주말이 되면 매번 의무적으로 다른 대원들과 함께 걸스카우트 캠프를 다녔다. 우리는 방과후에 출발했고, 게다가 10월 하순이어서, 산에 도착할 즈음이면 칠흑 같은 어둠에 휩싸였다. Z— 선생님의 미니밴 뒷좌석에는 여자애들이 차를 너무 오래 타서, 그리고 문명 세계를 벗어나기 한참 전부터 수다를 떨다 지쳐서 침묵이나 곤한 잠에 빠져 있었다. 그 사건 이후로 나는 항상 조수석에 앉았다. 나는 또래보다 어른들과 함께 있는 편을 선호했으므로 상관없었다.

차 안에 불빛이라곤 어둠 속에서 은은히 빛나는 대시보드뿐이었다. Z — 선생님은 전방을 주시했고, 선생님의 딸—나의 적이면서 키가 무척 크고 잘생긴 밤색 머리 여자애—은 아나다를까 뒷좌석에서 잠들었으며, 차가 돌을 밟고 덜컹일 때마다 유리창에 머리를 찧었지만 절대 깨지는 않았다. 그애 옆의 다른 여자애들은 창밖을 멍하니 쳐다보고 있거나, 아니면 눈을 감고 쉬고있었다. 밖에서는 미니밴의 전조등이 어둠을 가르며 슬라이드필름이 끊임없이 도는 것처럼 포장도로와 땅에 떨어진 나뭇가지와 바람에 날리는 잎사귀를 비췄고, 지난번에 비가 내린 후 수사슴이 최후를 맞이한 곳에서 간혹 피와 살의 질척한 흔적도 보였다.

중간중간 Z — 선생님은 나를 건너다보며 코로 숨을 들이마신 다음 하나 마나 한 얘기를 작게 중얼거렸다. ("학교생활은 어떠니?"가 단골 멘트였다.) 선생님이 딸을 깨우지 않으려고, 혹은 나와 얘기하고 있다는 것을 들키지 않으려고 목소리를 낮추고있다는 것을 알았으므로, 나도 똑같이 소리를 죽여 하나 마나 한 대답을 했다. ("괜찮아요. 전 영어 시간이 좋아요.") 학교는 배움에는 적합하지만 그 외 모든 것에 최악이며, 당신의 그 이쁨만받고 자란 따님(선생님이 낳고 안고 먹이고 오랜 세월 사랑해온)이 나의 비참함에 뚜렷한 지분을 차지하고 있음을 바로 그 당사자에게 설명할 방법이 없었다. 그러고 나서 우리는 다시 침묵했고, 숲은 끝없이 펼쳐졌다.

도로 양쪽에서 나무의 몸통이 제법 하얗게 빛났다. 한밤중에 카메라 플래시를 터뜨렸을 때 주변이 잠깐 눈에 들어오는 것과 비슷한 광경이었다. 한두 줄의 나무가 보였고, 그 너머는 불투명한 암흑이 펼쳐져 꺼림칙한 기분이 들었다. 가을은 산에 가기에 제일 안 좋은 시기라고, 나는 혼잣속으로 중얼거렸다. 자연이 몸부림치며 헐떡일 때 그 속으로 차를 몰고 들어가는 것은 어리석은 짓 같았다.

나는 에어컨을 껐다. 그때 그애들이 지금의 나를 볼 수만 있다면. 어른이 됐고, 결혼도 했고, 내 분야에서 훌륭한 성취를 이룬 나를.

라디오는 클래식 채널에 맞춰져 있었고, 굽이굽이 휘어진 길을 따라가는 내 차에 발맞춰 웅장하고 경쾌한 연주가 불규칙적으로 푹 꺼졌다 붕 솟구쳤다. 옛날 영화의 도입부 같았다. 목적지에 닿기 위해 구불구불한 도로를 누비는 차량 위로 하얀 크레디트 자막이 깔린다. 크레디트가 끝나면 낡은 농장 앞에 차가 서고, 차에서 내린 나는 머리칼을 묶은 새하얀 스카프를 풀며 옛친구의 이름을 부른다. 친구는 손을 흔들며 나타나고, 둘이 함께 여행가방을 집안으로 나르며 웃는 소리와 친밀한 우정에서는 이미 굴러가기 시작한 소름 끼치는 줄거리의 전조를 전혀 느낄 수 없다.

"이사크 알베니스의 〈스페인 광시곡〉이었습니다." 아나운서가 읊조렸다. 잠시 후 산꼭대기들이 음악을 씹어삼키기 시작했고 이윽고 잡음만 들렸다. 나는 라디오를 끄고 창문을 내린 후 팔꿈치를 고무 창턱에 올렸다. 몹시 만족스러운 기분이었다.

그때 내 뒤에서 차가 따라오고 있음을 알아차렸다. 낮고 거대한 흰색 차량이 지나치게 바싹 다가왔다. 배꼽 안쪽에서 거북한 소용돌이가, 공포 또는 흥분을 예감하는 하향 회오리가 느껴졌다. 그때 어떤 변화가 생겼고, 나는 이해하기도 전에 감각했다. 빨갛고 파란 불빛이 내 차로 쏟아져들어왔다.

경찰은 족히 이 분은 내 차 뒤에 가만히 정차해 있다가 차문을 열고 내려 내게 다가와 허리를 숙였다.

"안녕하십니까." 경찰이 말했다. 작은 눈이 묘하게 친절해 보였다. 입꼬리가 불그스름했다. 입가의 포진이 터지기 일보 직전이었다.

"안녕하세요." 나는 답했다.

"제가 왜 차를 세웠는지 아십니까?" 그가 물었다.

"전혀 모르겠는데요." 내가 말했다.

"과속이었습니다. 제한속도 45마일 구간에서 57마일로 가고 있었어요."

"아."

"어디로 가시는 중입니까?" 그가 물었다.

우리가 얘기를 나누는 동안 그 불그스름한 포진은 나를 감지한 듯했고, 증식을 준비하는 아메바처럼 외부로 영역을 확장하려는 것처럼 보였다. 경찰은 결혼반지를 끼고 있었고, 따라서 최근에 비극을 겪은 게 아니라면 적어도 오늘 아침에는 그 포진을 본 배우자가 있었다. 나는 그녀가(나 자신의 일반적이지 않은 처지를 감안했을 때, 이 남자의 배우자가 여성일 것이라 추정하는 내가 뻔뻔하다고 생각할지 모르겠지만, 그의 태도로 봤을 때 분노 혹은 강요 혹은 우려에서가 아닌 한 남자에게 손댄 적이 없다는 느낌이 들었고, 지금도 그는 무심결에 엄지로 반지를 만지작거리며 애정을 암시했다. 어쩌면 에로틱한 기억일지도) 나와 전적으로 다른 여자일 거라고 생각했다. 왜냐면 그녀는 감염을 두려워하지 않는 여자일 테니까. 나는 그녀가 이 남자의 입에 키스하고, 온갖 종류의 연고가 든 바구니에서 조그만 튜브를 가져와 입가에 발라주며 위로의 말을 건네고("아무도 몰라볼 거야, 내가 장담해.") 그의 어깨를 힘주어 꾹 잡는 장면을 상상했다. 어쩌면 이 부부는 하나의 구순포진을 주거니 받거니 하는지도 몰랐다, 둘 사이에 주고받는 아기처럼.

혼자만의 상념에서 벗어났을 때, 경찰차는 이미 시야에서 사라진 후였다. 나는 경찰이 준 종이를 보았다. 경고장이었다. "서행 운전으로 안전히 도착하십시오. M— 경사." 억세고 우울한 글씨체로 맨 위에 이렇게 써놓았다.

나는 곧 삼거리에 도착했고, 표지판이 데블스 스로트로 가려면 좌회전해야 한다고 알려주었다. 그 반대 방향은 나를 과거로, 수많은 일들이 틀어졌고 또 바로잡혔던 황폐한 캠프장으로 데려 갈 터였다.

이 마지막 구간이 이번 드라이브 길 중에서 가장 아름다웠다. 도열한 풋맨들처럼 도로 위로 우거진 나무들이 이른 열기를 묵 묵히 받아들이고 있었다. 반짝이는 나뭇잎들이 빽빽하게 하늘을 가렸다. 매미들의 아우성이 들렸지만 그것도 어쩐지 푸근했다. 그 길을 달리며 나는 새로워진 기분이 들었다―천국으로 가는 길! 완성된 소설을 향해 가는 길! 나는 남들의 아량에 기대지 않 고 나 혼자 예술가로서 우뚝 설 수 있게 되는 때를 상상하며 살 아왔다―출간된 내 소설에 대해 언급하고(아주 대단하진 않아 도 긍정적인 평가를 받고―내 책이 세상을 환히 밝힐 거라고 생 각할 만큼 주제넘은 사람은 못 된다), 내가 원하는 곳에서 가르 치고, 적지만 제법 괜찮은 금액에 작지만 제법 괜찮은 강의를 한 다. 그 모든 것이 거의 손아귀에 들어온 듯했다.

어떤 동물이 차 밑으로 휙 뛰어들었다.

나는 급히 핸들을 꺾었고, 브레이크를 너무 세게 밟아서 차가 저항하며 끼익거렸다. 차체에 뭔가 쿵 부딪히는 느낌이 들었다. 빙판길이었거나 비가 오고 있었다면 분명 가장 가까운 나무를 들이받고 죽었을 것이다. 실제로는, 도로 한가운데에 급작스럽게 멈춰 섰다.

나는 길에 뭐가 누워 있을까봐 겁먹은 채 백미러를 살폈다.

아무것도 없었다.

차에서 내려 차대 밑을 보았다. 거기서, 새카맣고 생기를 잃은 토끼 눈과 시선이 마주쳤다. 토끼의 하반신이 둘로 찢어진 종잇장처럼 깨끗이 잘려나가고 없었다. 나는 허리를 펴고 일어나 차 주위를 한 바퀴 돌며 나머지 부분을 찾았다. 다시 무릎을 꿇고 앉아 차대 하부의 미로 안쪽을 들여다보기까지 했다. 없었다.

"미안하다." 나는 토끼의 초점 없는 눈을 향해 말했다. "넌 이 것보다 더 나은 대접을 받았어야 하는데. 나보다 나은 대접을."

나는 운전석에 털썩 주저앉았고, 그 고생의 대가로 청바지에 한 쌍의 흙자국이 남았다. 생목이 치밀듯 괴로움이 밀려들었다. 이게 일종의 전조는 아니었으면 싶었다.

바로 앞에 오른쪽을 가리키는 화살표가 그려진 파란 표지판이 있었다. '데블스 스로트'라고 적혀 있었다. 의례적인 환영의 말 따윈 없었다.

부지 가장자리를 따라 도는데, 내가 여기 머무는 동안 이곳의 아주 일부밖에 보지 못하겠구나 하는 생각이 들었다. 몇백 에이 커나 됐고, 대부분 미개발 상태였다. 데블스 스로트는 한때 뉴욕 백만장자들을 위한 호숫가 리조트였지만, 소유주들이 무리한 융자를 받아 확장하다가 대공황 시절에 폭삭 망했다. 현 소유주는 작가와 예술가들에게 창작활동에 필요한 시공간을 제공하고 자금을 지원하는 협회였다. 창작 공간은, 입주 허가증에 뒤이어 날아온 지도를 통해 파악한 바에 의하면, 리조트 최남단의 외딴곳이었다. 일군의 작업실과 한때는 초호화 호텔이었던 본건물로 이루어졌다. 호숫가를 따라 쭉 늘어선 작업실은 전에는 가장 부유한 입주민들이 여름 내내 머물며 후텁지근한 열기 속에서 빈둥거리던 곳이었다.

나는 나무들이 마침내 길을 열어줄 때까지 도로를 쭉 따라갔다. 옛 호텔이 전염병처럼, 숲속의 침입자처럼 지면 위로 불쑥 솟아 있었다. 분명 한때는 웅장한 건축물이었을 것이다. 긴 무명의 세월과 완성되지 못한 청사진에 아직 짓눌리지 않은 야심찬 젊은 건축가들의 작업이라 할 만한 급진적 디자인이었다.

차 두 대—한 대는 낡고 더러운 파란 차였고, 다른 한 대는 햇볕에 반짝거리는 빨간 차였다—가 호텔 앞에 아무렇게나 주차되어 있었다. 나는 빨간 차 옆에 차를 세웠다가, 문득 불안해져 차를 다시 빼서 파란 차 옆에 세웠다. 갑자기 트렁크와 뒷좌석에 있는 짐의 숫자가 신경 쓰였다. 그것들을 다 내려서 옮기자면 대여섯 번은 왕복해야 할 것이었다.

나는 짐은 다 놔두고 빈손으로 차에서 내렸다.

진회색 석조와 검은색 모르타르로 치장한 호텔 일층은 평범하지만 우아했고, 가늘고 긴 유리창이 건물 내부를 선택적으로 드러냈다. 붉은 벨벳, 목조 패널을 두른 벽, 누가 사이드 테이블에 놔두고 가버린 김이 피어오르는 커피 머그잔. 그러나 이층은 좀 더 자유로운 형태여서 덕분에 건물이 제멋대로 당기고 늘인 커다란 캐러멜 덩어리에 가까워 보였다. 창문과 벽이 일층의 사촌들과 달리 기묘한 각도로 비스듬히 앞으로 기울었다. 어느 창에서 보면 하늘보다 땅이 더 많이 보이고, 다른 창에서는 땅보다 하늘이 더 많이 보일 것이다. 어떤 방은 주위를 둘러싼 나무에 너무 가깝게 한쪽으로 쏠려 나뭇가지 하나가 창문 쪽으로 휘어졌다. 분명 거센 바람이 나뭇가지의 진전을 부추겼을 것이다. 꼭대기의 옥상은 위로 위로 치솟아 소프트아이스크림 끝부분처럼 뾰족한 소용돌이 모양이었다. 그 위에는 커다란 유리 구체가 놓였다.

정문으로 올라가는 계단은 폭이 넓었는데, 워낙 넓어서 한가운데에 서면 난간에 손이 닿지 않았다. 나는 오른쪽에 붙어서 한 손을 난간에 얹고 올라가다 손바닥에 나무 가시가 박혔다. 손을 들어 손금의 생명선과 두뇌선 사이에 박힌 가시를 살폈다. 노출된 가시를 엄지와 검지로 잡고 당겼다. 상처 주위의 손바닥 살이 수축했지만, 피가 나진 않았다. 나는 나머지 몇 계단을 마저 올라가 포치에 다다랐다.

호화찬란한 입구 앞에서 나는 잠시 주저했다. 두 여닫이문이 만나는 부분에서 덩굴손이 유기적 형태로 굽이치는 모양이 마치 은신처에서 슬금슬금 올라오는 문어가 빨판 달린 발을 먼저 내미는 것처럼 보여 마음에 들지 않았다. 아내는 늘 내가 무언가를 사랑하거나 증오하는 데는 즉각적이면서도 그 이유를 분명히 설명하는 데는 몇 개월씩 걸린다며 나의 느낌과 감각에 대해 놀려댔다. 나는 그 계단 위에서 십 분 가까이 머뭇거렸고, 그러고 있는 사이 문이 열리며 페니 로퍼를 신은 잘생긴 남자가 나타났다. 남자는 나를 보고 놀란 눈치였다.

"안녕하세요." 남자는 술꾼처럼 말했고, 어쩌면 동성애자일 수도 있었다. 나는 즉시 그에게 호감을 느꼈다. "들어……오시려는 참인가요?" 한쪽 옆으로 비켜선 남자는 거의 문 뒤로 사라지다시피 했다.

"나는…… 네." 나는 문간을 지나 안으로 들어가며 말했다. 그에게 내 이름을 밝혔다.

"아, 맞다! 나는……" 남자가 자기 뒤의 빈 공간을 돌아보며 말했다. "우리는 당신이 내일 오는 줄 알았어요. 중간에 혼선이 있었던 모양이네요."

가까운 방으로 이어지는 출입구가 활기찬 소란을 사출했고, 나는 이 남자가 내 시야 바로 너머에 있는 여자 셋과 지금까지 얘기하던 중이었음을 깨달았다. 가냘프고 창백하며 비쩍 마른 여자는 벙벙한 원피스 차림이었는데 원피스 몸판에 프랙털 문양의 나선형 구멍 수십 개가 나 있어서 곧장 내 안에 불안함을 야기했다. 레게 머리를 높이 틀어올린 키 큰 여자는 사람 좋은 미소를 띠었다. 나는 세번째 여자를 알아보긴 했지만, 전에 한 번도 본 적 없는 사람이라는 것 또한 확실했다.

불안을 야기하는 원피스를 입은 여자가 자신을 리디아라고 소개하며 '시인 겸 작곡가'라고 했다. 리디아는 더러운 맨발이었고, 자신이 구제불능의 보헤미안임을 모두에게 입증하지 못해 안달인 듯했다. 키 큰 여자는 애닐이라고 했고, 사진가였다. 내가 알면서도 알지 못하는 세번째 여자는 자신이 누구라고 말했는데, 나는 듣고 바로 잊어버렸다. 내가 정신을 딴 데 팔고 있었다는 말은 아니다. 오히려 그녀가 자기 이름을 말하고 내 정신이 그 정보를 포착할 때, 마치 수은처럼 그녀의 이름이 탐침용 손가락들 사이로 빠져나간 것에 가까웠다.

문을 연 남자가 말했다. "이분은 화가예요." 남자는 자신을 벤저민이라고 했고, 자기 말로는 조각가였다.

"왜 작업실에들 안 계시고 여기에?" 나는 이 말을 뱉자마자 경솔한 질문을 했다고 후회했다.

"한낮의 권태죠." 애닐이 말했다.

"창작 입주 한중간의 권태지." 리디아가 명확히 했다. "좀더 같이 어울리려고." 리디아는 자신을 둘러싼 사람들을 몸짓으로 가리켰다. "종종 여기 메인홀에서 점심도 먹고, 다들 미치지 않으려면."

"다 먹고 돌아가려는 참이었어요." 벤저민이 말했다. "그래도 부엌에 고개를 들이밀면 분명 에드나가 있을 테고, 당신에게 먹을 걸 챙겨줄 거예요."

"내가 부엌으로 데려다줄게요." 애닐이 말했다. 그녀는 덥석 내 팔짱을 끼고 걸어가 다른 사람들에게서 나를 떼어냈다.

애닐과 같이 로비를 가로지르는데, 도무지 이름을 기억할 수 없는 그 여자 때문에 더럭 두려움이 엄습했다. "저 화가분은……" 나는 애닐이 관련 정보를 주기를 바라며 운을 뗐다.

"네?" 애닐이 말했다.

"화가분이…… 미인이시네요."

"미인이죠." 애닐이 맞장구쳤다. 그리고 쌍여닫이문을 밀쳤다. "에드나!"

야윈 체구에 강단 있어 보이는 여인이 싱크대 앞에 등을 구부리고 있었고, 비눗물 속을 응시하고 있었던 듯했다. 여인이 등을 똑바로 펴고 나를 쳐다보았다. 머리칼은 불타는 듯한 빨강이었고, 뒤통수에서 검은 벨벳 리본으로 묶여 있었다.

"아!" 여인이 나를 보자 말했다. "오셨군요!"

"어…… 왔습니다." 나는 맞는다고 확인해주었다.

"에드나라고 해요." 여인이 말했다. "여기 관리인이죠." 에드나가 노란 고무장갑을 벗은 다음 한 손을 내밀었고, 나는 그 손을 잡았다. 방금 물기를 짜낸 스펀지처럼 차갑고 축축했다. "일찍 오셨네요, 만 하루나."

"허가증을 잘못 읽었나봐요." 나는 작게 우물거렸다. 얼굴이 새빨갛게 달아올랐고, 만천하에 드러난 나의 굴욕에 슬며시 웃는 아내의 웃음소리가 들리는 듯했다.

"괜찮아요." 에드나가 말했다. "문제될 것 없으니. 방으로 안내해드릴게요. 침대에 시트가 없을 텐데……"

로비로 돌아오니 벤저민이 내 짐을 몽땅 꺼내와 부려놨다─여행가방들과 소풍 바구니에, 심지어 차 안의 비상용 백팩까지. 마지막 것은 트렁크에서 나올 예정이 없던 물건이었다.

"내가 차문을 열어놨었나요?"

"여기서 누가 차문을 잠가요?" 벤저민이 쾌활하게 응수했다. "가시죠." 그가 허리를 굽혀 내 여행가방들을 들었다. 나는 소풍 바구니를 들었다. 에드나가 백팩을 집으려 허리를 굽히자 나는 "그건 필요 없어요"라고 말렸고, 에드나는 다시 허리를 폈다. 우리는 계단을 올랐다.

해가 지고 난 후, 빛의 마지막 앙금이 하늘에서 씻겨내려갈 즈음 나는 잠에서 깼다. 파티장에서 잠들었다 손님용 침실에서 외출복 차림 그대로 깨어난 아이처럼 여기가 어딘가 얼떨떨했다. 본능적으로 아내를 찾아 팔을 뻗었는데 최고급 순면 시트와 완벽하게 모양 잡힌 푹신한 베개만 손에 잡혔다.

나는 일어나 앉았다. 벽지는 짙은 색이었고 수국으로 알록달록했다. 일층에서 소리가 들렸다—웅성거리는 잡담, 은제 커틀러리와 도자기의 키스. 입안이 텁텁해서 불쾌했고 방광도 꽉 찼다. 일어나 앉을 수 있다면, 화장실에도 갈 수 있을 것이다. 용변을 보고 나면 불을 켤 수 있겠지. 불을 켜면 여행가방 안에서 양치액을 찾아 이 퀴퀴한 기분을 지울 수 있을 것이다. 이 퀴퀴한 기분을 지울 수 있다면, 아래층에 내려가 다른 사람들과 저녁을 먹을 수 있을 것이다.

침대 밖으로 한 다리를 건들건들 내리고 걸터앉는 순간, 매트리스 덮개 밑자락에서 웬 손이 불쑥 튀어나와 내 발목을 낚아채서는 침대 밑으로 끌고 들어가고, 나의 겁에 질린 비명은 식당 안의 희희낙락한 농담에 파묻혀 들리지 않는, 소름 끼치는 환상에 사로잡혔지만 금세 지나갔다. 나는 다른 쪽 다리도 휙 내렸고, 일어섰고, 어둠 속에서 욕실까지 비틀비틀 걸어갔다.

방광을 비우면서 지금 쓰고 있는 소설에 대한 생각에 잠겼다. 아직은 변변치 않은 그것은 말하자면 공책 여기저기에 끼워넣은 메모와 종이 더미에 불과했다. 나는 루실과 그녀가 처한 곤경에 대해 생각했다. 곤경이 너무 많았다.

아래층으로 내려갔다. 양치액의 잔여물이 잇새에서 화끈거렸다. 어두운색 목재─체리나무 아니면 밤나무 둘 중 하나였고, 진한 선홍색 오일스테인을 칠했다─로 만든 긴 식탁에는 칠 인분의 음식이 차려져 있었다. 나의 동료 입주 작가들은 한쪽 구석에 모여 와인잔을 들고 대화를 나누는 중이었다.

벤저민이 내 이름을 큰 소리로 외치며 손에 든 잔으로 나를 불렀다. 애닐이 고개를 들고 생긋 웃었다. 리디아는 호리호리하고 귀여운 남자와 얘기하느라 정신이 없었고, 남자의 손가락에는 뭔가 검은 것─잉크겠지─이 지저분하게 묻어 있었다. 남자는 내게 수줍은 미소를 지었지만 말은 없었다.

마시지 않겠다는 얘기를 할 새도 없이 벤저민이 내게 레드와인 한 잔을 건넸다.

나는 "고맙지만 사양할게요"라고 말하는 대신 "고맙습니다"라고 했다. 내 귀에 대고 속삭이는 아내의 따스한 음성이 바로 옆에 있는 것처럼 들렸다. 잘해봐. 내 아내는 나를 있는 그대로 사랑한다고 믿어 의심치 않지만, 좀더 힘을 뺀 모습의 나를 훨씬 더 사랑한다는 확신도 들었다.

"작업에 들어갔어요?" 벤저민이 물었다. "아니면 쉬던 중이었어요?"

"쉬었죠." 나는 와인을 한 모금 들이켰다. 양치액의 스피어민트맛 때문에 떫어서 얼른 삼켰다. "운전하느라 피곤했나봐요."

"그 산길은 끔찍하죠, 어느 쪽에서 오든 똑같아요." 애닐이 거

들었다.

부엌문이 활짝 열리고 에드나가 슬라이스햄을 담은 쟁반을 들고 나타났다. 에드나가 쟁반을 식탁에 내려놓자 그것을 신호로 다들 얘기를 하다 말고 자기 자리를 찾아 모여들기 시작했다.

"적응 좀 됐나요?" 에드나가 내게 물었다.

나는 고개를 끄덕였다. 우린 모두 자리에 앉았다. 손가락이 지저분한 남자가 테이블 너머로 팔을 뻗어 내 손을 잡고 기운 없이 흔들었다. "나는 디에고예요."

"다들 작업은 잘되어가요?" 리디아가 물었다.

다들 답을 피하듯 고개를 푹 숙였다. 나는 햄 한 조각과 감자를 퍼 담았다.

"난 내일 아침에 밖에 나갑니다." 에드나가 말했다. "주말에 돌아오고요. 먹을 건 냉장고 안에 있죠, 당연히. 문명 세상에서 필요한 것 있으신 분?"

없어요라는 말들이 잠깐 식탁에서 피어올랐다. 나는 뒷주머니로 손을 뻗어 미리 우표를 붙이고 주소도 써놓고 잘 도착했다는 내용까지 적어둔, 아내에게 보낼 편지를 꺼냈다. "이것 좀 부쳐주실래요?" 에드나는 고개를 끄덕이고 로비 입구에 놓아둔 핸드백으로 편지를 가져갔다.

리디아는 입을 벌리고 음식을 씹었다. 어금니 사이에서 뭔가―오도독뼈―를 끄집어내더니 혀로 이를 쭉 핥고는 와인을 또 홀짝였다.

벤저민이 내 잔을 다시 채워주었다. 비운 기억이 없는데 어느새 잔이 비었다. 잇몸 속 치아가 벨벳처럼 부드럽게 느껴졌다.

와인이 북돋운 그 느슨하고 풀어진 분위기 속에서 다들 이야기를 꺼내기 시작했다. 알고 보니, 디에고는 동화책 전문 일러스트레이터였고, 현재는 그래픽노블 작업을 하는 중이었다. 스페인 출신이지만 성인이 된 후로는 거의 남아프리카와 미국에서 살았다고 한다. 그러고 나서 그는 리디아와 잠깐 시시덕거렸고, 그 둘 모두에 대한 나의 평가 점수는 낮아졌다. 애닐은 상을 받은 어떤 소설가와의 어색한 만남에 대해 우스운 얘기를 들려줬는데, 나는 모르는 이름이었다. 벤저민은 자신의 최신 조형물—깨진 유리로 이루어진 날개를 단 이카로스—에 관해 설명했다. 리디아는 하루종일 '피아노를 쾅쾅 두들기며' 지내고 있다고 말했다. "내가 누굴 방해한 건 아니었죠, 그쵸?" 그렇게 말하는 본새가 그렇든 말든 개의치 않는다는 투였다. 리디아는 계속해서 자신이 '시-곡'을 짓고 있으며, 현재 '곡' 부분을 진행하는 중이라고 설명했다.

벽에 방음장치가 되어 있다면서 에드나가 리디아를 안심시켰다. 그 안에선 살해당해도 아무도 모를 거예요.

리디아는 깊은 만족감을 드러내며 내 쪽으로 상체를 기울였다. "꼬마 재벌 상속자들이 이곳을 뭐라고 불렀는지 알아요, 개들이 여기 주인이었을 때?"

"'에인절스 마우스.'* 학생 때 스카우트를 해서 해마다 여기 왔거든요. 항상 그 표지판을 봤던 게 기억나요."

"에인절스 마우스라죠." 리디아는 마치 내가 얘기하지 않은 것처럼 소리치다시피 말하고 식탁을 두드리며 요란하게 웃어댔다. 치아가 자주색으로 물들어 썩은 것처럼 보였다. 나는 리디아를 증오했고, 처음 봤을 때부터 그랬다. 누군가를 증오한 건 생전 처음이었다. 물론 나를 불편하게 만드는 사람들 때문에 그 자리에서 눈만 깜박해서 휙 사라져버릴 수 있다면 좋겠다고 생각한 적은 있지만, 증오는 색달랐고 산성이 느껴졌다. 증오는 마음에 맺혔다. 게다가 나는 술에 취했다.

"걸스카우트 캠프에서는 뭘 해요?" 벤저민이 물었다. "헤엄치고 등산하고?"

"서로 섹스하고?" 디에고가 슬쩍 끼어들었다. 리디아가 장난조로 디에고의 팔을 찰싹 때렸다.

나는 와인을 한 모금 마셨고, 더이상 맛이 느껴지지 않았다. "공예를 하고 배지를 받았어요. 불을 피워 요리도 하고. 이야기도 하고." 마지막 것을 나는 제일 좋아했다. "보통 가을에 왔기 때문에 헤엄을 치기엔 너무 추웠죠. 하지만 호숫가를 따라 걸었

---

* Angel's Mouth. '천사의 입'이라는 뜻.

고 선착장에서 담력 겨루기를 하기도 했어요."

"그래서 여기 창작 공간에 입주한 건가요?" 애닐이 물었다.
"이 지역을 잘 알아서?"

"아뇨. 그냥 우연의 일치예요." 나는 잔을 내려놓다가 엎을 뻔
했다.

그때 리디아의 가증스러운 깔깔거림이 들렸다. 디에고가 리디
아의 긴 머리칼 속에 얼굴을 묻고 귓가에 은밀한 논평을 흘리는
중이었다. 리디아가 나를 쳐다보더니 또 웃었다. 나는 얼굴이 빨
개져서 허둥지둥 음식만 먹었다.

애닐이 잔을 비웠고, 디에고가 와인병을 들자 손으로 잔을 덮
어 사양했다. 애닐은 나를 돌아보며 말했다. "나는 여기 있는 동
안 '예술가들'이라고 명명한 프로젝트를 하고 있거든요. 오후 한
나절만 시간 내서 나랑 같이 인물사진 좀 찍지 않을래요? 강요는
아니고요, 물론."

실제로는 강요의 압력이 느껴졌지만, 나는 졸린데다 진작부터
애닐이 마음에 들었다. 내가 특별히 마음에 들어하는 어떤 사람
들처럼 애닐은 전적으로 호의에서 말하는 것 같았고, 이 또한 부
인할 수 없는 사실인데, 눈에 띄게 아름다웠다. 기대에 찬 눈빛으
로 나를 주시하는 그녀를 보며, 나는 내가 별 이유도 없이 생글
거리고 있음을 깨달았다. 무감각해진 얼굴에 마른세수를 했다.

"기꺼이"라고 대답하면서 나는 볼 안쪽을 씹었다. 입안에서

쇠맛이 돌았다.

이튿날 아침이 되자 서늘한 냉기가 P — 산맥에서 내려왔고,
부엌 창밖으로 보이는 땅 위로 옅은 안개가 깔렸다.

"커피 마실래요?" 애닐이 등뒤에서 말했다. 내가 고개를 끄덕
이자마자 그녀가 내 손에 따뜻하고 무거운 머그잔을 쥐여주었
고, 나는 뭔지 살펴보지도 않고 한 모금 마셨다.

"작업실까지 안내해드릴게요." 애닐이 말했다. "제가 하고 싶
어서 그래요. 안개로 주위가 온통 흐릿할 때가 아니더라도 길을
모르면 거기까지 가는 게 쉽지 않거든요. 어제 잘 잤어요?"

나는 재차 고개를 끄덕였다. 뇌 속의 작은 동물이 강한 관심을
보이며—여러모로 친절히 대해주어 고맙다고 애닐에게 소리 내
어 말하라고—수선을 피웠지만, 세상을 참 쉽게 지워버린 창 너
머의 백색에서 눈을 뗄 수 없었다.

정문을 닫고 나온 후 나는 흠칫했다. 계단에서는 숲의 윤곽만
겨우 보였고, 우리는 그 나무들을 헤치고 호숫가에 다다라야 했
다. 애닐이 나무들 사이로 길을 찾으며 앞으로 나아갔다. 그녀는
힘들이지 않고 쓰러진 통나무를 뛰어넘고, 방향을 틀어 통통하
고 반질거리는 버섯 군락지를 돌아갔다. 얼마 후 우리는 좁고 하
얀 벤치 앞을 지났는데, 그 모양이나 크기로 봤을 때 앉아 쉬라
고 만들어놓은 것은 아니었다. 애닐은 돌아보지도 않고 벤치를

손짓으로 가리켰다. "저 벤치는 호수와 호텔 중간쯤이라는 거죠, 그냥 이정표예요."

숲을 뒤로하고 나오자 몹시 어렴풋하게 건물들의 인상이 눈에 들어왔다. 한 채는 정면에서 나를 굽어봤다. 가까이 가면 좀더 똑똑히 보이려나 하는 마음에 나는 처음으로 애닐이 앞서간 길에서 벗어나 건물 쪽으로 다가갔다.

"맙소사!" 애닐이 내 가방끈을 붙잡고 뒤로 당겼다. "조심해요. 방금 호수로 걸어들어갈 뻔했어요." 내 앞의 공기는 우유처럼 뿌옜다—시야에 건물이라곤 없었다.

애닐이 오른쪽을 가리켰고, 그늘 속으로 올라가는 계단이 있었다. "당신은 여기예요. '모닝 도브'*, 맞죠?"

"네." 나는 힘주어 말했다. "길을 알려줘서 고마워요."

"다닐 때 조심해요. 그리고 돌아갈 때는……" 애닐은 우리가 왔던 쪽을 가리켰다. 이 안개 속에서도 불빛 하나가 동그마하게 반짝였다. "저기가 호텔이에요. 저 조명은 날씨가 안 좋을 때랑 밤에 켜져요. 그러니까 집으로 가는 길은 항상 찾을 수 있어요. 즐거운 글쓰기 하세요!"

애닐은 안개 속으로 사라졌지만, 안 보이게 되고 한참 후까지도 조약돌을 딛는 발소리가 들렸다.

---

* mourning dove. 울음소리가 구슬픈 산비둘기.

나의 오두막 건물은 제법 넉넉한 크기였고 호숫가가 내려다보이는—아마도, 안개가 옅어지면—공간이 딸려 있었다. 아담한 발코니도 있어서 햇볕이 너무 뜨겁지 않거나 비가 오지 않는 날이면 거기서 일을 하거나 쉬거나 경치를 바라볼 수 있었다. 지은 지 오래된 건물임에도 확실히 견고했다. 나는 여기저기 연결부와 난간을 잡아 흔들며 어디 썩은 곳이나 나병 걸린 팔다리처럼 뽑혀나오는 곳은 없나 돌아다녔다. 전부 끄떡없어 보였다.

안으로 들어가니 책상 위에 달린 책장에 나무판들이 주르르 놓여 있었다. 처음 봤을 땐 모세의 십계명 돌판 같은 것인가 했는데, 의자 위에 올라서서 자세히 살피니 이전 입주 작가들의 이름이 쭉 적힌 명단이었다. 잘 보이는 것도 있고 알아보기 힘든 것도 있었으며, 이름과 날짜와 농담이 다다이즘 시처럼 섞여 있었다.

솔로몬 세이어—픽션 작가. 언딘 르포지, 화가, 19XX 6월. 엘라 스마이드 '사랑의 여름!' C—

나는 얼굴을 찌푸렸다. 내 이름을 가진 누군가—다른 입주 작가—가 이 오두막을 아주 오래전에 사용했었다. 나는 나의 이름—그녀의 이름—을 손가락으로 훑고서, 손을 청바지에 닦았다.

입주라니, 희한한 용어다. 처음엔 언뜻 자연스러워 보이지만 뒤집어보면, 땅에 박힌 돌처럼, 삶이 득실거린다. 입주민은 어디엔가 산다. 당신은 어느 도시의 입주민이거나 어느 집의 입주민이다. 여기서, 당신은 이 공간의 입주민이다, 그건 맞는데, 아무렴 진짜는 아니다. 당신은 방문객이다. 그러나 방문객은 저녁 끝물에 이곳을 떠나 어둠 속으로 차를 몰고 사라지는 반면, 입주민이라 함은 전기 주전자를 설치하고 당분간 머문다는 것을 뜻한다. 또한 당신은 스스로의 생각에 머무는 입주민이다. 당신은 자신의 생각을 발견하고 인지해야 하지만, 일단 생각의 정확한 위치를 알고 나면 차를 몰고 떠나야 할 일 따위는 결코 없다.

책상 위에 놓인 편지는 모닝 도브 캐빈에 온 것을 환영한다면서, 최신 나무판에 이름을 추가하라고 권했다. 책상에서는 포치가 절반쯤 보였고, 희부윰한 안개가 난간과 그 너머를 전부 집어삼켰다.

나는 가방을 풀어 컴퓨터 옆에 공책을 놓았고, 컴퓨터는 불길한 조짐을 보이며 희미하게 진동음을 냈다. 소설. 나의 소설.

나는 작업에 들어갔다. 인덱스 카드에 소설의 개요를 적어 이리저리 바꿔보기 쉽게 해놓기로 했다. 벽면 전체가 코르크판이었으므로, 루실의 시련과 승리를 금방 조정할 수 있도록 카드를 압정으로 줄 맞춰 꽂았다.

벽을 따라 지네가 기어갔고, 나는 루실은 자신의 어린 시절이 첫 문장부터 마지막 문장까지 죄다 지독한 거짓이었음을 깨닫는다라고 적힌 카드로 지네를 죽였다. 내장을 회벽에 떡칠한 후에도 다리가 여전히 꿈틀거렸다. 나는 그 카드를 버리고 새 카드를 만들었다. 루실은 가을 호숫가에서 자신의 성적 취향을 발견한다고 적힌 카드가 정중앙에 꽂혔고, 거기서 나의 플롯이 돌연 끊겼다. 나의 시선이 카드를 훑었다. 백스터가 도주하다 차에 치인다. 루실의 여자친구는 루실이 '파티에서 난처하게 군다'는 이유로 루실과 헤어진다. 루실이 예술제에 참가한다. 나는 지금까지의 진척이 만족스럽지만, 루실의 고통을 어떻게 극대화할 것인지 아직 완전히 마음을 정하지 못해 약간 개운치 않았다. 예술제에서 대상을 받지 못하는 걸로는 아무래도 부족할 텐데. 나는 차를 한 잔 우려낸 다음 자리에 앉았고, 저녁식사 시간이 될 때까지 그대로 카드를 노려보고 있었다.

동트기 직전, 잠에서 깼는데 어금니 근처에서 비누맛이 났다. 내 몸이 비틀거리며 침대에서 빠져나왔다. 좌변기 앞에 무릎을 대고 앉아서, 매운 트림이 다음에 이어질 일들을 예고할 때에도 나는 여전히 잠의 조각들을 휘저어 쫓아내고 있었다.

처음 토하는 건 아니었지만, 이런 적은 난생처음이었다. 너무 격렬히 토하며 좌변기 시트를 잡아 비트는 바람에 경첩이 부서지는 소리가 났다. 차가운 타일 바닥에 머리를 대고 정신이 좀 들 때까지 쉬었더니 그나마 나은 듯했다. 다시 일어나 앉았는데, 아직도 더, 믿을 수 없게도 더, 내 몸안에서 나올 게 있었다. 속을 진정시키려 욕조 안으로 기어들어갔다. 샤워기가 얼음장 같은 구원을 뿜어내기 직전에 샤워기 헤드를 쳐다봤는데 거무튀튀하고 물구멍마다 석회가 허옇게 끼어 꼭 칠성장어의 빨판 입 같았다. 나는 다시 토했다. 속에 남아 있는 게 없다는 확신이 들자 침대로 다시 기어들어갔고, 두꺼운 이불을 끌어당겨 덮고 내 안으로 침잠했다.

병은 한동안 지속됐다. 열이 치솟았고 주변 공기가 아스팔트 위의 열기처럼 일렁거렸다. 나는 병원에 가야 한다고 생각했지만, 머리도 몸의 나머지 부분과 마찬가지로 뜨끈뜨끈하게 익어가고 있었으므로 생각은 노아의 홍수에 표류하는 잔가지처럼 가물거렸다. 나는 얼어죽을 듯 추워서 이불 속에 틀어박혔다. 나는 산 채로 구워지는 듯해 옷을 벗었고, 땀이 피부 위에서 결정체를 이루었다. 최악의 고비 때, 침대 옆 빈자리로 손을 뻗었는데 나 자신의 얼굴 윤곽이 만져졌다. 수없이 아내를 소리쳐 불렀던 것 같지만, 얼마나 크게 외쳤는지(아니면 실제로 외치기나 했는지) 알 길이 없다. 비가 왔다고 생각한다. 왜냐면 창밖에서 무언가 젖은 것이 물결치며 유리창을 때렸기 때문이다. 열이 최고조에 이르렀을 때는 그게 파도 소리라고, 나는 대양의 해수면 아래로 가라앉고 있다고, 온기와 빛과 공기의 시야 밖으로 떨어지는 중이라고 생각했다. 갈증이 났지만, 떨리는 손바닥으로 물을 받아 마시려 했을 때 또 토했고, 속이 뒤틀려 근육이 뻐근했다. 나는 죽어가고 있다고 혼자 생각했다, 이제 끝이라고.

나는 가느다란 아침햇살 속에서 잠을 깼고, 누가 내 이름을 부르며 살며시 문을 두드렸다. 애닐이었다.

"괜찮아요?" 애닐이 나무문을 사이에 두고 물었다. "다들 엄청 걱정하고 있어요. 이틀 내리 저녁을 안 먹었잖아요."

나는 움직일 수가 없었다. "들어와요." 내가 말했다.

문이 활짝 열렸고, 애닐이 짧게 헉 숨을 삼키는 소리가 들렸다. 나는 나중에야 그 이유를 알게 됐다. 방안이 후덥지근하고 시큼했던 것이다. 고열과 퀴퀴한 땀과 토사물과 흐느낌의 냄새가 진동했다.

"내가 좀, 아팠어요."

애닐이 침대 곁으로 왔고, 전염성을 고려하면 친절한 행동이라고 나는 생각했다. "어떻게…… 에드나를 부를까요?" 애닐이 말했다.

"물 한 잔만 갖다주면," 내가 말했다. "무척 고맙겠어요."

애닐이 공기 중으로 녹아 없어지는 것 같더니, 이내 다시 물잔을 들고 나타났다. 나는 한 모금 홀짝였고, 며칠 만에 처음으로 위장이 요동치지 않았다, 허기로 꾸르륵거린 것만 빼면. 나는 한 잔을 쭉 다 들이켰고, 그래도 갈증이 해소되진 않았지만, 인간성이 조금씩 회복되는 기분이었다.

"한 잔 더 부탁해요." 내 말에 애닐은 잔을 다시 채워주었다.

두 잔째 비우고 나자 새롭게 충전된 느낌이었다.

"에드나를 부를 필요는 없어요." 내가 말했다.

"정 그렇다면 뭐, 더 필요한 게 있으면 얘기해요." 애닐이 말했다.

"나한테 편지 온 거 있나요?" 내가 물었다. 아내의 편지가 있다면 좀 위로가 될 텐데.

"아뇨, 없어요." 애닐이 말했다.

나는 그날 오후부터 글을 쓰기 시작했다. 다리가 후들후들 떨렸고 흉부에 묘하게 서걱거리는 감각이 있었지만, 봇물 터지듯 순식간에 글을 써나갔고 컨디션은 대체로 좋았다. 화가가 내 오두막에 와서 문을 두드렸다. 이 침입에 나는 깜짝 놀랐고, 화가는 뭐라뭐라 하더니 조그만 상자에 든 알약을 내밀었다. 나는 받으려 하지 않았다. 그녀의 말을 지우면서 내 마음은 내게서 무엇을 숨기려 한 것일까?

화가가 또 뭐라뭐라 하더니 거듭 내게 약을 흔들어 보였다. 나는 그것을 받았다. 그리고 그녀는 손을 뻗어 내 얼굴을 만졌다. 나는 움찔했다. 그녀의 손가락은 차갑고 건조했다. 화가는 계단을 내려가 호숫가로 갔고, 거기서 쭈그리고 앉더니 풀숲에서 뭔가를 집어 물속으로 던졌다.

블리스터패키지로 포장된 알약 하나를 눌러 꺼낸 뒤 자세히 뜯어봤다. 길쭉한 모양에 아무런 숫자도 글자도 없었고, 불그스름한 주황색인데 돌려보면 약간 보라색과 파란색과 연두색도 띠었고, 햇빛에 비춰보면 아스피린처럼 하얗게 보였다. 나는 상자를 쓰레기통에 던지고 알약은 변기에 버렸다. 물을 내리자 알약은 올챙이처럼 변기 안을 따라 돌더니 시야에서 사라졌다.

기운이 좀 붙은 듯해서 호수 주변을 산책하기 시작했다. 호수는 보기보다 컸고, 한 시간을 걸었는데도 둘레의 일부밖에 보지 못했다. 산책 셋째 날에는 두 시간을 걸었고, 반쯤 물에 잠긴 카누가 물결을 따라 느긋이 찰랑이는 수변을 발견했다. 부드러운 물의 움직임에 카누가 아주 살며시 흔들렸고, 캠핑 때 바람이 불면 머리 위로 터널처럼 우거져 물결치듯 살랑거리던 나무들이 떠올랐다. 스륵-스륵-스륵-스륵.

내 어린 시절 걸스카우트 캠핑도 호수에서 했다. 여기 이 호수의 반대편이었을까? 한참을 충분히 멀리 걸으면, 그 상쾌했던 가을 저녁 나 자신의 취향이 확고해지고 그 때문에 조롱당했던 바로 그 선착장이 나올까? 낭만적이면서도 끔찍했던 그 목가적인 곳을 다시 찾게 될까? 전에는 이런 생각을 떠올리지 못했다. 언제나 이 산 위의 다른 호수였을 거라고 짐작했다. 하지만 물결의 리듬과 나무들에 대한 기억이 내가 과거의 장소로 돌아왔음을 확인해주는 듯했다.

그때, 내가 캠프에서도 아팠던 적이 있음을 기억해냈다. 어떻게 그걸 잊고 있었지? 이런 게 입주 공간에 머무는 이점이자 말로 표현되지 않는 즐거움이었다. 기억의 뚜껑을 열어도 된다는 느닷없는 허락. 스카우트 대장이 내 체온을 재더니 숫자를 보고 혀를 차던 광경이 기억났다. 절망감이 기억났다. 여기 호숫가에서, 수십 년 동안 시그널을 찾아 헤매다가 이제야 통신 탑의 유효범위 내로 들어온 것처럼, 그때의 절망감이 선명히 느껴졌다.

좀더 걸어갔더니 호숫가 돌멩이들 틈에 뭔가 빨간 것이 보였다. 나는 무릎을 꿇고 앉아 조그만 유리구슬을 집어들었다. 어느 캠핑족의 팔찌에서 떨어져나온 것 같았다. 어쩌면 아주 오랫동안 물속에 있다가 오직 나를 위해 이 수변으로 밀려 올라온 것일지도.

나는 구슬을 주머니에 넣고 오두막으로 돌아왔다.

그날 저녁, 자려고 옷을 갈아입는데 허벅지 안쪽에 작게 뭔가 난 게 보였다. 손으로 꾹 눌렀다. 끔찍한 통증이 다리를 이등분했고, 아픔이 가신 후 낭종을 살피니 액체나 젤리가 든 것처럼 물컹했다. 그걸 짜고 싶은 욕망에 손가락이 꿈틀거렸지만 참았다. 하지만 이튿날 또하나가 생겼고, 그다음날 또 생겼다. 낭종은 허벅지에서 군집을 이뤘고, 젖가슴 밑에도 돋았다. 나는 불안해졌다. 여기 내가 모르는 벌레 같은 게 있는 듯했다―진드기나 모기는 아니었다. 독성을 가진 거미? 하지만 내가 어떻게 잤고 어떤 옷을 입었는지 생각해보니, 어떻게 물린 건지 이해할 수

304

없었다. 낭종은 가렵진 않았지만 속에 뭐가 잔뜩 들어 있는 듯했고, 부풀어 터질 것만 같아 해방이 필요했다.

나는 욕조에 걸터앉아 라이터 불로 옷핀을 달궜다. 쇠가 거무스레해졌고, 나는 핀 끝을 후후 불고 뜨거운지 손끝을 대보았다. 살균되고 식었음을 확인한 나는 만족했고, 첫번째 비체*를 핀으로 찔렀다. 그것은 아주 잠깐 저항했을 뿐―항복하기 전 찰나의 주먹질―이내 터져 흘렀다. 고름과 피가 바늘을 기어오르다 제 무게를 이기지 못하고 무너졌고, 내버려둔 생리혈처럼 내 다리를 타고 흘러내렸다. 휴지 반 롤을 피에 푹 적시면서―싸구려 두루마리 휴지였지만 그나마 아쉬운 대로―나는 낭종을 하나씩 하나씩 제거해나갔다. 그러고 나서 따가운 쾌감을 느끼며 깨끗이 세척했다. 하나씩 연고를 바르고 습윤 밴드를 붙였다.

어느 이른 저녁 애닐이 전에 약속했던 사진 촬영을 하자고 내 오두막으로 찾아왔다. 그녀는 땀을 줄줄 흘리며 의기양양한 표정을 지었고, 커다란 카메라 가방들 끈을 몸통에 X자로 메고 있

---

* abjection, 卑體. 후기구조주의 평론가이자 페미니스트 쥘리아 크리스테바가 탐구한 미학 용어로, 주체와 대상이 명쾌히 구분되지 않는 상태에서 겪는 주관적 공포를 말하며, 미소지니와 호모포비아 등에서 나타나는 차별적 행위를 설명하는 데 널리 쓰인다. 또한 더럽고 혐오스러운 배설물이나 신체 유기물을 의도적으로 조명해 전복을 꾀하고 경계를 흐리는 예술의 한 흐름을 말하기도 한다.

었다. 애닐의 등뒤를 흘긋 보니 멀리서 먹구름이 몰려오고 있었다. 폭풍인가?

"아직 멀리 있어요." 애닐이 내 마음을 읽기라도 한 듯 말했다. "적어도 몇 시간은 여유 있어요. 그렇게 오래 걸리지 않을 거예요, 약속해요." 우리는 호텔 쪽으로 되짚어 걷다가 이내 반 마일쯤 떨어진 풀밭을 향해 방향을 틀었다. 풀들이 점점 키가 자라 결국 우리 허리까지 왔고, 나는 몇 번이나 진드기를 쫓으려 허리를 숙이고 허벅지와 종아리를 손바닥으로 털었다. 내가 세번째로 다리를 털고 허리를 폈을 때, 애닐이 걸음을 멈추고 나를 빤히 바라보고 있었다. 그녀는 싱긋 웃더니 계속 걸었다.

"스카우트 재밌었어요?" 애닐이 물었다. "오래 활동했어요?"

"브라우니부터 시니어* 때까지. 소녀 시절을 거의 다 바쳤죠." 브라우니라는 단어가 역겹게 부패한 무언가처럼 입안에서 부서지는 바람에 나는 땅바닥에 침을 뱉었다.

"걸스카우트 대원처럼 안 보여요." 애닐이 말했다.

"그게 무슨 뜻이죠?" 내가 물었다.

"그냥 당신은 무척…… 섬세해 보여서요. 걸스카우트는 원기왕성하고 야외활동을 좋아하는 사람들 같아서."

---

* 미국 걸스카우트 대원들은 연령에 따라 데이지, 브라우니, 주니어, 카뎃, 시니어 레벨로 나뉜다.

"둘 다일 수도 있죠." 나는 걸음을 멈추고 다리를 내려다봤고, 반바지 밑에서 반창고 끝부분이 빼꼼 고개를 내밀었다. 애닐은 발을 멈추지 않았고, 나는 서둘러 따라잡았다. 풀숲이 급작스럽게 끝나고, 커다란 느릅나무 한 그루가 나왔다. 나무 앞에는 흰색으로 칠한 철제 의자가 하나 있었다.

"아, 완벽한 타이밍이네요." 애닐이 말했다. "빛이." 나는 사진가는 아니었지만—시각적 관찰은 한 번도 내 전문이 아니었다. 나는 서사 충동과 시점 문제와 이론만을 전문으로 다뤘다—더이상의 설명은 필요치 않았다. 해가 낮게 떠 있었고, 내 피부를 포함해 모든 것이 벌꿀색 빛의 세례를 받았다. 나무 뒤로 임박한 폭풍이 하늘을 검게 물들였다. 만약 폭풍을 향해 차를 몰고 간다면, 사이드미러의 사진은 과거의 빛과 미래의 어둠을 드러낼 것이다.

애닐이 내게 새하얀 시트를 건넸다.

"이거 두를 수 있겠어요?" 애닐이 물었다. "이것 하나만. 그냥 몸에 둘둘 감아요, 편하게." 애닐은 돌아서서 카메라를 세팅하기 시작했다. "브라우니에 대해 얘기해줘요." 그녀가 말했다.

"아, 브라우니는 어린 여자애들을 말해요. 유치원 다닐 나이의. 브라우니라는 이름은 사람들 집에 살면서 선물을 받으면 대신 집안일을 해준다는 꼬마 집요정에서 유래했죠. 맨날 놀기만 하고 아버지의 집안 청소 돕는 걸 싫어하던 못된 남매에 관한 이야기가 있어요." 나는 블라우스 단추를 끄르고 브래지어 후크를 풀었다. "할머니가 남매에게 근방에 사는 늙은 부엉이를 찾아가 그 조그만 요정들에 관해 알아보라고 해요. 할머니는 사실 두 아이 모두에게 말했는데 꼬마 여자애 혼자만 부엉이를 찾으러 가고……"

나는 저녁 시간대 드라마 속의 얌전한 정부처럼 시트를 가슴 주위로 단단히 둘렀다. "준비됐어요." 내가 말했다.

애닐이 돌아섰다. 그녀는 다가와서 내 머리칼을 매만지기 시작했다. "아이가 부엉이를 찾나요?"

나는 살짝 인상을 쓰려고 했지만, 애닐이 내 입술에 엄지처럼 뭉툭한 립스틱을 바르는 중이었다. "네, 찾아요. 부엉이는 브라우니를 찾으려면 수수께끼를 풀어야 한다고 문제를 내죠."

"젠장." 애닐이 중얼거렸다. 그녀의 손가락이 내 입술 윤곽을 따라 문지르다 화장품의 기름 성분에 미끄러졌다. "미안해요, 입술 가장자리에 너무 많이 묻어서." 애닐은 립스틱을 다시 칠했다. "수수께끼는 뭐였어요?"

내 발밑의 땅이 꺼졌고, 순간 나는 먼 곳의 번개가 팔을 뻗어 신의 손가락처럼 나를 튕겨냈다고 확신했다.

"기억이 안 나네요." 나는 조용히 말했다. 애닐의 시선이 내 입술을 떠났고, 그녀는 나를 지그시 바라보다가 립스틱 뚜껑을 돌려 닫았다.

"당신은 무척 예뻐요." 애닐의 말투는 감탄인지 단순한 격려인지 알기 어려웠다. 애닐은 나를 의자에 밀어 앉히고 카메라로 돌아갔다. 내 피부는 열기로 번들거렸고, 모기가 귀 옆을 날아다녀서 손을 저어 쫓았지만 이미 한 방 물렸다. 그때 처음으로 내 눈에 카메라가 들어왔다. 내가 옷을 갈아입는 사이에 설치한 모양이었다. 카메라는 구식 물건으로 보였다. 허리를 숙여 머리 위로 두꺼운 천을 뒤집어쓰고, 코드 끝에 달린 버튼을 눌러 사진을 찍어야 하는 물건 같았다. 그런 카메라가 아직까지 존재하는 줄은 몰랐다.

애닐이 나의 시선을 알아차렸다. "이건 대형 카메라large-format camera라는 거예요. 원판이 당신 손바닥만하죠." 애닐은 내 턱을 살짝 위로 치켜들었다.

"자, 이제 당신이 해줬으면 하는 건, 쓰러지는 거예요."

"네?" 나는 되물었다. 의자의 뼈대를 통해 우르릉거리는 천둥의 파문이 느껴졌다. 그런 내용은 애닐의 원래 청탁에는 분명 들어 있지 않았었다.

"의자에서 쓰러져야 해요." 애닐이 말했다. "어떤 자세로 쓰러지든, 그대로 계세요. 눈을 뜨고 몸은 꼼짝 않고 가만히."

"난……"

"우리가 이걸 빨리 끝낼수록 비를 맞을 확률이 낮아져요." 애닐의 어투는 단호하고 상냥했다. 애닐은 활짝 웃더니 곧장 카메라 후드 속으로 사라졌다.

나는 주저했다. 땅을 내려다보았다. 해질녘 노을빛을 받은 풀들이 반짝거렸지만, 흙과 돌이 보였다. 다치고 싶지 않았다. 솔직히 말해서, 흙을 묻히고 싶지 않았다.

애닐이 후드 속에서 나왔다. "무슨 문제라도 있나요?" 그녀가 물었다.

나는 애닐의 얼굴을 쳐다보다 다시 땅으로 시선을 향했다. 나는 풀썩 쓰러졌다.

놀라움은 즉각적으로 다가왔다. 우선, 땅바닥이 상상했던 것만큼 딱딱하지 않았다. 점토처럼 부드럽게 나를 받아들였다. 그리고 애닐의 몸에 가려져 있던 태양이 그녀의 다리 사이에서 모습을 드러내, 전설 속 애원처럼 이글거렸다. 찰칵 찰칵 어떤 벌레가 무는 것처럼 건조한 셔터음이 들렸다. 그때 멀리서 번개가 쳤고, 호텔 너머로 하늘을 갈랐다. 그 수많은 징조들. 나는 그러고 있는 게, 땅바닥에 있는 게 묘하게 마음에 들었다. 매미 소리에 귀를 기울이며, 빛이 갈라지고 사라지는 모양을 보며 몇 시간이고 그대로 있을 수 있을 것 같았다.

그때 애닐이 내 앞에 무릎을 꿇더니 나를 부축해 일으켜세웠다. "뛰어요, 뛰어야 해요!" 그전까지 내가 어떤 짜증이나 이상함을 느꼈다 한들, 그녀의 이 소녀다운 매력에 뭉개져 사라지고 말았다. 그녀는 내게 옷가지를 던지고 카메라를 접었다. 그 순간 그날의 마지막 온기가 자취를 감췄다. 온기는 하수구로 쫙 빨려 나가고 곧 닥칠 비의 냉기로 대체된 듯했다. 애닐이 뛰기 시작했고, 나도 그녀를 따라 옷가지를 가슴께에 움켜쥐고 시트를 휘날리며 달렸다. 가뿐해진 기분이었다. 웃음이 터져나왔다. 하늘을 보려 고개를 돌리진 않았지만, 마치 본 것처럼 선연히 시각화할 수 있었다. 구름은 술집 남자들처럼 숨이 턱에 닿아 미친듯이 우리를 쫓고, 우리는 깔깔대며, 함께, 달아난다. 곧이어 빗소리가, 뭔가 맹렬히 잡아 뜯는 소리가 났고, 우리는 한걸음에 포치에 올라섰다. 돌아보니 멀리 있는 나무들과 하늘과 심지어 우리들 차도 폭우에 보이지 않게 지워졌다. 나는 흠뻑 젖었다. 흙으로 지저분해진 시트는 반쯤 비치며 콘돔처럼 찰싹 달라붙었다. 나는 마냥 신나서 근 몇 개월 만에 몹시 행복해졌다. 어쩌면 몇 년 만일지도.

이런 게 우정일까? 원래 이런 식으로 되어야 하는 걸까? 무아지경에서 어쩌다 행복을 거저 주웠다는 느낌, 그리고 모든 게 제자리에 올바로 있는 것 같다는 느낌. 아름다운 애닐은 그다지 숨을 헐떡이지도 않았다. 그녀는 내게 빙그레 웃어 보였다. "협조해줘서 고마워요" 하고 호텔 안으로 사라져버렸다.

내 소설은 진전을 보이고 있었다. 인덱스 카드가 진도에 방해가 된다는 것을 깨달은 나는 그저 키보드에만 매달려 신들린 글쓰기에서 빠져나올 때까지 오로지 작업에 집중했다. 가끔은 포치에 나와 앉아 NPR의 유명 인사와 가상 인터뷰를 가졌다.

"글을 쓰고 있을 때면 무엇엔가 홀린 기분이에요." 나는 테리 그로스*에게 말한다.

"바로 그때 모든 게 바뀔 거라는 걸 알았죠." 나는 아이라 글래스**에게 말한다.

"절임류 그리고 새우요." 나는 린 로세토 카스퍼***에게 말한다.

이따금 아침 식탁에서 다른 사람들과 마주치기도 했다. 하루는 디에고가 전날 있었던 친목 모임에 대해 얘기했는데—나는 소설의 클라이맥스에 해당하는 루실의 친목 모임 때문에 현실의 모임에서는 빠졌다—그러면서 묘한 단어를 썼다. 식민지 개척자.

"식민지 개척자?"

"우린 예술가 식민지에 있잖아요." 디에고가 말했다. "그러니까 식민지 개척자인 셈이죠, 안 그래요? 콜럼버스처럼." 디에고는 오렌지주스를 쭉 들이켠 다음 식탁에서 일어났다.

재미있으라고 한 얘기였겠지만 나는 아연했다. 입주자라는 말은 의미심장하면서 적절한 용어 같았고, 매일매일 들고 다녀도

---

* 미 전역에 방송되는 NPR의 인터뷰 중심 라디오 쇼 〈프레시 에어〉의 진행자.
** 미국 방송계의 유명 진행자 겸 제작자로 〈디스 아메리칸 라이프〉 외 다수 인기 프로그램을 진행하고 있다.
*** 음식 관련 라디오 쇼 〈스플렌디드 테이블〉을 맡아 진행했던 작가 겸 기자.

좋을 우산 같았다. 그러나 식민지 개척자라는 단어는 내 옆에 털썩 앉아서 이를 드러낸다. 우리가 뭘 식민지화하고 있었단 말인가? 서로의 공간을? 대자연을? 우리 자신의 생각을? 이 마지막 물음에, 비록 자기 자신의 생각 안에 머무는 입주민이 될 수도 있다는 나의 착안과 아주 다르지는 않음에도, 마음이 몹시 불편해지고 말았다. 입주자는 두뇌 앞에 출입구가 있음을 시사한다. 그 입구는 자기 성찰이 가능하게끔 열려 있으며, 안에 들어가면 우리는 이전에 까맣게 잊고 있던 대상들을 마주하게 된다. "아 그거 생각나!"라면서 작은 나무 개구리나 눈 코 입 없는 헐렁한 헝겊 인형, 또는 페이지를 넘길 때마다 감각의 인상들—갓 한 귀퉁이가 사라지고 없는 독버섯, 흩날리는 쨍한 색채의 가을 낙엽, 밀크위드와 춤추는 여름 바람—이 물밀듯 밀려드는 그림책을 집어들게 되는 것이다. 반면 식민지 개척자는 생각의 출입구를 발로 쾅 걷어차고 들어갔더니 괴상한 가족이 저녁을 먹고 있더라는 식의 소름 끼치는 어감이었다.

이제 나는 작업을 할 때 나 자신의 내면의 입구에서 어색하게 서성이게 되었다. 정말로 나는 천연두가 묻은 담요를 들고 거짓을 일삼는 침략자에 불과한가? 저 안에 어떤 비밀과 수수께끼가 묻혀 있을까?

나는 여전히 몸 상태가 좋지 않았다. 나는 그때 커튼과 손잡이가 있는 방에서 이미 죽었고, 매일같이 키보드 위에 엎드려 있는 지금의 나는, 살아가는 번뇌의 하찮은 세부사항은 깡그리 무시한 채 원고에 묶인 지박령이 아닐까.

신음소리를 듣고 잠에서 깼다. 나는 맨발에 잠옷 차림으로 계단 아래 칸에 서 있었다. 하나로 틀어올린 머리가 느슨히 풀려 목 언저리에서 힘없이 달랑거렸다. 복도 벽면의 나무 패널, 문 옆 유리창에서 흘러드는 달빛이 눈에 들어왔다. 몽유병은 오래전에 없어진 줄 알았는데, 여기 이렇게, 내 방과 내 침대가 아닌 곳에 나는 똑바로 서 있다.

또 그 소리가 났다. 전에도 이런 소리를 들은 적이 있다. 어릴 적 우리집 고양이가 빵 한 덩이를 몽땅 삼켰을 때. 폭식을 후회하는 소리였고, 무절제 속에서 뒹구는 소리였다. 내 발은 아무 소리도 내지 않고 딱딱한 마룻바닥을 천천히 가로질렀다.

복도는 그림자 속에 잠겨 있었다. 달빛이 창문을 비스듬히 지나 나무 패널을 댄 벽면에 세 개의 은빛 막대를 내질렀다. 나는 복도 끝에서 계단을 내려가 그 소리를 따라 식당으로 향했다. 식당 입구에서 보니 디에고가 식탁 위에 등을 대고 누워 있었다. 그의 골반 위에 걸터앉은 사람은 리디아였고, 그녀의 민트색 잠옷은 허리께까지 말려올라가 있었다. 그녀의 발바닥이 나를 보고 있었고, 흙먼지로 새카맸다.

리디아가 물결치듯 움직이자 달빛 조각들이 그녀 밑에 깔렸고, 보였다 안 보였다 하며 어둠에 의해 정확히 반으로 갈렸다. 나의 정신은 말썽을 부리는 엔진처럼 한 번, 두 번 잠에 겨워 엎치락뒤치락하다가 갑자기 시동이 켜졌다. 디에고가 리디아의 엉덩이를 잡고 자기 쪽으로 끌어당겼다 밀었다. 그 리듬이 수면 위로 파문을 일으키는 바람처럼 유기적이었다.

두 사람은 나를 알아차리지 못한 듯했다. 리디아는 등을 돌린 채였고, 디에고는 눈을 뜨면 쾌락의 일부가 날아가버리기라도 하는 듯 두 눈을 꽉 감고 있었다.

달빛은 고압적이었고, 불가능하다 싶게 세세한 데까지 비추었다. 그의 반지르르한 매끄러움, 그녀의 살을 아우라처럼 둘러싼 얇은 옷감. 그 자리를 떠야 한다는 건 알고 있었지만—내 방으로 되돌아가서, 이 너울너울 올라오는 쾌락과 공포를 지워낸 후 자야 했다—그럴 수가 없었다. 저들의 섹스는 끝없이 계속되는데 어느 쪽도 절정은 아닌 듯했고, 말도 안 되게 일관된 템포로 타성을 따를 뿐이었다.

얼마 후 나는 그곳을 벗어났다. 내 방으로 돌아와 스스로에게 손을 댔고—이게 도대체 얼마 만인지!—내 머릿속은 잡음으로 뒤죽박죽이었다. 나는 아내를, 그녀의 짙게 물든 젖꼭지를, 그녀의 벌린 입과 거기서 돌돌 감겨 나오는 소리의 리본을 떠올렸다.

이튿날, 안개가 돌아왔다. 잠에서 깨니 안개가 마치 내게 할 말이 있는 걱정 많은 정령처럼 열린 창문가를 맴돌고 있었다. 나는 창틀이 흔들릴 정도로 세게 창문을 닫았다. 엇저녁 일 때문에 마음이 산란했다. 두 사람한테 뭐라고 말을 해야 하나? 좀더 조심해달라고 부탁해야 할까? 아니면 내가 우연히 목격한 것은 그저 내 문제일 뿐 그들과는 상관없나? 부엌에 가니 리디아가 커피를 내리고 있었고, 나는 그녀와 눈을 마주치지 않았다.

오두막에서 나는 작업에 집중하려 애썼다. 발코니에 서서 호수를 보려고 목을 뺐지만 보이지 않았다. 날씨 때문에 기운이 다 빠진 나는 마룻바닥에 드러누웠다. 바닥에서 보니 방이 완전히 달라졌다. 비록 방향은 정반대지만 크기는 중력과 동등한 힘에 끌려 천장에 달라붙은 느낌이었고, 여기서는 가구 밑 숨겨진 공간이 보였다. 쥐구멍, 모르는 사람의 인덱스 카드, 중심축이 삐뚤어져 외로워 보이는 백골색 단추 하나.

빅토르 시클롭스키의 '낯설게 하기'라는 개념이 떠오른 게 이번이 몇번째이려나. 무언가를 아주 바싹 당겨 매우 찬찬히 관찰하면, 그것이 비틀리고 변화하며 새로운 의미를 획득한다. 그 현상을 처음 겪었을 땐 너무 어려서 그게 뭔지 이해하지 못했다. 참고도서를 찾아보기에도 확실히 너무 어려웠다. 처음에 나는 우리집 바닥에 누워 먼지와 머리카락이 뒤엉킨, 냉장고의 철제 다리와 그 밑단의 고무 받침을 자세히 살피고 있었고, 그 시점에서 보니 다른 사물들까지 몽땅 변화하기 시작했다. 네 개 중 하나, 그

외 여러 대상들 중 하나일 뿐인 하잘것없던 냉장고 다리가 갑자기 온갖 것이 된다. 커다란 산기슭의 작고 단출한 집, 거기서 피어오르는 작은 연기, 불빛이 비치는 창문이 보이고, 그 집에서는 마침내 영웅이 탄생할 것이다. 다리에 난 흠집은 하나도 남김없이 발코니 혹은 문이 된다. 냉장고 밑의 허접쓰레기는 망가지고 파괴된 풍경이고, 광활한 부엌 타일은 구원을 기다리는 왕국에서 제멋대로 뻗어나간 도시다. 엄마가 그러고 있는 나를 발견했다. 눈이 약간 사시가 되어 냉장고 다리를 너무도 골똘히 노려보고, 몸은 모로 누워 새우처럼 구부리고, 입술은 거의 알아볼 수 없게 움직이는 아이. 두번째 겪었을 때는 자세히 설명할 가치도 없다. 다만 그것이 Z — 선생님의 딸이 고등학교 때 나와 같이 영어 수업을 듣다가 다른 반으로 옮긴 이유였고, 세번째는—그때는 어른이었다—내가 하고 있는 게 무엇인지 이해하게 되어 좀더 의식적으로 몰두하기 시작했다. 그 과정은 나의 글쓰기에 유용했다—사실 내가 가진 재능은 뮤즈라든가 창조적 영혼에서 비롯된 게 아니라, 비율을 조작하는 능력과 축적된 시간에서 비롯됐을 것이다. 하지만 그것이 나의 인간관계에 부담을 주었다. 내가 어떻게 아내와 결혼했는지는 여전히 내게 수수께끼다.

어두워지고도 한참이 지난 뒤 나는 그날의 작업을 마무리했다. 안개는 한낮에 다 타버렸고 이젠 모든 게 맑고 또렷했다. 거의 보름에 가까운 달이 바람에 교란된 호수의 물결 위에 윤슬을 자아냈다. 나는 나무 사이로 길을 나섰고, 발이 돌멩이에 부딪혔다. 온 사방이 옅은 은빛으로 반짝거렸다. 나는 상상했다. 나는 고양이다. 어둠에 묻혀 보이지 않는 비밀을 밤눈으로 밝히는 고양이. 호텔이 멀리서 은은히 빛났다. 집으로 오라고 손짓하며 나를 부르는 등대.

그때, 내 앞에서, 어둠보다 더 캄캄한 액체성 그림자가 길 위로 쏟아졌다. 나는 기를 쓰고 그 너머를 쳐다봤다. 벤치까지만 갈 수 있다면, 숲 반대편으로 나갈 수 있을 것이다. 그러나 나무들 사이를 메운 판판한 어둠은 공포였다. 나는 가방을 옆구리로 바싹 당겨 멨다.

이 바보야, 나는 속으로 말했다. 책을 너무 많이 읽어서 머리 태엽이 너무 팽팽하게 감긴 거야. 옛 기억에 빠져 허우적대기나 하고. 네가 이렇게 멀리 떠내려온 걸 네 아내가 알면 당황해할걸.

나는 벤치에서 눈을 뗄 수 없었다. 하얀 무언가로 변신한 것처럼, 더이상 페인트칠된 나무가 아니라 뼈다귀로 보였다. 천년 전어떤 생명체가 호수에서 기어올라와 바로 저 자리에서 나의 도착을 고대하다가 숨을 다한 것처럼. 주변의 까만 덤불이 바람에 미친듯 너풀거렸고, 나는 가시가 손에 닿기 전까진 그게 있는지 보지도 못했다. 가시가 내 검지를 찔렀고, 나는 걸으면서 상처를 빨았다. 어쩌면 이 피 공양이 뭔가 근처에 있는 것들을 접근하지 못하게 막아줄지도 몰랐다. 빨고 또 빨다보니 이윽고 어둠 건너편에 있었고, 달빛이 다시 돌아왔다. 나는 뒤돌아보지 않았다.

어느 날 저녁 식탁에서 애닐이 우리가 지금까지 해온 작업을 서로 공유하자고 제안했다. 나는 움찔했지만, 다른 사람들은 열광했다. "저녁 먹고 바로 볼까?" 리디아가 설레발쳤다. 나는 접시 위의 닭고기를 난폭하게 난도질하며 누가 나의 못마땅함을 알아봐주길 바랐지만, 아무도 눈치채지 못한 것 같았다.

그리하여 우리는 소화도 시킬 겸 디에고의 그림부터 보았다. 지식에 목마른 좀비들에 지배된 디스토피아를 그린 연작이었다. 그다음엔 화가가 우리를 자신의 작업실로 들였지만, 작품에 대해서는 아무 설명이 없었다. 바닥에서 천장까지 모든 벽면이 작은 사각 캔버스로 뒤덮였고, 하나같이 심란스러운 붉은 무늬가 섬세히 그려져 있었다. 손자국을 닮았지만 손가락이 하나 더 있었고, 무엇보다 사람 손이라기엔 너무 작았다. 얼핏 보면 모두 똑같아 보였는데 정말로 완전히 동일한 것들임을 알게 될까 두려워 자세히 살펴지는 않았다.

벤저민의 작업실에 들어가자, 그는 우리가 설 수 있도록 안을 치우고 공간을 마련하는 중이었다. "조심해요, 바닥에 유리가 많아요." 나는 벽에 붙어 섰다. 그의 조형물들은 거대했고, 점토와 부서진 도자기와 창유리의 조합이었다. 대부분 신화 속 인물들이었는데, 가랑이 사이에 삐죽삐죽한 유릿조각이 달린 벌거벗은 남자를 묘사한 아름다운 조형 작품도 있었다. "난 저걸 '윌리엄'이라고 부르죠." 벤저민이 나의 시선을 알아채고 말했다.

애닐의 작업실에는 사진들이 있었다. "이게 나의 최신 시리즈 '예술가들'입니다." 다들 자기 사진 앞에 가서 넋을 잃고 바라보다 옆 사람들 사진을 보았다. 리디아가 어릴 적 즐거운 꿈이라도 생각난 듯 깔깔거렸다. "이거 맘에 드네." 리디아는 만족스러운 어조로 말했다. "포즈를 취한 건데 포즈가 아니야."

사진들은 제각기 부지 주변의 여러 다른 장소에서 찍혔다. 벤저민은 거미줄에 걸린 파리처럼 사지를 축 늘어뜨린 채, 지저분한 긴 리넨에 묶여 진흙투성이로 호숫가에 누워 있었다. 눈을 뜨고 시선은 하늘에 고정했지만 유리알처럼 멍했고 새 한 마리가 비쳤다. 디에고는 호텔 계단 맨 아랫단에 구겨져 있었는데, 몸뚱이가 여기저기 흉하게 꺾였고 확장된 동공과 함께 어두운 홍채도 부풀어 있었다. 리디아는 올가미를 목에 걸고 나무 그루터기 위에 서서 양팔을 벌리고 몸을 앞으로 기울인 채 평온한 미소를 띠고 있었다. 그리고 내 사진은, 흠.

애닐이 옆으로 다가왔다. "어때요?" 그녀가 물었다.

나는 그날 오후가 잘 기억나지 않았다. 풀밭을 가로질러 숨가쁘게 뛰기 전까지의 모든 행위가 수채화처럼 흐릿했다. 하지만 이 사진에서 나는 완전히, 돌이킬 수 없이 죽은 것처럼 보였다.

내 몸은 디에고와 마찬가지로 구겨졌고, 의자에 얌전히 앉아 있다가 총알에 심장을 관통당한 것 같았다. 당시 붙였던 밴드 중 몇 개가 보였다. 시트가 흘러내려 젖가슴이 드러났고—이건 전혀 기억나지 않았다—눈에는 아무것도 없었다. 아니 더 끔찍하게도 무無가 있었다. 존재의 결여가 아니라 허무의 실재였다. 나 자신의 죽음에 대한 예감 또는 오래전에 잊었던 섬뜩한 기억을 보고 있는 기분이었다.

다른 사진들처럼 구도는 아름다웠다. 색은 더할 나위 없이 강렬했다.

나는 애닐에게 뭐라고 말을 해야 할지 알 수 없었다. 당신이 나의 신뢰를 배반했음을 똑똑히 알고 있지 않느냐고? 우리의 아름다웠던 오후가 엉망이 되었다고? 나는 의도치 않게 신체를 노출하고 말았는데, 당신이 한 일은 아니지만 그 노출에 당신이 죄책감을 느껴야 하지 않느냐고? 애닐을 쳐다볼 수가 없었다. 나는 리디아의 작업실로 향하는 사람들 뒤를 따라갔고, 거기서 리디아는 무언가를 연주했다. 짜증나게 멋진 곡이었다. 여러 악장으로 이루어져 있고, 겁에 질린 소녀가 대저택에서 쫓기는 장면, 이어서 숲속으로 굴러떨어져 강물이 넘실대는 둑에서 거의 죽을 뻔하는 장면, 그리고 매로 변신하는 장면이 연상됐다. 그다음에 리디아는 '시' 부분을 읽었고, 시에서는 우주를 표류하는 젊은 여자가 궤도 이탈 사고 이전의 자신의 삶과 행성들에 대해 성찰했다.

내 차례가 되자 나는, 루실이 어릴 적 피아노 선생님이 준 선물을 거절하고 나서 그걸 되찾기 위해 선생님의 집에 몰래 침입하는 장면 중 짧은 한 문단을 딱딱하게 낭독했다.

"화염이 솟구치는 아수라장 앞에 서서," 나는 이렇게 끝맺었다. "루실은 두 가지 가혹한 진실을 깨달았다. 그녀의 유년기는 지독히 외로웠고, 그녀의 노년기는, 더 나빠질 수 있다면 나빠질 것임을."

다들 점잖게 박수를 치고 일어났다. 우리는 식탁으로 되돌아가 와인을 여러 병 땄다.

리디아가 내 잔에 넘치도록 술을 따랐다. "혹시 걱정한 적 없어?" 그녀가 내게 물었다. "본인이 다락방에 사는 미친 여자가 아닐까 하고?"

"네?"

"'다락방에 사는 미친 여자' 얘기를 쓰고 있는 게 아닐까 걱정한 적 없느냐고."

"미안하지만 무슨 얘기인지 잘."

"알면서. 낡은 수사법이잖아. 완전히 맛이 간 여주인공이 나오는 소설이라니. 그건 좀 따분하고 퇴행적이고, 뭐랄까, 이미 한물갔지"―이 대목에서 리디아가 몸짓에 너무 힘을 주는 바람에 붉은 와인 몇 방울이 식탁보에 튀었다―"안 그래? 그리고 미친 레

322

즈비언이라니, 그것도 너무 진부하잖아? 거기에 대해 의문을 품어본 적은 없어? 그러니까, 난 레즈비언이 아냐, 그냥 말해두는 거지만."

잠깐 침묵이 흘렀다. 다들 자기 잔을 유심히 관찰하고 있었다. 디에고는 술잔에 손가락을 넣어 보이지 않는 부유물을 걷어냈다.

"루실은 맛이 간 것도 미친 것도 아니에요." 마침내 내가 말했다. "루실은 그저…… 그저 신경이 예민한 캐릭터예요."

"난 그런 사람 본 적 없는데." 리디아가 말했다.

"루실은 나예요." 나는 분명히 말했다. "어느 정도는. 루실은 그저 머릿속에 든 게 아주 많을 뿐이죠."

리디아는 어깨를 으쓱했다. "그럼 당신 자신에 대해 안 쓰면 되겠네."

"남자들은 자전적 얘기를 소설인 양 잘만 쓰는데, 난 그러면 안 되나요? 내가 그러면 에고가 비대한 건가?"

"예술가가 되려면," 디에고가 화제를 슬쩍 이탈시키며 끼어들었다. "기꺼이 에고를 가지고 자신의 전부를 거기에 걸어야 합니다."

애닐이 고개를 저었다. "그저 열심히 만드는 수밖에. 에고는 말썽만 일으켜요."

"하지만 에고 없이는," 디에고가 말했다. "글쓰기는 일기장에 휘갈긴 끄적임에 불과해요. 그런 예술은 그냥 낙서죠. 에고는, 내가 하는 일은 중요하다고, 그러니까 일을 지속하기에 충분한 돈을 받아야 한다고 강력히 요구합니다." 디에고는 우리를 둘러싼 호텔을 손짓으로 가리켰다. "에고는 따지는 거예요, 내가 하는 말이 책으로 출간되거나 세상에 알려져야 할 만큼 중요하다고."

화가가 인상을 쓰며 뭐라고 말했지만 나는 듣지 못했다, 당연히. 다들 와인을 길게 몇 모금씩 들이켰다.

그날 밤, 리디아가 내 방문 앞을 걸어가는 소리가 들렸다. 문틈으로 딱딱한 마룻바닥에 질질 끌리는 리디아의 발이 보였다. 그녀는 복도에 잠옷을 내던졌고, 몸을 돌려 디에고의 방으로 들어갈 때 그녀의 나체는 칼집에서 뽑힌 칼날 같았다.

뭔가 이상한 게 내 몸속에서 움직이는 기분이었다. 옛날 어릴 적 할아버지 댁에 갔을 때, 나 때문에 놀란 가터뱀이 풀숲에서 뛰쳐나와 근처에 가지런히 쌓아놓은 장작더미로 숨어들었다. 뱀이 얼마나 황급히 움직였는지 그 근육질 몸통이 뻣뻣해지며 뚝 소리가 났고 다음 순간 어둠 속으로 스르르 사라졌다. 지금 나도 그런 식으로, 어디론가 너무 급격히 곤두박질치는 바람에 내 몸이 통제가 안 되는 느낌이었다. 나는 침대에 도로 기어들어갔고, 꿈을 꿨다.

꿈속에서 아내는 나를 마주보고 앉아 있었고, 나신에 얇은 거즈 직물만 두르고 있었다. 손에는 클립보드를 들고 목록을 체크하듯 연필로 무언가를 적어내려갔다.

"당신 어디야?" 아내가 물었다.

"데블스 스로트."

"거기서 뭐해?"

"숲 저편으로 바구니를 나르고 있어."

"바구니 속엔 뭐가 들었어?"

나는 내려다봤고, 거기엔 아름다운 구체 네 개가 있었다.

"달걀 두 개." 나는 수를 셌다. "무화과 두 개."

"진짜?"

나는 대답이 달라질까봐 두려워 다시 내려다보지 않았다.
"응."

"그럼 숲 저편은 뭐야?"

"나도 몰라."

"그럼 숲 저편은 뭐야?"

"잘 모르겠어."

"그럼 숲 저편은 뭐야?"

"몰라."

"그럼 숲 저편은 뭐야?"

"기억 안 나."

"그럼 숲 저편은 뭐야?"

나는 대답하기 전에 잠에서 깼다.

낭종이 다시 찾아왔다. 이번엔 더 많아졌다. 복부와 겨드랑이까지 퍼졌다. 점점 커져서 하나의 물집 안에 여러 개의 방이 생겼고, 그걸 째니까 마치 모험가가 미친듯이 뛰쳐나오는 사원처럼 방이 하나씩 하나씩 무너졌다. 낭종들 내부의 소리가 들렸다. 그것들은 팝 록 음악처럼 땅땅거렸다. 나한테는 그 소리들이 들렸다. 오래전 과학 시간에 노화된 별이 수명을 다하면 부풀다가 붕괴되어 초신성으로 폭발한다는 얘기를 들은 기억이 났다. 초신성. 이 느낌이 바로 그거다. 나의 태양계가 수명이 다한 것처럼. 나는 한동안 욕조에 몸을 푹 담갔다.

같은 날, 나는 마음을 열고 걸스카우트 시절의 몇몇 장면을 떠올렸다. 구운 마시멜로를 모닥불 속 흙바닥에 떨어뜨렸던 것이 기억났다. 어쨌든 주워먹긴 했는데, 탄화된 설탕과 돌이 같은 양으로 씹혔다. 알고 있는 재미나는 사실들을 또래들과 공유했던 것도 기억났다. 가령 흰 개는 대부분 귀가 들리지 않는다. 몽유병자들은 절대 깨워서는 안 되지만, 자고 있는 그대로 침대로 살며시 유도할 수는 있다. 캐슈는 덩굴옻나무의 사촌이다. 캠프 카운슬러가 플라스틱 밀폐용기 맨 밑에 숨겨둔 통밀 크래커를 내가 다 먹어버린 것도 기억났다. 누가 먹었느냐고 카운슬러가 우리한테 물었을 때 나는 대답하지 않았다. 캠프에서 아팠던 것도 아주 자세히 기억났다. 하루종일 야전침대에 누워 새소리와 멀리서 들리는 대원들의 함성에 귀를 기울였다. 나 빼고 이벤트를 한다고—상황상 내가 배제된 공통의 이벤트와 공통의 즐거움—생각하니 무진장 괴로웠다. 나는 몸이 괜찮아졌다는 확신이 들었고, 그래서 일어났는데 너무 어지러워 야전침대의 팽팽한 직물 위로 까무러쳤다. 마치 딴사람의 연극에서 시시한 배역을 맡아서, 아무리 발버둥쳐도 줄거리상 그 순간 나는 거기에 머물 수밖에 없는 것처럼. 그래서 나는 비탄에 빠졌을 것이다.

이곳 데블스 스로트에서는 모든 게 어긋나고 잘못된 느낌이었다. 스스로 나 자신을 극화했던 것이 역겨워졌고, 내가 받았던 느낌과 정반대로 생각하려 노력했다. 당시 나의 의미심장한 고통은 전혀 의미심장하지 않다고. 나는 가장 미세한 것들을 생각하며 스스로를 왜소하게 만들었다. 곤충들의 복잡한 희비극. 춤추는 원자. 지구에 터널을 뚫는 중성미립자.

심란함을 잠시 떨칠 겸 호수 탐험을 계속하기로 했다. 오두막을 벗어나 전에 카누를 봤던 곳까지 쭉 걸었다. 카누는 더이상 그곳에 없었다. 그래도 물결의 리듬은 기억하는 그대로였고, 물가는 저 너머까지 멀리 휘어져 뻗어 있었다. 나는 삼십 분쯤 더 호숫가를 따라 걸으며 수변의 모래와 조약돌을 살피고, 수형樹形에 방해가 되는 나뭇가지를 꺾었다. 마침내 작은 선착장에 다다랐고—이곳에도 배는 없었지만, 허벅지 뒤쪽에 닿는 거친 나뭇결이 실감나게 되살아났다—나무 몸통에 가느다란 빨강 리본을 묶어 표시해놓은 숲속의 틈새가 보였다. 길이었다.

나는 그 길로 들어섰다. 이 길이 맞는다는 확신이 들었다. 실제로 매번 모퉁이에 닿기도 전에 그 모퉁이가 기억났다, 비록 역방향으로 가는 중이긴 했지만. 내가 배를 타고 호수로 들어갔었나? 아니면 그냥 선착장에 앉아 있었나? 그리고 내 옆에는……내 옆에 누가 있었지?

어떤 짐승이 울부짖는 바람에 나는 걸음을 멈췄다. 고통, 공포 혹은 짝짓기 소리였고, 누가 들어도 소름 끼쳤다. 족제비? 곰?

그때였다. 한 꼬마—대여섯 살을 넘지 않았을 여자애—가 나무 옆에 서 있었다. 아이의 눈은 휘둥그레져서 글썽글썽했고, 숲 바닥을 함부로 밟고 다니는 내 발소리를 듣고 울음을 그친 것 같았다. 아이는 반바지 차림에 니삭스와 스니커즈를 신었고, 형광 연두색 스웨트 셔츠에는 동글동글한 거품 같은 서체로 "YES I CAN / BE A TOP COOKIE SELLER"*라고 적혀 있었다.

"안녕?" 내가 말을 걸었다. "너 괜찮니?"

아이는 고개를 저었다.

"길을 잃었어?"

아이는 고개를 끄덕였다.

나는 아이에게 다가가 손바닥을 내밀었다. "손잡고 싶으면 잡

---

* '그래 할 수 있어, 최고의 쿠키 판매자가 될 거야'라는 뜻.

아도 돼. 캠프까지 같이 걸어가자. 걸스카우트 대원들하고 왔지?"

아이는 다시 고개를 끄덕였고, 작고 보드라운 손을 내 손안에 놓았다. 아이의 손이 이렇게 딱 들어맞을 줄은 몰랐다. 우리는 걷기 시작했다. 나는 애널에게 들려줬던 브라우니 이야기가 생각났고, 내가 대답하지 못했던 질문에 답변할 수 있는 사람과 우연히 마주치다니 뜻밖의 행운 같았다.

"질문 하나만 해도 될까?" 내가 말했다.

아이는 진지하게 고개를 끄덕였지만 나와 눈을 마주치지는 않았다. 드디어, 동류의 영혼이었다.

"브라우니 이야기에 나오는 노랫말 있잖아. 그거 혹시 아니?"

아이의 따스하고 끈적한 손을 통해 아이의 몸이 진저리치는 것이 내 손에도 느껴졌다.

"미안, 꼭 말하지 않아도 돼." 내가 말했다.

우리는 좀더 걸어갔다. 이쪽 길은 수풀이 많이 우거져 어린아이들이 캠프를 하기에는 적합하지 않아 보였다.

"나를 비틀어, 나를 뒤집어……" 아이가 운을 뗐다. 새되지만 제법 힘있는 목소리였다, 꼭 철사처럼. 아이는 말꼬리를 흐렸다. 나는 채근하지 않았다. 우리는 계속 걸었고, 늘어진 옻 덩굴을 피할 때만 일정했던 걸음걸이가 흐트러졌다. 반질반질한 옻 잎사귀들 위에서 햇살이 반짝반짝했다.

"나를 비틀어, 나를 뒤집어, 그리고 내게 요정elf을 보여줘."

아이가 동시를 마지막까지 읊었다. "나는 물속을 들여다봤고, 거기 있는 것은—"

아이가 말을 뚝 그쳤고, 나는 기억났다.

"나 자신myself." 나는 조용히 말했다.

끔찍하다. 섬뜩함의 정점이었다—그 노랫말이 내 기억에서 지워진 것도 당연했다. 노예가 된 신화 속 브라우니를 찾으라고 아이를 보내는 것도 모자라—그 아이가 연못에 떨어져 익사하지도 않고 밤에 길을 잃지도 않으리라는 가정하에—아이 본인이 그 신화 속 노예 브라우니라고 얘기하는 노랫말을 들려줘? 게다가 남매 중 남자애도 아니고, 맙소사, 여자애한테만? 그 이야기에 나오는 어른들과 말하는 동물들 모두가 수상쩍었다—주인공을 제대로 보호하지도 않았고, 해악이 도사리는 잘못된 길로 여자애를 보내는 데 적극 동참했다.

"그렇구나." 나는 아이에게 말했다.

길이 넓어지더니 이윽고 캠핑장 끄트머리가 나왔다. 멀리 저편에 야영 덱 위에 설치한 커다란 군용 텐트들이 새카만 화덕 구덩이를 둘러싸고 있었다. 그 옆에는 갓 쪼개놓은 장작더미가 파란 방수포를 둘러쓰고 있었다. 우리 왼쪽에는 낮고 폭이 넓은 건물이 있었고, 그 바로 앞 피크닉 테이블 주위로 십대 여자애들이 모여 있었다. 소리가 그들을 연기처럼 에워쌌다. 대화 소리, 휴대용 식기 세트 부딪는 소리, 냄비에 부딪히는 국자 소리, 삐걱

거리는 벤치 소리, 왁자지껄한 웃음소리. 그들 중 한 소녀가―구 릿빛 피부와 마른 몸에 곰이 그려진 헐렁한 티셔츠를 입었다― 우리가 숲 밖으로 나오자 냉큼 뛰어왔다.

"에밀리! 어떻게……?"

"숲속에서 헤매고 있었어." 내가 말했다. 나는 곰 티셔츠를 입 은 소녀가 내가 누군지, 어디서 왔는지 물을 때까지 기다렸지만, 소녀는 묻지 않았다. 소녀는 고개를 약간 기울였고, 그 몸짓에서 뭔가 어른스러운 느낌이 났다. 짜증스러워하면서도 예의를 벗어 나지 않는. 소녀는 내가 어른들이 어디 있는지 묻기를 기다리는 중일지도 몰랐고, 내 시야에 어른은 한 명도 보이지 않았지만, 나는 묻지 않았다. 질문은 거의 필요치 않았다. 문명 세계가 망 하면 이 소녀들은 휴대용 식기 세트와 화톳불과 구급약과 이야 기들을 가지고 영원히 캠핑을 할 테고, 어른들이 어디 있는지는 어쨌든 중요치 않을 것이다.

"에밀리를 데려다주셔서 감사합니다." 소녀가 말하고는 에밀 리의 손을 잡았다.

"다들 무척 즐거워 보이네." 내가 말했다. "아주 만족스러워 보여."

소녀는 희미하게 웃었고, 눈은 입 밖에 꺼내지 않은 농담으로 번득였다.

"얘기 즐거웠어, 고마워." 나는 에밀리에게 말했다. 에밀리는 눈을 껌벅거리더니 이내 피크닉 벤치 쪽으로 달려갔고, 상급반 소녀들의 겉치레 인사가 아이를 맞이했다. "그럼 이만." 나는 십대 아이들에게 말한 다음 다시 숲으로 걸어들어갔다.

숲의 반대편으로 나왔을 때는 이미 빛이 바뀌어 있었다. 나는 신발을 벗고 물가로 걸어가 곧장 물속으로 들어갔다. 물이 냉큼 올라와 내 다리를 때렸다.

"나를 비틀어, 나를 뒤집어." 나는 조약돌을 밟고 천천히 맴돌며 중얼거렸다. 돌이 발바닥 한가운데 연약하고 오목한 부분을 파고들었다. "그리고 내게 요정을 보여줘. 나는 물속을 들여다봤고, 거기 있는 것은—"

허리를 살짝 숙여 내 얼굴을 찾았을 때, 하늘밖에 보이지 않았다.

8월의 첫날, 작업실 문을 여니 포치 계단에 토끼의 아랫몸 절반이 놓여 있었다. 내 등뒤의 모니터에서는 마무리짓지 못한 문장 중간에서 커서가 깜빡이고 있었다. "루실은 저 문 반대편에 무엇이 있을지 알지 못했지만, 그게 무엇이든 그녀는 비밀이 밝혀질—"

나는 그 불행한 생물 앞에 무릎을 꿇고 앉았다. 바람이 토끼의 털을 물결처럼 뒤흔들었고, 뒷다리는 자고 있는 것처럼 축 늘어졌다. 겉으로 드러난 장기가 캐러멜처럼 번들거렸고, 구리 냄새가 났다.

"미안하다." 나는 속삭였다. "넌 이것보다 더 나은 대접을 받았어야 하는데."

마음이 좀 진정되자 나는 토끼를 티타월로 잘 감쌌다. 그리고 그것을 리디아와 디에고와 벤저민이 머그잔을 들고 웃어대는 호텔 식당으로 가져갔다. 꾸러미를 식탁에 내려놓았다. "그게 뭐야?" 리디아가 타월 가장자리를 들어올리며 명랑하게 내뱉었다. 리디아는 헉하며 자리에서 벌떡 일어났고, 생목이 치미는지 가슴이 심하게 들렸다.

"뭔데 그게……" 디에고가 입을 열었다. 그는 더 가까이 고개를 내밀었다. "맙소사."

"저 여잔 완전 미쳤어!" 리디아가 소리질렀다.

"내 작업실 앞에서 발견했어요." 내가 말했다.

"부엉이나 뭐 그런 녀석들 짓일 거예요." 벤저민이 말했다. "근방에서 그런 놈들을 잔뜩 봤거든요."

리디아가 내뱉듯 말했다. "오 세상에. 더이상은 못 참아. 넌 미쳤어. 넌 미쳤다고. 중얼중얼거리면서 혼자 돌아다니고 맨날 노려보고. 대체 뭐가 문제야? 부끄러운 줄 알아야지."

나는 리디아 쪽으로 한 발짝 다가섰다. "내 생각 속에 사는 건 내 권리야. 내 권리라고. 사람들과 어울리지 않는 것도 내 권리이고, 곁에 있으면 불쾌해지는 것도 내 권리야. 넌 네 자신에게 귀를 기울인 적이 있기는 해? 이건 미쳤어, 저건 미쳤어, 너한텐 세상 모든 게 미쳤지. 누구 잣대로? 뭐, 미치는 것도 내 권리야, 네가 정 그렇게 말하고 싶다면. 난 부끄럽지 않아. 살면서 수많은 걸 느꼈지만, 그중에 부끄러움은 없어." 목청껏 소리치는 내 음량의 서슬에 내 발뒤꿈치가 들렸다. 이제껏 이렇게 고함친 기억은 없었다. "넌 내가 너한테 다해야 할 의무가 있다고 생각하나 본데, 분명히 말하지만 화합이란 건 우리가 임의의 합의로 이곳에 함께 처박혀 있다고 생기는 게 아냐. 내 평생 누구한테도 이보다 더 의무감이 희미했던 적이 없다, 이 평범하기 짝이 없는 여자야."

리디아가 울기 시작했다. 벤저민이 내 어깨를 잡고 억지로 현관 쪽으로 밀고 갔다.

"괜찮아요?" 벤저민이 물었다. 나는 대답하려 했지만 머리가 천근만근 무거웠다. 고개를 숙이고 두피로 그의 셔츠를 눌렀다.

"속이 너무 울렁거려요." 내가 말했다.

"잠깐 작업실에서 일하는 편이 좋지 않을까요. 아니면 낮잠을 자든가. 아니면 뭐라도."

코에서 점액이 주르륵 흐르는 게 느껴졌다. 나는 손으로 닦았다.

"얼굴이 엉망이네요." 벤저민이 말했다. 그 말에 내가 얻어맞은 표정을 지었는지 벤저민이 급히 말을 바꿨다. "얼굴이 힘들어 보여요. 어디 불편해요?"

"불편해지겠죠." 내가 말했다.

"아내분한테 마지막으로 소식을 들은 게 언제예요?"

나는 눈을 감았다. 망각 속으로 써보낸 그 수많은 편지들. 내게 온 편지는 하나도 없었다.

"당신이 제일 친절한 사람이네요." 나는 벤저민에게 말했다.

그날 저녁 작업실 발코니에 앉아서 나는 그 토끼에 대해 한참 생각했다. 바람에 흩날린 털이 숲을 건너, 어둠의 출입구를 지나 나머지 몸통에 닿는 장면을 떠올렸다. 나는 물이 든 와인잔을 빙빙 돌렸다.

오래전, 선착장에서 Z— 선생님의 훤칠한 딸의 입에 키스한 후에 내 안에서 뭔가가 나팔꽃처럼 펼쳐지는 느낌이 들었던 그날 밤, 나는 어둠 속에서 잠을 깼다.

그애가 나와 같은 황홀감을 느끼지 못했다는 걸 내가 어떻게 알았겠는가? 그애는 단순한 호기심이었고 그러고 나서 겁에 질렸다는 걸 내가 어떻게 알았겠는가?

할머니 댁의 손님방에서 깼을 때나, 지하층 손님방에서 깊이 잠든 반 친구들에 둘러싸여 깼을 때와 별다를 게 없었다. 그러나 그런 때는 잠시 어리둥절했다가도 방학이라든가 친구네 집에서 밤새 놀았다는 인식이 곧장 뒤따랐지만, 그날 밤은 혼란스러운 감각이 저절로 해소되지 않았다. 왜냐면 나는 오두막 안에서 주변 아이들의 조용조용한 메마른 속삭임, 파도 소리처럼 안심이 되는 그 소음에 귀를 기울이며 쾌락에 취해 따뜻한 나일론 침낭 속에서 잠들었다. 그런데 깨어나보니, 불면증 환자가 갈구하는 종류의 암흑에 둘러싸여 얼어붙을 듯한 추위에 똑바로 서 있었다. 싸그리 불사르는 매트한 질감의 망각.

그애들이 봤다는 걸 내가 어떻게 알았겠는가?

내 주위는 소리의 부재가 아니라 부재의 소리였다. 육감적인 적막이 고막을 짓눌렀다. 그때 바람 한줄기가 나뭇가지를 자극했고, 잎사귀들이 일렁이며 나직이 툴툴거렸다. 나는 사시나무처럼 떨었다. 고개를 들어 달이든 별이든 내 위치를 말해줄 무언가를 찾아보고 싶었지만, 공포로 옴짝달싹할 수 없었다.

의심할 줄 모르는 몽유병 상태의 내 몸을 그애들이 오두막 밖으로 유인해서 숲속으로 데려갔다는 걸 내가 어떻게 알았겠는가? 그애들이 겨우 몇 발짝 떨어진 곳에 웅크리고 앉아서 공터에 잠시 멈춰 선 내 모습을, 궤도를 벗어난 위성처럼 칠흑 같은 어둠 속에서 천천히 맴도는 내 모습을 구경하고 있었다는 걸 어떻게 알았겠는가?

몸이 너무 차가워서 해안선이 증발하듯 사지 말단부터 사라지는 것 같았다. 몸 곳곳으로 혈액을 펌프질해 포유동물답게 몸을 따스하게 해주는 쾌락과는 정반대였다. 이곳에서 나는 그저 살갗이다가, 그다음엔 그저 근육이다가, 그다음엔 오직 뼈였다. 척추 마디마디가 롤러코스터의 첫 언덕을 서서히 오르는 객차처럼 철컥-철컥-철컥 해골 속으로 기어올라가는 기분이었다. 그러더니 나는 그저 부유하는 두뇌, 거품처럼 금방이라도 터질 듯 떠도는 의식에 불과했다. 그다음에 나는 무無였다.

그제야 나는 이해했다. 그제야 나의 과거와 미래의 윤곽을 수정처럼 또렷이 봤고, 머리 위의 것들(셀 수 없는 별, 헤아릴 수 없는 우주)과 발밑의 것들(몇 마일의 아무 생각 없는 흙과 돌)을 마음에 그렸다. 앎이란 것이 왜소화, 망각, 모조리 잡아먹는 일임을 이해했고, 안다는 것은 감사하고도 대단히 고통스러운 일임을 깨달았다. 나는 무심한 우주의 틈에 갇힌 아주 작은 피조물이었다. 그제야, 깨달았다.

점점 커지는 경쾌한 웃음소리와 달리는 발소리가 들렸다. 나는 그애들에게 소리치고 싶었다. "너네 다 보여, 얘들아. 너네 거기 있는 거 다 알아. 이 웃기는 장난 덕분에 결국 난 더 강해질 거고, 그 점에서 난 확실히 너희한테 감사해야겠지, 얘들아. 얘들아?" 하지만 난 고작 반쯤 신음 같은 숨을 토해냈을 뿐이었다.

뭔가가 풀숲을 헤치고 내게로 다가왔다. 여자애도 동물도 아닌, 그 중간쯤 되는 무언가였다. 정신이 돌아온 나는 비명을 지르기 시작했다.

나는 절규하고 절규했다. 걸스카우트 대장들이 도착했을 때— 그들의 손전등 불빛이 실성한 반딧불처럼 깐닥깐닥 어둠을 휘저었다—그들 중 한 사람은 나 때문에 다른 애들이 겁먹을까봐 내 입의 균열을 손바닥으로 틀어막으려 했다. 나는 야생동물처럼 대장과 싸웠고, 마구 몸부림치며 발로 찼다. 그러다 축 늘어졌다. 대장들은 나를 들어 오두막으로 옮겼고, 나는 팔다리에 감각이 없어 그들의 손길을 거의 인지하지 못했지만, 도움에 감사했다.

이튿날 아침, 대장들은 내가 잠결에 걸어서 숲속 깊숙이 들어갔다고 말했다. 그들은 내게 쉬라고 했고, 다시 잠에서 깼을 때 고열이 나를 덮쳤다. 나의 깨달음은 몹시 엄중하여 내 몸의 면역 반응을 자극했고, 소집된 항체가 중세 전장의 군대처럼 그 새로운 정보와 정면충돌했다. 나는 거기 누운 채, 내가 발을 끌며 숲속으로 점점 깊이 들어갈 때 그애들이 다 같이 나누었을 대화의 극본을 상상했다. 나는 잠들었고 꿈을 꾸었다. 방안 가득한 부엉이들이 작게 뭉친 공 같은 것을 게워냈고, 헤집어보니 토끼의 두개골이었다. 잠에서 깨어보니 양팔에 길게 긁힌 상처가 나 있었다. 나뭇가지에 긁혔나? 아니면 내가 손톱으로 긁었나? 누가 알겠는가.

한번은 잠에서 깨니 문간에 누가 있는 게 보였고, 그애는 말간 가을 햇빛을 역광으로 받으며 서 있었다.

"미안해." 그애가 말했다. "넌 이것보다 더 나은 대접을 받았어야 하는데. 더 나은⋯⋯"

그애 뒤에서 웅성거림이 들렸고, 이어서 문이 쾅 닫혔다. 나중에 어른들이 옆방에서 내 상황에 대해 상의했고, 내가 캠핑할 상태가 아니라는 데 합의했다. 적어도 그해에는.

다음날 일찍 Z — 선생님이 나를 차에 태우고 산을 내려와 집에 데려다줬다. 나는 방바닥에 침낭을 깔고 자겠다고 고집을 부렸고, 그렇게 몇 날 며칠을 자다 깨다 하며 보냈다. 그리고 열이 내리자 나는 떨리는 몸을 끌고 화장대 앞까지 가서 거울을 들여다봤고, 처음으로 내가 그동안 찾고 있던 사람이 보였다.

저녁식사를 하러 갔더니 리디아가 보이지 않았다. 그녀를 위해 차려진 자리도 없었다.

"리디아는 어디 있어요?" 내가 물었다.

애닐이 미간을 찡그리며 말했다. "떠났어요."

"떠나요?"

애닐은 분명 냉대하지 않으려 애쓰고 있었다. "피로가 쌓여 신물이 났는지 아침 일찍 떠났어요. 브루클린으로 차를 몰고 돌아갔죠."

"그리고 기분이 상했지." 디에고가 말했다. "리디아는 기분 상했어요. 그 토끼 때문에."

화가가 먹기 위험하다 싶을 정도로 덜 익은 소고기를 썰며 말했다. "아 뭐," 화가의 음성은 쉰 듯하면서도 또렷했다. "모두가 이 일에 어울리는 건 아니겠지."

내 와인잔이 쓰러져 있었지만, 나는 그게 쓰러진 것도 기억나지 않았다. 아니나다를까, 얼룩이 피처럼 번졌다.

"방금 뭐라고 했어요?" 나는 화가에게 말했다.

화가가 포크에서 시선을 들었고, 포크에 찍힌 붉은 쇠고기 조각에서 붉은 액체가 접시 위로 새어나오고 있었다. "모두가 이 일에 어울리는 건 아니겠지, 라고 했어요." 그 말은, 말이 귀에 들어왔으면 응당 그래야 하듯, 내 머릿속에 들어와 자리잡은 그녀의 첫 문장이었다. 그녀는 고깃덩이를 입술 사이로 밀어넣고 씹기 시작했다. 찢고 짓이기는 그 억센 소리가 마치 내 목을 잘근잘근 물어뜯고 있는 것처럼 선명하게 들렸다. 새로운 고열에 사로잡힌 듯 견갑골 속으로 냉기가 잔물결처럼 퍼졌다.

"그거…… 어딘가에 나온 대사인가요?" 나는 화가에게 물었다. "그런 표현은? 어디 드라마나 아니면……"

화가가 포크를 접시 위에 내려놓고 씹던 것을 삼켰다. "아뇨. 지금 날 비난하는 건가요?"

"아뇨, 난 그냥……" 사람들 표정이 혼란으로 찌푸려졌고, 걱정으로 얼버무려졌다. 나는 의자를 밀고 식탁에서 일어났다. 의자를 다시 제자리로 밀어넣을 때 끼익 끌리는 소리에 다들 흠칫했다.

"겁낼 거 없어요." 나는 그들에게 말했다. "안 그래요. 이제는."

나는 서둘러 식당을 빠져나와 정문을 지나 계단을 내려가다 넘어져 잔디밭으로 굴렀고 허둥대며 일어났다. 뒤에서 벤저민이 계단을 뛰어내려오기 시작했다.

"거기 서요." 벤저민이 소리쳤다. "돌아와요. 일단 좀……"

나는 몸을 돌려 숲속으로 뛰었다.

이성과 상식의 영역에서는 이유 없이 이치에 맞는 것(자연 질서) 또는 어떤 이유에선가 이치에 맞지 않는 것(정밀하게 설계된 기만)은 논리적으로 보이지만, 이유 없이 이치에 맞지 않는 것은 변태로 보인다. 본인의 생각을 식민지화했는데 안에 들어가보니 가구가 천장에 붙어 있다면? 안에 들어가 가구를 만졌더니 죄다 마분지로 오려낸 것이어서 손대자마자 그 압력에 폭삭 무너진다면? 안에 들어갔더니 가구가 하나도 없다면? 안에 들어갔더니 당신밖에 없고, 홀로 의자에 앉아 무릎에 놓인 바구니 안의 달걀과 무화과를 굴리며 콧노래를 흥얼거린다면? 안에 들어갔는데 아무것도 없고, 출입구가 닫히더니 열리지 않는다면?

어느 쪽이 더 끔찍할까. 본인의 마음에 빗장이 걸려 들어가지 못하고 밖에서 서성이는 것, 아니면 그 안에 갇히는 것?

어느 쪽이 더 끔찍할까. 비유比喻를 쓰는 것, 아니면 비유가 되는 것? 하나 이상의 비유가 되는 것?

나는 마지막으로 내 오두막으로 걸어갔다. 드디어 책상 위 나무판에 내 이름을 더했다. C— M—, 이라고 휘갈겨썼다. 입주 식민지 개척자 겸 식민지 개척 입주자 겸 다락방 속 미친 여자.

나는 소설 원고들과 노트북을 호수에 던졌다. 분에 넘치는 첨벙 소리가 잦아든 후, 나는 여자애들이 웃는 소리를 들었다. 아니면 그저 새가 우는 소리였을지도.

새벽 어스름에 차를 몰고 데블스 스로트를 떠났다. 한때는 너무나도 푸르게 우거져 유혹하는 듯 보였던 길을 질주하듯 내달렸다. 산을 내려가는 동안 다시 시작 지점으로 되돌아가는 기분이 들었다―여름의 시작이 아니라, 내 인생의 시작으로. 나무들이 휙휙 지나갔다. 중년 여자 선생님의 차에서 바라봤던 그 나무들이었다. 이제는 내가 그 중년 여자이고, 미친듯이 속도를 내고 있는 탓에 나무들이 순식간에 지나가서 속이 메스껍다. 뒷좌석에서 자고 있는 천하태평한 딸 따위는 없다. 옆자리에서 악몽 같은 자각 때문에 고뇌하는 십대 소녀도 없다. (그런 식으로 연약해지고 상처에 민감해지는 것 아닌가? 마음의 조직이 양념장에 푹 재운 듯 연해지고, 유사流砂에 삼켜지듯 정신적 방종에 빠지는 것 아닌가?)

나는 집 생각이 간절했다. 아내와 같이 집에, 문명화된 우리집에 있고 싶었다. 다른 예술가들과 거리를 둘 필요가 있었다―적어도 자신들을 나머지 세상과 격리시키는 종류의 예술가들로부터는 떨어져 있어야 했다. 죽어가는 직종, 죽은 호텔. 나는 어리석었다.

Y— 시를 지난 후, 도로 옆에 세워진 주황색 푯말을 보았다. '제한속도 45'라고 쓰여 있었다. 그 아래 검은색 패널의 디지털 화면이 운전자들이 다가오면 경고하려고(깜박거린다), 혹은 칭찬하려고(깜박거리지 않는다) 기다리는 중이었다. 점점 다가가면서 나는 내 차가 인식되기를—이제 60을 밟았다—기다렸다. 그러나 검은 화면은 그대로 죽어 있었다. 속력을 더해 지나치는데, 마치 누가 얇은 막으로 내 목구멍을 막고 있어 숨을 들이마셔도 공기가 들어오지 않는 듯한 묘한 감각이 들었다. 불현듯 그런 생각에 사로잡히는 바람에 차가 길옆으로 빠질 뻔했다. 나는 손가락으로 목을, 피부 아래 맥박이 울리는 곳을 짚었다. 빠르지만, 거기 있었다. 나는 살아 있었다, 분명히.

내가 우리의 아담한 집을 떠나온 뒤로, 아내 얼굴을 마지막으로 본 뒤로 시간이 얼마나 흘렀을까? 만약 내가 실수로 아내의 수명을 넘겨버렸다면, 아내를 두고 집을 나와 립 밴 윙클*처럼 돌이킬 수 없는 상황을 자초했다면?

나는 브레이크를 한 번, 두 번 밟았고, 내 뒤의 컴컴한 도로에 붉은빛이 넘쳤다. 그 빛은 도로를 가로질러 흐르듯 이동하는 사슴떼를 밝혔고, 브레이크를 밟을 때마다 사슴들 눈이 번득였다.

---

*워싱턴 어빙의 단편소설 「립 밴 윙클」의 주인공. 낯선 이가 주는 술을 마신 후 하룻밤 사이에 수십 년이 흘렀다는 내용이다.

두 시간 후, 나는 연석에 붙여 차를 세웠다. 사람들이 거리를 서성이다가, 잔디 마당에 서 있다가, 나를 쳐다봤다. 그들이 전에도 있던 이웃들인지 기억나지 않았다. 이웃들의 정문과 울타리를 마지막으로 본 뒤로 일평생이 지난 듯했다. 나는 차에서 내려 우리집으로 걸어갔다. 파란 원피스를 입은 여자가 흙바닥에 무릎을 대고 앉아 있었고, 햇빛 차단용 모자 때문에 얼굴이 보이지 않았다. 아내는 원래 아침형 정원사였고, 시원하고 희박한 새벽공기가 상쾌해서 건강에 좋다고 했다. 아내는 저렇게 생긴 원피스와 모자를 갖고 있었다. 저 여자가 내 아내인가? 나이가 들어 어깨가 저렇게 굽은 걸까, 아니면 단지 나 같은 사람과 결혼하는 바람에 피로가 쌓여서일까?

나는 인도로 걸어올라가 아내의 이름을 불렀다.

여자가 흠칫 굳었고, 고개를 들면서 모자를 젖혔다. 나는 모자챙 아래에서 아내의 얼굴선이 나오길 기다렸다. 아직 내가 필요하다고 단언해주길, 아직 내가 여기 있다고 확인해주길 기다렸다.

독자들이여, 나는 여러분이 무슨 생각을 하는지 안다. 여러분은 이렇게 생각하고 있다. 이 여자가 우리의 입주 공간에 들어와 신경질을 부리면서 지금까지 이 글을 이렇게 말아먹은 거야? 정말이지 이 여자는 다른 예술가들 사이에서 먹고 자고 일하기엔 너무 예민하고 너무 허약하고 완전 미쳤어. 아니면, 여러분이 좀 더 옹졸하다면 나를 클리셰로 여기고 있을 것이다—고딕소설에서 뛰쳐나온 듯한, 어이없는 사춘기 트라우마를 지니고 벌벌 떠는 박약한 것.

그러나 독자들이여, 한번 물어보자. 지금껏 여러분이 배심원 심의를 해오면서, 자기 자신을 진실로 마주한 사람을 한 번이라도 마주친 적이 있는가? 몇 명쯤은 있겠지만, 장담하는데, 많지는 않을 것이다. 살아오면서 수많은 사람을 알고 지냈지만, 전보다 더 건강히 다시 자라도록 스스로 나뭇가지를 일찌감치 솎아낸 사람은 매우 드물었다.

숲속에서의 밤은 선물이었다고, 나는 한 점 거짓 없이 말할 수 있다. 많은 사람들은 단 한 번도 어둠 속에서 제 자신을 마주하는 일 없이 살다가 죽는다. 언젠가 어느 날, 여러분이 호숫가를 빙 돌다가, 물위로 허리를 굽히고는, 스스로를 운좋은 사람으로 여길 수 있기를 기원한다.

파티에서 난처한 사람

그후로, 내 머릿속에 있는 고요함 같은 고요함은 세상에 없다.

폴이 나를 자신의 구닥다리 볼보에 태워 병원에서 집으로 데려온다. 자동차 히터는 망가졌고, 지금은 1월이고, 그래서 조수석 발치에 플리스 담요가 쑤셔박혀 있다. 내 몸뚱이는 고통을 발산하고, 고통으로 뒤덮인다. 폴이 내 안전벨트를 채워준다. 그의 손이 떨린다. 폴은 담요를 잘 펼쳐 내 무릎을 덮어준다. 전에도 이렇게 해준 적이 있다. 담요로 포근히 내 허벅지를 감싸주는 그를 보며, 침대에 누우면 아빠가 이불을 꼭꼭 여며주는 어린애가 된 것 같다고 우스갯소리를 한다. 지금 그는 겁에 질려 조심스럽다.

됐어, 하고 내가 직접 덮는다.

오늘은 화요일이다. 화요일이라고 생각한다. 차 안에 맺힌 물방울이 얼어붙었다. 바깥의 눈은 지저분하고, 거머누르께하게 한 줄로 파였다. 바람이 망가진 자동차 문손잡이를 흔들어댄다. 길 건너편에서 십대 여자애가 자기 친구에게 뭐라 알아들을 수 없는 세 음절짜리 단어를 외친다. 화요일이 내게 화요일의 목소리로 말을 건다. 문 열어, 화요일이 말한다. 문 열어.

폴이 시동을 걸려고 손을 뻗는다. 열쇠 구멍 주변의 플라스틱에 긁힌 자국이 여럿 나 있고, 나를 구하려는 급한 마음에 열쇠가 자꾸 목표를 빗나갔으리라 나는 짐작한다.

엔진이 잠에서 깨기 싫은 것처럼 투정을 부린다.

집으로 돌아온 첫날밤, 폴은 그 넓은 어깨를 웅크리고 침실 문간에 서서 자기가 어디서 자면 좋겠느냐고 묻는다.

나랑 같이, 나는 그런 어처구니없는 질문이 어디 있느냐는 듯 대답한다. 현관문 잠그고 침대로 들어와, 나는 그에게 말한다.

문은 잠겼어.

다시 잠가.

그가 나가고, 문손잡이를 절컥절컥 돌리며 잠금 상태를 확인하는 소리가 작게 들린다. 폴이 방으로 돌아와 이불을 젖히고 내 옆에 몸을 묻는다.

나는 화요일의 꿈을 꾼다. 처음부터 끝까지 그 꿈이다.

엷은 아침햇살이 침대 위로 비쳐올 때, 폴은 방구석의 리클라이너 소파에서 자고 있다. 뭐하는 거야? 나는 덮고 있던 퀼트 이

불을 걷어내며 묻는다. 왜 거기 있어?

그가 고개를 든다. 눈 주변에 거무스름한 멍자국이 생겼다.

당신이 비명을 질러댔어, 그가 말한다. 당신이 비명을 질러서, 내가 안으려고 했는데, 당신이 팔꿈치로 내 얼굴을 찍었어.

내가 실제로 울음을 터뜨린 건 이때가 처음이다.

준비됐어, 나는 거울 속의 온통 시퍼렇게 멍든 내게 말한다. 금요일이다.

나는 욕조에 물을 채운다. 얼룩진 수도꼭지에서 엄청 뜨거운 물이 콸콸 쏟아진다. 나는 잠옷을 벗고, 잠옷은 허물처럼 타일 바닥에 떨어진다. 갈비뼈와 축축한 풍선 같은 허파가 보일 거라고 반쯤 예상하며 몸을 내려다본다.

욕조에서 증기가 올라온다. 더 작은 버전의 내가 호텔의 뜨거운 욕조 속에 앉아 양팔로 몸통을 단단히 감싸안은 채 마구 휘도는 물속을 굴러다니던 장면이 떠오른다. 나는 당근이야! 아마도 내 엄마였을 여인에게 소리친다. 소금을 더 쳐줘! 완두콩도 넣어줘! 여인은 안락의자에 앉아 내 쪽으로 손을 뻗고, 국자를 손에 쥔 요리사와 꼭 같은 모양으로 손목을 돌려 국물을 젓는 시늉을 한다.

나는 거품 입욕제를 한줌 넉넉히 집어넣는다.

물속에 한 발을 담근다. 순간 철사가 진흙덩이를 꿰뚫는 것처럼 굉장한 열기가 몸을 관통한다. 나는 숨을 헉 삼키지만 멈추지 않는다. 다른 발도 넣는다, 이번 통증은 덜하다. 욕조 양쪽 턱을 잡고 몸을 낮춘다. 아프지만 기분은 좋다. 거품 입욕제의 화학 성분이 화끈화끈해서 더 좋다.

나는 혼잣속으로 중얼거리며 발가락으로 수도꼭지를 어루만지고, 양손으로 젖가슴을 들어 어디까지 올라오나 본다. 스테인리스스틸의 물방울 맺힌 곡선에 고개를 숙인 내 모습이 보인다. 욕조 저쪽 끄트머리에서, 발톱 끝으로 갈수록 흐려지는 붉은 매니큐어의 자잘한 점들이 보인다. 나는 몸이 없는 듯 부력을 느낀다. 물이 너무 높이 차올라 욕조 밖으로 넘치려 한다. 수도꼭지를 잠근다. 욕실 안이 불쾌하게 울린다.

현관문 열리는 소리가 난다. 현관 입구 테이블에 짤랑 열쇠 놓는 소리가 들릴 때까지 나는 긴장한다. 폴이 욕실로 들어온다.

나 왔어, 그가 말한다.

응, 내가 말한다. 회의 있었구나.

뭐라고?

회의가 있었나보다고. 드레스셔츠를 입고 있잖아.

폴은 자기 옷차림을 내려다본다. 응, 그가 말한다, 느릿느릿, 마치 지금까지 그 셔츠가 존재하는 줄 몰랐다는 듯. 실은 아파트를 몇 군데 보러 다녔어, 그가 말한다.

난 이사하고 싶지 않아.

당신은 다른 집을 찾아야 해. 그는 온종일 이 문장만 굳게 다져온 사람처럼 단호히 말한다.

내가 해야만 하는 건 없어. 나는 말한다. 난 이사하고 싶지 않아.

여기 그대로 있는 건 좋은 생각이 아닌 것 같아. 내가 다른 아파트 알아보는 거 도와줄게.

나는 한 손을 머리 속으로 감아넣었다가 젖은 머리칼을 펼쳐 두피에서부터 쭉 끌어당긴다. 누구한테 좋은 생각이 아닌데?

우리는 서로를 빤히 쳐다본다. 나는 다른 팔로 가슴을 가리고 있다가 툭 내린다.

욕조 마개 좀 뽑아줄래? 내가 요청한다.

폴은 욕조 옆의 차갑게 젖은 타일 바닥에 무릎을 대고 앉는다. 소맷부리의 단추를 풀고 단정하고 단단하게 말아올리기 시작한다. 폴의 손이 내 다리를 지나 아직 거품이 가득한 물속으로, 바닥으로 내려간다. 비눗방울이 그의 상완까지 말려올라간 직물에 걸린다. 그의 손가락이 마개 줄을 찾아 더듬는 당김음 리듬이 느껴지고, 이어서 그가 줄을 손에 감아 당긴다.

작게 퐁 소리가 난다. 게으른 비누 거품이 물낯을 깨뜨린다. 폴이 팔을 꺼내고, 그의 손이 내 피부를 스친다. 나는 흠칫 놀라고, 곧이어 그도 흠칫 놀란다.

폴이 일어서자 그의 정강이가 내 얼굴께에 온다. 그의 정장 바지 무릎에 동그랗게 젖은 자국이 났다.

당신 집을 너무 오래 비우는 거 아냐, 내가 말한다. 매일 밤 여기 있어야 한다고 의무감을 느끼지 않았으면 좋겠어.

폴이 미간을 찡그린다. 난 아무렇지 않아, 그가 말한다. 내가 하고 싶어서 하는 거야. 그는 현관 쪽으로 사라진다.

나는 물이 다 빠져나갈 때까지, 마지막 우윳빛 회오리가 은색 아가리 속으로 사라질 때까지 그대로 앉아 있고, 몸속 깊은 곳에서 이상한 오한이 이는 것이 느껴진다. 척추가 이렇게 겁내면 안 되는데. 해변 끝에 파도가 할퀸 모래처럼, 사그라드는 비누 거품이 살갗에 하얗고 괴상한 줄무늬를 남긴다. 힘들다.

몇 주가 지난다. 병원에서 나의 진술을 받아갔던 경찰이 전화해서 내게 피의자 얼굴을 확인해야 하니 좀 나와달라고 한다. 그녀의 목소리는 상냥하고 너무 시끄럽다. 나중에 그녀는 자동응답기에 또박또박 메시지를 남겨, 나올 필요 없다고 한다. 그 사람이 아니란다. 범인이 아니란다.

놈은 이미 주 경계를 벗어났을지도 몰라, 폴이 말한다.

나는 나에게 거리를 둔다. 폴도 내게 거리를 둔다. 누가 더 겁내는지 모르겠다, 그인지 나인지.

어떻게 해봐야겠어, 이것 좀. 어느 날 아침 내가 말한다. 나는 우리 사이의 공간을 몸짓으로 가리킨다.

폴이 달걀에서 고개를 든다. 그러게, 그가 말한다.

우리는 많은 해결책을 담기엔 너무 작은 핫핑크색 포스트잇에 이런저런 제안을 적어본다.

나는 연인들을 위한 성인영화를 광고하는 회사에 DVD를 주문한다. 물건은 평범한 갈색 상자에 담겨 도착하고, 아파트 입구의 시멘트 계단 한구석에 얌전히 놓인다. 상자를 집어드는데 생각보다 가볍다. 나는 상자를 옆구리에 끼고 잠시 문손잡이와 씨름한다. 새로 단 데드볼트가 빽빽하다.

나는 부엌 식탁에 상자를 놓는다. 폴이 전화한다. 금방 갈게, 그가 말한다. 그의 목소리는 늘 바로 옆에 있는 듯 들린다. 심지어 전화로 말하고 있을 때조차도. 혹시 주문한 거―

응, 왔어, 내가 말한다.

시내 이쪽 편까지 오려면 적어도 십오 분은 걸릴 것이다. 나는 상자 있는 데로 가서 열어본다. 앞표지의 뒤엉킨 팔다리 개수가 얼굴 수와 안 맞는 것 같다. 나는 수를 세고, 두 번씩, 팔꿈치 하나와 다리 하나가 더 있음을 확인한다. 케이스를 연다. 디스크에서는 새것 냄새가 나고, 가운데 고정 플라스틱에서 잘 빠지지 않는다. 반짝이는 면이 유막처럼 빛나고, 내 얼굴이 이상하게 비친다. 꼭 누가 손을 뻗어 마구 문지른 것처럼. 나는 DVD 플레이어의 열린 트레이에 디스크를 놓는다.

메뉴 같은 건 없다. 영화는 자동으로 재생된다. 나는 TV 앞에서 카펫에 쭈그리고 앉은 채 턱을 괴고 화면을 응시한다. 카메라는 고정이다. 비디오의 여자는 약간 나처럼 생겼다―입이 똑같은가, 하여간. 여자는 왼편에 있는 사내에게 수줍게 말을 하고, 그 건장한 사내는, 아마 항상 이렇게 탄탄한 몸은 아니었을 것 같은데, 새로 만든 근육에 비해 셔츠가 너무 작아 터질 것 같다. 두 사람은 대화를 하고, 나는 개개의 대화 내용을 전혀 이해하지 못한다. 남자가 여자의 다리를 만진다. 여자는 제 옷의 지퍼 손잡이를 잡고 쭉 내린다. 속에는 아무것도 입지 않았다.

의무적인 펠라티오가 지나고, 내 입을 닮은 입이 혹사당하고, 형식적인 쿤닐링구스가 지나고, 두 사람은 다시 대화한다.

지난번에 그 자식한테 말했는데, 내가 말했잖아, 젠장, 이러면 보인다고, 내―

못 버티겠어, 못 버티겠어, 못―

나는 똑바로 앉는다. 두 사람은 입을 움직이지 않는다. 아 뭐, 움직이고는 있지만 그들 입에서 흘러나오는 말들은 예상한 대로다. 베이비. 들어와. 좋아, 그래, 그거야. 아아. 그 밑에서, 뭔가 다른 게 움직이고 있다. 얼음장 밑에서 흐르는 물살. 화면 밖 해설. 혹은 화면 속 해설일지도.

그 자식이 나한테 또 그러면, 별로라고 하면, 그냥―

이 년만 더, 딱 이 년만, 어쩌면 일 년만, 내가 쭉―

말소리가―아니, 말소리가 아니라 그냥 소리가, 음량이 커졌다 작아졌다 하는 부드럽고 낮은 음이―한데 뒤섞여 서로 엮이고 이질적인 음절들이 밖으로 울려나온다. 이 말소리들이 어디서 나오는지 모르겠다―코멘터리 트랙인가? 화면에서 눈을 떼지 않고 나는 리모컨으로 손을 뻗어 일시정지 버튼을 누른다.

배우들이 정지한다. 여자가 남자를 응시하고 있다. 남자는 화면 밖 어딘가를 보고 있다. 여자의 손이 자기 복부를 세게 누르고 있다. 배의 부푼 둔덕이 그녀의 손바닥 밑에서 사라지고 있다.

나는 일시정지를 푼다.

좋아, 그래서 애가 생겼어, 이게 처음도 아니고―

그리고 일 년만이라면 그다음엔 따라갈 수도―

나는 다시 정지시킨다. 여자는 이제 등을 대고 누운 채로 정지했다. 여자의 파트너는 그녀의 가랑이 사이에 태연하게, 마치 질문이라도 할 것처럼 자리잡고, 남자의 좆이 서서히 왼쪽으로 구부러지며 복부에 닿는다. 여자의 손은 여전히 자기 배를 누르고 있다.

나는 화면을 한참 노려본다.

폴이 노크했을 때 나는 깜짝 놀란다.

나는 그에게 들어오라 하고 그와 포옹한다. 폴은 숨을 헐떡이고 셔츠가 땀으로 축축하다. 얼굴을 그의 가슴에 묻을 때 내 입안에서 짠맛이 느껴진다. 그가 내게 키스하고, 그의 시선이 화면을 흘깃거리는 게 느껴진다.

속이 메스꺼워, 나는 폴에게 말한다.

그는 내게 수프형 메스꺼움인지 스프라이트형 메스꺼움인지 묻는다. 나는 수프형이라고 답한다. 그는 부엌으로 가고 나는 소파에 눕는다.

제인과 질이 집들이 파티에 우리를 초대했어, 폴이 부엌에서 외친다. 찬장 문이 바로 옆 찬장에 닿는 탁 소리, 깡통들을 살피며 이리저리 밀치는 건조한 스침, 액체의 출렁거림, 화구에 냄비를 올리는 텅 소리, 잘못 고른 숟가락으로 휘저어 금속끼리 부딪치는 소음.

이사했대? 내가 묻는다.

시골에 있는 큰 집으로, 그가 말한다.

별로 가고 싶지 않은데, 나는 폴에게 말한다. 세 남자가 각자 입에 한가득씩 물고 뒤얽히는 동안 TV에서 나오는 파리한 푸른 빛이 내 얼굴에 그림자를 던진다. 폴이 내게 수프를 가져다준다. 닭 국물이 넘칠 듯 아슬아슬하게 담긴 그릇 밑바닥을 냅킨으로 받치고, 그는 뜨겁다고 경고한다. 나는 끓는 듯한 수프를 너무 급하게 들이켜서 입에 넣었던 그대로 그릇에 뱉어낸다.

당신이 집안에만 너무 오래 있어서 걱정돼, 그가 말한다. 거의 다 여자들일 거야.

뭐가?

파티에 오는 사람들 말이야. 거의 다 여자들일 거라고. 다 내가 아는 사람들이야. 좋은 사람들이지.

나는 대답하지 않는다. 마비된 혀에 손가락을 대본다.

나는 청록색 원피스를 입고 그 속에 검은색 스타킹을 신고, 선물로 작은 알로에 화분을 가져간다. 우리는 내 차를 타고 속도를 내어 아담한 우리 동네의 어둑어둑한 불빛을 빠져나와 시골길로 들어선다. 폴은 한 손으로 운전대를 잡고 다른 손은 내 다리 위에 얹었다. 보름달이 사방을 비춘다. 몇 마일씩 뻗은 반짝이는 눈밭, 경사진 헛간 지붕들, 처마에 내 팔뚝만한 고드름이 주렁주렁 달린 좁은 곡식 저장소, 건초 창고 입구 근처에 옹기종기 모인 채 움직이지 않는 네모난 소떼. 나는 화분을 보호하려 품에 꼭 안았고, 차가 급하게 좌회전할 때 모래흙이 원피스로 조금 쏟아진다. 나는 옷감에서 모래를 손끝으로 집어 도로 화분 속에 떨어뜨리고, 통통한 잎에 묻은 흙가루를 털어낸다. 다시 고개를 들었을 때, 불 밝힌 커다란 건물로 다가가고 있음을 깨닫는다.

여기가 새집이야? 나는 창문에 얼굴을 바짝 붙이고 묻는다.

응, 그가 말한다. 샀다는데, 아, 모르겠다, 한 달 전쯤인가. 나도 가본 적은 없는데 진짜 좋다는 소린 들었어.

우리는 주차된 차량들 옆에, 세기가 바뀔 때 지어진 농가주택을 개조한 집 앞에 차를 세운다.

아늑해 보인다, 폴이 차에서 내려 장갑을 끼지 않은 두 손을 모아 비비며 말한다.

창문에는 거즈 커텐을 드리웠고, 부드러운 벌꿀색이 안에서 두근두근 흘러나온다. 꼭 집이 불타고 있는 것처럼 보인다.

집주인들이 문을 연다. 그들은 아름답고, 치아가 환하고 깨끗하다. 이런 건 전에도 본 적이 있다. 그들을 본 적은 없다.

제인이에요, 하고 검은 머리가 말한다. 질이에요, 하고 빨강 머리가 말한다. 농담이 아니라 진짜로요!* 두 사람이 웃는다. 폴이 웃는다. 만나서 너무 반가워요, 제인이 내게 말한다. 나는 작은 알로에 화분을 내민다. 제인이 또 싱글벙글 웃으며 화분을 받아든다. 그녀의 보조개가 너무 깊이 패어 나는 손가락으로 찔러보고픈 충동이 든다. 폴은 기분이 좋아 보이고, 허리를 굽혀 그의 다리에 평평한 얼굴을 비벼대는 커다란 흰 고양이의 양쪽 귀를 긁는다.

우린 침실 하나를 코트룸으로 만들었어요, 질이 말한다. 폴이 내게 코트를 달라고 손을 뻗는다. 나는 어깨를 움츠려 코트를 벗어 폴에게 건네고, 그는 계단 위로 사라진다.

부스스한 머리에 창백한 피부의 한 남자가 현관 입구에서 골동품 캠코더를 어깨에 올려놓고 있다. 타르 색깔의 거대한 캠코

---

* 제인과 질이라는 두 사람의 이름은 '잭과 질'이라는 구전 자장가의 여성 동성 버전이다.

더다. 그는 렌즈를 내 쪽으로 돌린다, 그 외눈알을.

이름을 말씀해주시죠, 남자가 말한다.

나는 렌즈의 사각으로 벗어나려 하지만, 벽에 부딪혀 충분히 몸을 피해 웅크릴 수가 없다.

이런 게 왜 여기 있는 거죠? 나는 목소리에 패닉이 묻어나지 않도록 애쓰며 묻는다.

이름요, 남자가 카메라를 내 쪽으로 기울이며 재차 묻는다.

오 망할, 게이브, 손님 좀 냅둬, 질이 남자를 밀어내며 말한다. 질은 내 팔을 잡아끈다. 미안해요. 어느 파티에든 레트로에 환장한 머저리들이 꼭 있는데, 우리의 경우엔 저 녀석이죠.

제인이 내 다른 쪽 옆으로 다가오며 한 음계 낮춰 웃는다. 폴, 얘는 어디 간 거야? 제인이 말한다.

폴이 다시 나타난다. 위에, 라고 들뜬 목소리로 말한다.

두 사람이 우리에게 집 구경을 하고 싶냐고 묻는다. 우리는 거실을 지나 드넓은 부엌으로 이동한다. 황동과 스틸로 반짝반짝하다. 그들은 돌아가며 반짝거리는 기계들을 하나씩 두들긴다. 식기세척기. 냉장고. 가스레인지. 더블 오븐. 두번째 오븐. 부엌 뒤쪽으로 청동색 장식 손잡이가 달린 문이 있다. 내가 그쪽으로 손을 뻗는데 제인이 내 어깨를 잡는다. 잠깐, 조심해요. 제인이 말한다.

그 방은 수리하는 중이에요, 질이 말한다. 바닥이 없어요. 안에 들어갈 수는 있는데, 지하 창고로 곧장 떨어질 거예요. 질이 매니큐어를 바른 손으로 문을 열자, 정말로, 바닥 없는 공간이 나를 향해 아가리를 벌리고 있다.

떨어지면 큰일나요, 제인이 말한다.

카메라가 내 주위를 쫓아다닌다. 나는 잠시 폴 옆에 서서 어색하게 원피스 자락을 쓸어내린다. 폴이 걱정하는 것 같아서 나는 몸을 움직이고, 궤도에서 벗어난 위성이 된다. 그에게서 떨어지자 위화감이 들고 어찌할 줄 모르겠다. 나는 이 사람들을 모르고, 이 사람들은 나를 모른다. 나는 전채 요리가 놓인 테이블 근처에 서서 칵테일소스 속에서 헤엄치는 통통한 새우 한 마리를 먹고 딱딱한 꼬리는 손안에 쥔다. 또 한 마리를 먹고, 세 마리째 먹고, 꼬리가 손에 가득찬다. 나는 맛도 보지 않고 레드와인을 한 잔 마신다. 다시 채워서 또 한 잔을 쭉 들이켠다. 뭔지 알 수 없는 흑록색 소스에 크래커를 찍어 휘젓는다. 나는 고개를 든다. 방 한쪽 구석에서 카메라의 외눈이 내게 고정되어 있다. 나는 테이블 쪽으로 돌아선다.

고양이가 느긋하게 걸어오더니 앞발로 내 손에 들린 피타 빵 덩이를 장난스럽게 건드린다. 내가 빵을 뒤로 빼니 고양이가 나를 냅다 후려쳐 손가락 살점이 떨어져나간다. 나는 욕을 하고 상처를 빤다. 입안에서 후무스와 구리 맛이 난다. 정말 미안해요, 질은 내가 피를 볼 때까지 무대 밖에서 기다리고 있었던 것처럼 유유히 다가온다. 가끔 낯선 사람들한테 그래요. 정말 불안장애약 같은 거라도 먹여야 할까봐요. 저 나쁜 야옹이! 제인이 질의 팔을 살짝 건드리며 뭘 엎질렀는데 같이 치우자 하고, 둘은 함께 사라진다.

처음 보는 상냥한 사람들이 내 직업에 대해 묻고 내 생활에 대해 묻는다. 그들은 와인잔을 집으려 내 앞으로 손을 뻗고, 내 팔을 건드린다. 그럴 때마다 나는 물러나고, 티나게 뒤로 물러나는 건 아니고 반 발짝 우측으로 옮기고, 그럼 그들은 내 움직임에 맞춰 따라오고, 그런 식으로 우리는 얘기를 나누는 동안 작은 원을 그리며 돈다.

제가 최근에 읽은 책은요— 나는 느릿느릿 반복한다.

그러나 기억이 나지 않는다. 손끝에 닿던 공단같이 매끄러운 표지는 기억나지만, 제목도 저자도 그 안의 어떤 낱말도 기억나지 않는다. 나는 말도 안 되는 얘기를 하고 있는 것 같고, 닭 국물에 데어 마비된 혀는 우둔하고 쓸모없다. 굳이 나한테 뭘 물으려들지 말아요, 나는 말하고 싶다. 내 속엔 아무것도 없어요, 말하고 싶다.

그럼 무슨 일을 하세요?

질문이 벌컥 열리는 문짝처럼 내게 달려든다. 나는 설명하기 시작하지만, 말이 내 입을 떠나자마자 나도 모르게 폴을 찾고 있다. 그는 방 저쪽 구석에서 진주목걸이를 올가미처럼 목에 감은 짧은 머리의 여자와 얘기하고 있다. 여자는 스스럼없이 폴의 팔에 손을 올리고, 폴은 여자를 탁 쳐낸다. 그의 근육이 뚝 끊어질 것처럼 팽팽해 보인다. 나는 내 직업에 관해 질문한 여자를 돌아본다. 여자는 몸매가 좋고 대부분의 사람들보다 키가 크며 내가 본 중 가장 밝은 색조의 빨강 립스틱을 칠했다. 그녀의 시선이 폴을 힐끔 스친다. 그녀는 마티니를 한 모금 또 길게 마시고, 잔 속의 올리브가 눈알처럼 뱅글뱅글 돈다. 두 사람 사이는 어때요? 그녀가 묻는다. 피멘토 같은 홍채가 나른하게 내 쪽으로 구른다. 진주목걸이의 여자가 또 폴의 팔을 만진다. 폴은 보일 듯 말 듯 고개를 흔든다. 저 여자는 누구지? 왜 저 여자는—

나는 실례한다고 말하고 어두침침한 복도 쪽으로 걸음을 옮긴다. 난간 시작부의 철제 구를 손바닥으로 누르고 휙 몸을 돌려 계단을 오른다.

코트룸으로, 나는 생각한다. 코트로 가득찬 그 방. 용도를 변경한—

계단이 내게서 멀어지고, 나는 다급히 계단을 따라잡는다. 문을 찾고, 캄캄한 데서 더 캄캄한 부분을 찾는다. 코트룸은 싸늘하다. 나는 한 손으로 나무 패널을 짚는다. 코트들은 내게 질문하지 않을 것이다.

어둠 속에서, 두 형체가 침대 위에서 허우적거리고 있다. 내 심장은 공포에 휩싸이고, 철제 바늘에 불룩한 주둥이가 걸린 물고기가 된다. 눈이 어둠에 익숙해지자, 반짝이는 다운재킷 무더기 위에서 뒹구는 두 집주인을 알아본다. 검은 머리—제인? 아니면 질인가?—가 등을 대고 누웠고, 치마가 허리춤까지 말려올라갔고, 그녀의 아내가 그 위에서 가랑이 사이에 무릎을 비비고 있다. 제인—어쩌면 질—은 신음이 새어나가지 않게 자기 손목을 물고 있다. 코트 무더기가 바스락거리며 떨어진다. 제인이 질에게 키스한 다음, 아니면 질이 제인에게 키스한 다음, 한 사람이 고개를 숙여 다른 사람의 스타킹을 돌돌 말아내리고, 속옷도 돌돌 내리고, 얼굴이 그 밑으로 사라진다.

쾌락의 전율이 내 안에서 굽이친다. 질인지 제인인지가 몸을 뒤틀고, 다운코트를 양손에 감아쥐며 나직한 소음을 내고, 단음절어가 두 방향에서 뻗어나온다. 붉은색 긴 목도리가 바닥으로 스르르 떨어진다.

저들에게 내가 보이는지 보이지 않는지는 궁금하지 않다. 나는 여기 천년만년이고 서 있을 수 있고, 코트와 음절과 입들 속에서 저들은 절대 나를 보지 않을 것이다.

나는 문을 닫는다.

나는 술에 취한다. 샴페인 네 잔과 독한 진토닉을 마신다. 심지어 라임에 묻은 진까지 쪽쪽 빨아먹고, 그 감귤류가 손가락의 상처를 따갑게 찌른다. 게이브가 드디어 카메라의 남다른 무게에 경의를 표하며 카메라를 의자에 내려놓는다. 카메라는 거기

얌전히 있지만, 그 속 어딘가에 내가 도로 가져올 수 없는 귀중한 몇 초를 품고 있다. 내가 정말 들여다봐야 할 얼굴이 저 기계의 내장 속 깊숙한 똬리 안에 들어 있다.

나는 의자 앞으로 가서 카메라 손잡이를 손가락으로 단단히 거머쥐고 집어든다. 이젠 내가 카메라를 컨트롤한다. 렌즈가 내 몸을 향하지 않도록 조심하면서 현관문 쪽으로 태연히 걸어가는데, 얼굴이 평평한 흰 고양이가 계단참에서 나를 바라보고 있다. 고양이는 분홍색 쉼표 같은 혀를 슬쩍 내밀어 나른하게 윗입술을 핥고, 비난하듯 파란 눈을 가늘게 뜬다. 나는 발을 헛디딘다. 굳이 코트를 가지러 갈 것도 없이 그대로 현관문을 지나 걸어나간다.

밖에서 내 부츠는 반짝이는 얼음과 지저분한 눈을 헤치며 요란하게 뽀드득거린다. 진입로로 이어지는 길 끝에 누가 반쯤 남은 커피를 뿌렸는지 진갈색 점들이 하얀 잔디밭 위에 그로테스크하게 흩뿌려져 있다. 눈 위에 길게 이어진 발자국을 보아, 사슴 또한 이 광경을 본 듯하다. 살갗에 소름이 오스스하게 돋는다. 차 열쇠가 없음을 깨닫지만 어쨌거나 트렁크 손잡이로 손을 뻗는다.

잠겨 있지 않다. 트렁크가 열리고, 나는 카메라를 그 어둠 속에 쿵 떨어뜨린다.

다시 안으로 들어가 와인을 한 잔 마신다. 그다음에 초록색 액체를 들이켠다. 세상이 미끄러지기 시작한다.

점잖은 사람들처럼 그대로 잠드는 대신, 나는 비틀비틀 다시 차로 가서 차가운 조수석에 앉아 등받이를 젖히고 점점이 여린 빛으로 북적이는 하늘을 선루프를 통해 바라본다.

폴이 운전석으로 들어온다.

괜찮아? 그가 묻는다.

나는 고개를 끄덕인 다음, 문을 홱 열고 칵테일 새우와 시금 치소스를 진입로의 자갈에 토한다. 분홍색 덩어리와 머리칼처럼 길고 거뭇한 가닥이 자갈과 눈 사이에 내려앉는다. 웅덩이가 어 슴푸레 빛나며 달빛을 반사한다.

가자. 나는 비스듬히 기대어 하늘을 응시한다.

재밌었어? 폴이 묻는다.

나는 킬킬 웃는다. 아니. 나는 깔깔 웃는다. 나는 콧방귀를 뀐 다. 염병. 전혀. 염병—

뭔가 차가운 게 얼굴에 느껴져서 집어든다. 시금치다. 나는 창 문을 내린다. 찬 공기가 얼굴을 때린다. 나는 시금치를 차 밖으 로 던진다.

저게 담배였다면 불이 붙었을 텐데, 내가 말한다. 담배였어야 하는데. 그럼 나도 한 대 피울 수 있을 텐데.

추위가 따갑다.

창문 좀 닫아줄래? 바람이 세차게 들이치는 통에 폴이 목청을 돋워 말한다. 나는 창문을 닫고 무거운 머리를 창유리에 기댄다.

집을 좀 벗어나는 게 우리에게 좋을 것 같다고 생각했어, 폴이 말한다. 제인과 질은 정말 당신을 좋아해.

나의 뭘 좋아하는데? 나는 머리를 들었고, 유리창에 기름기 도는 동그라미가 생겨 바깥 하늘이 흐릿하게 보인다. 전조등 아래 얼핏 시커멓게 얼룩진 빛이 보이고, 길 한편에 웅크린 물체가 보인다―사슴이다. SUV의 타이어에 갈가리 찢겼다.

폴의 미간이 깊이 패는 소리가 들리는 듯하다. 당신의 뭘 좋아하느냐니, 그게 무슨 소리야? 도대체 무슨 뜻이야?

나도 몰라.

그 사람들은 그냥 당신을 좋아해, 그뿐이야.

나는 다시 웃고, 창문 손잡이로 손을 뻗는다. 그 진주목걸이를 한 여자는 누구였어? 내가 묻는다.

특별히 누구랄 것까진, 폴이 말한다. 우리 둘 중 아무도 속아넘어가지 않을 말투다.

우리집에 도착하자 폴은 나를 안아들고 침대로 옮겨준다. 그가 내 옆에 누웠을 때 나는 팔을 뻗어 그의 배를 어루만진다. 폴은 내게 뭐하는 거냐고 묻지 않는다.

당신 취했어, 그가 말한다. 당신이 원하는 건 이게 아니잖아.

내가 뭘 원하는지 당신이 어떻게 알아? 내가 묻는다. 나는 좀더 바싹 다가간다. 폴이 내 손을 잡아 들어올린다. 떨어뜨리고 싶지는 않지만 그렇다고 도로 내려놓고 싶지도 않은 듯, 잠시 그 대로 들고 있다. 폴은 내 배 위에 내 손을 가만히 내려놓은 다음 돌아눕는다.

나는 스스로를 만진다. 나 자신의 지형도 못 알아보겠다.

거의 매일 아침 폴은 내게 무슨 꿈을 꾸었느냐고 묻는다.

기억 안 나는데. 왜? 내가 묻는다.

당신이 움직이고 돌아다녀서. 아주 많이. 조심스럽게 말하는 데 숨길 수 없는 긴장이 배어난다.

내 눈으로 보고 싶다. 침대 옆 책장 가장 높은 선반에 카메라 를 설치해서, 자는 나를 녹화한다. 요전날 주문한 DVD는 문제 가 있는 게 분명해서 휴지통 깊숙이, 물음표처럼 말린 감자 껍질 아래로 밀어넣는다. 그러고 나서 다른 DVD를 주문한다. 상자가 우리집 시멘트 계단 앞에 나타난다.

이번 것은 단편영화 모음처럼 수많은 짧은 파트로 되어 있다. 첫번째 파트 제목은 '내 아내 범하기'다. 나는 DVD를 튼다. 한 남자가 카메라를 들고 있다―남자의 얼굴은 보이지 않는다. 여 자는 금발이고 지난번 여자보다 나이가 많으며 마스카라를 세심 하게 발랐다.

어떻게 말하지, 어떻게 말하지, 어떻게―

남자 목소리는 들리지 않는다. 나는 DVD 케이스를 다시 본다. '내 아내 범하기'. 제목이 이해가 되지 않는다. 남자 목소리가 안 난다. 절박한 기색의 여자 목소리뿐이다.

어떻게 말하지, 어떻게 말하지, 어떻게—

여자 목소리를 더이상 듣고 싶지 않다. 음소거 버튼을 누른다.

어떻게 말하지, 어떻게 말하지, 어떻게—

DVD 플레이어를 끈다. TV 화면이 깜박이다 뉴스 채널로 넘어간다. 금발 여자가 시청자를 엄숙하게 바라보고 있다. 그녀의 왼쪽 어깨 위에 조언하는 악마처럼 네모난 그래픽 화면이 떠 있고, 그 속에서 폭탄을 구성하는 픽셀이 산산조각난다. 나는 소리를 다시 튼다.

—터키에서 폭탄이 터졌습니다, 여자가 말하고 있다. 시청자 여러분, 이어질 화면엔 잔인한 광경이 담겨—

나는 TV를 끈다. 코드째 잡아당겨 플러그를 뽑는다.

폴이 집에 들른다. 기분은 좀 어때? 그가 묻는다.

좀 나아졌어, 내가 말한다. 피곤하네. 나는 그에게 기댄다. 그에게서 세제 냄새가 난다. 나는 그에게 기대고 그를 원한다. 그는 든든하다. 그를 보면 나무가 생각난다—뿌리를 깊게 내린 나무.

DVD 플레이어가 망가졌어, 나는 이어질 질문을 미리 차단한다.

내가 봐줄까? 폴이 묻는다.

응. 나는 TV 플러그를 다시 꽂는다. DVD가 재생되기 시작하고 몸뚱이가 겹쳐지기 시작하면서 나는 또 그걸 듣는다. 그 목소리, 우울하고 절박한 음성, 저렇게 웃고 있으면서도 만트라처럼 끊임없이 계속되는 번뇌. 신음을 낼 때도 여자의 정신은 그 고뇌와 카펫의 무늬 사이를 전전한다. 폴은 결연한 태도로 화면을 응시하며 DVD가 재생되는 동안 무심결에 내 손을 가볍게 어루만진다. 다음 파트가 시작되고, 다른 시나리오가 이어진다. 안마에 관한 거다.

저거 안 들려? 폴에게 잡히지 않은 손의 손톱이 청바지를 파고드는 것이 느껴진다.

그는 고개를 갸웃하고 다시 귀를 기울인다.

무슨 소리? 그의 어조에 짜증이 묻어난다.

말소리.

음소거 상태는 아닌 것 같은데.

아니, 저 밑에 깔리는 목소리 말이야.

폴이 너무 빨리 몸을 빼내어 나는 균형을 잃는다. 그의 오른손이 허공에 떠 있고, 마치 잘라낸 적의 심장을 쥐고 있는 것처럼 주먹을 쥐었다 폈다 한다. 대체 당신 뭐가 문제야? 그가 일갈한다. 내가 대답이 없자, 그는 두 손으로 벽을 내리친다. 젠장, 젠장.

나는 고개를 돌려 화면을 본다. 남자가 밑으로 내려가는 여자를 내려다본다. 그 예쁜 하늘색 눈을 좀 보여줘, 남자가 말하고, 여자의 호박색 눈이 흘깃 위를 쳐다보고, 마치 고인을 위한 기도

문처럼 각자의 사념 속에서 다른 이름들이 스쳐간다. 나는 TV를 끈다.

나한테 화내지 마, 제발, 내가 말한다. 나는 폴 앞에 서고, 내 두 손은 양 옆구리에 축 늘어진다. 그는 두 팔을 들어 나를 감싸 안고, 턱을 내 머리 위에 올린다. 우리는 천천히 앞뒤로 몸을 흔들고, 난방 송풍구가 우리를 따뜻하게 해주려 애쓰는 소리에 맞춰 춤을 춘다.

괜찮은 아파트를 찾은 것 같아, 폴이 내 머리칼에 대고 말한다. 강 건너 건물의 삼층이야.

떠나고 싶지 않아. 나는 그의 가슴팍에 대고 말한다.

폴의 근육이 뻣뻣해지고, 그는 나를 자기 몸에서 떼어내 긴 팔길이만큼 멀리 밀어낸다.

가보지도 않고서 왜 그래. 폴은 팔짱을 낀다. 당신 지금 온갖 말도 안 되는 것들에 일일이 반응하고 있잖아.

제발 그만, 내가 말한다. 폴이 내게 손을 뻗고, 나는 그의 손을 탁 쳐낸다. 난 당신이 그저 단순하고 착하면 좋겠어, 내가 말했다. 그냥 단순하고 착하면 안 돼?

그는 내가 이미 답을 알고 있다는 듯 나를 똑바로 쳐다본다.

이튿날 아침, 나는 카메라에서 테이프를 꺼내 되감은 다음 VCR에 넣는다. 얼마 되지 않는 적막은 빨리 넘긴다. 카메라 속

내가 마구 움직인다. 여자는 천장에서 늘어진 파티용 장식 리본을 잡아당기기라도 하는 듯 허공을 움켜쥔다. 벽에, 침대의 떡갈나무 머리판에, 침대 옆 협탁에 팔다리를 부딪히고, 통증에도 움츠러들지 않고 또다시 연신 가서 부딪힌다. 길쭉한 램프가 바닥에 떨어진다. 폴이 일어나서 말리려 한다. 여자의 팔을 잡고, 내 팔을 잡고 내 옆구리에 꽉 붙였다가 죄책감을 느낀 듯 팔을 풀어준다. 여자가 쓰러진다. 이불을 차내며 몸부림친다. 여자는 반쯤 굴러 침대 가장자리에서 바닥으로 미끄러져 내려오고, 같이 끌려내려온 시트에 몸이 일부 덮였다. 폴이 여자를 다시 침대 위로 끌어올리려 하고, 여자는 사납게 그의 머리를 향해 팔을 휘두른다. 폴이 여자를 매트리스 위로 도로 당길 때도, 얼굴을 여자의 귀 가까이로 가져갈 때도, 카메라에 담기기엔 너무 낮게 뭐라말한 다음 여자를 매트리스 위에 눕힐 때도, 위협하는 듯도 보이고 위로하는 듯도 보이게 두 팔로 꽉 안아 눕힐 때도, 여자가 줄기차게 안 돼, 안 돼, 안 돼, 안 돼, 안 돼, 안 돼, 안 돼, 하는 소리가들린다. 잠시 그대로 있다가 여자가—내가—다시 일어나고, 폴은 나를 끌어안는다. 내가 그의 가슴팍을 때려도, 다시 바닥으로 미끄러져 내려가도. 밤새 그 지경이다.

나는 다 보고 나서 테이프를 처음으로 되감아 카메라에 다시 넣는다.

DVD 우편 주문을 그만둔다. 인터넷 포르노는 음성 트릭도 없고 기분 나쁜 코멘터리 트랙도 없으니까. 나는 웹사이트 네 군데에서 무료 체험을 해본다.

그래도 여전히 들린다. 호리한 손목의 남자는 쉬지 않고 샘이라는 이름의 누군가를 생각한다. 두 여자는 서로의 몸에, 그 한없는 부드러움에 놀란다. 아무도 말해주지 않았어, 아무도 말해주지 않았어, 구릿빛 피부의 여자가 생각한다. 그 말소리가 그녀의 머리에서, 내 머리에서 울려퍼진다. 나는 영상이 제대로 보이지도 않을 정도로 화면에 바투 앉는다. 색채만이 얼룩덜룩하게 움직인다. 베이지, 갈색, 구릿빛 여자의 검정 머리, 누군가의 헝클어진 붉은 머리, 뒤로 물러났지만 누구 머리인지 보지 못했다.

한 여자는 자신의 보지를 계속 야옹이*라고 부르는 남자의 말을 머릿속으로 수정한다. 보지, 여자는 생각하고, 농밀한 그 단어는 풋과일 한 조각처럼 허공에 내려앉는다. 난 당신의 야옹이가 좋아, 남자가 말한다. 보지라고, 여자는 거듭 생각한다, 묵상을 하듯.

조용한 사람들도 있다. 말이 없고 그저 색채뿐인 사람들도 있다.

풍만한 엉덩이에 검은 하네스를 착용한 여자는 자신을 숭배하는 마른 남자와 섹스하면서 기도한다. 찔러넣을 때마다 기도가 끊긴다. 마지막에 여자는 남자의 등에 키스한다, 축도처럼.

---

* pussy. 여성의 성기를 뜻하는 속어로도 쓰인다.

좆에 두 여자를 올려놓은 남자는 집에 가고 싶어한다.

저 사람들은 자기가 무슨 생각을 하는지 알까, 나는 동영상을 이것저것 클릭하고 새총의 고무줄을 뒤로 잡아당기듯 동영상을 로딩하며 궁금해한다. 저 사람들한테도 들릴까? 저 사람들은 알까? 나는 알았나?

기억나지 않는다.

새벽 두시, 나는 택배 일을 하는 남자를 보고 있다. 젖가슴이 중력에 반하여 부당하게 솟은 여자가 문을 연다. 당연히 집을 잘못 찾았다. 이건 전에도 본 것 같다. 남자가 빈 택배 상자를 테이블 위에 놓는다. 여자가 남자의 셔츠를 벗긴다. 나는 귀를 쫑긋 세운다.

여자의 머릿속은 온통 시커멓다. 공포로 가득차 있다. 두려움이 머릿속을 휘젓고, 백열 상태로 하얗게 겁에 질린다. 두려움이 여자의 가슴을 짓누르고, 여자를 으스러뜨린다. 여자는 문이 열리는 상상을 한다. 여자는 모르는 사람이 들어오는 상상을 한다. 나는 문이 열리는 상상을 한다. 놈이 문손잡이를 움켜쥐는 소리가 들린다. 놈이 문손잡이를 움켜쥐는 소리는 들리지 않지만, 손잡이가 돌아가는 소리가 들린다. 손잡이가 돌아가는 소리는 들리지 않지만, 발소리가 들린다. 발소리는 들리지 않지만, 저 소리가 들린다. 오직 그림자만 있다. 빛을 완전히 가리는 어둠만이 있다.

저 남자, 택배 기사는, 택배 기사가 아니다, 여자의 젖가슴을 생각한다. 남자는 자기 몸매를 걱정한다. 남자는 정말로 여자를 기쁘게 해주고 싶다.

여자가 미소 짓는다. 치아에 립스틱이 묻었다. 여자는 남자를 좋아한다. 그 아래로 터널을 내달리는 비명이 깔린다. 전파 신호가 잡히지 않는 곳. 비명이 내 머릿속을 채우고, 두개골을 짓누른다. 두들기고 떠민다. 나는 갓난아기다. 내 머리뼈는 아직 단단히 굳지 않았고, 이 움직이는 지각판들은 누가 잡아주기를 기대할 수 없다.

나는 노트북을 들어 방 저쪽 벽으로 집어던진다. 산산조각날 줄 알았는데, 그렇진 않다—석고보드 벽을 강타한 컴퓨터는 엄청난 굉음과 함께 바닥에 떨어진다.

나는 비명을 지른다. 너무 크게 질러 음정이 두 갈래로 쪼개진다.

폴이 지하실에서 달려나온다. 그는 내게 가까이 오지 못한다.

나한테 손대지 마, 나는 울부짖는다. 나한테 손대지 마, 손대지 마.

폴은 문가에서 서성인다. 나는 바닥으로 고꾸라진다. 눈물이 뜨겁게 솟아 얼굴 위를 차갑게 흐른다. 제발 다시 아래층으로 내려가, 내가 말한다. 폴이 보이지는 않지만, 그가 지하실 문을 여는 소리가 들린다. 나는 움츠러든다. 심장박동이 느려질 때까지 일어나지 않는다.

마침내 일어선 나는 벽으로 걸어간다. 컴퓨터를 젖혀 바로 세운다. 화면 한가운데에 커다란 금이 갔다. 파열된 단층선처럼.

침실 안, 맞은편에 앉은 폴이 멍하니 청바지를 손가락으로 가볍게 두드린다.

기억나? 전에는 어땠는지? 그가 말한다.

나는 내 다리를 내려다보고, 텅 빈 벽을 쳐다보고, 다시 폴을 쳐다본다. 말할 기운도 없다. 발화장치가 가슴속 깊은 곳에서 죽어버려 날숨에 말을 실어보낼 여유조차 없다.

당신은 원했어, 그가 말한다. 원하고 또 원했지. 끝을 모르는 것 같았어. 영원히 마르지 않는 우물처럼.

기억난다고 말할 수 있으면 좋으련만, 기억나지 않는다. 격렬히 움직이는 사지와 포개진 입이 상상은 가는데, 기억나지는 않는다. 갈증을 느꼈던 기억조차 없다.

나는 겨울임에도 창문을 열어놓고 뜨겁고 긴 잠을 잔다. 폴은 미동도 없이 벽에 붙어 잔다.

사람들 목소리는 지금은 나지 않지만, 여전히 감지된다. 말소리가 내 머릿속을 민들레 홀씨처럼 떠다닌다. 나는 사무엘이다, 하고 나는 생각한다. 그렇다. 나는 사무엘이다. 신은 야밤에 사무엘을 불렀다. 저들이 야밤에 내게 말을 건다. 사무엘은 대답했다. 예, 야훼시여? 나는 대답할 방법이 없다. 내게는 들린다고 저들에게 얘기할 방법이 없다.

문이 열렸다 닫히는 소리가 나지만 나는 고개를 들지 않는다. 화면을 멀거니 쳐다본다. 난잡한 아수라장이 벌어지고 있다. 다섯번째다. 수십 명의 목소리, 너무 많아서 셀 수도 없다, 겹치고 얽히고설키고 허공을 가득 메우고 공기가 답답해진다. 저들은 걱정하고, 욕망하고, 웃고, 실없는 얘기를 한다. 땀방울이 반짝인다. 형편없이 설치된 텅스텐 조명이 그림자를 드리워 잠깐 동안 몇 사람의 몸뚱이를 번질번질한 피부와 시커먼 협곡으로 분할한다. 다시 합쳐진다. 다시 조각조각.

폴이 내 옆에 와서 앉고, 그의 체중에 쿠션이 꺼지듯 내려앉아 내 몸이 그에게 쏠린다. 나는 화면에서 시선을 떼지 않는다.

저기, 그가 말한다, 괜찮아?

응. 나는 손가락들을 붙여서 단단히 말아쥐고, 손등 마디가 일렬로 고정된다. 이것은 교회. 이것은 첨탑이다.

폴이 등을 기대고 앉아 바라본다. 그는 나를 본다. 손가락을 가만히 내 견갑골에 올려놓고, 브래지어 끈을 따라 그 아래 살갗의 곡면을 쓸어내린다. 살며시, 연거푸.

남자들 궤도 한가운데에 있는 여자는 위로, 머리 위로, 저멀리 위로 손을 뻗는다. 여자는 남자들 중 한 명을 특별히 생각한다. 여자를 충족시키고, 온전히 채워주는 남자를. 여자는 조명에 대해 잠깐 생각하더니, 이내 다시 그 남자에 대한 생각으로 옮겨간다. 여자의 다리가 잠에 취한다.

폴이 내 살갗 가까이에 입술을 대고 말한다. 뭐해? 그가 묻는다.

보고 있어, 내가 말한다.

뭘?

보고 있어. 그게 내가 해야 하는 일 아닌가? 이걸 보는 거?

가만히 있는 걸로 보아, 그는 분명 생각하는 중이다. 이윽고 폴이 손을 뻗어 내 손 위에 포갠다—교회를 덮는다.

저기, 그가 말한다. 저기, 나 좀 봐.

남자들 중 한 명은 아프다. 그는 자신이 죽을 거라고 생각한다. 그는 죽고 싶어한다.

연결되었다 분리되는 몸뚱이들, 씰룩이는 근육, 그리고 손들.

여자의 머릿속에서 빛의 리본이 조였다 느슨해지고 다시 조인다. 여자가 웃는다. 그녀는 실제로 절정에 다다르는 중이다. 우리가 처음 키스했을 때, 폴과 내가, 내 침대 위에서, 어둠 속에서, 폴은 거의 제정신이 아니었고, 에너지가 넘쳐흘렀고, 방충문이 바람에 쾅 닫혔다. 나중에 폴이 말하길 너무 오래, 너무 오래 해서, 혼이 빠지는 줄 알았다고 했다. 혼. 아직도 저들의 생각이 들리고, 머리 주위에서 울리고, 내 기억의 틈새로 빠져든다. 나는 피할 수가 없다. 이 댐은 버티지 못할 것이다.

자리에서 일어난 폴이 나를 소파에서 부축해 일으킬 때까지 나는 내가 울고 있는 줄도 모른다. 화면에서는 사정된 진주빛 포물선이 웃고 있는 여자의 몸 위에 X자를 긋는다. 나는 쉽게 일어난다. 그는 나를 안고 내 얼굴을 어루만지고, 그러느라 그의 손가락이 젖는다.

쉬이이잇, 폴이 말한다. 쉬이이잇. 정말 미안해, 그가 말한다. 저런 거 안 봐도 돼, 볼 필요 없어.

폴은 손갈퀴로 내 머리칼을 쓸어내리고 내 등의 오목한 부분을 지탱한다. 쉬이이잇, 그가 말한다. 난 저런 거 하나도 필요 없어. 난 당신만 있으면 돼.

나는 뻣뻣해진다.

오로지 당신만, 그가 재차 말한다. 그는 나를 꼬옥 안는다. 착한 남자. 그가 거듭 말한다, 당신만 있으면 돼.

당신은 여기 있고 싶어하지 않잖아, 내가 말한다.

바닥이 덜컹거린다. 대형 트럭 때문에 정면 유리창이 어두워진다. 폴은 대답하지 않는다.

그는 조용히 앉고, 죄책감을 발산한다. 집안이 어둡다. 나는 그의 입술에 키스한다.

미안해, 그가 말한다. 정말 미안—

쉬이이잇, 이젠 내가 그의 말을 막을 차례다. 그는 말을 더듬다 조용해진다. 나는 더욱 격렬히 키스한다. 옆구리에 놓인 그의 손을 잡아서 내 허벅지에 놓는다. 그는 아파하고, 나는 그가 그만 아파했으면 좋겠다. 나는 다시 폴에게 키스한다. 그의 발기한 성기를 두 손가락으로 스윽 더듬는다.

하자, 내가 말한다.

내가 늘 폴보다 먼저 깬다. 폴은 엎드려 자고 있다. 나는 일어나 앉아서 기지개를 켠다. 나는 솜이불이 찢어진 곳을 손으로 더듬는다. 햇살이 커튼 사이로 흘러든다. 나는 이렇게 햇빛이 들면 좀처럼 자지 못한다. 나는 침대 밖으로 나온다. 그는 미동도 하지 않는다.

나는 방 건너편으로 걸어가 원래 놓아둔 장소에서 카메라를 꺼낸다. 카메라를 들고 거실로 간다. 테이프를 되감자, 윙윙 돌아가며 칭얼칭얼 우는 소리를 낸다.

나는 테이프를 VCR에 넣는다. 첫 건반을 고르는 피아니스트처럼 기계의 버튼을 손가락으로 쓸어본다. 버튼을 누르자 화면이 하얗게 나오다 이내 까매진다. 이어서 정지 상태의 디오라마 같은 내 방이 나온다. 도자기처럼 푸른색 무늬가 자잘하게 그려진 주름진 시트가 흐트러져 있다. 나는 빨리 감는다. 빨리 감고, 몇 분간 아무것도 없이 돌아가고, 시간을 훌쩍 없애는 게 얼마나 쉬운지 놀랍지도 않다.

두 사람이 비틀비틀 들어오고, 나는 손가락을 떼고, 질주하던 현재가 느려진다. 두 낯선 이가 서로의 옷가지를 더듬고, 서로의 몸을 더듬는다. 남자의 몸, 호리호리하고 훤칠하고 창백한 남자의 몸이 구부러진다. 주머니 가득 열쇠와 잔돈이 들어 있는 남자의 바지가 쿵 하고 바닥을 때린다. 여자의 몸―내 몸이다, 내 것―은 희미해진 멍자국이 아직도 노리끼리하게 줄무늬처럼 나 있다. 제 몸 밖으로 흘러넘치는 몸이다. 몸이 겹겹이 쌓인 막에서 풀려난다. 손에 든 셔츠가 너무 커 보이고, 나는 셔츠를 바닥에 놓아준다. 총 맞은 새처럼 떨어진다. 우리의 무게에 매트리스 한쪽이 눌린다.

나는 나의 두 손을 내려다본다. 건조하고 떨리지 않는다. 나는 다시 화면을 쳐다보고, 듣기 시작한다.

알고 보니, 첫 책을 출간하자면 해야 할 일이 어마어마한 것이다. 이 책에 직접적으로 영향을 준 분들뿐만 아니라 작가가 되는 과정에 관여한 모든 분께 감사한다. 게다가 알고 보니, 자리에 앉아 곰곰 생각하니까 그 명단이 만만찮게 길어질 수 있는 것이다.

나의 커리어 전반에 걸쳐 내게 기꺼이 기회를 주고자 했던 분들이 아주 많이 계셨다. 나 자신조차 내게 기회를 주지 않았던 때에도 말이다. 그리하여 여기서, 그들의 놀라운 아량과 믿음에 정당한 몫을 돌린다는 이 웅대한 과업에 힘닿는 데까지 최선을 다해보고자 한다.

이 책—그리고 이 삶—은 이분들이 없었다면 불가능했을 것이다.

나의 부모님 레이날도와 마사, 두 분은 내가 글을 읽을 줄 알게 되기 한참 전부터 내게 책을 읽어주었고, 나의 형제 마리오와 스테파니, 이 둘은 내가 하는 모든 이야기에 귀기울여주었고, 나의 할아버지, 그는 내게 이야기하는 법을 가르쳐주었다.

로리와 릭 마차도, 늘 한결같고 다정한 분들.

내게 책을 선물해주고 새싹 시절 나의 상상력을 북돋아준 여자들: 엘리너 제이컵스, 수 톰프슨, 스테파니 '오마마' 호프먼, 캐런 모러, 위니프리드 영킨.

메릴린 스타인보, 수업시간에 헤밍웨이에 격분하는 나를 용인하고 당신의 개인 서재에서 책을 골라주고 문학이 무엇이 될 수 있는지 내게 보여주었다.

애덤 맬런토니오, 내게 사운드트랙을 만들어주었다.

민디 매컨리, 나를 진지하게 받아들여주었다.

마너넬 서먼, 내게 십오 년의 우정과 총명함을 주었다.

어맨다 마이어, 에이미 와이섐펠, 앤 패슈키, 샘 아기레, 존 라이프, 케이티 몰스키, 켈리 던랩, 샘 힉스, 닐 퍼스코, 리베카 몬, 나와 함께 자라며 내가 나 자신이 될 수 있도록 도와주었다.

짐, 제임스, 조시, 내 얘기를 듣고 내가 스스로 답을 찾을 때까지 도와주었다.

하비 그로싱어, 귀중한 시간과 지혜를 나눠주었다.

앨런 거개너스, 올바른 선택을 하도록 격려해주었다.

존 위트와 로라 햄프턴, 다른 어떤 것도 소용없을 때 그들의 사랑과 우정이 나를 지탱해주었다.

아이오와 작가 워크숍, 그리고 워크숍을 운영하는 멋진 사람들, 코니 브러더스, 데브 웨스트, 잰 제니섹, 그리고 당연히, 랜 서맨사 창.

나의 아이오와 동기들과 소중한 친구들, 덕분에 나는 더 현명한 사람이자 더 나은 작가가 될 수 있었다. 에이미 파커, 벤 모크, 베넷 심스, 대니얼 캐스트로, E. J. 피셔, 에번 제임스, 마크 메이어, 리베카 루키저, 토니 툴라티무트, 잭 갤.

나의 수많은 글쓰기 선생님들―알렉산더 치, 커샌드라 클레어, 델리아 셔먼, 하비 그로싱어, 홀리 블랙, 제프리 포드, 케빈 브록마이어, 랜 서맨사 창, 미셸 휴너번, 랜던 노블, 테드 창, 웰스 타워―은 엄해야 할 때는 엄했고, 격려해야 할 때는 격려했고, 언제나 친절했다.

2012 클래리언 SF & 판타지 작가 워크숍 동기들, 크리스 캐머러드, 댄 맥민, 데버라 베일리, E. G. 코시, 일라이자 블레어, 에릭 에서, 조너선 포틴, 라라 도널리, 리사 볼카자, 루크 R. 페블러, 피어 리벤버그, 루비 캐티그백, 새디 브루스, 샘 J. 밀러, 세라 맥. (당신들은 언제까지나 나의 '못생긴 로봇'일 거야.)

2014~2015 시커모어힐의 사려 깊고 탁월한 작가들인 앤디 덩컨, 애닐 메넌, 크리스 브라운, 크리스토퍼 로, 데일 베일리, 개빈 그랜트, 젠 볼런트, 캐런 조이 파울러, 켈리 링크, 키니 이부라

살람, L. 팀멜 뒤샹, 맷 크레슬, 모린 맥휴, 메건 매캐런, 마이클 블럼라인, 몰리 글로스, 네이선 볼링러드, 레이철 스워스키, 리처드 버트너, 세라 핀스커, 테드 창.

시간적 재정적 지원을 해준 베스 캐빈, CINTAS 재단, 클래리언 재단, 미국 코페르니쿠스 협회, 엘리자베스 조지 재단, 헤지 브룩, 밀레이 콜로니 포 더 아츠, 나의 패트리언 후원자들, 플라야, 사변문학재단, 스프루스턴호텔, 수전 C. 피트리 장학기금, 아이오와대학, 월리스 재단, 와이팅 재단, 야도.

유카 이가라시, 나를 알아준 사람.

켄트 울프, 처음부터 나를 믿어주었으며 인내심 많고 지칠 줄 모르는 지지자.

헌신과 노고를 아끼지 않은 캐럴라인 니츠, 피오나 매크레이, 케이티 더블린스키, 머리사 앳킨슨, 스티브 우드워드, 야나 마쿠와, 케이시 오닐, 캐런 구, 그레이울프 팀 전원.

이선 너소스키, 그의 지도와 신뢰 덕분에 내가 가능하리라 생각했던 것보다 훨씬 더 좋은 책이 나왔다.

나보다 먼저 이 길을 걸었던 모든 여성 작가들. 그들의 용기 앞에서 나는 말을 잇지 못한다.

그리고 나의 아내 밸 하울릿, 나의 최초이자 최고의 독자이며 내가 가장 좋아하는 작가. 아내가 없었다면 나는 이 책을 단 한 줄도 쓰지 못했을 것이다.

카먼 마리아 마차도는 어느 이벤트에서 독자에게 이런 얘기를 들었다.

"나는 당신 소설이 맘에 들어요, 당신은 게이일 때도 있고 그러다 귀신이 나오기도 하니까요(I love your writing because sometimes you're gay and then a ghost appears)."

뜬금없어 보이지만, 이만큼 마차도의 소설을 간명하게 아우르는 문장도 없을 듯하다. 작가 본인도 절대 잊지 못할 평이라고 밝혔으니 말이다.

마차도의 데뷔작『그녀의 몸과 타인들의 파티』가 나왔을 때 평론가들은 사이코 리얼리즘, SF, 개그, 공포, 판타지, 팬픽, 우화 등등 온갖 장르를 들먹이며 도대체 이 작품을 어디에 밀어넣어야 할지 갈팡질팡했다. (사실 밀레니엄세대 작가들의 작품은 계보도 장르도 없다고 보는 편이 옳다.) 그럼에도 이 책의 등장은 그야말로 슈퍼스타의 탄생이었고, 미국에서 출간 첫 주에 이미 3쇄를 찍었다.

원제 'Her Body And Other Parties'는 이야기책에 흔히 쓰이는 제목 'XX And Other Stories'의 변용이다. 경험의 주체인 '몸'과 그 몸을 둘러싼 여러 파티를 말하는 이 제목부터가 모순과 긴장을 예고한다. 여자의 몸은 스스로에게 기쁨과 축하의 원천이 되기도 하지만, 그보다 더 자주, 타인들만 즐기는 파티의 대상으로 소외된다. 이 자주권과 무력함의 밀고 당김은 여자들의 일상에서 너무나도 흔한 일이고, 작가는 여자로 산다는 것이 어떤 것인가 하는 초현실을 탐사한다(미셸 하트, 더럼퍼스넷 리뷰, 2017).

첫 단편 「예쁜이수술」의 주인공은 성적 만족감을 부끄러워하지도 숨기지도 않는다. 내 몸의 주인으로서 내 몸이 맛볼 수 있는 쾌락을 기꺼이 즐기지만, 이야기꾼을 자처하는 주인공이 들려주는 동화와 기담과 도시 전설에서 여자들은 하나같이 쾌락혹은 자만의 대가로 목숨을 잃는다. 그리고 더할 나위 없이 좋은 남자를 만나 주도적 삶을 살았다고 자부하는 주인공에게도 결국 깨달음의 날이 오고야 만다. "그이는 나쁜 남자가 아니고, 그

것이 내 아픔의 뿌리임을 문득 깨닫습니다. 남편은 절대 나쁜 남자가 아니에요. 그이를 악랄하다느니 뻔뻔하다느니 타락했다느니 표현하는 것은 그에게 너무 몹쓸 짓이죠. 그런데도―"(본문 57쪽) 심시선 여사의 말마따나 결혼에서 "폭력성이나 비틀린 구석이 없는 상대와 좋은 섹스"(『시선으로부터』, 정세랑, 문학동네, 2020) 이상을 바라는 것은 명을 재촉하는 일인지도 모른다.

작가는 레즈비언으로서 자신의 정체성을 세상 자연스럽게 등장인물들에 투영한다. 「엄마들」은 그중에서도 특히 작가의 옛 애인에게 바치는 복수라고 할 수 있다. "이 얘긴 글감으로 쓰지 마. (……) 무슨 일이 있어도 쓰지 마. 씨발 내 말 알아들어?" 실제로 작가의 전 애인은 비난과 욕설을 한참 퍼붓고 이렇게 덧붙였다는데, 그러거나 말거나 마차도는 자신의 거의 모든 이야기에 옛 애인을 등장시켜 작가만이 할 수 있는 최고의 복수를 제대로 실행에 옮겼다. 퀴어라고 꼭 착한 사람들만 있는 건 아니라고, 그런 편견 또한 소수자다움의 주입이라고, 퀴어도 평범한 사람들의 집합이라고, 동성 파트너 사이에도 엄연히 학대와 폭력이 존재한다고 작가는 얘기한다. 그런 면에서 작가의 첫사랑은 지독한 시련이자 최고의 글감이었고, 마차도는 자신의 두번째 책이자 회고록 『꿈의 집에서』(문학동네 근간)를 통해 그 기억을 문학적 기록으로 남긴다.

「현실의 여자들은 몸이 있다」에서는 문자 그대로 '사라지는 건 여자들뿐'(『사라지는 건 여자들뿐이거든요』, 강화길 외 7인, 은행나무, 2020)인 세상을 그린다. 은유나 상징이 아니라, 정말로 여자들 몸이 투명해지다 결국 형체가 사라져 유령이 되어버리는 것이다. 작가가 직접적으로 말하지는 않지만 사라지는 여자들은 퀴어이고, 현실에서 인정받는 여자들 즉 시스젠더 여성들만 몸을 온전히 유지한다. 여성 배제와 소수자 배제의 물리적 실현인 셈인데, "형체도 없으면서 죽지 않는 것들을 나는 신뢰하지 않습니다"(본문 234쪽)라는 방송국 패널의 발언은 〈사우스파크〉의 미스터 개리슨의 대사 "나는 이레 동안 피를 흘리면서도 죽지 않는 것들을 절대 믿지 않소"를 상기시킨다.

이 책은 메를로-퐁티의 몸 철학을 위시해 빅토르 시클롭스키의 낯설게 하기, 쥘리아 크리스테바의 아브젝시옹 등 비전통적 문학 기법의 파티장이기도 하다. 서양 근대사에서 정신(이성)에 비해 줄곧 이류로 치부됐던 몸(감성)을 새롭게 조명한 포스트모더니즘과 탈구조주의의 철학적 흐름이, 남성에 비해 줄곧 이류로 치부당했던 여성을 재조명한 페미니즘을 설명하는 데도 유용하기 때문일 것이다. 그런데 작가는 그런 기법들을 문장에 세련되게 녹이려는 시도를 하지 않는다. 다짜고짜 기법의 명칭을 호명하고, 나는 이런 기법을 이렇게 쓰고 있소, 적나라하게 들이민다. 그렇다고 문장이 조악한가 하면 천만의 말씀, 마차도의 독창

적인 스타일에는 동료 작가들이 더욱 민감하게 반응하며 환호한다. 문법에 구애받지 않는 리드미컬한 문장은 산문이라기보다 시에 가깝고, 좀 과장하면, 문장을 이용한 미술 또는 회화 작품에 가깝다. 모호한 이미지를 분명한 감각으로 풍성히 해석할 줄 아는 섬세한 독자들에겐 끝없이 벗겨내 음미할 만한 겹겹의 디저트가 될 수도 있다. 이 독특한 결에 매료될 독자층이 분명 존재하리라 감히 확신한다.

마차도의 문장을 옮기는 작업은 원문을 놓아주는 과정이었다. 원문과 밀착하는 것이 아니라, 당겼다 놓았다 감았다 풀었다 춤을 추어야 할 것 같았다. 호흡과 리듬을 맞추되 자유롭게 넘나드는, 이를테면 탱고 같은 춤. 다만 원문의 아름다움을 온전히 살리기엔 내 춤 실력이 몹시 안타까웠음을 고백해야겠다. 부디 독자 여러분께서 더욱 멋들어진 춤으로 완성해주길 기대해본다.

엄일녀

옮긴이 **엄일녀**

을묘년 화곡동에서 태어났다. 서울대학교 언론정보학과를 졸업하고 출판 기획과 잡지 편집을 겸하다 지금은 전업 번역가로 일하고 있다. 『섬에 있는 서점』『비바, 제인』『여자는 총을 들고 기다린다』『레이디 캅 소동을 일으키다』『미스 콥 한밤중에 자백을 듣다』『비극 숙제』『샬럿 스트리트』『너를 다시 만나면』『나이트 워치』『이웃집 여자』『착한 도둑』『미스터 세바스찬과 검둥이 마술사』『안 그러면 아비규환』『거짓말 규칙』 등을 번역했다. 『리틀 스트레인저』로 제10회 유영번역상을 수상했다.

문학동네 세계문학

그녀의 몸과 타인들의 파티

1판 1쇄 2021년 5월 6일 | 1판 2쇄 2021년 6월 5일

지은이 카먼 마리아 마차도 | 옮긴이 엄일녀

기획 이현자 | 책임편집 윤정민 | 편집 김경미 이희연 이현자
디자인 김이정 이원경 | 저작권 김지영 이영은
마케팅 정민호 정진아 김혜연 정유선
홍보 김희숙 김상만 함유지 김현지 이소정 이미희 박지원
제작 강신은 김동욱 임현식 | 제작처 천광인쇄사(인쇄) 경일제책사(제본)

펴낸곳 (주)문학동네 | 펴낸이 염현숙
출판등록 1993년 10월 22일 제406-2003-000045호
주소 10881 경기도 파주시 회동길 210
전자우편 editor@munhak.com | 대표전화 031) 955-8888 | 팩스 031) 955-8855
문의전화 031) 955-8896(마케팅) 031) 955-2634(편집)
문학동네카페 http://cafe.naver.com/mhdn | 트위터 @munhakdongne
북클럽문학동네 http://bookclubmunhak.com

ISBN 978-89-546-7895-7 03840

www.munhak.com